Richard Flanagan
Der Erzähler

Richard Flanagan

DER ERZÄHLER

Roman

Aus dem australischen Englisch
von Eva Bonné

PIPER

Mehr über unsere Autoren und Bücher:
www.piper.de/literatur

Von Richard Flanagan liegen im Piper Verlag vor:
Der schmale Pfad durchs Hinterland
Goulds Buch der Fische
Tod auf dem Fluss
Die unbekannte Terroristin
Begehren
Der Erzähler

FSC
www.fsc.org
MIX
Papier aus verantwortungsvollen Quellen
FSC® C014496

ISBN 978-3-492-05898-8

Titel der australischen Originalausgabe: »First Person«
bei Penguin Random House Australia Pty Ltd, Sydney, 2017

Satz: Satz für Satz, Wangen im Allgäu
Gesetzt aus der Minion
Druck und Bindung: GGP Media GmbH, Pößneck
Printed in the EU

Für Nikki Christer

PARLAMENTARISCHER UNTERSUCHUNGSAUSSCHUSS ZU DEN GEFANGENENTRANSPORTEN

Protokoll der Beweisaufnahme
London, am 5. Mai 1837

FRAGE: Gibt es dort viele Buchhandlungen?
JAMES MUDIE, ESQ.: In Sydney ungefähr ein halbes Dutzend, würde ich sagen.
FRAGE: Was für Bücher gibt es dort zu kaufen? Sind sie von anderer Art als jene, wie wir sie aus den Londoner Buchhandlungen kennen?
JAMES MUDIE, ESQ.: Sie sind ganz fraglos von minderer Qualität, zum Beispiel werden dort sehr viele Romane verkauft. Ich habe sogenannten Buchauktionen beigewohnt und nicht selten erlebt, dass auf höchst wertvolle Bücher ein Preis geboten wurde, der hier in England um ein Vielfaches höher gelegen hätte. Einmal ging ein regelrechtes Raunen durch den Raum, als der Almanach des Newgate-Gefängnisses präsentiert wurde und ein jeder sagte: »Oh, den muss ich haben!«

Ich habe vergessen, welchen Preis der Almanach erzielt hat, doch die Summe war ungeheuerlich … außerdem sind die Menschen dort verrückt nach Anekdoten von Wegelagerern und derlei Geschichten.

Aus den britischen Parlamentsprotokollen

TEIL 1

1

Unser erster Kampf betraf die Geburt. Ich sagte rein, er sagte raus. Einen ganzen Tag und die Hälfte des folgenden stritten wir uns. Er sagte, die Geburt habe nichts mit ihm zu tun. Später konnte ich ihn besser verstehen, aber zu dem Zeitpunkt hielt ich ihn einfach nur für borniert. Sein unerklärliches Verhalten grenzte an Sabotage – als wollte er eigentlich gar nicht, dass seine Memoiren geschrieben wurden. Natürlich wollte er nicht, dass seine Memoiren geschrieben wurden, aber das war nicht der Punkt. Die Frage hatte überhaupt niemand gestellt. Aber das habe ich erst später begriffen, viel später, als mir dämmerte, dass der Anfang dieses Buches zugleich mein Ende sein könnte.

Zu spät also.

Heute gebe ich mich mit der Produktion von Reality-TV-Formaten zufrieden. Manchmal spüre ich eine ächzende Leere, eine Einsamkeit, die mich erschreckt. Der Gedanke, dass ich hätte leben können und es nicht getan habe, jagt mir Todesangst ein. Realityshows haben eine vergleichsweise beruhigende Wirkung auf mich.

Damals war ich einfach nur verwirrt. Die anderen fürchteten, ich könnte rückfällig werden und wieder zu schreiben anfangen. Ich spreche von Allegorien, Symbolen, tanzenden Tropen der Zeit, von Büchern, die keinen festgelegten Anfang und kein Ende haben, oder wenigstens nicht in dieser Reihenfolge. Mit den anderen meine ich auch meinen Verleger, einen Mann mit dem ungewöhnlichen Namen Gene Paley. In der Hinsicht hatte er sich nämlich äußerst klar ausgedrückt: Ich sollte mit einfachen Mitteln eine einfache Geschichte erzählen, und wo sie nicht einfach war – wo das spektakuläre Verbrechen sich in seiner Vielschichtigkeit offenbarte –, sollte ich sie mithilfe von Anekdoten anschaulicher machen. Außerdem sollte kein Satz länger sein als zwei Zeilen.

Im Verlag ging das Gerücht um, Gene Paley fürchte sich vor der Literatur – aus gutem Grund. Zum einen war sie schlecht verkäuflich. Zum anderen kann man zu Recht behaupten, dass die Literatur Fragen aufwirft, auf die sie keine Antworten hat. Und bei manchen erzeugt sie Befremden, was selten ein erwünschtes Gefühl ist. Sie erinnert die Menschen daran, dass zu leben vor allem zu scheitern ist, und die Unfähigkeit, das zu erkennen, ist die wahre Ignoranz. In ihrer Gesamtheit mag sie erhaben sein, zum Teil sogar weise, aber für das Erhabene fühlte Gene Paley sich nicht zuständig. Er mochte Bücher, in denen ein oder zwei Motive wieder und wieder durchgekaut wurden. Vorzugsweise eines.

Wo verkauft wird, sagte Gene Paley, da wird gelogen.

Ich wandte mich noch einmal dem Manuskript zu und las die ersten Zeilen.

Am 17. Mai 1982 unterschrieb ich meine Bewerbung um den Posten des stellvertretenden Sicherheitsbeauftragten (Abteilungsleitung, Sicherheitsfreigabe 4/5) bei der Australian Safety Organisation mit den beiden Wörtern Siegfried Heidl, *und so begann mein neues Leben.*

Erst viel später entdeckte ich, dass ein Siegfried Heidl bis zur Unterzeichnung des Bewerbungsschreibens nicht existiert hatte; so gesehen sagte er die Wahrheit. Doch die Vergangenheit ist immer unberechenbar, außerdem bestand sein Talent als Betrüger nicht zuletzt darin, dass er nur selten log.

Ziggy Heidl war der Meinung, sein Fünfzig-Seiten-Manuskript – ein dünner Papierstapel, auf den er immer wieder die gespreizte Hand legte, als wollte er es wie einen Basketball dribbeln und dann ins Spiel bringen – enthalte alles, was der geneigte Leser über Ziggy Heidl erfahren wollte. Meine Aufgabe als Ghostwriter sei es lediglich, seinen Sätzen den letzten Schliff zu verpassen und seine Schilderungen an der einen oder anderen Stelle zu ergänzen.

Er sagte das – wie so vieles andere auch – im Brustton der Überzeugung und voller Selbstbewusstsein, deswegen hatte ich große Mühe, ihn darauf hinzuweisen, dass seine Kindheit, seine Eltern und übrigens auch sein Geburtsjahr in dem Manuskript mit keinem Wort erwähnt wurden. Das alles ist jetzt viele Jahre her, aber seine Antwort ist mir bis heute im Gedächtnis geblieben.

Das Leben ist keine Zwiebel, die sich häuten ließe, und kein Palimpsest, dem eine ursprüngliche Bedeutung abzugewinnen wäre. Das Leben ist eine endlose Erfindung.

Und weil diese geschliffenen Metaphern mich sprachlos machten, fügte Heidl im Tonfall eines Mannes, der einem anderen den Weg zur Toilette erklärt, hinzu: Das ist von Tebbe. Ein Aphorismus.

Ziggy Heidl glich jeden Mangel an Fakten durch bescheidene Gewissheit aus, und wo es ihm an Gewissheit fehlte, zog er die Fakten heran. Diese waren meistens erfunden, aber umso plausibler, weil er sie mir lässig und aus einer überraschenden Perspektive entgegenschleuderte.

Tomas Tebbe, ergänzte Heidl. Der bedeutendste deutsche Installationist seiner Zeit.

Ich hatte weder eine Ahnung, was ein Palimpsest war, noch kannte ich Tebbe oder den Beruf des Installationisten, was ich ihm auch sagte. Heidl gab keine Antwort. Vielleicht, sagte er bei einer anderen Gelegenheit, schlachten wir unsere Vergangenheit und die der anderen aus, um uns neu zu erfinden, samt unseren Erinnerungen. Tebbe, den ich erst viele Jahre später las, drückte es noch treffender aus: Mag sein, dass dort das Blut eines anderen im Staub versickert, schrieb er, aber ich bin der Staub.

Ich blickte auf.

Rein interessehalber, sagte ich. Wo genau in Deutschland sind Sie aufgewachsen?

In Deutschland?, fragte Ziggy Heidl und schaute dabei aus dem Fenster. Deutschland habe ich erstmalig im Alter von sechsundzwanzig Jahren bereist. Das habe ich Ihnen doch schon erzählt. Ich bin in South Australia aufgewachsen.

Sie haben einen deutschen Akzent.

Klar, sagte Ziggy Heidl. Er drehte sich zu mir um, und ich versuchte, nicht in sein fleischiges Gesicht zu starren, wo jedes Mal, wenn er lächelte, ein winziger Muskel in der eigentlich drallen Wange zu zucken anfing; ein harter Knoten auf weicher Haut, ein sanftes, beständiges Puckern.

Ich weiß, es klingt unglaubwürdig, aber was soll ich Ihnen sagen? Meine Eltern waren deutsch, und ich hatte keine australischen Spielkameraden. Aber ich war glücklich. Schreiben Sie das.

Er lächelte.

Sein Lächeln: ein verschwörerischer, dunkler Sog.

Wie bitte?, fragte ich.

Das.

Was?

Schreiben Sie: Ich war glücklich.

Dieses entsetzliche Lächeln. Die zuckende Wange.

Bumm-bumm, machte sie lautlos. Bumm-bumm.

2

Man stellte uns ein riesiges Eckbüro im Verlagshauptquartier in Port Melbourne zur Verfügung. Möglicherweise hatte es früher einem Cheflektor oder Vertriebsleiter gehört, der kürzlich gefeuert worden oder in Rente gegangen war. Wer wusste das schon? Niemand begründete die Wahl, aber der Raum gab Ziggy Heidl das Gefühl, wichtig zu sein, und darauf kam es an, nicht auf meine Scham. Wir schrieben das Jahr 1992, was nicht lange her ist und doch so weit entfernt; es war die Zeit, als Führungskräfte noch ein Eckbüro mit Hausbar bekamen, die Zeit vor Amazon und E-Book, als Begriffe wie *Verkaufsanalyse*, *Kundenzufriedenheit* und *Lieferkettenoptimierung* sich noch nicht zur Schlinge am Strick des Henkers zusammengezogen hatten; bevor der unaufhaltsame Anstieg der Immobilienpreise und der Zusammenbruch der Verlagsbranche die Lektoratsbüros in Schlachthöfe verwandelten, wo Fließbandarbeit geleistet wurde und die Mitarbeiter so dicht an dicht nebeneinandersaßen wie in einer Kantine der Roten Armee 1979 in Kabul.

Wie zuvor schon die Rote Armee war das Verlagswesen in eine tiefe Krise gerutscht, die aber weder als Krise noch als tief betrachtet wurde. In den Etagen unter den Verlagsbüros rissen die Entlassungen eine Lücke nach der anderen, Lücken, die sich in einigen Jahren zu einem riesigen Einsturzkrater zusammenschließen würden; die vielen Verlagsetagen fielen plötzlich und unerwartet hindurch, um im Erdgeschoss aufzuschlagen und zu einer einzigen Etage zusammengepresst zu werden. Und dann, eines Tages, würde auch jene verbliebene Etage zu schrumpfen anfangen, weil eine Welle aus Start-ups, Finanzfirmen und Onlineversandhäusern die Büros fluten und das Lektorat sich auf einer halben Etage zusammengedrängt finden würde. Auf jener bedrohten Insel wurden Bücher zu Content und die Autoren zu Textproduzenten degradiert, zu Sandsackbefüllern, die jetzt einer noch niedrigeren Kaste angehörten, falls das überhaupt möglich war.

Vermutlich erwecken meine Schilderungen den Eindruck, ich würde eine gewisse Wehmut empfinden, oder unser Eckbüro in Port Melbourne hätte Charme und Charakter gehabt.

Empfinde ich nicht.

Hatte es nicht.

Zwar waren die Wände von Regalen bedeckt, doch bei näherem Hinsehen entpuppte die Bücherwand sich als so deprimierend wie die ganze Branche damals. Das Regal war aus Sperrholz, das künstliche Teakfurnier in einem unangenehmen Kotbraun gehalten und völlig stumpf. Und die Bücher! In den Regalen fanden sich ausschließlich Werke, die der Verlag – das seinerzeit mächtige Medienhaus Schlegel TransPacific (TransPac oder STP, wie es damals hieß) – selbst herausgegeben hatte: Bücher über Schokolade, Gartengestaltung, Möbel, Militärgeschichte und abgehalfterte Prominente; öde Autobiografien und Schundromane, deren Erlöse jene wenigen Bücher finanzierten, die ich für echte Literatur hielt – Romane, Essaybände, Lyrik, Kurzgeschichten – und die in den furnierten Regalen nirgends zu finden waren. Zwischen Kochbüchern, Bildbänden und Nachschlagewerken (für die es damals tatsächlich noch einen Markt gab) stand Jez Dempsters Gesamtausgabe, jeder einzelne Jez-Dempster-Band ein dicker Ziegel, auf dessen Rücken in großen goldenen Lettern JEZ DEMPSTER prangte. Was für ein Müll. Wie entmutigend der Anblick. Mich befiel zum ersten Mal der Verdacht, dass meine Vorstellung von Büchern und vom Schreiben nur eine sehr kleine und größtenteils erfolglose Teilmenge dessen bildete, was bei STP in geheimnisvollem Expertentonfall *die Branche* genannt wurde.

Die Branche musste für alles herhalten. Sätze wie »so läuft das in der Branche nun mal« oder »die Branche ist heikel« waren nichtssagend und erklärten dennoch scheinbar alles. Gleich an meinem ersten Tag merkte ich, dass die Branche meine Nacherzählung von Heidls Leben für ein sehr viel echteres Projekt hielt als das echte Buch, an dem ich bis zu diesem Zeitpunkt geschrieben hatte. Das echte Buch war mein erster, unvollendeter Roman.

Ich fand das unlogisch, dann wiederum war alles in der Branche unlogisch. Beispielsweise ergab es in meinen Augen keinen Sinn, dass die Arbeit an Heidls Memoiren aus unerfindlichen Gründen ein Geheimnis bleiben musste. Nicht einmal die Verlagsangestellten durften davon wissen, nur die paar Leute, die direkt mit uns zusammenarbeiteten – Gene Paley, der die Textarbeit allerdings einer Lektorin namens Pia Carnevale überließ, und noch ein oder zwei weitere Kollegen. Den anderen sollten wir erzählen, wir würden an einer Anthologie mittelalterlicher Volksdichtung aus Westfalen arbeiten. Ich bin nicht sicher, wer sich die Lüge ausgedacht hatte – Ziggy Heidl oder Gene Paley, ganz spontan, oder ich, einige Zeit später –, aber sie war ebenso überzeugend wie aberwitzig. Meines Wissens hat nie jemand hinterfragt, warum der Verlag ausgerechnet so ein Projekt finanzieren sollte. Es war einfach nur eine weitere Kuriosität in einem Haus der Wunder, und ohnehin – so lief es eben in der *Branche*.

Die Möbel passten sehr gut zum schäbigen Prunk des Eckbüros. Der Schreibtisch, von dem aus Ziggy Heidl seine Dauertelefonate erledigte, war eine Antiknachbildung und viel zu wuchtig; der Konferenztisch hingegen, an dem ich arbeitete, war zu klein, als dass er seinen eigentlichen Zweck hätte erfüllen und mehreren Menschen Platz bieten können. Die leicht verschmutzten Cocktailsessel, in denen wir manchmal saßen, hatten einen Kunstfaserbezug in Jacquardmuster, dessen Lachsrosa und Grau das Auge auf das Unangenehmste bedrängte. Berührte man den Stoff mit den Fingern, fühlte er sich wie geschmolzen an. Das Muster erinnerte mich grundlos an die Bilder von Francis Bacon. Ich hatte das Gefühl, auf einem erstickten Schrei zu sitzen.

3

Kif, Gene will dich sehen, sagte die junge Frau, die in der Tür zu unserem Büro stand. Du musst den Vertrag unterschreiben.

Gene Paley wollte nichts dergleichen von mir – den Vertrag hatte ich gleich am ersten Arbeitstag unterschrieben, am Montag, der mir unendlich fern erschien. Kaum zu glauben, dass erst Mittwoch war. Ich wusste, Gene Paley wollte hören, wie wir vorankämen.

Langsam, sagte ich, als ich im Verlegerbüro vor Gene Paley stand. Er saß über einen Stapel Endlosdruckpapier gebeugt, das gelöcherte Ränder hatte und den ganzen Schreibtisch bedeckte. Darauf abgebildet waren unzählige Kalkulationstabellen. Die Sache ist die, er gibt mir keine … Informationen.

Kindheit?

Vage Andeutungen über deutsche Eltern und ein abgelegenes Bergarbeiterdorf in South Australia namens Jaggamyurra, in dem er angeblich zur Welt gekommen ist.

Das ist alles?, fragte Gene Paley, ohne den Kopf zu heben.

Mehr oder weniger.

Mmmh.

Eigentlich eher weniger.

Und der Coup? Wie schon gesagt, er ist nicht ohne Grund unser berühmtester Krimineller. Siebenhundert Millionen

Dollar, der größte Betrugsfall in der australischen Geschichte. Hat er erzählt, wie er es angestellt hat?

Andeutungsweise.

CIA?

Noch andeutungsweiser.

Mmmh, machte Gene Paley und schwieg dann. Er beendete seine Gesprächsbeiträge gern mit einem leicht abfallenden Murmeln, als wäre jeder Satz ein trauriges Urteil über die jeweils anwesende Person, außerdem hatte er eine Vorliebe für die Wendung »wie schon gesagt«. Seine Art zu sprechen war überhaupt sehr ungewöhnlich und geprägt von knappen, abwechselnd schnell und langsam vorgebrachten Sätzen. Manchmal klang er wie ein kaputter Fernschreiber.

Ja gut …, sagte ich und merkte selbst, wie zögerlich ich klang.

Gene Paley setzte ein paar präzise Zeichen auf das Endlospapier, das so breit war wie eine kleine Vorstadtstraße. Die nasse schwarze Tinte aus dem Füllfederhalter hob sich drastisch von dem blassblau-weiß-gestreiften Papier und den aschgrauen Kolonnen der Nadeldruckerzahlen ab.

Seine Geschichten sind gut, sagte ich, nur ein wenig …

Schwammig?

Schwammig? Kann sein.

Wie schon gesagt, Sie schreiben ganz hervorragend, sagte Gene Paley, ohne die Zahlenkolonnen aus den Augen zu lassen. Aber wir müssen ihn zum Reden bringen.

Gene Paleys seltsam glatte Lider, sein schmales Gesicht, seine Hakennase, sein staubbeiger Teint und mein Gefühl, er könnte irgendwann plötzlich auf mich losgehen, erinnerten mich an Suzys Indischen Halsbandsittich, der sich keine Gelegenheit entgehen ließ, mich zu beißen.

Er muss mir mehr erzählen, sagte ich. Er ist … Er interessiert sich gar nicht für das Buch.

Gene Paley hob den Kopf und begegnete meinem Blick. Er wirkte nun sehr streng.

Mmmh, machte er, streckte skeptisch den übergroßen Füllfederhalter von sich, der auf einmal so deplatziert wirkte wie ein Stück verchromtes Leitungsrohr, und ließ ihn auf die kilometerlange Zahlenbahn fallen. Zahlen wie diese bestimmten seit Jahrzehnten sein Leben – die gedruckte Stückzahl, die Zahl der vorbestellten, abverkauften, remittierten und verramschten Exemplare, die Margen der Händler, die Verkaufszahlen der Konkurrenz, welche selbstverständlich der Presse zuliebe geschönt waren, echte Zahlen, Traumzahlen, wahre Zahlen, falsche Zahlen, an gierige Handelsketten verlorene Zahlen, einfältigen Autoren und aufgeblasenen Agenten abgerungene Zahlen, die Verzweiflung und Schönheit und Magie der Zahlen – ihre Zahlen, unsere Zahlen, schlechte Zahlen, gute Zahlen, bei Gott, es gab sogar Zahlen zu den Zahlen – und all diese unzähligen Zahlen hatten Gene Paleys Empfindsamkeit dermaßen geschärft, dass er über einen zusätzlichen Nerv zu verfügen schien, mit dem er Gewinnchancen, aber auch Verluste deutlicher spüren konnte.

Ihre Aufgabe ist es nicht bloß zu schreiben, sagte er mit immer noch freundlicher, aber irgendwie festerer Stimme. Er klang resolut. Sie sollen mit ihm zusammen für uns schreiben. Sie sollen ihn zum Reden bringen. Wenn er nicht redet, haben wir kein Buch. Wenn wir in sechs Wochen kein Buch haben, bekommen Sie kein Geld. Nichts. Ja?

Nein, sagte ich. Ja.

Nein, sagte Gene Paley. Nichts.

Ja, wiederholte ich. Nichts.

Während er sprach, faltete Gene Paley das Endlospapier sorgfältig zu einem rechteckigen Haufen zusammen, stand vom Schreibtisch auf und zog ganz ohne Scham sein Hemd aus, unter dem ein weißes Unterhemd zum Vorschein kam, einen Hauch zu weit für seinen weißen Körper.

Angeblich gibt es beim Schreiben nur drei Regeln, sagte Gene Paley, und ich glaubte, den Staub riechen zu können, den die nun folgende Weisheit angesetzt hatte: Zu schade, sagte er, dass niemand sich dran erinnern kann!

An der Unterseite seiner schlaffen, dünnen Oberarme saßen winzige, leuchtend rote Muttermale, die aussahen, als hätte sie ihm jemand willkürlich mit einem Kugelschreiber zugefügt. Er hatte die Statur eines Menschen, der in seinem ganzen Leben nie körperlich hatte arbeiten müssen. Ein Mann, der den Vornamen Gene so unbekümmert trug wie Gene Paley, hatte sich, und das wurde mir jetzt klar, über alle maskulinen Selbstzweifel erhoben, mit denen ich groß geworden war. Ich arbeitete seit drei Tagen an Heidls Memoiren und ahnte zum ersten Mal, dass meine beschränkte Art zu denken nur eines von gleich mehreren persönlichen Hemmnissen war. Dennoch konnte ich nicht anders, als mich beim Anblick seines Körpers, Dackeltorso mit Nymphensittichkopf, für ihn zu schämen.

Gene Paley öffnete eine Schranktür und nahm ein frisches Hemd heraus.

Versuchen Sie, sagte er, möglichst schnell eine erste Fassung zu schreiben. Das wäre mein Rat.

Ohne jede Rücksicht auf meine Anwesenheit oder meine Meinung zog er das Hemd über; alles Weitere fasste er in einem Satz zusammen, der anscheinend selbsterklärend war.

Mittagessen mit Jez Dempster, sagte er und knöpfte sich die Manschetten zu.

Jez Dempsters Bücher verkauften sich in Auflagen von mehreren Hunderttausend, wenn nicht gar Millionen. Jez Dempster war eine *Branchengröße*.

Wie schon gesagt, ein Autor wie Sie könnte von den Jez

Dempsters dieser Welt eine Menge lernen, sagte Gene Paley. Ja?

Ja, antwortete beziehungsweise wiederholte ich. Es schien auf dasselbe hinauszulaufen. Was denn zum Beispiel?

Zum Beispiel, dass man, wenn man nur schlecht genug schreibt, einen Haufen Geld verdienen kann. Sie haben sich anscheinend fürs Gegenteil entschieden.

Ich schreibe gut?

Sie verdienen kein Geld.

Obwohl eine gewisse Sanftmut, vielleicht sogar Güte aus Gene Paleys schwer beliderten Augen und seinem müden Lächeln sprach, versteckte sich dort in dem mageren Körper mit den schlaffen Armen ein messerscharfer Instinkt, der auf Status und Geld geeicht war. Vor allem auf Geld. Möglicherweise war keiner seiner Sinne so hoch entwickelt wie dieser eine: Er hatte ein geradezu schamanisches Gespür für Geld – für das, was das Geld brauchte und forderte, für seine Ekstasen und Nöte; er hörte sein Flehen und wusste, welche Maßnahmen er ergreifen musste, um zwischen unserer Welt und der des Geldes zu vermitteln. Seine Entschlossenheit konnte, ich ahnte es damals schon, jederzeit ins Grausame umschlagen, denn ein Mann, dem egal war, was ein anderer über seine Figur dachte, war ein Mann, dem mehr oder weniger alles egal war.

Jez Dempster hat mir einmal verraten – Gene Paley knöpfte sich die Hose auf und zog den Reißverschluss halb herunter –, ein Klassiker sei ein Buch, das nie damit fertig werde zu sagen, was es sagen wolle.

Er stopfte sich das Hemd in den Hosenbund und knöpfte die Hose wieder zu.

Sie schreiben keinen Klassiker, sagte er, Sie schreiben einen Bestseller. Und ich möchte, dass in Ihrem Bestseller alles steht, was man jemals über Siegfried Heidl lesen möchte. Und dafür brauchen Sie bitte nicht länger als sechs Wochen.

Ich muss zugeben, es machte mich fassungslos, Gene Paley beim Hemdenwechsel zuzuschauen. Sein Verhalten verdeutlichte mir seine und meine Stellung unmissverständlicher als alles, was er hätte sagen können. Er war der König, der während des Defäkierens von Höflingen und Lieferanten umringt wurde und die Staatsangelegenheiten regelte. Gene Paley fehlten so viele Eigenschaften, die nach meinem Verständnis einen Mann ausmachten, dennoch hielt er sich für überlegen. Und obwohl ich mich dafür verachtete und mir einredete, ich wäre in Bezug auf unser Verhältnis ganz anderer Meinung, pflichtete ich ihm durch meine verunsicherte Haltung und meine zögerlichen Antworten bei.

Er hält sich für gar nichts, sagte Ray, als ich ihm später von dem Hemdenwechsel erzählte. Er *weiß* einfach, dass er was Besseres ist. Leute wie er saugen das entsprechende Bewusstsein mit der Muttermilch auf.

Ihre Schuhe, sagte Gene Paley, der sich jetzt fertig umgezogen hatte und mich mit ausgestrecktem Arm zur Tür scheuchte.

Sein Blick ruhte auf meinen Turnschuhen. Das Leder meines rechten Adidas Vienna hatte sich von der Sohle gelöst. Der Schuh fiel nicht gerade auseinander, noch nicht; ich hoffte, ihn irgendwie über die nächsten sechs Wochen zu retten, indem ich den Fuß nicht abrollte, sondern vorsichtig anhob und absetzte.

Haben Sie kein anderes Paar?

Da wurde mir klar, dass er mich die ganze Zeit, während der ich ihm zugeschaut hatte, beobachtet und für unzulänglich befunden hatte. Die Wahrheit war, dass ich keine anderen Schuhe besaß und mir auch keine neuen leisten konnte, und ich war zu beschämt, um ihm das – oder irgendetwas anderes – zu sagen. Mir blieb nichts übrig, als Heidl irgendwie zum Reden zu bringen, damit ich bezahlt wurde und mir unter anderem ein neues Paar Turnschuhe kaufen konnte.

4

Ich durchquerte abermals den langen Korridor – leicht humpelnd, um meinen Adidas Vienna zu schonen – und kehrte in das Eckbüro zurück, wo die Stimmung auf dem Tiefpunkt angelangt war. Heidl stand hinter dem Chefschreibtisch und sprach ins Cheftelefon. Er winkte mir knapp zu, und seine Haltung ließ sich am besten als *chefmäßig* beschreiben, sie war verächtlich, kontrollierend und gelassen zugleich, eine Geste der Macht. Ich setzte mich wieder an den zu kleinen Konferenztisch mit den drei schlichten Sesseln, die, wie ich mir jetzt überlegte, weniger an einen verschlungenen Francis Bacon erinnerten als an Edvard Munchs geradlinigen Schrei. Ohne Heidl aus den Augen zu lassen, startete ich meinen Mac Classic. Heidl legte den Hörer auf und setzte seinen Vortrag über die Toxoplasmose oder, wie er sie nannte, *die Toxo* fort.

Ziggy Heidl war von der Toxo fasziniert, zumindest behauptete er das. So oder so sprach er oft über das Thema, besonders gern darüber, wie der Toxoplasmoseerreger das Gehirn von Ratten befiel und ihnen die angeborene Angst vor Katzen austrieb. Die neuerdings furchtlosen Ratten wurden von Katzen gefressen; einmal im Körper des neuen Wirts, trat der Parasit ins nächste Entwicklungsstadium ein und vermehrte sich. Die Katzen wiederum lebten unter Menschen und gaben die Krankheit über ihre infizierten Ausscheidungen an diese weiter.

Vor allem faszinierte Heidl der Effekt, den die Toxo, die bereits das Verhalten der Ratten so krass veränderte, womöglich auf den Menschen hatte. Er konnte stundenlang über die Frage spekulieren, warum ausgerechnet die Verrückten oftmals viele Katzen hielten. Zwang der Parasit die Menschen dazu, sich um Katzen zu kümmern, damit seine

Überlebenschancen stiegen? Waren die Verrückten immer schon verrückt gewesen, oder hatte die Toxo sie verrückt gemacht?

Wenn man seine Stimme ertrug, war Heidl auf seine ganz eigene Art ein angenehmer Redner; aber nichts von dem, was er sagte, war für mich von Nutzen. Und während er erzählte, inzwischen würden durch Regenwasser, das von landwirtschaftlich genutzten Flächen abfloss, sogar Delfine infiziert, kam mir zum ersten Mal der beunruhigende Gedanke, er könnte selbst so sein wie die Toxo, die ihn faszinierte. Ganz kurz hatte ich die lächerliche Befürchtung, etwas könnte von meinem Verstand Besitz ergreifen und mich gegen meinen Willen und meine Interessen handeln lassen. Da wurde mir klar, wie sehr er mich bereits verängstigt hatte und wie verrückt diese Angst war.

Ich beruhigte mich wieder und beschloss, an diesem Tag noch ein paar Seiten zu schreiben. Heidl erzählte mir zum dritten Mal – oder zum ersten? – die Geschichte von dem Zicklein, bloß dass er dem Tier diesmal so in den Kopf schoss, dass es, während er zuschauen musste, langsam verendete.

Auch das habe ich von Heidl gelernt: Es ist leicht, sich zu erinnern, und schwer zu beurteilen, ob die Erinnerung wahr ist. Die Aufrichtigkeit zieht die notwendige Lüge nach sich, und die Lüge erlaubt uns zu leben.

5

Ich weiß noch, dass ich, nachdem ich die Ziegengeschichte zum ersten – oder letzten – Mal gehört hatte, zum Fenster ging und nach draußen schaute. In der Ferne standen erschöpft gebeugte Baukräne, noch weiter dahinter schob sich die rote Sonne auf den Horizont zu und tauchte die Welt in ein fahles, blutiges Licht. Auf der Straße unter mir, drei Etagen tiefer, kickten sich zwei Arbeiter in Kaki-Overalls einen Football zu. Ich beneidete sie um diesen kurzen Moment der Freiheit; ich wusste ja nicht, dass ich immer noch frei war. Mein Blick wanderte weiter zum Eingang des Verlagshauses, wo ich Ray entdeckte. Er trug einen Lederblouson und rollte sich mit gelangweilter Miene eine Zigarette.

Ich wandte mich um. Heidl telefonierte immer noch. Ich bedeutete ihm mit einer Geste, dass ich eine kurze Pause machen würde, dann verließ ich das Büro, eilte die drei Treppen hinunter und durch die Lobby zum Haupteingang.

Draußen war alles genauso neu wie drinnen. Der Rollrasen neben dem Gehweg war frei von Abfall und Zigarettenkippen. Noch blühten keine Graffiti an den Fertigbetonwänden der Lagerhallen, keine Schnörkel zogen sich über den olivgrünen oder rostbraunen Putz der niedrigen Bürogebäude, deren erschreckende Gleichförmigkeit das gesamte Straßenbild prägte. Alles war ordentlich und sauber und wartete schon jetzt darauf, in trister Monotonie zu verkommen. Alles war so neu, dass auf den Fensterscheiben gegenüber noch die Schutzfolie klebte. Wo sie abgepellt und verdreht war, wedelte sie als blauer Hundeschwanz im Wind.

Die Bezeichnung Drecksloch wäre zu interessant für dieses Drecksloch, sagte Ray.

Ich sehnte mich nach etwas anderem – nach Aufregung, nach Emotionen, mit denen ich Heidls gefälschte Kindheit ausstaffieren könnte. Aber ich spürte nichts als eine enorme Langeweile. Wäre ich ein echter Schriftsteller gewesen, hätte ich die postmoderne Schönheit meiner Umgebung erkannt oder wenigstens ein paar Zeilen zustande gebracht, in denen ich vorgab, sie zu erkennen. Aber ich stammte von einer Insel am Ende der Welt, wo das Maß aller wichtigen Dinge nicht menschengemacht war; ein Anblick, der die moderne Literatur bewegte, ließ mich kalt. Ich stammte aus einem öden, provinziellen Kaff und konnte, wie man mir gesagt hatte, nicht einmal richtig sehen; wie wollte ich da richtig schreiben?

Ist doch scheiße, sagte Ray.

Er lehnte an einem länglichen, brusthohen Blumenkübel aus Beton. Der Kübel trug eine Art Aluminiummanschette, auf die im Siebdruckverfahren die Worte STP Publishing und daneben das berühmte Firmenzeichen aufgebracht waren, ein stilisierter weißer Wal, der aus dem Wasser sprang.

Heidl telefoniert schon wieder, sagte ich.

Der Wind ging in willkürlichen Böen und blies mir Sand ins Gesicht. Die Luft roch nach feuchtem Stein. Wahrscheinlich waren auch Geräusche zu hören, an die ich mich aber nicht erinnern kann. Ferner Verkehrslärm vielleicht. Oder auch nicht. An einem Ort wie diesem hinterließ nichts einen Eindruck, weder der Klang noch die Stille.

Immerhin haben wir es bis nach Australien geschafft, ohne dabei draufzugehen, sagte Ray.

Ich besaß einen australischen Pass, wusste jedoch nicht viel über das Land, weil ich in Tasmanien aufgewachsen war, über das niemand irgendetwas wusste, schon gar nicht die Tasmanier selbst, die ihre Heimat für ein unlösbares Rätsel hielten. Melbourne war eine selbstbewusste Stadt, eine nach dem Dafürhalten ihrer Bewohner großartige Stadt, und auch manche Besucher teilten diese Meinung; eine Stadt, die an dem Glauben festhielt, sie sei von Goldgräbern gegründet worden und nicht von jenen Männern, die sich Jahre vor dem Goldrausch besonders hervorgetan hatten, indem sie an der tasmanischen Grenze Todesschwadronen befehligt und die letzten tasmanischen Ureinwohner abgeschlachtet hatten, nachts, an ihren Lagerfeuern.

Einige Tasmanier behaupteten, Melbourne sei wie Tasmanien, nur eben größer, was mir ebenso dumm vorkam wie zu sagen, Tasmanien sei wie New York, nur eben kleiner.

Ehrlich, die Welt war voller Dummheiten, aber worüber sonst hätten wir reden sollen? Vielleicht besteht der einzige Unterschied zwischen Mensch und Tier darin, dass der Mensch seine Tage und sein Leben mit Unsinn füllen kann, er baut sich ein ganzes unsinniges Universum daraus, bis irgendwann das einzig Wahre kommt, der Tod, und dem Unsinn ein Ende macht. Inzwischen beneide ich jeden, bei dem die eine oder andere tödliche Krankheit diagnostiziert worden ist.

Ich gehe spazieren, sagte ich.

Der Straßenbelag war so schwarz und sauber wie die Küchenoberflächen einer Luxuswohnung. Frischer Betonstaub hatte sich als feiner Puder auf die hellgrauen Kantsteine gelegt, und die galvanisierten Gossengitter schimmerten in einem silbrigen Perlmutt. Ich konnte sehen, dass alles in dieser Gegend, Gene Paley hatte mich bei unserer ersten Begegnung darauf hingewiesen, für den Boom stand; dass die Nation trotz Flauten und Zinsen gedieh und wenigstens die Wirtschaft über den Berg war. Damals wurde überhaupt sehr viel über die Wirtschaft geredet, die Wirtschaft war eine Art Messias: Die Leute glaubten noch daran, so wie sie früher an die Politik geglaubt hatten und davor an Gott, und wenn die Börsenmakler sich draußen auf eine Zigarette trafen, redeten sie von der J-Kurve und frei schwankenden Wechselkursen, als könnten sie mit diesen Begriffen sich selbst und ihre Leben erklären.

Schon an der ersten Straßenkreuzung fragte ich mich, ob ich wieder mit dem Rauchen anfangen sollte, wenigstens für die Dauer des Projekts. Ich war mir nur einer einzigen Kurve bewusst, der Lederfalte in meinem rechten Adidas-Vienna-Turnschuh, der sich ein kleines Stückchen weiter von seiner Sohle gelöst hatte. In allen Straßen mehr vom Gleichen, ein Labyrinth der Monotonie, so absolut, dass ich kurz nicht mehr wusste, wo ich war und wie ich zum Verlagshaus zurückfinden sollte, das keine zweihundert Meter hinter mir lag. Ich machte kehrt, humpelte im Schongang zum Haupteingang zurück und bat Ray um eine Zigarette.

Verdammt, sagte Ray, du brauchst keine Zigarette, du brauchst eine neue Hüfte.

Er schaute den Arbeitern zu, die immer noch auf der Straße Football spielten. Einer trug einen Cowboyhut. Wenn er den Ball gefangen hatte, hielt er kurz inne, richtete sich auf, bückte sich, um seine Socken hochzuziehen, kickte etwas Kies in die Höhe und schlug den Ball dann mit großem Ernst zu seinem Mitspieler zurück. Während der andere fing, hob der Cowboy triumphierend den Zeigefinger und lief einen kleinen Kreis.

Scheiße, sagte Ray gedehnt. Er konnte so viel Ernst und Staunen in einem einzigen bedeutungslosen Wort unterbringen wie ein Nobelpreisträger in einer Rede über die Stringtheorie.

Was denn?

Es reicht, Mann.

Was reicht?

Es, sagte er.

Ich hatte keine Ahnung, was er meinte, aber so war es fast immer.

Du weißt schon, Mann, sagte Ray und beugte sich vor.

Er drehte mir lächelnd eine Zigarette aus seinem Champion-Ruby-Tabak und schaute dabei durch mich hindurch, als hätte er gerade eine Kneipenschlägerei gewonnen, oder als wollte er eine anfangen.

Das weißt du verdammt noch mal ganz genau, sagte Ray und zwinkerte mir zu. Er gab mir die Zigarette und beugte sich noch weiter vor, sodass seine Stirn fast meine berührte. Sein Blick huschte schnell nach links und rechts, und er zischte:

Er glaubt, die wollen ihn *umbringen*.

6

Sie wollen uns etwas sagen, die Toten. Etwas Gewöhnliches, Alltägliches. Manchmal kommen sie nachts zu mir zurück, und ich lasse sie herein. Ich leihe ihnen meine Zunge. Sie sprechen über das, was wir beobachten, sehen, hören und berühren, frei wie der Mond ziehen sie durch die wahre Nacht. Die körperlose Luft, schrieb Melville. Aber da ist kein Ziggy Heidl. Kein Ray. Da ist niemand. Früher, als ich noch nichts geschrieben hatte, wusste ich alles über das Schreiben. Heute weiß ich nichts. Über das Leben? Nichts. Das Leben? Nichts. Überhaupt nichts.

TEIL 2

1

Die Banken, sagte Heidl am vierten Tag, als hätte er meine Gedanken gehört. Die Banken wollen mich umbringen.

Nach den verwirrenden, hoffnungsvollen, aufregenden ersten drei Tagen war die Lage mehr oder weniger festgefahren. Heidl antwortete allenfalls in Rätseln, die meiste Zeit war er abgelenkt oder, schlimmer noch, vollkommen desinteressiert. Sein wichtigstes Anliegen bestand darin, von Gene Paley möglichst schnell die nächste Vorschussrate zu kassieren.

Sie?, fragte ich. Warum in aller Welt sollten die Banken ausgerechnet Sie umbringen wollen?

Wegen dem, was ich getan habe. Und weil ich zu viel weiß. Ich könnte gewissen Leuten, nun ja, *schaden*. Berühmten Leuten. Mächtigen Leuten.

Er steigerte sich in eine Tirade hinein, völlig hingerissen von seinem eigenen tragischen Schicksal, bis ihm auf einmal – typisch für ihn – ein neuer Gedanke kam und er wie ausgewechselt war.

Glauben Sie, Paley würde mir die Vorschussrate auszahlen, wenn wir ihm ein paar Seiten zeigen?

Ich sagte ihm, dass wir keine Seiten hatten.

Aber ist das nicht Ihre Aufgabe?

Ich schüttelte den Kopf.

Die Seiten zu schreiben? Ist das nicht Ihr Job? Wozu sind Sie sonst hier?

Ich erklärte ihm, dass er mir zunächst etwas aus seinem Leben erzählen müsste, das ich dann erst in Seiten verwandeln könnte, die Gene Paley schließlich in Geld verwandeln würde.

Falls Heidl meine Bemerkung gehört hatte, ignorierte er sie.

Keine Bank will Sie umbringen, sagte ich, um das Gespräch irgendwie in Gang zu halten. Außerdem sitzen Sie sowieso bald im Gefängnis.

In Momenten wie diesen schaute er sich misstrauisch um und beugte sich vor, als wollte er mich ins Vertrauen ziehen.

Da gibt es ein paar Dinge, von denen gewisse Leute nicht wollen, dass Sie sie erfahren. Wer weiß, was ich vor Gericht aussagen werde?

Was denn zum Beispiel?

Heidl lachte. Seine Wangen warfen wütende Grübchen.

Ich werde Ihnen gar nichts verraten. Aber die glauben das Gegenteil – sie glauben, ich würde Ihnen alles verraten. Und manche Leute nähren diese Angst mutwillig.

Welche Leute?

Leute wie Eric Knowles. Er weiß alles über meine Verbindungen. Über meine Kontakte.

Kontakte zu wem?

Zu Leuten.

Zu welchen Leuten?

Zu Leuten, zischte er. Er schnaubte verächtlich und schüttelte den Kopf über so viel Naivität. Wie konnte ich nicht wissen, von wem die Rede war?

Und irgendwie schämte ich mich dafür, dass ich nicht wusste, wer gemeint war, dass ich in Bezug auf gewisse Leute nicht auf dem neuesten Stand war, so wie ich mich dafür schämte, über das meiste andere nicht auf dem neuesten Stand zu sein.

Ich will ja nicht behaupten, dass Sie solche Leute jemals getroffen hätten, sagte Heidl. Aber es gibt sie dennoch. Und in meiner Welt, in der Realität, muss man irgendwie mit ihnen fertigwerden – oder man delegiert die Aufgabe an jemand anderen.

Und?

Vielleicht war ich ja dieser andere.

Siegfried, falls Sie die CIA meinen, müssen Sie CIA sagen.

Offiziell habe ich für die nur bis Anfang der 1970er gearbeitet. In Laos. Und in der DDR. Aber danach nicht mehr. Nicht hier in Australien.

Und was haben Sie für die CIA in Laos gemacht?, fragte ich, und wieder flüchtete er sich in Ausreden, Rätsel und Worthülsen, die alles und nichts bedeuten konnten. Oder beides.

In Chile, sagte er, wie um mich zu foltern.

Chile?

Mein Codename war Jago, sagte er.

Er klang abermals verunsichert, als hätte er vergessen, was er wissen durfte oder wie viel er tatsächlich wusste. Den Geheimnisvollen spielen konnte er jederzeit, aber sobald man versuchte, Licht ins Dunkel zu bringen, wies er alle Unterstellungen zurück. Heidls erste Finte bestand darin, seinen Gesprächspartner durch Ermutigung und Zustimmung zu fesseln und sogar dazu anzustiften, die Lüge in seinem Namen weiterzuspinnen. Anfangs fiel ich jedes Mal darauf herein, später dann nicht mehr. Später wurde ich selbst zur Lüge.

Ich bin nicht, was ich scheine, sagte ich.

Was?

Jago.

Das habe ich eben gesagt.

Das hat Jago gesagt. In *Othello*. Wenn mein Gesicht die wahre Gestalt meines Herzens zeigte, so würde mein Herz den Krähen zum Futter dienen. Ich bin nicht, was ich scheine, sagte ich.

Alles klar, sagte Heidl. Das bin ich.

Eine großartige Figur, sagte ich.

Ein großartiger Roman!

Und da waren wir wieder, hatten abermals den Faden verloren und drehten uns im Strudel von *hätte sein können* oder *hätte nicht sein können*; *war nicht* oder *ist doch*; *war doch* oder *ist nicht*.

Niemand verlangt, dass Sie absolut alles über Ihr Privatleben ausplaudern, sagte ich.

Nein, sagte Heidl.

Aber es wäre schön, wenn wir wenigstens einen kleinen Blick darauf werfen könnten, aus Ihrer Perspektive.

Ja, sagte Heidl, aber ich habe keine Perspektive.

Dann lassen Sie uns über etwas Persönliches reden. Zum einen interessieren die Leser persönliche Dinge, zum anderen wird es Sie in einem sympathischeren Licht erscheinen lassen. Als einen Mann, der über sich und sein Leben nachdenkt. Ein ungeprüftes Leben ist nicht lebenswert …

Sokrates.

… und erst recht nicht lesenswert, fügte ich hinzu. Ich war verwundert darüber, dass Heidl das Zitat erkannt hatte.

Das Problem ist, sagte Heidl, dass es über das geprüfte Leben nicht viel zu erzählen gibt.

Es klopfte, Pia Carnevale streckte den Kopf zur Tür herein.

Kif, Gene möchte dich sehen, sagte sie. Du sollst dir ein paar Ausdrucke ansehen.

2

Gene Paley wollte nichts dergleichen. Er wollte nur wieder wissen, wie wir vorankämen.

Noch langsamer, sagte ich.

Ich und Gene Paley standen in der Tiefgarage von Trans-

Pac, weil er mir einen Firmenwagen zeigen wollte, der demnächst ausgemustert würde. Ein neuer Nissan Skyline GTR, das begehrteste Auto seiner Zeit. Ich könne es fahren, sagte er, solange ich in Melbourne sei.

Wir machen das so, sagte Gene Paley und trommelte sanft mit seinen weißen, sehr kurzen Fingern, die mich an die Klauen eines Beuteltiers erinnerten, auf das Autodach. Ich möchte spätestens am Freitag das erste Kapitel sehen. Bis dahin sind Sie auf Bewährung. Falls das Kapitel unseren Erwartungen nicht entspricht, betrachten Sie unser kleines Experiment bitte als beendet. Wie Sie in Ihrem Vertrag nachlesen können, steht Ihnen ein Auflösungshonorar von fünfhundert Dollar zu. Wenn das Manuskript, wie wir alle hoffen, angenommen wird, machen wir weiter.

Damit hatte ich nicht gerechnet. Ich konnte mich nicht erinnern, etwas Ähnliches – oder etwas anderes – in meinem Vertrag gelesen zu haben. Ich hatte fest damit gerechnet, früher oder später einen Scheck oder einen dicken Umschlag mit Bargeld überreicht zu bekommen. Darauf würde ich nun wohl verzichten müssen.

Ich hatte Gene Paley um einen Vorschuss bitten wollen, weil Suzy und ich noch genau zweihundertzwanzig Dollar auf dem Konto hatten und ich es nicht wagte, auch nur einen davon abzuheben. Aber ich wusste nicht, wie ich die Bitte in dieser Situation formulieren sollte, ohne unverschämt zu klingen. Das Ganze fühlte sich immer theoretischer an; ich hatte keine Ahnung, wie ich Heidl bis Freitag ein komplettes Kapitel abringen sollte. Ich spürte meine Zunge wie einen dicken Lappen in meinem Mund, während ich überlegte, wie ich Gene Paley die Wahrheit beibringen und ihm gleichzeitig ein vernünftiges Argument zum Weitermachen liefern könnte. Doch der Verleger war so allwissend, so entschlossen, er war so vieles – und wer oder was war ich im Vergleich?

Also hielt ich den Mund.

Gene Paley interpretierte mein ratloses Schweigen als Begeisterung für das Auto. Er interpretierte ständig alles Mögliche. Er fragte, welchen Wagen ich daheim führe.

Einen Holden EH Kombi, sagte ich.

Er lachte. Und wer hätte nicht gelacht? Ein fast dreißig Jahre altes Modell, zu gewöhnlich, um besondere Liebhaber zu finden, zu alt, um ansatzweise den heutigen Sicherheitsstandards zu entsprechen. Die Technik war so primitiv, dass selbst ich sie hätte reparieren können. Ich erzählte Gene Paley nicht, dass ich kürzlich erst einen neuen Unterboden angeschweißt hatte, weil der alte durchgerostet und herausgefallen war. Ich erzählte ihm nicht, dass es ins Auto hineinregnete, dass es kein Gebläse gab und im Winter die Scheiben beschlugen, dass der Wagen bei Nässe zur Todesfalle wurde.

Springen Sie mal rein, sagte Gene Paley und klopfte auf das funkelnde Dach des Nissan Skyline. Machen Sie eine Probefahrt.

Auf dem Fahrersitz fühlte man sich wie im Cockpit eines Luxuswohnmobils. Gene Paley nahm auf dem Beifahrersitz Platz, beugte sich vor, schwankte leicht, fixierte einen Punkt in der Ferne, und in seinen Augen sah ich die bleiche Gleichgültigkeit eines Geheimpolizisten, eines Serienmörders, eines Hedgefondsmaklers.

Wenn Sie wollen, sagte Gene Paley, bekommen Sie statt des Geldes diesen Wagen, ja?

Suzy und ich hatten uns lange darüber unterhalten, was wir mit den zehntausend Dollar alles anfangen könnten. Die Hälfte davon ins Haus stecken, einen Zwillingsbuggy kaufen und einen zweiten Stubenwagen; die tausend Sachen, die man für ein Baby braucht und von denen wir nun zweitausend brauchen würden.

Ich will kein Auto, sagte ich nicht ohne Bedauern. Ich will das Geld.

Mmmh, machte Gene Paley und verzog die Lippen zu einem freundlichen, möglicherweise aber auch bedrohlichen Lächeln. Er ließ den Blick sinken, als hätten die Schwerkraft und die Langeweile nun endgültig das schwache Interesse erlöschen lassen, das er anfangs an mir gehabt hatte.

Ich will keine Literatur, sagte er und richtete die traurigen Augen wieder auf mich. Ich will einen Bestseller, Kif. Und dieses Auto ist ein guter Tausch.

Wir gingen zurück in sein Büro. Er suchte gerade im Bücherregal nach irgendwelchen Footballermemoiren, die er mir als gutes Beispiel mitgeben wollte, als das Telefon klingelte. Er hob den Hörer ab. In der knackenden Leitung eine plärrende Stimme, Gene Paley verzog das Gesicht.

Jez Dempster!, rief er, und jede Silbe klang, als hätte ihn ein grausames Schicksal ereilt, dem er bis zuletzt zu entkommen gehofft hatte.

Mit der freien Hand zeigte er zur Tür.

3

Wenn wir an dem kleinen Konferenztisch saßen, war Heidl schwach und erschöpft und versuchte, mich hinzuhalten. Er wirkte körperlich geschrumpft und seltsam unbedeutend. Ich hatte ihn Hunderte Male zuvor gesehen, im Fernsehen und in der Zeitung, ohne dass ich irgendetwas in Erinnerung behalten hätte. Und selbst wenn ich ihm während der Arbeit gegenübersaß, war es schwierig, ihn zu *sehen*. Ich weiß noch, dass er fast kahl und sein Alter unmöglich zu schätzen war. Ein kleiner, leicht untersetzter Mann mit einem zuckenden Wangenmuskel, abgesehen davon könnte ich ihn heute nicht mehr beschreiben. Ray nannte ihn manchmal den Kobold, was den kleinen Hexer ziemlich gut auf den Punkt brachte, besser als alles, was mir eingefallen wäre.

Wenn ich aus Gene Paleys Büro zurückkam und er hinter dem breiten Chefschreibtisch saß, war er allerdings ein anderer Mensch. Dort wirkte er breiter und größer, gebieterisch und unglaublich selbstbewusst. Es war, als wäre er am Schreibtisch, der die Macht symbolisierte, plötzlich selbst mächtig geworden, und ich, der in einem Cocktailsessel neben dem Konferenztisch saß, war kein Gleichgestellter mehr, sondern nur noch ein elender Zwerg, ein Stenograf, ein unterwürfiger Angestellter. Das Ganze kam mir zunächst lächerlich vor, dann beschloss ich, es für meine Zwecke zu nutzen.

Heidl stand auf und schickte sich an, zum Konferenztisch zurückzukehren. Ich schlug ihm vor zu bleiben, wo er war.

Der Chefsessel ist doch bestimmt viel bequemer als die Stühle hier, sagte ich, was der Wahrheit entsprach. Außerdem können Sie sich dort besser um Ihre anderen Angelegenheiten kümmern.

Heidl lächelte, machte kehrt und setzte sich ohne zu zögern wieder in den Sessel hinter dem Chefschreibtisch. Noch nie hatte ich ihn so gelassen erlebt. Er entspannte die Schultern, und selbst seine Sprache veränderte sich; seine Ausdrucksweise wurde weniger formell, er schien auf einmal die Balance zu finden zwischen unserem Small Talk und der unangenehmen Aufgabe, meine Fragen beantworten zu müssen. Gleichzeitig gelang es ihm irgendwie, seine Größe und Überlegenheit zu halten. Am Schreibtisch war er, was er sein wollte – eine bedeutende Persönlichkeit vermutlich, und dennoch angepasst; ein Mann, den man in einer größeren Menschenmenge übersehen würde.

Sie leisten ganz ausgezeichnete Arbeit, Kif, sagte er und lehnte sich zurück. Ich habe Gene schon erzählt, wie begeistert ich von Ihnen bin.

Vielen Dank, Siegfried, sagte ich im Ton eines Untergebenen und tippte weiter.

Heidl hinter dem Chefschreibtisch legte die Fingerspitzen aneinander, wiegte sich langsam vor und zurück und ließ die Gelenke knacken. Es liegt nicht daran, dass der Hund auf dem Thron plötzlich wie ein König aussieht, dachte ich. Es ist bloß so, dass sich alle darauf geeinigt haben, er sei kein Hund mehr.

Vielleicht hatte ich da schon angefangen, ihn zu hassen.

Aber jetzt sollten wir uns wirklich ans Werk machen, sagte ich.

Selbstverständlich. Wozu bin ich sonst hier?

Die CIA? Schildern Sie, wie es dort war.

Habe ich bereits.

Laos. Der geheime Krieg. Erzählen Sie mir davon.

Ich war nie in Laos. Wer behauptet so einen Unsinn?

Langley?

Sie erwarten, dass ich Ihnen von diesen Dingen erzähle?

Also … ja, sagte ich. Für die zweihundertfünfzigtausend Dollar, die der Verlag Ihnen zahlt, kann ich das erwarten. Ich will ja nicht alles wissen, nur einen Teil. Bitte. Was ist mit Deutschland?

Während ich sprach, versuchte ich mich verzweifelt an irgendetwas zu erinnern, das ich vielleicht über das Deutschland der 1970er-Jahre aufgeschnappt hatte.

Wahrscheinlich waren Sie mit der Baader-Meinhof-Sache betraut?, fragte ich.

Den Schakal kannte ich persönlich. Er wurde Carlos genannt. Aber der war nicht unser Problem, wir haben uns hauptsächlich auf die Stasi konzentriert.

Der Schakal. Das ist gut.

Was?, fragte Heidl, und ich wusste: Was immer es war, es war weg.

Heidl stand auf, ging zum Lichtschalter und betrachtete ihn argwöhnisch.

Wissen Sie, was die tun werden, falls ich Ihnen etwas verrate?

Sagen Sie es mir.

Er lachte auf, ging zum Schreibtisch zurück und nahm den Telefonhörer in die Hand.

Sie müssen mich verstehen, sagte Ziggy Heidl. Das Leben allein liefert keine ausreichende Begründung für den Erfolg. Denken Sie nur an Papa Doc, sagte er. Augusto Pinochet, Walt Disney. Der Erfolg erfindet sich das Leben, das er zu seiner Begründung braucht.

Walt Disney?

Genau. Das habe ich eben gesagt.

Warum?, fragte ich.

Warum?, rief Heidl und knallte den Telefonhörer auf die Gabel. Warum! Warum! Heutzutage glauben die Leute, es gäbe für alles eine Erklärung. Aber das ist falsch. Warum passiert dieses, warum passiert jenes?

Wovon reden Sie?

Es gibt keine Erklärung!, schrie Heidl.

4

Da Heidl ein großer Magier war, verrauchte sein Zorn so schnell, wie er sich Bahn gebrochen hatte; und wie durch Zauberhand tauchte dort, wo eben noch der Zorn gewesen war, ein vermeintliches Geschenk auf.

Okay. Ich werde Ihnen eine einzige Sache verraten, sagte Heidl. Nur diese eine. Weil sie ohnehin bekannt ist.

Ich wartete. Und dann erzählte er mir die Geschichte von der kleinen Ziege zum zweiten oder ersten oder dritten Mal.

Die Ziege, sagte er. Eine kleine Ziege. Wie ist noch gleich das Wort?

Zicklein.

Er zeigte mit dem Finger auf mich. Das ist es! Ein Zicklein. Tja, man muss ein Zicklein großziehen.

Die CIA hat Ihnen eine Ziege überlassen?

Genau, raunte Heidl verschwörerisch. Verrückt, was? Das machen die, damit man was lernt.

Mussten Sie ihm die Flasche geben?

Heidl sah mich überrascht an.

Hübsche Tiere, diese Ziegenkinder. Hochintelligent.

Zicklein.

Zicklein? Zicklein sind hochintelligent. Dafür, dass sie Ziegen sind. Sie sind ziemlich anhänglich, nach einer Weile hat man sie richtig ins Herz geschlossen. Und dann eines Tages bekommt man den Befehl, sie zu erschießen.

Man lernt zu morden?

Nein. Nun ja, vielleicht. Aber darum geht es nicht.

Wohin soll man schießen? In den Kopf?

In den Kopf, sagte er.

Er wirkte unsicher.

Oder woandershin?

Eine Zeit lang schien er darüber nachzudenken, was dieses *woanders* bedeuten könnte. Seine Wange zuckte. Die Zeit verstrich. Irgendwann sprach er weiter.

In den Bauch.

Warum?

Heidl schwieg und fuhr mit dem Finger an der Schreibtischkante entlang. Offenbar dachte er an etwas anderes. Unmöglich zu sagen, ob er einer alten Erinnerung nachhing oder einen neuen Gedanken hatte. Bei Heidl konnte man nie wissen. Er war ständig mit Nachdenken beschäftigt, über seinen Gesprächspartner, über die Welt. Oder er dachte sich eine neue Geschichte aus. Meistens war es das.

Und dann … stirbt es, sagte er.

Langsam?

Langsam? Ja, sagte Heidl zögerlich. In den Bauch. Damit es langsam stirbt.

Er schien seine Worte eher abzuwägen als auszusprechen. Und dann klang er auf einmal selbstbewusst, fast schon bestimmend.

Und man wird gezwungen, sich das anzuschauen.

Das ist ja furchtbar, sagte ich probehalber.

Ja. Furchtbar! Heidl lächelte. Und beim Sterben stößt die kleine Ziege Laute aus. Entsetzliche Laute. Und der Gestank erst! Nach Scheiße. Ziegenscheiße. Und Pisse.

Wann war das?

Unerträgliche Laute. Wie von einem gefolterten Kind.

Ich wusste nicht, was ich sagen sollte. Keine Frage schien angemessen.

Es ist furchtbar, sagte Heidl, ich kann Ihnen gar nicht beschreiben, wie …

Wann war das?

Heidl riss die Hände in die Höhe.

Ich habe schon zu viel gesagt.

Geben Sie mir ein Datum!

Wissen Sie, die Sache ist die, man kann *hören*, wie die Ziege stirbt. Es klingt, als …

War es 1970? 1971?

… als würde einem Menschen die Haut vom Leib abgezogen, und man steht daneben und sieht ihn sterben.

Oder war es Ende der 1960er?

Das darf ich Ihnen nicht sagen.

Wo wurden Sie ausgebildet? Verraten Sie mir wenigstens das.

Was tut es zur Sache?, fragte er und schaltete kurzerhand auf ärgerlich um. Ich rede davon, dass ich eine Ziege, eine sehr kleine Ziege …

Ein Zicklein.

Ein Zicklein, ja, man muss ihm beim Sterben zuhören, und zwischendurch kommt der Offizier rein, der den Schießbefehl gegeben hat.

Ein US-Amerikaner?

Was macht die Ziege?, fragt er. Das Ganze ist nämlich ein Test.

Laos?

In Laos gibt es keine Ziegen. In Laos wurden Operationen durchgeführt, ausgebildet wurde da keiner. Wissen Sie, man wird überwacht.

Deutschland?

Die können keine Psychopathen gebrauchen, zumindest nicht in meinem Job, die wollen Menschen mit Gefühlen. Man soll etwas fühlen, und dann soll man lernen, seine Gefühle zu überwinden.

Ich gab meine Strategie auf und klammerte mich an die Hoffnung, er könnte irgendein Detail preisgeben, das der Anekdote zu mehr Glaubwürdigkeit verhelfen würde.

In diesem Moment hob Heidl den Kopf und sah mir in die Augen, und ich glaubte ihm. Nur für eine Sekunde vielleicht. Und obwohl ich nicht hätte sagen können, woran ich eigentlich glaubte, versuchte ich, Heidls Spiel mitzuspielen, denn möglicherweise würde eine Information dabei herauskommen.

Und dann weiß man, für die sind alle Menschen nicht mehr wert als Ziegen, sagte Heidl. Man weiß, dass jeder jederzeit langsam sterben kann, wenn nur der entsprechende Befehl gegeben wird.

Auf den Philippinen?

Man möchte nicht an der Stelle des Zickleins sein.

Er hielt inne, seine Pupillen waren zwei schwarze, auf das Gesicht genähte Knöpfe.

Und man möchte auch nicht der sein, der zuschauen muss.

5

Die Ziegengeschichte war sehr gut. Oder vielleicht nicht gerade sehr gut, aber besser als nichts. Nachdem ich sie allerdings zu Papier gebracht hatte, wies Pia Carnevale mich darauf hin, dass sie nicht funktionierte. Sie sei, sagte Pia, nirgendwo verankert. Ich musste einsehen, dass sie recht hatte.

Dass die Geschichte sich unglaubwürdig las, aus Heidls Mund jedoch vollkommen plausibel klang, half mir nicht weiter. Viele seiner Geschichten folgten diesem Prinzip, sie setzten sich langsam und aus meinen eigenen Mutmaßungen, Hoffnungen und Ängsten zusammen, wie bei einer umgekehrten Scharade. Doch keine einzige davon ließ sich in Textform fassen. Seine Geschichten schwebten ohne jeden Bodenkontakt dahin; da waren kein Dreck und keine Details. Pia Carnevale saß in ihrer papierverkleideten Arbeitshöhle zwischen den hohen Manuskriptstalagmiten, hob die Hände, wackelte mit den langen, dunklen Fingern und sagte: Ein guter Autor macht sich die Hände schmutzig, Kif.

Völlig entmutigt kehrte ich in unser Eckbüro zurück. Ich stellte mich ans Fenster und schaute auf die Industrielandschaft und die traurigen Boulevards von Port Melbourne hinunter. Ein Lastwagen donnerte vorbei, aus der anderen Richtung ein Motorroller. Meistens war die Straße leer. Die Stadt setzte sich immer weiter fort, wie Städte es eben tun, und verschwand am Horizont im schmutzigen Licht, in den Häuserblocks und Randbezirken, und alles schien ein Erdzeitalter entfernt zu sein.

Sie sind ein Heuchler, sagte ich und drehte mich um. Es war spät am Donnerstag der ersten Woche. Heidl saß am Schreibtisch und löste ein Kreuzworträtsel.

Bin ich das?

Ich sagte nichts. Was gab es noch zu sagen?

Wir sind alle Heuchler, fuhr Heidl fort. Wir alle wissen, dass wir nicht der sind, der wir zu sein vorgeben. Warum sollte ich eine Ausnahme sein?

Er flirtete mit der Zerstörung, einfach so, er forderte mich heraus, ihn über die Kante zu stoßen. Die ganze Woche hatte ich vergeblich versucht, ihm die Erinnerungen an seine Kindheit aus der Nase zu ziehen, vergeblich. Ich beschloss, auf den ganzen biografischen Hintergrund zu verzichten, und probierte es mit einem neuen Ansatz.

Mir doch egal, wo Sie geboren wurden, sagte ich.

In seiner berechenbaren Unberechenbarkeit reagierte Heidl gekränkt. Sein Kopf zuckte herum, nur ganz leicht, aber zu schnell.

Es ist Ihnen egal?

Ja.

Aber Sie müssen das doch wissen?

Nein, sagte ich, muss ich nicht. Und im selben Moment wurde mir klar, es war die Wahrheit.

Heidl setzte ein erstauntes Gesicht auf. Er setzte ständig irgendein Gesicht auf, manchmal verrutschte es und zerbrach. Das Erstaunen stand ihm besonders schlecht. Sein verzerrtes Gesicht erinnerte an einen Wachhund auf dem Schrottplatz, der an seiner Kette zerrte.

Aber Sie wollen doch erfahren, wo ich geboren wurde? Wollen Sie doch, oder?

Vielleicht fühlte er sich in seiner Autorität untergraben. Vielleicht wollte er einfach nur wissen, wie weit er es treiben konnte und was ich mir alles gefallen lassen würde. Bis zu diesem Moment hatte er die Bedeutung seiner Herkunft hartnäckig geleugnet, aber nun wollte er plötzlich darüber sprechen.

Ich habe eine neue Idee für den Anfang, sagte ich, obwohl ich überhaupt keine Idee hatte. Mir waren die Ideen ausgegangen.

Aber privat würden Sie es gern wissen, oder?

Siegfried, es ist mir egal.

Ich sagte die Wahrheit, ich hatte die Nase voll von Heidl, seine Spielchen ermüdeten mich.

Aber meine Geburt muss rein, Sie müssen darüber schreiben!

Nein, muss ich nicht. Gene Paley hat mir eben gesagt, dass das Buch schnell fertig werden muss.

Ich kam …

Wissen Sie was?

… in einem abgelegenen Bergarbeiterdorf in der südaustralischen Wüste zur Welt, sprach er ungerührt weiter. In Jaggamyurra.

Ehrlich gesagt finde ich Sie nicht mal besonders interessant, sagte ich in der Hoffnung, weitere Reaktionen zu provozieren. Ehrlich gesagt finde ich Sie ziemlich langweilig.

Heute lebt da keiner mehr. Eine Geisterstadt.

Er hatte mir die Geschichte schon einmal erzählt, ich hatte sie überprüft.

In Jaggamyurra, sagte ich, wurde zum letzten Mal im Jahr 1909 ein Kind geboren.

Heidl schwieg. Vielleicht hatte er mich nicht gehört.

Man sieht Ihnen Ihr Alter gar nicht an, sagte ich.

Die Geburt wurde nicht registriert, sagte Heidl, hob endlich den Kopf von der Zeitung und sah mich an. Er lächelte traurig. Wie auch? Die Zivilisation war Hunderte von Meilen entfernt. Meine armen Eltern, es war wirklich schlimm.

Ich schwieg, während er mit seiner spontanen Improvisation fortfuhr.

Wie können Sie mir nicht glauben?, fragte er und reckte beide Hände in die Höhe wie ein Priester, der den Segen erteilt.

Jaggamyurra?

Ein faszinierender Ort, sagte Heidl.

Waren Sie jemals dort?, fragte ich.

1978, sagte Heidl.

Er bemerkte seinen Fehler und fügte hastig hinzu: Ich bin noch einmal hingefahren, um meiner Familie alles zu zeigen.

Dann soll Jaggamyurra also rein?

Heidl sah mich ungläubig an. Nun ja ... ich wurde immerhin dort geboren.

Natürlich, sagte ich. Wie war es?

Staubig.

Staubig?

Ja.

Noch irgendwas? Freunde? Erinnerungen? Familienleben?

Nur Staub.

Es nützte alles nichts. Er weigerte sich, mir verwertbare Informationen zu geben. Ich sollte aus der Staubwolke eine Kindheit, den Stoff für ein ganzes Buch heraufbeschwören. Mit zunehmendem Entsetzen begriff ich, dass ich keine Ahnung hatte, wie ich Heidls Memoiren schreiben und an mein Honorar kommen sollte. Ich hatte keine Ahnung, wie ich das Buch anfangen, geschweige denn zu Ende bringen sollte; genau das musste ich aber, denn ich wollte mir neue Turnschuhe kaufen und zurück nach Hause fliegen, zu Suzy und dem Nachwuchs, ich brauchte das Geld, um uns über die Runden zu bringen und die Arbeit an meinem unmöglichen Roman abzuschließen. Ich hatte keine Ahnung, über wen ich eigentlich schrieb oder was ich als Nächstes tun sollte. Heidl schwieg mich an, und auf einmal waren meine Seele und mein Verstand wie gelähmt, sodass ich eine Weile nicht sprechen konnte. Ich beschloss, einen letzten Anlauf zu wagen.

Wie waren Sie als Kind?, fragte ich.

Kind?, wiederholte Heidl und blätterte in der neuen Ausgabe der *Woman's Daily*. Ohne den Kopf zu heben, sagte er:

Ach ja, Kind. Ich als Kind? Keine Ahnung. Ich werde seit meiner Geburt vermisst.

Er wandte sich wieder der Lektüre zu.

Ich schrieb: *Ich werde seit meiner Geburt vermisst.*

Es war meine erste Zeile. Ich zog sie an den Anfang des Textdokuments und fügte sie unter den Worten *Erstes Kapitel* ein. Ich saß da und sah mir alles noch einmal an und hoffte, den Anfang eines Buches vor mir zu haben.

Man konnte es tatsächlich lesen, aber was genau man las, blieb unklar. Es klang wie eine Stimme in der Wüste. Weil ich jedoch nichts anderes hatte, beschloss ich, der Stimme zu folgen. Ich spürte, wie sich in mir etwas regte, beziehungsweise hörte ich die Zeile und dann einen Satz, der mich zu anderen Sätzen führte. Anfangs trudelten sie nur vereinzelt ein, aber dann wurden es immer mehr, und zum Schluss war mein Kopf voll davon.

Ich löschte alles, was ich bisher geschrieben hatte. Mir wurde klar, dass ich den ersten Satz gefunden hatte, vielleicht sogar den Schlüssel zum ganzen Buch, und ich machte mich daran, die Sätze so zu tippen, wie ich sie hörte. Einige davon setzten sich aus älteren Formulierungen zusammen, die auf einmal frisch und elegant klangen, den Rest erfand ich notgedrungen hinzu. Und so begann die wahre Geschichte von Siegfried Heidl, Australiens berühmtestem Betrüger.

6

Am nächsten Nachmittag, am Freitag um kurz nach vier, durchquerte ich den langen Korridor, betrat Gene Paleys Büro und überreichte seiner Sekretärin einen Ausdruck des ersten Kapitels. Ich hatte keine Ahnung, ob es ihm gefallen würde, aber eines war mir bewusst geworden: Wenn ich über

Heidl schreiben wollte, musste ich mir selbst begegnen. Anders würde ich das Buch niemals zustande bringen. Ich und ich. Ich zusammen mit mir. Ahnte ich da schon etwas von den Verbrechen, die ich begehen würde? Falls ja, habe ich es nicht bloß den anderen verschwiegen, sondern es auch vor mir selbst verheimlicht. Nur Heidl wusste womöglich von Anfang an Bescheid. Und ich, der ich nun der Erzähler war, hasste ihn allein deswegen.

TEIL 3

1

Ich war einunddreißig Jahre alt, als die Magie verpuffte und das Telefon klingelte, wenn auch, wie Sie sehen werden, nicht unbedingt in der Reihenfolge. Ray rief an und fragte, wie es mir gehe.

Ach, sagte ich, ganz gut.

Wahrscheinlich habe ich gesagt, ich käme zurecht. Was ich genau gesagt habe, ist egal. Vielleicht habe ich zurückgefragt, wie es ihm gehe, vielleicht hat er mir erzählt, er komme gerade von einem Einsatz auf der einsamen, tropischen Kap-York-Halbinsel zurück. Was Ray gesagt hat, ist ebenfalls egal, aber es würde sich gut machen, wenn er schon an dieser Stelle zu Wort käme. Letztendlich ist für die Geschichte nur das von Bedeutung, was Ray zum Schluss sagte; zunächst fragte er: Du willst immer noch Schriftsteller werden, oder?

Ray war der Ansicht, Schriftsteller zu werden sei vergleichbar mit dem Sporttaucherkurs, den er einige Jahre zuvor am Great Barrier Reef absolviert hatte. Eine kurze Einführung in die Theorie und ein paar technische Handgriffe, die man erlernen musste, und schon durfte man in zehn Metern Tiefe zwischen Schwärmen von Nagelrochen und Lippfischen englische Rucksacktouristinnen vögeln.

Ich weiß noch, dass es Winter war und draußen schon dunkel, als Ray mir die eigentliche Frage stellte. Erinnerungen sind wie Krebs, sie wuchern und sind irgendwann untrennbar mit dem Körper verbunden, die guten wie die schlechten, die wahren wie die falschen. Erinnere ich mich wirklich daran, während des Telefonats in unserem kleinen

Wohnzimmer gesessen zu haben, in dem wir die langen, dunklen Abende verbrachten und wo ich eigenhändig einen billigen taiwanesischen Holzofen eingebaut hatte, damit wenigstens dieser Teil des Hauses beheizbar war? Oder bilde ich mir das ein? Eigentlich will ich damit nur sagen, dass ich an einem Roman arbeitete, ohne einen Verlag im Rücken zu haben, und dass ich kurz davor war, mir mein Scheitern einzugestehen.

Als Ray mit mir sprach, spürte ich, wie etwas nach mir griff. Es fühlte sich so ähnlich an wie die bitterkalte Nacht draußen. Ich presste mir den Hörer ans Ohr und lehnte mich rücklings an den Ofen. Das Eisen ächzte, dehnte sich in der Feuerhitze und verbrannte die Rückseite meiner Schenkel. Ich wusste nicht, wohin die Reise ging und was aus uns – damit meine ich mich, Suzy und Bo, unsere damals dreijährige Tochter, die eigentlich Brigid hieß – werden sollte.

Ehrlich gesagt sah es nicht gut für uns aus. Ich war noch nicht in Panik, aber ich muss zugeben, dass ich die Finsternis heraufziehen sah und mein Bestes gab, sie irgendwie in Schach zu halten. Ich muss auch zugeben, dass wir trotz der räumlichen und zeitlichen Zwänge glücklich waren, auf eine ganz eigene Weise. Außerdem waren wir fest entschlossen, eine größere Familie zu gründen und immer auf unserer Heimatinsel zu bleiben, die wir, wie wir uns damals einredeten, sehr liebten. In der Hinsicht war Ray viel wagemutiger als ich.

Tasmanien zu lieben heißt, einen schönen Junkie zu lieben, pflegte er zu sagen, und er wusste genau, wovon er sprach. *Am Ende ist man immer enttäuscht.*

Damals wussten wir es nicht, aber wir erlebten, was man im Nachhinein als die guten Jahre bezeichnet. Wir waren pleite, hatten keine Perspektive und keinen materiellen Besitz, und trotzdem fanden wir das Leben völlig zu Recht *wundervoll*. Wir hatten so wenig, dass wir nicht einmal wussten, wie wenig es war. Es war uns egal. Was wir nicht hatten, schien uninteressant und unwichtig. Die Zukunft war ein unendlicher Horizont, über dem eine verheißungsvolle Morgensonne glühte. Alles duftete, und jeder Duft war frisch – die Morgenluft, die warme Sonne auf dem Asphalt, der Regen am Abend. Es gab nur das Hier und Jetzt, und das war uns genug.

Die Vorstellung des Bösen, das möglicherweise dort draußen lauern und sich eines Tages, eher früher als später, einen Weg ins Haus bahnen und von uns Besitz ergreifen könnte – nun, aus solchem Stoff waren Märchen gemacht, wie ich sie Bo jeden Abend vorlas. Deutsche Märchen über verkleidete Wölfe, die Geschenke bringen.

Wollen wir umblättern und nachschauen, was als Nächstes geschieht?, fragte ich Bo. Buh!, rief ich, und Bo kniff die Augen zu und hielt sich an mir fest. Schau mal, der Wolf hat sich als Holzfäller verkleidet! Schau mal, der Holzfäller tut so, als wollte er dem kleinen Jungen helfen. Schau! Der Wolf hat auch ihn gefressen! Und Bo quiekte und lachte, und ich blätterte um.

Nachts lag ich an Suzys Rücken geschmiegt, schloss die Augen und sah uns beide als schwebendes Paar, wir krümmten uns, wir flogen, wir wanden uns und hielten einander umschlungen, während sich weiter unten die verrückte Welt drehte. Es war wie in einem Gemälde von Chagall, mit Feuer, Wölfen und wilden Tieren. Solange wir zusammenhielten, konnte uns die Schwerkraft nichts anhaben, wir waren sicher vor allem, was da draußen lauerte. Chagalls geniales Frühwerk überzog die Zeit mit einer Schleimschicht aus fröhlichem Kitsch. Vielleicht hätten auch wir einen solchen Zauber vollbringen können, hätten wir nur den Hauch einer Chance bekommen.

Wie dem auch sei. Wir lebten nicht in einem Gemälde von Chagall, sondern in Hobart, Tasmanien, und zu schweben und sich zu verdrehen wie Girlanden im Wind kam nicht mehr infrage, seit Suzy mit Zwillingen schwanger war. Wir waren baff, als wir erfuhren, dass wir demnächst etwas so Außergewöhnliches und Wunderbares bekommen würden wie Zwillinge. Und weil wir schon ein Kind hatten und wussten, was das für die Arbeit, den Kontostand, das Leben bedeutete, waren wir auch ein bisschen verängstigt. Suzy war nicht bloß hochschwanger, sie war eine Seekuh.

Wir hatten uns alle Bücher angesehen. Damals ging man noch in die Bücherei und lieh sich, wenn man nicht weiterwusste, Bücher zu dem jeweiligen Thema aus, zu einer bevorstehenden Zwillingsgeburt beispielsweise. Wenn uns der Anblick nicht gerade den Atem verschlug, hatten wir über die schlecht gemachten Schaubilder und die grobkörnigen Fotos von Zwillingsmüttern gelacht; diese Frauen sahen aus wie Wale, die Ärmsten, ihre Bäuche waren riesig. Mag ja sein, sagten wir, aber für uns wird alles anders. Sie sehen schon: Damals konnten wir noch so miteinander reden, damals fühlten wir uns noch als ein, nun ja, als ein *Wir*. Und *wir* würden niemals so dick werden, höchstens Suzy, wie sich bald herausstellte. Ihr Bauch wuchs immer weiter, wurde unfassbar, unbeschreiblich, ungeheuer dick. Und noch dicker.

Wir.

Der köstliche, entzückende Plural der ersten Person.

Wenn Suzy nachts aufwachte und sich umdrehen wollte, musste ich die Unterarme wie eine Baggerschaufel unter ihren Bauch schieben und sie behutsam herumrollen. Sie wurde so dick, dass wir den Fahrersitz des Kombi bis zum Anschlag zurückschoben und ihr Bauch trotzdem noch ans Lenkrad stieß. So dick, dass sie im siebten Monat ihren Job als Sekretärin aufgeben musste, viele Wochen vor dem errechneten Geburtstermin.

Wir lebten von dem Geld, das ich als Hilfsarbeiter verdiente; außerdem half ich an manchen Tagen als Pförtner im Rathaus aus. Es war nicht viel, und, wie sich schnell herausstellte, es war nicht genug. Wenn ein Auftrag abgesagt wurde, wenn ich abends nicht zu müde war oder mich am frühen Morgen aufraffen konnte, schrieb ich. Ich versuchte, meine wirren Notizen, Einfälle und Geschichten zu einem Roman zusammenzuflechten. Nicht, dass ich unbedingt ein Schriftsteller werden wollte; ich wusste längst, dass ich einer war. Es war nicht die geringste meiner Eitelkeiten, aber die ungeheuerlichste.

Über das Schreiben hatte ich so viele Meinungen, Gewissheiten und Binsen parat, dass ich zu einer anderen Zeit und in einem anderen Land der Star eines jeden Schreibseminars gewesen wäre, oder gleich mehrerer Schreibseminare, oder, um die Liste komplett zu machen, der Leiter eines Schreibseminars. Ich hätte alles sein können.

Alles außer ein Schriftsteller.

Ich kämpfte mit dem unangenehmen Problem, dass ich nicht genau wusste, wie man einen Roman verfasste. Hinzu kam die stetig wachsende, unausgesprochene Befürchtung, der Aufgabe nicht gewachsen zu sein. Ich hatte Sätze geschrieben, Anekdoten, Theorien, lyrische Passagen, und in Momenten des Größenwahns erschienen sie mir gut. Aber auch nur dann. Meistens war mir bewusst, dass ich nichts als Müll gesammelt hatte. Das war längst noch keine Literatur. Ich hatte mein ungeschriebenes Leben, meine Gefühle, meine Erinnerungen und Träume – ein Universum! Wie hatte ich es geschafft, aus einem ganzen Universum ein Nichts aus Wörtern zu machen? Ich hatte gehofft, weise und gestärkt aus dem Schreiben hervorzugehen, aber am Ende schien höchstens meine Dummheit beflügelt. Ich hatte nichts als Wörter. Da war keine Geschichte, der Text hatte keine Seele, aber mir war schleierhaft, was einen Roman beseelen könnte.

Und falls ich das Rätsel auf wundersame Weise doch hätte lösen können, hätte ich noch lange nicht gewusst, wie man einen Roman veröffentlicht. Und falls mein Roman wie durch ein zweites Wunder veröffentlicht worden wäre, hätte ich erst recht nicht gewusst, wie ich finanziell davon profitieren und uns aus der Armut hätte retten können. Es war nicht so, dass ich keinen Plan B hatte; ich hatte nicht einmal einen Plan A.

2

Dennoch, es waren die guten Jahre. Die globale Party hatte gerade erst begonnen, die Mauer war gefallen, die Geschichte war am Ende, und alles stand vor dem Neubeginn. Auch ich. Die Nation mochte auf ihrem Wachstumskurs durch die kurze, heftige Rezession Anfang der 1990er-Jahre ins Schlingern geraten sein, aber schon bald würde alles gut werden. Eine Folge der Rezession waren die schwindelerregend hohen Zinsen, die die ganze Nation vor Wut schäumen ließen; aber wie sich herausstellte, würde die Profitparty noch zwei Jahrzehnte weitergehen. Die Rezession war ein Ausrutscher gewesen, eine einzelne, durchgebrannte Sicherung. Die Party war noch lange nicht vorbei, und nichts stört eine Party mehr als das Gefühl, der Höhepunkt sei bereits überschritten.

Am meisten grollten die Australier den Unternehmerstars der 1980er-Jahre, die vor nicht allzu langer Zeit noch als Nationalhelden gefeiert wurden, Bootsregatten auf der ganzen Welt gewannen und Hollywood-Studios aufkauften. Ab 1992 fielen die Mogule tief, und ihr vordem viel bewunderter Unternehmergeist wurde als kriminelles Netz aus Täuschung, Betrug und Diebstahl enttarnt. Die Banken kollabierten unter der Last der vergebenen Kredite, und jeder Australier mit einer Hypothek – und eine Zeit lang schien es keine anderen Australier zu geben – empfand die steigenden Zinsen als persönliche Kränkung. Es war, als hätten die Unternehmer sie mit vorgehaltener Waffe ausgeraubt, ihnen das Recht auf Grundbesitz entrissen und die Rezession durch ihre reine Willenskraft erzwungen. Dass alle zu immer absurderen Konditionen in das Schneeballsystem eingestiegen waren, wollte niemand hören.

Wir bildeten da keine Ausnahme. Wir hatten den Kaufpreis unseres Eigenheims, ein heruntergekommenes Reihenhaus, mithilfe von Kreditkartenschulden und geborgtem Geld zusammengestückelt. Wir bekamen fast jeden Monat einen Brief vom Immobilienfinanzierer, der Kredite zu höchsten Zinsen an die niedrigsten Schichten vermittelte und eine Abzocke betrieb, wie sie Jahre später den amerikanischen Markt zusammenbrechen lassen würde. In dem Brief stand, unsere Hypothekenrate sei abermals gestiegen. Es gelang uns jeden Monat, die benötigte Summe irgendwie zusammenzukratzen und das Haus vor der Zwangsversteigerung zu retten. Jeden Monat musste ich in die »Kanzlei«, wie der prahlerische Finanzierer sein schäbiges, kleines Büro nannte. Jeden Monat wartete ich, während die Empfangsdame in einem mit Post-its beklebten Schuhkarton voll abgegriffener Karteikarten nach unserer rosa Akte wühlte, und jeden Monat schob ich ihr die fälligen Scheine und Münzen über den Tresen.

An dem Abend, als Ray anrief, lag ein Brief auf dem Küchentisch, in dem stand, die Zinsen seien auf 19,5 Prozent gestiegen. Die zukünftigen Raten waren für uns nicht zu stemmen. Suzy hatte kein Einkommen, ich verdiente nicht genug für uns drei und konnte mit jedem verstreichenden Tag weniger gut verdrängen, dass mein Romanversuch gescheitert war.

Aber was würde passieren, wenn ich ihn nicht zu Ende

schrieb? Ich hatte ein paar Bücher gelesen, leider jedoch konnten Kafka, Borges und Cortázar mir keine Antwort geben. Keiner dieser Autoren hatte Hypothekenschulden oder Angst vor zu hohen Monatsraten. Sie spielten mit Zeit und Ewigkeit, schufen Mythen aus Träumen und Albträumen. Sie hätten meine wenig literarischen Fragen nicht einmal verstanden.

Fragen wie: Woher das Geld für zehn Liter Wandfarbe nehmen? Für die zurückgelegten Windeln? Wie zwischen klatschnass aufgehängter Wäsche und auseinandergebauter Waschmaschine – die Pumpe war kaputt – einen Roman zu Ende schreiben? Woher die Dollarscheine nehmen, die ich als dickes Bündel in meiner Gesäßtasche durch die Stadt tragen und im Immobilienbüro einer jungen Frau übergeben musste, die sie vor meinen Augen noch einmal zählte?

Die Scham.

Die Demütigung.

Ich fürchtete jedes Mal, ich könnte einen falschen Betrag auf den Tresen gelegt haben. Um ganz sicherzugehen, zählte ich das Geld noch einmal, bevor ich das Haus verließ. Es gab die Welt, und es gab mein Schreiben, und nichts verband die beiden miteinander. Wie Geld verdienen? Wie eine Geschichte schreiben? Woher das Geld für einen Zwillingsbuggy nehmen? Wie eine Figur dazu bringen, einen Raum zu verlassen? Manchmal schob ich meine Hände in die Ritzen unseres uralten Sofas und suchte nach Münzen, die den Betrag komplett machen würden. Abends und an den Wochenenden restaurierte ich Möbel, die ich auf dem Sperrmüll fand, ich lackierte eine Kommode neu und überlegte, wie wir drei Kinder in dem einen winzigen, zugestellten Zimmer unterbringen könnten. Ich zählte und zählte, und das Schreiben war immer nur eine Randfigur, und das Leben war der Erzähler. Manchmal hatten wir nicht genug Geld für Lebensmittel und ernährten uns von Linsen und Erbsensuppe, bis von irgendwo wieder etwas hereinkam.

Mein Arbeitszimmer war so klein, dass der Schreibtisch knapp hineinpasste. Der Stuhl stand dahinter, die Lehne berührte die Wand. Wenn ich am Schreibtisch saß, fiel mein Blick auf das einzige Dekorationsstück des Raumes, eine Postkarte von Caravaggios David, der Goliaths abgeschlagenen Kopf am ausgestreckten Arm hält. Goliaths Gesicht, grausamer Scherz, ist ein Selbstporträt des Malers. Um an meinen Arbeitsplatz zu gelangen, musste ich über den Tisch klettern. Alles engte mich ein, von allen Seiten, und Caravaggios traurige, blinde Augen waren auf mich gerichtet, wenn ich das Hypothekengeld und die Romanseiten zählte, aber wie sehr ich mich auch bemühte, es war immer zu wenig, von beidem.

Und dann eines Abends klingelte das Telefon.

Kif, sagte Ray. Das willst du doch, oder?

Ich antwortete mit Verzögerung.

Ich musste auf seine Frage reagieren, ob ich immer noch ein Schriftsteller werden wollte.

Sicher, sagte ich.

Ich kenne da jemanden, der gern mit dir reden würde, sagte Ray.

Und dann hörte ich eine Stimme mit deutschem Akzent in der Leitung.

Hallo, Kif.

3

Ray hatte eine Schwäche für Gewalt, Drogen und Frauen, und die Gewalt, die Drogen und die Frauen liebten ihn. Vielleicht gefiel mir das. Sogar die Gewalt. Natürlich gefielen mir die Frauen, das Kribbeln im Bauch. Schlägereien, Polizei, Verfolgungsjagden. Partys. Kleinere Delikte. Wir stahlen

Autos, kurvten durch die Gegend und hörten immer wieder dieselbe Kassette, »Stranded« von The Saints. Manchmal brachte Ray seine Schweißermaske mit – er war gelernter Kesselflicker –, und wir setzten sie abwechselnd auf, nachdem wir das auf dem Zigarettenanzünder verbrannte Hasch inhaliert hatten. Wir starrten verträumt durch den angeräucherten Blendschutz der Ned-Kelly-Maske und sahen, wie die Welt, das Auto und die Straßenlaternen zu Schlieren zerflossen. Das ist eines der Bilder meiner Jugend.

Ein anderes zeigt uns in einem gestohlenen Chrysler Valiant Kombi. Der Wagen war alt, aber aufgemotzt. Die Gangschaltung stammte aus einem Impala, ein brutal verchromter Eisenknüppel Marke Eigenbau, der die ursprüngliche Lenkradschaltung ersetzte. Die Kupplung war laienhaft eingebaut, und die Impala-Gänge waren ungewöhnlich angeordnet; der erste befand sich dort, wo man den Rückwärtsgang erwartet hätte und so weiter. Aber wir waren blind für derlei Mängel und hatten nur Augen für den coolen Schaltknüppel, der aus dem straff gespannten Hodensackfell eines Kängurus aufragte und die heilige Dreifaltigkeit der australischen Lenkradschaltung – so vorstädtisch, so sicher, so erwachsen – verdrängt hatte. Ganz besonders verachtete Ray die Büroangestellten, die jeden Morgen an der Bushaltestelle vor seinem Elternhaus warteten. Er verachtete sie für ihre Bügelfaltenhosen, ihre gemusterten Strickjacken und ihre schlaffe Haut, die, wie er glaubte, von zu viel grauem Fleischeintopf kam.

Scheiß Lammfleisch, schrie er. Scheiß Schafe, scheiß Rinderbrust, scheiß Corned Beef. Scheiß auf die scheiß Spießer!

Sein Hass auf die Essgewohnheiten dieser traurigen Vertreter des Angestelltentums zeigte sich auch in dem Namen, den er ihnen gegeben hatte: Tafelspitze. Ein geringstes Zeichen von Tafelspitz – eine Lenkradschaltung zum Beispiel – reichte aus, und Ray verlor die Fassung.

An dem Abend bogen wir in zu hohem Tempo von der Hauptstraße in eine Seitengasse ab, wo wir den Wagen stehen lassen und in die nächste Bar gehen wollten. Am hinteren Ende der Gasse blitzten plötzlich rote und blaue Lichter auf – ein Streifenwagen hatte auf Opfer wie uns gewartet. Der Innenraum des gestohlenen Valiant, eine Zeitkapsel voller Haschischschwaden und vergessener Songs aus den Siebzigern, wurde plötzlich von Scheinwerferlicht und heller Panik geflutet. Der Streifenwagen rollte langsam auf uns zu, Ray ließ die ungewohnte Schaltung knirschen und legte ein, was er für den Rückwärtsgang hielt.

Er trat aufs Gaspedal, der Valiant heulte auf, Ray ließ die Kupplung los. Anstatt im Rückwärtsgang aus der Gasse zu schießen, bäumte der Valiant sich auf wie ein Wildpferd und machte im versehentlich eingelegten ersten Gang einen großen Satz auf den Streifenwagen zu. Der Polizist am Steuer fürchtete einen irren Frontalangriff, trat auf die Bremse, legte hastig einen anderen Gang ein und setzte zurück. Wir rasten hinterher. Der Valiant schlingerte, Ray trat wie von Sinnen auf die Bremse und versuchte, den Rückwärtsgang zu finden. Unsere Köpfe wurden zurückgerissen, der Valiant erschauderte, Bremsen und Reifen quietschten, Zahnriemen und Getriebe knirschten.

Ray fand den Rückwärtsgang, der Motor heulte, und der Valiant wurde abermals durchgeschüttelt. Unsere Köpfe ruckten nach vorn, wir schossen rückwärts aus der Gasse und mitten hinein in den herannahenden Verkehr. Wir entkamen knapp einem Zusammenstoß und rasten über die erste rote Ampel, als der Streifenwagen im Rückspiegel auftauchte. Mit heulender Sirene und zuckendem Warnlicht nahm er die Verfolgung auf. Ray schaltete das Licht aus, überfuhr mehrere rote Ampeln und lenkte den Wagen im Slalom durch den nächtlichen Verkehr. Auf Höhe der Werften hatten wir die Polizei abgehängt. Wir ließen den Valiant hinter der alten Marmeladenfabrik stehen und gingen zu Fuß zu der Bar zurück, wo Ray sofort eine Prügelei mit den drei Türstehern anfing und verlor. Ich brachte ihn ins nächste Krankenhaus, damit er sich die Platzwunden nähen lassen konnte. Unterwegs verlangte er, dass wir die Hosen tauschten. Seine war blutig und zerrissen, und er wollte einen guten Eindruck machen.

Ray verprügelte seine Feinde, aber auch fremde Leute, die einfach nur zur falschen Zeit am falschen Ort waren, also konnte es jeden in der Stadt erwischen, der sich nach zweiundzwanzig Uhr noch hinauswagte, außer sonntags, da gab es Braten bei Rays Mutter. Er schien eine alte Verletzung mit sich herumzuschleppen, die Frauen magisch anzog und betörte. Und wenn sie dann irgendwann merkten, dass er nicht der war, für den sie ihn hielten; wenn er fremdging, um sich aus der Beziehung zu lösen, und mit einer Freundin, Mitbewohnerin, Schwester und einmal auch der Mutter der aktuellen Liebschaft ins Bett ging; wenn sie sahen, wie er – auch das war schon vorgekommen – zwei Türsteher durch eine Scheibe aus Sicherheitsglas warf, hatten sie es endlich verstanden. Er war nicht formbar. Er war ein netter Kerl, aber alles andere als nett.

So war er, und er war wie die Gerüchte, die über ihn im Umlauf waren, und dann wiederum gar nicht, denn er konnte auch lustig und großzügig und seltsam sanft sein. Das Leben versetzte ihn immer wieder in Erstaunen. Er wollte alles anfassen, ficken, schlagen, lecken, schmecken. In seiner Eistruhe stapelten sich tote Buschkäuze, Falken und Panthervögel, die er gefunden hatte und sich anschaute, wenn ihm langweilig war. Ihr feines, weiches, zart gesprenkeltes Federkleid und ihre merkwürdig gekrümmten Schnäbel rührten ihn; er fragte sich, was all das zu bedeuten hätte. Er sehnte sich danach, fliegen zu können. Er saß am Küchentisch vor einer halb aufgetauten Eule oder einem Adler und suchte in den froststarren Flügeln, taunassen Schwänzen und kalten Vogelbrüsten nach der Lösung des Rätsels, gerade so, als hätte er etwas Kostbares verloren und könnte es irgendwo dort wiederfinden.

Ray hatte auch Gutes in sich. Ich weiß nicht genau, wie viel, doch es war fraglos da. Er beschäftigte sich nicht gern mit der Frage, wie er selbst angeblich war und wie nicht. Bei Jung hatte ich gelesen, in jedem Alkoholiker verberge sich ein Suchender. In Ray schien sich niemand anderer zu verbergen als Ray. Und es war schwer zu beurteilen, wer Ray war, wenn er es nicht einmal selbst wusste. Vielleicht war er tatsächlich ein Suchender, wenn er nicht gerade betrunken oder bekifft oder sonst irgendwie zugedröhnt war; er schluckte, schnupfte und spritzte sich alles, was er in die Finger bekam. Er war Schweißer und las Hermann Hesse. Er war ein Mann, der glaubte, er könnte fliegen. Er war ein Lügner und ein Schwein. Letztendlich war er undurchschaubar.

Und er war mein Freund. Mein bester Freund.

Manchmal stöhnte er vor Kopfschmerz. Er sagte, es fühle sich an, als hätte er eine heiße Stabelektrode in seinem Schädel verloren, eine von der Sorte, die beim Schweißen weiß glüht.

Kannst du sie riechen?, fragte er und packte mich mit beiden Händen am Kragen. Sie rutscht in meinem Kopf hin und her! *Kannst du sie riechen?*, knurrte er und hielt sein gerötetes Gesicht vor meines, *KANNST DU SIE VERDAMMT NOCH MAL RIECHEN?*

4

Was wollte Ray?, fragte Suzy, als ich aufgelegt hatte. Ich weiß noch, dass ich ein paar Sekunden brauchte, um zu begreifen, was ich da gehört hatte und was es möglicherweise bedeutete.

Ray will, dass ich mal mit seinem Boss rede, sagte ich.

Mit Australiens meistgesuchtem Kriminellen?

Ja, mit dem.

Mit dem Verbrecher?

Ja.

Der Verbrecher will mit dir reden?

Ja.

Ich dachte, er sitzt im Gefängnis? Seit dieser irren Fahndungsaktion?

Noch nicht. Also, er saß, aber jetzt ist er auf Kaution draußen.

Und was sucht der Meistgesuchte?

Er möchte, dass ich seine Memoiren schreibe. Für zehn Riesen.

Suzy wirkte kein bisschen beeindruckt.

Er ist ein Verbrecher, sagte sie.

Es wäre nur ein Job!

Was soll das jetzt heißen?

Zehn Riesen, wiederholte ich. Für sechs Wochen Arbeit.

Als Ghostwriter?

Wahrscheinlich.

Und du hast Nein gesagt?

Nein.

Gut.

Nein, ich meinte: Ich habe nicht Nein gesagt.

Was hast du denn gesagt?

Ich habe ihm gesagt, der Verleger soll mich anrufen. Und

dass ich alles Weitere mit ihm besprechen würde. Im Ernst, ich verhandele doch nicht über Geld mit einem Betrüger, der den Banken siebenhundert Millionen Dollar abgenommen hat.

Dann willst du das Angebot annehmen?

Wie hätte ich ihr sagen können, dass ich geschmeichelt war? Aufgeregt? Dass ich mich *lebendig* fühlte? Zum ersten Mal seit langer Zeit: lebendig.

Weiß ich noch nicht, sagte ich.

Und ich wusste es tatsächlich nicht. Ich wollte Zeit schinden. War Ghostwriting erlaubt, wenn man als Schriftsteller ernst genommen werden wollte? Ich hatte keine Ahnung. Ich saß bis Mitternacht neben dem Telefon, aber kein Verleger rief an. Ich wusste nicht, was ich denken sollte. Mein Roman war so weit fortgeschritten, dass er eine Form brauchte, aber ich saß Tag für Tag in meinem winzigen Schreibzimmer und konnte keine finden. Wie eine Qualle, die sich für einen Weißen Hai ausgibt. Suzy war schon Stunden zuvor ins Bett gegangen, aber sie war wach, als ich mich neben sie legte.

Er hat so geklungen, wie ich mir das vorgestellt habe, sagte ich und half ihr dabei, sich herumzurollen. Wie ein Betrüger, der einen Haufen Mist redet.

Hat Ray auch immer gesagt, oder?

Ja.

Warum arbeitet er dann immer noch für ihn? Das ist fast so verrückt wie eure Kajaktour durch die Bass-Straße damals.

Unten klingelte das Telefon.

Mein Gott, wer ruft um diese Zeit an?, stöhnte Suzy.

Es war Ray.

Ich kann nur kurz reden, sagte er, als ich unten im Flur stand und mir den Hörer ans Ohr hielt. Ich muss gleich zurück. Wirst du es machen?

Ist das Angebot ernst gemeint?

Scheiße, Mann, natürlich ist es ernst gemeint, sagte Ray.

Ich weiß nicht, sagte ich. Dass er keinen Mist erzählt hat, glaube ich erst, wenn der Verleger hier anruft.

Du solltest es machen, Mann. Allein für …

Ich hörte, wie sich etwas über die Sprechmuschel schob. Ray rief irgendwas, war plötzlich wieder da.

Ich muss los, Kif, sagte er. Ich wollte dir nur eines sagen. Mach es, aber sei auf der Hut. Hast du verstanden?

Nein. Ehrlich gesagt, nicht.

Erzähl ihm nichts von dir, okay? Hast du das verstanden?

Nein. Ray …

Lass ihn nicht rein, Kif.

Und noch bevor ich eine der vielen Fragen stellen konnte, die mir plötzlich durch den Kopf gingen, hatte Ray aufgelegt.

5

Wir taten es, weil wir herausfinden wollten, was jenseits der Angst lag. Es war eine Sucht, von der wir uns nicht mehr so einfach lösen konnten. Wir waren uns der Bedeutungslosigkeit körperlicher Mutproben bewusst, die uns dennoch leichtfielen und einen höllischen Spaß machten. Wir entdeckten eine gewisse Grausamkeit, die Grausamkeit des Stärkeren, aber auch das war nur eine von vielen weiteren Illusionen, die Siegfried Heidl zerstören würde. Wir lebten wie die Reptilien, wir schliefen, faulenzten, warteten auf den Moment, an dem wir absolut wach sein würden. Die übrige Zeit verbrachten wir mit gespielter Gleichgültigkeit, Alkohol, Drogen, Sex und durchgemachten Nächten.

Eine tasmanische Zeitung brachte ein Foto von uns, wie wir in einem Kajak durch die Schluchten der Cataract Gorge fuhren. Die Bildunterschrift lautete: *Selbstmörderische Zwil-*

linge. Es sollte ein Witz sein, aber der Witz entsprach unserem damaligen Verhalten. Man kannte uns als die zwei Verrückten, denen kein Fluss und keine Stromschnelle zu groß oder zu gefährlich waren. Auf diese Weise waren wir auch im Gebirge von Papua-Neuguinea gelandet.

Als ich einundzwanzig war und Ray zweiundzwanzig, organisierte er – wobei organisieren zu viel gesagt ist – eine Kajak-Expedition in die Wildnis. Er wählte einen Fluss in den Bergen von Neuguinea aus, der auch als der Colorado der Südsee bekannt war. Kein Mensch hatte je versucht, ihn zu befahren. Bezahlt wurde der Ausflug hauptsächlich von Ronnie McNeep, der zu der Zeit recht gut als Drogenkurier der Trimboles verdiente und einmal pro Woche mit seinem Holden Monaro die tausendfünfhundert Kilometer von Grafton nach Melbourne und zurück fuhr, den Kofferraum voll Gras. Ray versprach mir und Ronnie dreierlei: dass im fernen Neuguinea gerade Trockenzeit sei und der Wasserpegel entsprechend niedrig und die Stromschnellen nicht allzu wild; dass wir für die Strecke sieben Tage brauchen würden; dass er alle nötigen Karten besorgt habe. Als wir uns an der Quelle wiederfanden, war der Monsun in vollem Gange, der Fluss vollkommen überflutet und die Stromschnellen lebensgefährlich.

Am neunten Tag – wir hatten es irgendwie geschafft, die Stromschnellen zu überwinden – und zwei Tage, nachdem uns der Proviant ausgegangen war, verlangten Ronnie und ich die Karten zu sehen. Wir standen auf einer gigantischen Geröllhalde oberhalb eines breiten Wasserfalls, der den Fluss komplett zu verschlucken schien. Wir waren ratlos und rauchten unsere letzten neuguineischen Zigaretten, zwanzig Zentimeter lang und selbst gedreht aus Tabakresten und einem alten *Sydney Morning Herald*. Der Tabak war grob und flammte beim ersten Zug jäh auf. Hinter Qualm und Funken schimmerte die verschwommene Urwaldschlucht. Es war vielleicht der schönste Ort auf Erden, ich hätte dennoch alles gegeben, woanders zu sein, *irgendwo* anders, in Sicherheit.

Ray zog eine einzige, verschmierte Fotokopie heraus. Am oberen Rand stand »Schüleratlas«, sie zeigte ein Land in grotesk verkleinertem Maßstab. So gesehen war es eher ein Umriss als das Land selbst, mehr visueller Hinweis als eine echte Karte, anhand derer wir unseren Standort, die Lage des Ziels und die Länge der verbleibenden Strecke hätten bestimmen können. Wobei uns in unserer verzweifelten Lage schon ein kleiner vager Hinweis weitergeholfen hätte.

Ray?, sagte Ronnie McNeep und tippte auf das Blatt. Da steht: Westneuguinea.

Zwei riesige Urwaldbäume rauschten samt Wurzeln, Stamm und Krone an uns vorbei und über die Kante, um weit unten zu zerbrechen wie Kleinholz.

Was denn?, sagte Ray. Vor seiner Nase zuckte die Feuerzeugflamme auf, er zog und inhalierte tief.

Ray, sagte Ronnie McNeep, soweit ich weiß, befinden wir uns im Gebirge von Papua-Neuguinea?

Ja, und?

Ray, Westneuguinea heißt die linke Hälfte der Insel. Papua-Neuguinea ist rechts.

Und?

Es ist, du weißt schon, das Nachbarland.

Ray sah Ronnie fragend an.

Ganz ruhig atmen, Ronnie, sagte Ray und blies einen dunklen Rauchkringel aus.

Das Nachbarland, Ray.

Ich habe es gehört, McNeep. Na und?

Ray, du hast die falsche Hälfte der Karte kopiert.

Na und?, sagte Ray.

Ich weiß nicht, wie ich dir etwas erklären soll, das sich eigentlich von selbst erklärt, Ray. Wir sind nicht in dem Land auf der Karte, verdammte Scheiße!

Aber manchmal war Ray nicht einmal auf demselben Planeten.

Fünfzehn Tage später hatten wir es geschafft. Wir hatten überlebt, weil wir von irgendwelchen Steinzeitmenschen Süßkartoffeln und Mais erbettelt hatten. Im Gegenzug mussten wir demütigende Kunststücke und erniedrigende Stunts aufführen. Wir sprangen von hohen, über die Schlucht gespannten Seilbrücken in unsere Kajaks; wir sangen; wir ließen uns anfassen, besonders von den Kindern, die weiße Haut nur aus Erzählungen kannten, während die alten Leute unsere Schutzhelme und bunten Rettungswesten anprobierten. Die Eingeborenen waren freundlich, großzügig und verwundert. Wir waren verzweifelt, dumm und sprachlos angesichts ihrer Gastfreundschaft. Ohne sie wären wir gestorben. Trotzdem, als wir nach Hause zurückkehrten, hatte ich Malaria und Geschwüre an den Beinen, und McNeep hatte Malaria, Hepatitis und Parasiten im Dünndarm. Nur Ray hatte nichts als gute Laune.

Ein paar Tage, nachdem wir dem Fluss lebendig entkommen waren, verließen Ray und ich am späten Abend in Mount Hagen, einer Stadt im Gebirge von Papua-Neuguinea, die Chimbu Lodge Disco, eine große Hütte mit Grasdach. Die Türsteher trugen Pumpguns, was andere Leute vielleicht als böses Omen verstanden hätten. Wir nicht. Wir hatten uns mit einem Chimbu namens Michael angefreundet, der uns in die Disco mitgenommen hatte. Der Club wurde gern von Einheimischen besucht und niemals von Weißen.

In der Chimbu Lodge Disco herrschte ein säuberlich arrangiertes Durcheinander verschiedener Balzrituale; von den Stammestraditionen bis zur klassischen Anmache des späten zwanzigsten Jahrhunderts war alles dabei. An der einen Wand standen die Chimbu-Frauen, an der anderen die Chimbu-Männer. Die Tanzfläche dazwischen war meistens leer. Der DJ spielte einen Mix, der einen weiten Bogen spannte, von schottischen Dudelsackklängen über »Ave Maria« zu Madonna und zurück. Einziges verbindendes Element war offenbar die westliche Herkunft der Musik. Michael, Ray und ich schleppten ein paar Chimbu-Frauen ab.

Draußen vor der Disco liefen wir drei halb nackten Chimbu-Männern mit Äxten und steinzeitlicher Kriegsbemalung in die Arme. Die Aufmachung sah man in der Gegend häufiger – Farbe im Gesicht, Kopfschmuck aus Federn, und am Körper trugen sie nichts als Arschgras, wie sie das nannten. Wir wollten vorbei, sie stellten sich uns in den Weg. Sie bauten sich vor uns auf, seelenruhig und mit unbewegten Gesichtern. Wir lächelten, murmelten einen Gruß, aber sie blieben stumm und kauten ihre Betelnüsse. Manchmal öffnete einer den von knallrotem Saft verschmierten Mund, darin blubberte eine beigegraue Hölle.

Wir wichen nach rechts aus, wo vier weitere mit Äxten bewaffnete Männer aus der Dunkelheit traten und uns den Weg abschnitten. Als wir uns nach links wendeten, standen auch dort Krieger. Wir waren umzingelt. Ray lächelte. Die Nacht in der exotischen Fremde hatte sich ganz unbemerkt in einen normalen Freitagabend in einer tasmanischen Kneipe verwandelt, inklusive der unvermeidlichen Kneipenschlägerei. Die Vorstellung schien Ray zu ermutigen. In mir löste sie eine namenlose Angst aus.

Ich glaube, die haben was dagegen, dass wir ihre Frauen mitnehmen wollen, flüsterte ich.

Aber Ray hatte kein Bewusstsein für die örtlichen und kulturellen Besonderheiten – die im Wesentlichen daraus zu bestehen schienen, dass man einander gewohnheitsmäßig und spontan erschlagen durfte.

Und?

Vielleicht sollten wir die Mädchen wegschicken.

Nein, sagte Ray, ich will ficken. *Und* ich will eine Schlägerei.

Der Kreis zog sich enger und ähnelte immer mehr einer Schlinge. Weitere Krieger kamen dazu, und bald umstanden sie uns in doppelter Reihe. Nicht zum ersten Mal in Rays Gesellschaft glaubte ich, sehr bald sterben zu müssen. Die Mädchen bewiesen mehr Verstand als er und verzogen sich klammheimlich, Michael ebenfalls. Ray schien zufrieden damit, dass wenigstens die eine Hälfte seines idealen Abendprogramms weiterhin stand. Er sah mich an, seine Wangen waren vor Vorfreude gerötet.

Wir kämpfen Rücken an Rücken, Kif, sagte er. Du übernimmst die vier auf deiner Seite, und ich …

Scheiße, das ist hier kein normaler Freitagabend in Hobart!, rief ich, und dann übertönte Motorengeheul meine Stimme. Aus der Dunkelheit tauchten zwei Scheinwerfer auf und näherten sich im Affenzahn dem Kreis aus Kriegern. Ich erkannte die Konturen eines alten Toyota-Trucks, mindestens ein Sechstonner, und in der Fahrerkabine saß Michael und fuchtelte mit den Armen. Ein Krieger wurde vom Toyota gestreift und zu Boden geschleudert, die anderen sprangen auseinander. Ich sah Michaels angstverzerrtes Gesicht, er ging kaum vom Gas und schrie, wir sollten aufspringen. Ich warf mich auf die Ladefläche, und Ray, der offenbar zu Sinnen gekommen war, sprang hinterher. Wir klammerten uns an die splittrigen Planken.

Einige Krieger rannten los und schlossen zu uns auf. Michael legte den zweiten Gang ein, aber die Ladung war zu schwer und das Getriebe zu alt, und anstatt zu beschleunigen, wurde der knatternde Dieseltruck langsamer. Die Krieger kamen näher. Ein Chimbu war nur noch eine Armeslänge entfernt und hätte es fast an Bord geschafft, aber Ray sprang auf und versetzte ihm einen Tritt. Auf einmal ging es bergab, der Truck nahm endlich Fahrt auf, und wir schossen durch die Nacht, während die Steine der Angreifer gegen die Fahrerkabine knallten. Ein Abpraller traf Ray am Kopf.

Den Rest der Nacht und die folgenden zwei Tage verbrachten wir in einer Hütte an einem Berghang zwanzig Kilometer außerhalb von Mount Hagen. Unten im Tal spielte sich anscheinend eine Stammesfehde ab. Einmal ging ein Mann mit einem Eimer ans Ufer. Ein Dutzend Krieger folgte ihm, von Weitem sah es so aus, als erschlügen sie ihn mit ihren Äxten.

6

All das hätte uns eine Warnung sein sollen, aber wir waren jung und fassten es als etwas anderes auf: als Ansporn, als Beweis, als Zeichen.

Und als Ben Coors, ein alter Freund, in Sydney heiraten wollte und wir uns keine Flugtickets leisten konnten, erschien es uns nur logisch, mit dem Kajak die Bass-Straße zu durchqueren, eine etwa dreihundert Kilometer breite Meerenge zwischen Tasmanien und Australien, und von Victoria aus per Anhalter nach Sydney weiterzufahren. Eigentlich wollten wir das nur, weil niemand zuvor es je gewagt hatte und alle sagten, es sei unmöglich, ein Selbstmordkommando.

Was uns wie ein großartiger Witz und somit unwiderstehlich erschien.

Aber was uns dann in der Meerenge passierte, war kein Witz. Unsere Boote sanken bei Windstärke neun, und wir trieben vierzehn Stunden lang im Wasser, allein, in nichts als T-Shirt und Rettungsweste, herumgewirbelt vom hohen, wilden Seegang. Wir versuchten uns aneinander festzuhalten, aber die Wellen waren wie bewegliche Berge, die uns in die Höhe warfen und auseinanderrissen. Als ich Ray an dem Tag zum letzten Mal sah, war er nur noch ein kleiner Punkt auf einem Wellenkamm.

Später sagten alle, wir hätten uns benommen wie Idioten. Sie hatten natürlich recht. Dann wiederum hatten sie von nichts eine Ahnung, denn sie hatten nicht erlebt, was wir erlebt hatten. Wir wären fast gestorben da draußen, und mit da draußen meine ich sehr, sehr weit draußen; wir waren so verdammt weit draußen, dass ich nicht wusste, ob wir jemals zurückkommen würden; so weit draußen, dass ich offen gestanden nicht weiß, ob ich nicht vielleicht doch ins Jenseits abgedriftet und dort geblieben bin.

Um allein zu sterben?

Um allein zu sterben.

Ringsum nur kreischende Wellen, und die scheinbar hochkant stehende See riss mich auf und nieder, ich versuchte, den Kopf über Wasser zu halten, ich träumte mich fort und war verstört und fühlte mich erhaben und schrecklich allein. Die Angst vor dem Tod war so überwältigend, dass ich ein panisches Kribbeln verspüre, wenn ich nur daran zurückdenke.

Kurz vor Einbruch der Dämmerung wurde ich von Fischern entdeckt und gerettet. Später an dem Abend übernahm mich die Küstenwache, die zuvor Ray aus dem Wasser gezogen hatte, viele Seemeilen entfernt von der Stelle, an der die Fischer mich gefunden hatten. Ray torkelte heran, sein Blick war mörderisch, seine Stimme klang irre, fordernd.

Wo ist Kif?, fragte er. Wir müssen ihn finden. Wir dürfen nicht aufgeben.

Er erkannte mich nicht wieder. Ich hörte ihn sagen, Kif sei tot, Kif sei am Leben, nein, Kif sei tot. Wir fühlten uns beide verantwortlich für das Schicksal des anderen, den wir, weil wir ihn nicht festhalten konnten, getötet hatten.

Jahre später traf ich einen Polizisten wieder, der an dem

Tag Dienst auf dem Boot gehabt hatte. Er erzählte mir, Ray habe sich im letzten Stadium der Unterkühlung befunden. Sie hatten damit gerechnet, dass er stirbt. Sie hatten den Leichensack schon bereitgelegt.

Viele Leute fanden die Geschichte lustig, aber ich lachte fast ein ganzes Jahr nicht mehr. Wenn ich mich unbeobachtet glaubte, legte ich mich bäuchlings hin und klammerte mich an die Erde wie ein Verrückter, ich presste das Ohr an den Boden und lauschte, wie sie sich drehte und ich mich mit ihr. Ich klammerte mich mit aller Kraft an sie, um nicht abgeworfen zu werden. Ich klammerte mich fest, bis ich sie atmen hörte, und da erst konnte ich mich ein wenig entspannen. Zu jener Zeit lernte ich Suzy kennen, und meine Liebe zum Planeten und die Liebe zu ihr wurden ein und dasselbe. Ich klammerte mich an sie, solange ich konnte.

TEIL 4

1

Am Morgen nach Rays Anruf musste ich vier Stunden lang die städtischen Ausstellungsräume bewachen. Es war mein einziger fester Job; vier Vormittage pro Woche verbrachte ich in dem weitestgehend leeren Gebäude, das früher einmal eine öffentliche Bücherei gewesen war. Ich saß am Kopf einer langen Treppe vor dem alten Lesesaal, in dem scheinbar willkürlich ausgewählte Modelle, Pläne und Schaubilder zu einer Ausstellung zusammengestückelt waren, die den mündigen Bürger informieren und den gesellschaftlichen Dialog anregen sollte. Ich hatte zwei Aufgaben: die Gäste mit einem Klicker zu zählen und aufzupassen, dass niemand die Ausstellungsstücke mitnahm.

Nur kam niemand, den ich hätte zählen können. Die meiste Zeit hielt ich unter dem Tisch ein Schulheft auf meinen Knien und schrieb an meinem ersten Roman. An jenem Tag aber konnte ich an nichts anderes denken als an Heidls fragwürdiges Angebot. Einerseits winkte mir Geld – und eine offizielle Buchveröffentlichung. Die Veröffentlichung eines Buches, das ich geschrieben hätte. Es war nicht zu fassen. Unglaublich. Endlich würde ich sein, was ich immer hatte sein wollen: ein Schriftsteller. Zugegeben, ein Ghostwriter nur, aber auch das war etwas. Nach Jahren der Armut und der Enttäuschung, die sich manchmal wie eine Depression anfühlte, bot sich mir endlich die Gelegenheit, dem literarischen Ruhm entgegenzurauschen, und zwar auf der Überholspur. Mit dem Geld würde ich Rechnungen bezahlen, mir Zeit erkaufen *und* den Roman beenden können.

Doch als ich da in dem verstaubten, einsamen Foyer saß, krochen die Ängste auf mich zu und trübten meinen Verstand. Was, wenn das Projekt mich irgendwie beschmutzte – nicht öffentlich, aber in meinem Herzen, weil ich in einem Faust'schen Handel mein heiliges Vertrauen in die Literatur gegen Geld eingetauscht hatte? Denn nur für Geld würde ich mich auf so etwas einlassen. Scheiß auf das Geld, dachte ich. *Scheiß auf das Geld!* Ich erlag meinem gewohnten Denkmuster und versuchte schnell, meine Gefühle aufs Papier zu bringen. Wenn ich auf Geld aus wäre, sagte ich, würde ich in diesem Augenblick garantiert nicht in einem leeren Foyer sitzen und eine Ausstellung des Stadtrats von Hobart bewachen.

Ich machte mir wieder einmal Sorgen um meine literarische Glaubwürdigkeit. Erst nach einer Weile fiel mir auf, dass ich die gar nicht zu verlieren hatte. Einige Jahre zuvor hatte ich meine Magisterarbeit in Kunstgeschichte geschrieben, die hoch gelobt und auch veröffentlicht worden war. Die Verlagskooperative Hoppy Head Press war weniger ein Verlag als eine WG, die ein paar publizistische Glückstreffer gelandet hatte und sich anfangs durch engen Kontakt zu Ronnie McNeep und später durch die sensationellen Verkaufszahlen eines Ratgebers zum Thema Pritikin-Diät finanzierte. Später dann hatte die Kooperative einen Teil dieses Gewinns wieder verloren, weil sie McNeeps Rat befolgt und meine Arbeit gedruckt hatte: *Stille Strömung: Eine Geschichte des tasmanischen Modernismus 1922–1939*. Die einzige Reaktion auf die Veröffentlichung war dröhnende Stille gewesen.

Außerdem hatte ich zwei Kurzgeschichten geschrieben. Eine davon gewann den Wangaratta City Council Edith Langley Award, der mir ein Preisgeld von fünfhundert Dollar einbrachte und, viel wichtiger noch, ein Lob als »vielleicht neue Stimme der australischen Literatur«. Das Adverb fand ich, wie so viele Adverbien, vollkommen überflüssig.

Ich saß im Foyer und beschloss, bei der Literatur zu bleiben. Ich würde meinen Roman zu Ende schreiben und den Job als Ghostwriter ablehnen. Ein echter Schriftsteller konnte so ein Angebot bestenfalls als Beleidigung auffassen, selbst wenn er so wie ich noch nie etwas Echtes geschrieben hatte.

Ich wandte mich wieder dem Schreibheft auf meinen Knien zu. Die wenigen Leute, die Auszüge aus meinem Werk gelesen hatten, fanden anscheinend keine Worte dafür. Es war nicht so, dass sie mich nicht hätten loben wollen; offenbar taten sie sich sogar mit Kritik schwer. Ich hatte Ray ein paar Seiten gezeigt, er hatte es gar nicht erwarten können, sie zu lesen – es sei ihm, sagte er, eine Ehre –, aber dann war er in die Küche zurückgekommen, hatte sie auf den Tisch gelegt und an die Decke geblickt.

Ganz schön viele Wörter, Mann. Tausende!

Die Szene, wo er ertrinkt, sagte ich, ist die …

Wahnsinn, sagte Ray. Er klang wenig begeistert.

Glaubst du …

Das sind doch mindestens tausend Wörter, oder?

Ich wusste nicht einmal, was ich selbst Ray gern hätte sagen hören. Ray fiel auch nichts ein. Genial? Ein Meisterwerk?

So viele Wörter, sagte er nach einer Weile. Also, echt. Wie viele sind es? Dreißigtausend? Vierzig?

Drei, sagte ich. Dreitausend. Ungefähr.

Also echt, Mann, Scheiße. Ich hätte gedacht, es sind mehr. Und alle passen zusammen. Die Wörter, meine ich.

So viel dazu. Meine Geschichte schien zu funktionieren wie ein Plastikrohr, ein Ausguss, eine Gabel, ein Gully oder eine Serviette. Ich hätte einfach nur weiterschreiben müssen, aber das Schreiben war mir zur Qual geworden. Die einfachsten Begriffe erschienen mir plötzlich über alle Maßen kompliziert. Ich verbrachte einen ganzen Vormittag damit, mir immer wieder das zunehmend fremdartige, geheimnisvolle Wort »und« aufzusagen.

Halte durch, sagte ich mir. Du bist nicht der Erste, der daran verzweifelt. Alles wird gut. Ich versuchte mir einzureden, dass ein Wort sich aus dem anderen ergeben würde, dass auf diese Weise Zeilen, Absätze, Affären, Kriege, Nationen und Romane zustande kamen.

Oder so ähnlich.

Aber die Wörter stellten sich nicht ein. Sie wollten einfach nicht. Um sie anzulocken, bediente ich mich verschiedener Strategien. Um nur einige zu nennen: Ablenkung, Fleiß, Askese. Marathonlauf, Masturbation, Meditation, tantrische Verleugnung, billiges Bier, selbst gebrannter Slibowitz, Hasch, Speed. Eine Zeit lang versuchte ich, gar nicht zu schreiben, die Ideen gären und wie durch ein organisches Wunder zu mir aufsteigen zu lassen. Nichts stieg auf. Jeder einzelne Satz versank. Mein Kopf war so leer wie der Ausstellungsraum. Und doch gab es für mich nur eine Sache, die noch schlimmer war als zu schreiben: nicht zu schreiben.

2

Ich saß an dem Tisch neben dem Eingang zum Lesesaal, träumte, dachte an Suzy, den Geburtstermin, an die Zwillinge, die mir auf einmal noch wundersamer und dringlicher erschienen als das Schreibheft auf meinen Knien. In dem Heft fand sich nichts als erzwungenes Gefühl, geklaute Ideen und scheinbar tiefe, gar geniale Wendungen, die in Wahrheit, jetzt erkannte ich es, trivial und peinlich waren.

Ich befürchtete abwechselnd, den Roman nie abschließen zu können und wie ein Idiot dazustehen, oder ein schlechtes Buch zu schreiben und als ein noch größerer Idiot dazustehen, schlimmer noch, als verblendeter, mittelmäßiger, eitler Poser. Die Kunst, las ich einmal, bestehe darin, die eigene

Mitte zu finden und aus dieser Mitte heraus zu schreiben. Ich hatte keine Angst davor, meine Mitte ausfindig zu machen – ich fürchtete, sie bereits gefunden zu haben. Und nun einsehen zu müssen, dass da nichts war.

Suzy war mir immer noch ein Rätsel. Sie schien weder an mein Talent zu glauben, noch es anzuzweifeln. Du bist, wie du bist, sagte sie. Als meine Selbstzweifel stärker wurden, fing ich an, ihr den Satz übel zu nehmen. Ja, sie liebt dich, dachte ich, du hast Talent. Aber letztendlich schien ihr das, was mich wirklich ausmachte – mein Kern, mein Wesen, dieses Etwas, das möglicherweise größer war als ich –, vollkommen egal zu sein. Irgendwann begriff ich, wo das Problem lag: Suzy liebte mich, egal ob ich Talent hatte oder nicht. Suzy liebte mich, egal ob ich richtig oder falsch lag, ob ich mich für das Gute oder das Schlechte entschied, ob ich Geld verdiente oder nicht. Sie liebte etwas, das unabhängig und getrennt war von allem, was ich darstellte oder auch nicht. Diese Art von Liebe verwirrte mich. Manchmal hasste ich Suzy sogar dafür, und ich weigerte mich, ihrer Logik das Einzige zu unterwerfen, was an mir hoffentlich nicht mittelmäßig war: mein Talent.

Denn damals war meine Angst größer als meine Dankbarkeit, mein sich abzeichnendes Scheitern wichtiger als ihre bedingungslose Liebe. Und so sehr ich auch versuchte, meine wachsenden Befürchtungen – und ihren zuverlässigsten Boten, die Wut – von Suzy fernzuhalten, es gelang mir nicht. Als Suzy mir an dem Morgen sagte, sie wisse ganz genau, dass ich den Roman zu Ende schreiben und der Roman ein Erfolg werden würde, warf ich ihr an den Kopf, so etwas zu glauben sei einfältig. Als sie zu weinen anfing und sagte, sie glaube aber an mich, wurde ich wütend und schleuderte einen Küchenstuhl gegen die Wand. Ein Bein brach ab. Ich hatte das Gefühl, dass sie mir gar nicht zuhörte, wenn ich jammerte, ich hätte nichts geschrieben.

Sieh es doch endlich ein, brüllte ich, da ist nichts, woran man glauben könnte!

Eine große Liebe ist es wert, zerstört zu werden, allein um uns an unsere Bedeutungslosigkeit zu erinnern. Sagt Tebbe. Ich weiß nicht, wie groß unsere Liebe war, aber zerstört wurde sie allemal. Während der Schwangerschaft stritten wir mehr als früher. Die Armut empfanden wir noch nicht als Bedrückung, beziehungsweise erkannten wir sie nicht als solche. Und doch hatten wir jeden Tag ein kleines bisschen weniger von allem.

Wir waren unfähig zu sehen, zu welch schwerer Last sich das alles summierte: die Lebensmittel, die wir uns nicht leisten, das Haus, das wir nicht heizen konnten; das Auto, das ständig kaputtging und zudem neue Bremsen brauchte; das unerschwinglich teure Benzin, die Zeit, die wir damit verbrachten, an tausend Ecken und Enden Schadensbegrenzung zu betreiben. Die altersschwachen Möbel, der kaputte Toaster, die Fliegentür, die schief in den Angeln hing. Hinzu kamen: ein launischer Kühlschrank, ein Herd mit nur einer funktionsfähigen Platte, eine ständig reparaturbedürftige Waschmaschine, Second-Hand-Klamotten, die versickernde Lebensfreude. Ein Gletscher aus Sorgen schob sich auf uns zu. Wir standen es jeden Tag aufs Neue durch, aber hinter alldem braute sich eine wachsende, unausgesprochene Verzweiflung zusammen.

Suzy wirkte immer öfter abwesend und schien sich allein auf ihren riesigen Bauch zu konzentrieren. Beim Gehen legte sie ständig eine Hand darauf, als führte sie zwei Fremde durch eine unbekannte Welt. Ich musste an Cowboys im Western denken, die beim Plaudern den Hals ihres Pferdes tätschelten und dann endgültig davonritten. Irgendwie machte die Geste mich verrückt, ich fühlte mich ausgeschlossen von dieser ausschließlichen Schwangerschaft. Suzy war zu neuen Ufern aufgebrochen, und ich blieb allein zurück.

Sie hatte mich im Stich gelassen. Ich sollte eine neue Rolle erfüllen, zu der ich keinen echten Zugang fand. So sehr ich mich auch bemühte, ich fühlte keine andere Verbindung zu den ungeborenen Zwillingen als die Tatsache meiner biologischen Vaterschaft. Es war nicht mein Bauch. Mir blieben nur die Armut, die Sorgen, die Angst, mir blieb die stinkende Verzweiflung.

Und dafür schämte ich mich.

Was nichts an meinen Gefühlen änderte.

Wenn die Wut mich übermannte, passierte etwas Neues. Ich tobte wie ein Verrückter. Ich war den plötzlichen Ausbrüchen hilflos ausgeliefert. Ich war der ganzen Situation hilflos ausgeliefert, vielleicht war das mein Problem. Als die neue Kupplung versagte, trat ich die Innenverkleidung der Fahrertür ein. Ich zerschlug eine Glastür, weil die Waschmaschine endgültig kaputt war und wir unser letztes Geld für die neue Kupplung ausgegeben hatten. Suzy leugnete, wie ich fand, die Realität und tröstete mich damit, dass alles sich finden werde, sobald die Zwillinge geboren seien. Aber das war nicht mein Problem. Mein Problem war, dass sie sich beim Reden eine Hand auf den Bauch legte, als wäre sie schon dabei, endgültig wegzureiten. Wie?, brüllte ich, wie soll sich alles finden, Suzy? Ich sah keinen Ausweg mehr. Meine Faust wurde mit zwanzig Stichen genäht, aber die innere Wunde heilte nicht, im Gegenteil.

In solchen Momenten machte ich Suzy Angst. Ich machte mir selbst Angst. Nach dem Zwischenfall mit der Glastür stritten wir weiter. Sie nannte mich ein Monster und sagte, sie erkenne mich nicht wieder. Offen gestanden erkannte ich mich selbst nicht wieder. Sie schimpfte auf das Buch, als wäre es ein Mensch, eine Macht, ein *Ding*, das gekommen war, uns zu zerstören.

Vielleicht hatte sie recht.

Sie benutzte dabei ein Wort, das ich sie nie hatte sagen

hören, und einen Tonfall, den ich nicht kannte; er war so klar und stark, dass ich ihr einfach glauben musste.

Ich bin *betrübt*, sagte sie. Das Wort schepperte, als wäre es aus beweglichen Metallteilen gemacht. Ich bin betrübt, und ich habe allen Grund dazu.

Danach sagte sie nichts mehr, irgendwie war alles gesagt. Ich Idiot versuchte, mich zu rechtfertigen und zu erklären, warum alles dem Buch geopfert werden musste, warum ich in jeder freien Minute daran saß, warum ich keine Zeit für einen richtigen Job hatte, warum das Buch wichtiger war als alles andere. Ich füllte die Luft mit leeren Wörtern, so wie den Bildschirm meines Mac, und auf einmal wurde mir klar, dass kein einziges Wort von Bedeutung war.

Ich verstummte.

Und mitten in diese furchtbare Stille hinein fragte Suzy, ob ich sie noch liebte.

Ich sagte nichts, denn ich wusste nicht, was ich sagen sollte. Ich winkte müde ab und murmelte, das sei nun auch egal. Woraufhin Suzy eine Hand an unser einziges Bücherregal legte und ein paar Ausgaben zu Boden wischte. Die fallenden Bücher zerbrachen einen Kaffeebecher und den Plexiglasdeckel des Plattenspielers. Suzy schrie, ich hätte mich verändert, etwas sei in mich gefahren. Sie hasse das Buch, sie verstehe mich nicht mehr. Und dann sank sie zu Boden, saß zwischen den geöffneten Papierseiten und schluchzte immer wieder:

Das verdammte Buch bringt uns noch um.

An anderen Tagen ergriff mich das Wunder der Schwangerschaft mit brutaler Kraft, dann packte ich Suzy und presste mein Gesicht in panischem Staunen an ihren Wetterballonbauch. Diese gespannte Kugel war so oder so ein Wunder, ob ich nun davon ausgeschlossen war oder nicht. Ich meinte, ferne Herzschläge zu hören, und es waren auch meine, selbst wenn ich nichts damit zu tun hatte; *das war ich*, es lud mich ein, offenbar gab es da einen Ort, an dem man nichts und zugleich alles sein konnte. Ich fragte mich, wie ich an diesen Ort gelangen sollte. Suzy legte ihre Hände an meinen Kopf, und mir fiel nichts Besseres ein, als ihr zu versichern, das Buch werde bald fertig.

Es wird nie fertig, Kif, sagte Suzy aus der Ferne. Nie.

3

Ich schrieb trotzdem weiter, an jedem zweiten Vormittag der Woche, in der städtischen Ausstellung. Das Schulheft lag auf meinen Knien unter dem Tisch. Ich klammerte mich an meine letzte verbliebene unerschütterliche Überzeugung: Erst im Vorgang des Schreibens würde das Schreiben sich offenbaren. Falls der Verleger des Betrügers anrief, würde ich mit ihm sprechen. Es wäre immerhin schmeichelhaft, wenn ein echter Verleger anrief und jemandem, der gerade an seinen Fähigkeiten zweifelte, das Angebot machte, ein echtes Buch für einen echten Verlag zu schreiben. Die Welt war mir diesen Anruf schuldig, danach wären wir quitt.

Selbstverständlich würde ich ablehnen.

Obwohl ich kaum darüber nachzudenken wagte, war mir klar, wie ich die Geschichte später meinen wenigen Freunden erzählen würde; wie ich, Kif Kehlmann, das Angebot, ein Ghostwriter zu sein, abgelehnt hatte, und auch das Geld, weil ich mich auf meine wahre literarische Arbeit konzentrieren und meinen ersten Roman beenden wollte.

Ich fühlte mich fast schon berühmt, wie ein Klassiker. Ich würde ein Maupassant sein, der sich die Pistole an den Kopf hielt, die Trommel drehte, abdrückte, überlebte und das Überleben als Beweis der eigenen Unsterblichkeit feierte. Meine Pistole würde der Anruf des Verlegers sein. Ich brauchte das Geld, ich brauchte eine Aufgabe, ich brauchte eine Veröffentlichung, egal welche; Himmel, ich brauchte eine Chance. Aber ich würde dem Verleger auf Augenhöhe begegnen, ich war der Mann, der sich nicht scheute, den Abzug zu betätigen. Wenn der Verleger anrief, würde ich dem Tod ins Auge blicken und rufen: Nein!

Kif?

Ich schaute vom Schreibheft auf. Die Verwaltungschefin und Gleichstellungsbeauftragte der Stadt, Jen Birmingham, stand vor meinem Tisch. Sie war sehr groß und wechselweise rechthaberisch, bemitleidenswert oder betrunken. Meistens betrunken. Angeblich war sie früher eine Schönheit gewesen, und tatsächlich erinnerte ihr breites Gesicht an die Ruinen eines verwüsteten Königreichs. Ihr rubinroter Lippenstift war in einem grob geschätzten Verhältnis zu den Lippenkonturen aufgetragen. Gerüchten zufolge wurden ihre männlichen Untergebenen entweder heißgemacht oder kaltgestellt. Bei ihrem letzten Besuch hatte sie mir lang und breit von ihrer Tochter erzählt, die den Kontakt zu ihr abgebrochen hatte. An ihrer Stimme – ein bisschen schrill, brüchig – hörte ich sofort, dass mich heute niemand heißmachen würde.

Ja, ist es denn zu glauben?

Ich wusste nicht genau, was ich antworten sollte. Ich war vor einiger Zeit zum letzten Mal verwarnt worden, weil ich während meiner städtischen Arbeitszeit an meinem Roman geschrieben hatte. Dann wiederum hatte niemand mir erklärt, wie ich die einsamen Stunden in dem menschenleeren Foyer vor der menschenleeren Ausstellung zum Wohle der Gemeinschaft nutzen sollte.

Arbeiten Sie wieder – Jen Birmingham holte Luft – an Ihrem *Buch*?

Ich wusste nicht einmal mehr, ob es ein Buch war oder ein schwerer Fehler.

Schon wieder, Kif? Trotz der Abmahnung?

Ich starrte auf meine Knie hinunter. Auf den Schreibheftseiten hatten sich die immer gleichen sechsundzwanzig Symbole zu vielen verschiedenen Kombinationen zusammengeschlossen. War das ein Buch?

Nein, sagte ich.

Tut mir leid, Kif. Wir haben Sie wieder und wieder verwarnt wegen des …

Bitte, sagte ich.

Aber dann sah ich, wie Jen Birminghams echte Lippen – und etwa sechzig Prozent der aufgemalten – ein Wort zu formen versuchten, das ihrer Abscheu Ausdruck verleihen sollte. Möglicherweise war ihre Grausamkeit die Folge einer tiefen Verletzung, doch das machte sie nicht weniger grausam und half mir nicht weiter. Und als ihre Lippen das Wort endlich gefunden hatten, öffnete Jen den Mund und rief:

… *Buches!*

Ich presste das Heft an meine Brust.

Sie können sofort Schluss machen, Kif. Sie brauchen morgen nicht wiederzukommen. Sie sind entlassen.

Nachdem Jen Birmingham das Foyer verlassen hatte, saß ich abermals allein vor dem leeren Ausstellungssaal. Ich schlug das Heft auf und begann den nächsten Satz, vergeblich. Nichts floss, nichts tanzte. Es gab weder ein Innehalten, noch gab es Bewegung. Weil mich die Vorstellung überforderte, eine Figur aufstehen und gehen zu lassen, stand ich auf und ging.

Glücklicherweise hatte ich am selben Nachmittag einen hirnlosen Auftrag für einen Bauunternehmer zu erfüllen. Ich verdrängte, dass ich meinen einzigen festen Job verloren hatte und wir ab jetzt von meinen Gelegenheitsarbeiten würden leben müssen. In der ersten Stunde schaufelte ich in Vorbereitung eines neuen Fundaments Lehm aus einem Loch neben einem Haus und schaffte ihn mit der Schubkarre fort. In der zweiten schleppte ich, schon ziemlich erschöpft, Stahlträger eine steile Einfahrt hoch. In den letzten beiden Stunden rührte ich Zement in einer Blechwanne an. Der Wintertag war klar, ich schwitzte bis zur letzten Minute, und dann wurde mir sehr schnell sehr kalt.

4

Wir wohnten in der Mitte einer alten, abschüssigen Straße. Mit ihren romantisch verfallenen Holzhäusern schien sie immer ganz kurz vor einer Gentrifizierung zu stehen, die nie kam und nie kommen würde. Anscheinend ging keiner unserer Nachbarn einer geregelten Arbeit nach. Die Familie von nebenan bestand aus Junkies, allein dem Vater drohten dreiundachtzig verschiedene Anklagen wegen Verstoßes gegen das Betäubungsmittelgesetz. Sie verdienten ihr Geld mit Drogen, meistens lauerte eine Zivilstreife vor dem Haus und protokollierte, wer kam und wer ging. Manchmal stand Meredith, die weibliche Hälfte des Junkiepaares, mit einem Becher Tee in der Hand im Vorgarten, rauchte eine Zigarette und genoss den Tag, die Luft, die Autos und Passanten. Wenn der Becher leer und die Zigarette aufgeraucht war, drückte sie den Rücken durch, beugte sich über die niedrige, rissige Zementmauer und schrie in plötzlichem Zorn: Verpisst euch, ihr Schwanzlutscher! Und die Gestalten im Auto ließen sich tiefer in die Sitze rutschen.

Abends nach dem Essen, Suzy und ich saßen beisammen und schauten zu, wie Bo in einem Pappkarton spielte, überwältigten mich plötzlich die Gefühle. Die Welle der Emotionen war so enorm, dass ich glaubte, nicht auf tausend Seiten beschreiben zu können, was sich in den vergangenen fünf Minuten zwischen uns dreien abgespielt hatte.

Diese wenigen transzendenten Minuten schienen eine Ewigkeit zu dauern, in der alles eins war – Bos Atem, das Rascheln der Borke und des Laubs, das sie im Park gesammelt hatte und mit dem sie jetzt spielte. Die schwarze Amselfigur, die Suzy um ihren Kopf kreisen ließ, Suzys Lächeln, Bos Lachen, die unter den Tisch geworfene Puppe mit dem halben Kopf, aus der graues Füllmaterial quoll, die Argentinischen Ameisen davor – ja, alles war eins, und selbst das kleinste Detail war mit Bedeutung aufgeladen.

Und da wusste ich, wenn ich auch nur einen Bruchteil von dem, was ich sah und fühlte, in Worte fassen könnte, hätte ich mein Buch. Ich lief die Treppe hinauf und in mein winziges Schreibzimmer, kletterte über den Schreibtisch und ließ mich in die Lücke zwischen Tisch und Wand fallen.

Der Mac Plus stürzte kurz darauf ab. Ich holte die Diskette mithilfe einer verbogenen Büroklammer heraus, die ich nur zu diesem Zweck aufbewahrte und täglich brauchte. Ich schaltete den Computer aus und wieder an und schob die Diskette ein. Während ich auf den Neustart wartete, hörte ich das Junkiepaar hinter der Wand streiten. Ich hatte einen Kassettenrekorder, um in solchen Momenten Musik abzuspielen, aber sein Ton, dünn und blechern, schien das Getöse der Welt, die dort hinter der Wand zerbrach, nur zu verstärken.

Nach einigen weiteren Neustartversuchen fand der alte Mac Plus sein Gleichgewicht. Aber nichts, was ich schrieb, wurde den eben erlebten Gefühlen gerecht. Nicht ansatzweise, nicht im Traum. Wenn ich mich zum Schreiben hinsetzte, verlor alles, was ich gerade noch so stark und intensiv empfunden hatte, seine natürliche Wucht.

Beim Tippen hatte sich der Zementstaub unter meinen Fingernägeln gelöst, und nun bedeckte er die Tastatur. Ich drehte sie um, schlug darauf, legte sie wieder hin. Ich versuchte, in den Traumzustand zurückzufinden, in den Sog, den ich eben mit Suzy und Bo erlebt hatte. Er war weg. Ich wischte den Zementstaub zusammen und in den Bierkarton, der als Papierkorbersatz unter dem Schreibtisch stand. Der Bildschirm fror abermals ein. Als ich die Büroklammer ansetzte, um die Diskette herauszuholen und den Computer neu zu starten, brach das ermüdete Metall. Hinter der Wand klirrte Glas. Meredith schluchzte, dann war alles still. Ich nahm einen Block und fing zu schreiben an, aber sobald der Stift das Papier berührte, waren alle Worte wie weggeblasen. Ich hatte einen Moment erlebt, und jetzt war er vorbei.

5

Ich starrte immer noch auf den spöttisch blinkenden Cursor und den leeren Bildschirm, als Suzy von unten rief. Jemand wollte mich sprechen. Ich ging hinunter ins Wohnzimmer, stellte mich in die träge Wärme des Ofens und griff zum Hörer. Der Anrufer stellte sich nicht vor, sondern fragte, ob Kif Kehlmann am Apparat sei. Sein Akzent klang nach anglo-australischer Privatschule, nahezu adlig. Ich bestätigte, dass ich es sei, und da erst nannte der Mann seinen Namen: Gene Paley, Geschäftsführer bei Schlegel TransPacific Publishing und Verleger von Siegfried Heidl.

Ich war sprachlos.

Er fragte, was ich bislang geschrieben hätte. Ich erzählte ihm von meiner Geschichte des tasmanischen Modernismus und dem Kurzgeschichtenpreis des Wangaratta City Council. Er schwieg, und meine gesamte unbedeutende Autobiografie schien in der Stille zu versinken.

Sonst nichts?, fragte er.

Einen Roman, sagte ich. Fast fertig. Bin gerade dabei, ihm den letzten Feinschliff zu verpassen.

Ich habe mir die *Toten Gezeiten* angesehen. Guter Titel.

Stille Strömung, korrigierte ich ihn. *Eine Geschichte des …*

Mmmh, ging Gene Paley dazwischen. Guter Text. Der Titel ist immer wichtig. Aber wären Sie imstande, eine Biografie zu schreiben?

Auf die nun folgende Stille folgte nichts als: Stille.

Was sagen Sie?, fragte Gene Paley nach einer Weile. Suzy zeigte fragend auf das Telefon, ich tat übertrieben schockiert und machte eine Kritzelgeste. Ihnen ist klar, dass Sie, falls wir Sie engagieren, unsere Vorschläge umsetzen müssen? Meine. Die des Lektorats. Und so weiter. Wenn wir sagen, das muss raus, das und das muss besser ausgearbeitet werden, dann machen Sie das, ja?

Ich hatte keine Ahnung, was ich mir unter einem Lektorat vorstellen sollte. Die Hoppy Head Press beschäftigte fleißige, geradezu pedantische Korrektoren, aber das war es auch schon. Ich war verwirrt; ich hatte den Job noch gar nicht zugesagt. Ich hatte mich innerlich darauf vorbereitet, Gene Paley mit der Nonchalance eines echten, viel beschäftigten Schriftstellers zu erklären, dass ich ein solcher war. Ich merkte, dass es höchste Zeit wurde, meinen Einspruch vorzubringen, denn Gene Paley redete immer weiter. Ich müsse eng mit Heidl zusammenarbeiten und bald nach Melbourne kommen, ich müsse …

Ich habe, sagte ich, noch gar nicht zugesagt.

Nicht?, fragte Gene Paley.

Nein.

Gut, sagte Gene Paley. Sie bekommen zehntausend Dollar bei Manuskriptabgabe. Keine Gewinnbeteiligung, keine Nebenrechte. Zehntausend Dollar. Es ist viel Arbeit, das gebe ich zu. Aber es ist auch gutes Geld.

Zehntausend?, fragte ich erschrocken, vermutlich weil ich Heidl nicht glauben konnte; mein Tonfall schien so etwas wie Zustimmung oder Einverständnis zu signalisieren.

Ja.

Spesen, sagte ich ins Blaue hinein. Ich hatte mit derlei Verhandlungen überhaupt keine Erfahrung, fand aber, dass ich die Grenzen ausloten müsste. Ich sollte in Melbourne arbeiten, also würde jemand für Unterbringung, Anreise und Essen zahlen müssen, außerdem war …

Wie viel?

Wie bitte?

Wie viel brauchen Sie?

Eine unerwartete Frage, auf die ich keine Antwort wusste. Ich dachte an Straßenbahntickets, Mittagessen – ein Stück Pizza oder ein belegtes Brötchen, etwas in der Art – und an den einen oder anderen Kaffee. Ich könnte bei Sully übernachten, auf dem Boden schlafen. Sully war ein alter Freund der Familie, der mich stets willkommen hieß, wenn ich auf dem Festland zu tun hatte. Mehr fiel mir nicht ein. Ich überschlug die täglichen Ausgaben und kam auf knapp neun Dollar.

Elf fünfzig, hörte ich mich sagen. Aber …

Ich stockte. Selbst im Jahr 1992 waren elf Dollar fünfzig eine unbedeutende Summe. Auf einmal schien der Moment denkbar ungeeignet, das Angebot zurückzuweisen. Und noch während ich nach den passenden Worten suchte, spürte ich, wie etwas vor sich ging, das ich nicht beabsichtigt hatte, eine Art Machtverschiebung zu meinen Ungunsten.

Elf Dollar fünfzig?, hörte ich Gene Paley fragen.

Ja, sagte ich mit einem unguten Gefühl.

Mmmmh, machte Gene Paley.

Wie mir klar wurde, verhandelte ich nicht über Spesen, sondern über etwas viel Grundsätzlicheres: meine schriftstellerische Würde. Ich benutzte eine absurd niedrige Spesenforderung, um deutlich zu machen, dass ich in der Tat ein Schriftsteller war, auch wenn andere daran zweifelten. Mein Problem war, dass Gene Paley meine Einschätzung offenbar teilte. Ab diesem Punkt konnte ich nichts mehr gegen ihn vorbringen, ich musste einfach zusagen.

Ja, sagte ich. Das wäre alles.

Schon bereute ich, nicht mehr herausgeholt und beispielsweise die glatte Summe von fünfzehn Dollar verlangt zu haben; gleichzeitig war mir klar, dass das nicht weniger einfältig geklungen hätte. Ich hatte mich zu weit aus dem Fenster gelehnt.

Wirklich?, fragte Gene Paley leicht ungläubig. Er nahm mir die peinliche Aufgabe ab, weiterhin so zu tun, als hätte ich eine schwierige Wahl zu treffen. Er kannte meine Bedürfnisse besser, als ich sie kannte, und wie sich herausstellen sollte, war er nicht der Einzige.

Ich muss darüber nachdenken, sagte ich.

Mmmh, machte Gene Paley.

Fälschlicherweise vermutete ich, dass der so weltgewandte Verleger nachgerechnet und erkannt hätte, dass ein belegtes Brötchen, Kaffee und zwei Straßenbahntickets nie im Leben mehr als neun Dollar kosteten. Vielleicht hielt er mich jetzt für einen Betrüger? Ich schämte mich, hörte einen Laut und fürchtete, es könnte sich um ein unterdrücktes Glucksen handeln.

Ich kann meine eigenen Teebeutel mitbringen, schlug ich vor. Oder …

Kif – ich darf Sie doch Kif nennen? Vergessen wir die Spesen. Ich stelle Ihnen, während Sie hier sind, einen Dienstwagen zur Verfügung. Wie wäre das?

Fantastisch, sagte ich und bereute es sofort. Ich war zu naiv und ließ mich zu leicht beeindrucken.

Und essen können Sie in unserer Kantine, gratis.

Ich muss darüber nachdenken, wiederholte ich. Ich versuchte, mich zu besinnen, ihn irgendwie auf die Möglichkeit einer Absage vorzubereiten, den richtigen Ton zu treffen, aber es war vergeblich.

Ich lege noch eine Tankkarte obendrauf, sagte Gene Paley. Dann müssen Sie das Benzin nicht selbst bezahlen.

Ich habe noch nicht …, sagte ich und geriet zum zweiten Mal ins Stocken. Die Worte schwebten davon. Was hatte ich noch nicht? Nein gesagt? Noch nicht Ja gesagt? Noch nicht gesagt, dass ich mehr Geld wollte? Ich hörte meine eigenen Atemzüge in der Leitung.

Kif, darf ich Ihnen etwas anvertrauen? Hat Siegfried mit Ihnen über den Zeitplan gesprochen?

Er hat gesagt, Sie hätten es eilig.

Wie schon gesagt, Siegfried Heidl tritt in sechseinhalb Wochen seine Haftstrafe an. Er wird sehr, sehr lange im Gefängnis sitzen. Das Buch muss vor dem Haftantritt fertig sein.

Sechs Wochen für eine erste Fassung?

Für ein druckreifes Manuskript.

Mr Paley …

Bitte, nennen Sie mich Gene.

Gene. Ich denke nicht, dass ich …

Nicht denken, Kif. Nehmen Sie sich in den nächsten vierundzwanzig Stunden alle Zeit, die Sie brauchen. Und morgen Abend teilen Sie mir Ihre Entscheidung mit.

Dem stimmte ich gern zu, denn zustimmen ist immer leichter als ablehnen. Abgesehen davon bildete ich mir zu gern ein, dass ich eine folgenschwere Entscheidung zu treffen hätte, wo die Entscheidung eigentlich doch längst gefallen war: Ich würde nicht als Ghostwriter arbeiten. Ich würde ein anderes Buch schreiben, mein eigenes. Doch die Welt beginnt mit einem Ja, und die Hölle ebenfalls.

TEIL 5

1

Mr Paley?

Gene, bitte.

Schweigen. Ein ganzer Tag war vergangen, und mein Entschluss, mich nicht kaufen zu lassen, stand fester denn je. Suzy war ein bisschen enttäuscht wegen des Geldes, unterstützte mich aber in meiner Unerbittlichkeit. Leider hatte das zweite Telefonat mit dem Verleger irgendwie falsch angefangen.

Ihr Angebot ist sehr großzügig, sagte ich. Aber …

Es ist, sagte er, *eine Wucht*.

Ich überlegte, wie ich meine Absage formulieren könnte, ohne Gene Paley vor den Kopf zu stoßen, den einzigen echten Verleger, mit dem ich je gesprochen hatte. Vielleicht könnte er meinen Roman veröffentlichen, wenn er fertig war. Ich war allerdings nicht nur aus reiner Höflichkeit abgelenkt; auf einmal schien der Ausgang des Gesprächs längst festzustehen, und nur ich hatte es noch nicht begriffen. Natürlich, Gene Paley wusste, was er wollte. Mir war nur nicht klar gewesen, dass er auch wusste, was ich wollte.

Gene, gestern Abend habe ich an meinem Roman gearbeitet …

Ja! Ihr Roman!, sagte er und betonte das Wort Roman, als hätte ich ihm das Originalmanuskript von *Ulysses* angeboten. Meine Sekretärin hat sich erlaubt, Ihnen für morgen früh einen Flug nach Melbourne zu buchen.

Ich war sprachlos. Ich hatte ablehnen wollen, aber offenbar war das Projekt schon angelaufen – es gab einen Flug, eine Aufgabe, ein Buch. Und Geld. Ich sagte nicht Ja, aber ich sagte auch nicht Nein. Ich zierte mich, schwieg, rang mit mir. Es wäre ja nur vorübergehend.

Zehntausend Dollar, haben Sie gesagt?, hörte ich mich fragen und erkannte meine Stimme nicht wieder. Ich klang, als wollte ich mir ein Angebot bestätigen lassen, das ich ohnehin ablehnen würde.

Ja. Zehntausend.

Ich hörte mich sagen, meine Frau sei im achten Monat schwanger, mit Zwillingen. Ich hörte mich regelmäßige Rückflüge fordern, jedes Wochenende, und zu meiner Überraschung hörte ich, wie Gene Paley einwilligte.

Ich holte tief Luft, wurde mutiger, sprach weiter.

Und falls sie Wehen bekommt, während ich in Melbourne bin, will ich sofort nach Hause, sagte ich, wenn auch mit leicht zittriger Stimme.

Keine Frage!

Und zweitausend Dollar im Voraus.

Ich traute meinen Ohren nicht, aber die Aussicht, endlich ein richtiger Schriftsteller zu sein und, noch unglaublicher, bezahlt zu werden, war zu schön.

Kif, über die Details können wir reden, wenn Sie hier sind. Dann erarbeiten wir einen Zeitplan, ich stelle Ihnen Siegfried vor, und spätestens am Mittag können Sie loslegen.

Einverstanden, hörte ich mich sagen, obwohl ich alles andere als einverstanden war. Vielleicht wollte ich den Moment einfach nur ein bisschen länger auskosten.

Ein paar Minuten später legte ich auf. Ich ging in die Küche, schenkte mir ein Glas Wasser ein, stellte es neben die Spüle.

Was ist passiert?, fragte Suzy. Hast du zugesagt?

Nein, sagte ich. Nein, habe ich nicht.

Hatte ich tatsächlich nicht. Ich hatte eine Strömung gespürt, die mir den Boden unter den Füßen weggerissen hatte, und anstatt mich zu wehren, hatte ich mich forttragen lassen.

Und da war ich nun.

Zum ersten Mal seit vierundzwanzig Stunden tat ich, was ich die ganze Zeit hätte tun sollen: Ich dachte nach. Später behaupteten manche, ich hätte moralische Bedenken äußern müssen, immerhin würde ich mit einem Kriminellen zusammenarbeiten. Vielleicht hatte ich diese Bedenken sogar – und das, obwohl ich praktisch nichts über ihn wusste; ich hatte nur ein paar vage Erinnerungen an Fernsehbilder und Zeitungsartikel. Ich erinnerte mich an ein Lächeln, ein paar Anklagepunkte und jede Menge Gerüchte – nichts also, was mich empört oder mir das Recht gegeben hätte, mich über ihn zu stellen. War ich nicht Schriftsteller? Ich stand über nichts und niemandem.

Ich hatte nur eine Sorge: Was um alles in der Welt tat ein Ghostwriter? Ich war Kehlmann, das Allroundtalent, ich stand am Presslufthammer und schwang den Pinsel, ich war Türsteher und außerdem der Bartleby des Schreibens: Ich sagte immer wieder Nein zu meinem eigenen Buch. Aber nun war ich unerklärlicherweise zum Schreiben verpflichtet worden und sollte das Buch eines anderen verfassen. Ich hatte keine Beweise dafür, dass ich der Aufgabe gewachsen war. Irgendwie war ich davon ausgegangen, dass ich, der so vieles konnte – meistens handwerkliche, zugegeben banale Sachen –, sicherlich auch ein Buch schreiben könnte. Das sagte ich mir, zur Beruhigung. Ich ging nach oben und packte meine einzige Reisetasche, einen Seesack.

Was tust du da?, fragte Suzy. Sie stand in der Schlafzimmertür. Ich dachte …

Ich hob den Kopf. Suzy war so breit wie ein Schlachtschiff, sie trug unsere beiden Kinder im Bauch, und so albern es klingt: Ich lachte vor Freude.

Ich werde ein Schriftsteller sein, sagte ich.

2

STP Publishing war mitten im trostlosen Port Melbourne in einem sechsstöckigen Bürogebäude untergebracht, das zwischen ähnlich funktionalen Bürogebäuden stand. Aus den meisten ragten in unregelmäßigen Abständen schwarze Glasrechtecke heraus. Die Gestaltung der Freiflächen zielte auf eine wilde Buschoptik ab, die seinerzeit für Pflegeheime und allerlei andere Rückzugsorte der Hoffnung – staatliche Schulen, Lagerhäuser, außerstädtisch gelegene Supermärkte – schwer in Mode war: in einem glänzenden Beige lackierte Betonkübel, aus denen büschelige Gräserstauden in die Höhe ragten wie spitze olivgrüne Stilettos.

Das Taxi hielt vor dem Gebäude, und ich sah Ray neben einem dieser Betonkübel stehen. Er beugte sich zu einem kleineren, bärtigen Mann mit Sonnenbrille, roter Baseballjacke und Baseballkappe hinunter. Während ich den Fahrer bezahlte, kam Ray heran. Er gab sich verschwörerisch und blickte verstohlen um sich. So hatte ich ihn nie erlebt.

Gut, dass du da bist, Mann. Komm, ich stelle dir Ziggy vor.

Ist er schon drin?, fragte ich erstaunt.

Nein, er steht da vorn, sagte Ray und nickte zu dem kleinen Mann mit der Baseballkappe hinüber.

Ist das ein angeklebter Bart?

Er fürchtet sich vor einem Mordanschlag, Mann. Er hat sich verkleidet.

Das ist ein angeklebter Bart!

Ray hielt inne, wie um zu überlegen. Etwas schien ihm zu dämmern, die Absurdität der Situation vielleicht, und er lachte.

Man kann nie wissen, Mann. Du könntest der Killer sein!

Ja, sicher, sagte ich.

Der Himmel hing tief, und die eintönige Mittelmäßigkeit der Szenerie hatte etwas Einladendes, wenn nicht gar Beruhigendes. Alles hier war allein auf den Zweck des Geldverdienens reduziert. Ich war seltsam gerührt. Das war die Zukunft, und für einen kurzen Augenblick glaubte ich dazuzugehören.

Ich war mit dem Kopf in den Wolken und achtete nicht auf den Gehweg. Ich ging Heidl entgegen und trat in eine neongrüne Pfütze, ausgelaufene Kühlflüssigkeit vermutlich. Ich spürte, wie die Nässe zwischen Sohle und Leder meines aufgeplatzten Adidas Vienna eindrang. Die Socke war sofort durchweicht und quietschte bei jedem Schritt.

So hatte ich mir die erste Begegnung mit Heidl nicht vorgestellt, meine Ankunft im Verlag, meinen ersten Arbeitstag. Der feuchte Fuß wurde im Laufe des Tages immer kälter. Ich zog den Schuh aus und kippte den Rest grüner, stinkender Flüssigkeit aus, der nicht in die Socke eingezogen war – und meine gute Laune kippte ich gleich mit auf die Straße. Während ich halb gebückt auf einem Bein balancierte, sagte jemand meinen Namen.

Ich hob den Kopf und sah mein verzerrtes Gesicht in einer riesigen, verspiegelten Sonnenbrille. Eine Sekunde lang hatte ich nur mein gekrümmtes Ich vor Augen, dann erst nahm ich die graubraune Bürohausfassade von STP Publishing mit den getönten Fensterscheiben und den schwarzen Silikonkleberresten in den Fertigbauritzen wahr, und im Vordergrund einen kleinen, ganz leicht schwabbeligen Mann mit Pilotenbrille und einem lächerlichen, aufgeklebten Bart. Er musterte mich. Wie die meisten Verkleidungen zogen der Bart und die amerikanische Baseballjacke, eine Seltenheit in Australien, die Aufmerksamkeit auf sich, statt sie zu zerstreuen.

Heutzutage machen bildbearbeitete Fotos in Kochbüchern mich glücklich, oder auch Werbung für Armbanduhren, die oft mehr Optimismus und Gelassenheit verbreitet, als die Uhr selbst es könnte. Ich sehe mir gern Essen auf Instagram an. Aber damals, in der angeblich guten alten Zeit, als wir alle die Hoffnung noch nicht verloren hatten, setzte ich in Sachen Glück auf die Menschen. Ich war entsprechend überrascht zu sehen, wie harmlos Australiens berühmtester Verbrecher erschien. Aber welcher Mensch wird seinem Werk schon gerecht, rein äußerlich? Und als hätte er meine Gedanken gelesen, sagte Heidl in sanftem Ton und mit deutschem Akzent:

Jeder menschliche Kontakt ist eine Form von Enttäuschung. Und dann fügte er lächelnd hinzu: Tebbe.

Er klang weniger gestelzt als am Telefon. Mir wurde erst später klar, dass ich gemeint war.

Ray stellte uns einander vor. Heidl nannte mich Kif, ich nannte ihn Siegfried. Er hatte die unsympathische Gestik eines schmierigen Bestattungsunternehmers. Das spontane, leere Lächeln, der feste Händedruck, der aufmerksame Blick aus Augen, die hinter der Goldrandsonnenbrille verborgen blieben.

Kif, ich erwarte von Ihnen absolute Diskretion, was unser Projekt betrifft.

Das hörte ich zum ersten Mal. Er hielt immer noch meine Hand fest, als würde ich gerade in einen Geheimbund eingeführt, und auch das Lächeln setzte er nicht ab. So ein Lächeln hält wie im Krampf das Gesicht besetzt, um die Zustimmung des Gesprächspartners zu erzwingen. Wenn ich darüber nachdenke, fällt mir auf, dass es typisch für jene Zeit war. Aber ich hatte es nie in Reinform erlebt, nicht bis zu dem Tag, als ich Ziggy Heidl traf. Er würde erst aufhören, wenn ich nachgab. Sein Lächeln war ein Machtinstrument, ein Ausdruck von Dominanz. Meine einzige Reaktion bestand darin, die Augen abzuwenden, was aber nur eine vorübergehende Lösung war. Wie ich erfahren sollte, konnte Ziggy Heidl unbegrenzt lange lächeln.

Niemand weiß davon, Kif, sagte er. Niemand *darf* davon wissen. Das ist sehr wichtig. Ich habe – er schaute nach rechts und links, als lauerten auf der Straße, hinter den Lagerhallen und Bürogebäuden die Verfolger – meine *Gründe*.

Ich hörte kaum zu, schaute dafür umso genauer hin. Ich versuchte, mir ein Bild von Heidl zu machen, aber es gelang mir nicht. Ich versuchte, nicht auf den Muskel in seiner Wange zu starren, der zuckte wie ein einsamer Fisch in einem ansonsten leeren Netz. Charakteristische Züge schienen ihm vollkommen zu fehlen, er war ein Wunder der Konventionalität und ohne jeden Ausdruck. Nicht einmal während er sprach, hörte er zu lächeln auf, als wäre jedes Wort aus seinem Mund eine gute Nachricht, für uns beide.

Niemand in dem Gebäude, sagte Heidl, darf erfahren, wer wir sind und was wir hier machen. Nur der Geschäftsführer, der Verleger und die Lektorin wissen Bescheid. Denn, sagte Heidl, wir müssen alles geheim halten.

Warum?

Weil es um Dinge geht, sagte Heidl und sah mich verwundert an, die *geheim* sind.

Ich schaute zu Ray hinüber, er nickte.

Es muss sein, sagte Heidl. Er breitete die Arme weit aus, als wollte er einen Wasserball fangen. Er sah aus wie ein schmieriger Laienprediger mit dunklem Geheimnis. Es gibt gewisse *Leute*, sagte er so leise, dass ich mich vorbeugen musste.

Leute?

Er schaute sich um, als würden wir möglicherweise belauscht, und nickte.

Leute.

Siegfried, was machen wir hier?, fragte ich.

Nennen Sie mich Ziggy. Ab heute sind wir Freunde.

Siegfried, was soll ich sagen, wenn mich jemand fragt, was wir hier machen?

Die Leute stellen alle möglichen Fragen, Kif. Wenn ich ihnen die Wahrheit sage, nennen sie mich einen Lügner. Und wenn ich lüge, sind alle zufrieden.

Wieder das Lächeln, dieses vergiftete Lächeln.

Im Tonfall eines Mönchs, der einen Novizen in ein trauriges Mysterium einweist, sagte er:

Ich staune immer wieder darüber, für wie wichtig die Menschen die Wahrheit halten. Ich frage mich, wozu wir die Wahrheit überhaupt erfunden haben, wenn es doch beim Überleben nur auf Täuschungen, Ausreden und Notlügen ankommt. Verstehen Sie?

Nicht so genau.

Tebbe sagt, Wörter seien nur krude Metaphern, von denen alle vergessen haben, dass sie Metaphern sind. Alles klar?

Klar? Nein. Nicht wirklich.

Aber genau darum geht es doch, Kif, sagte Heidl und lächelte weiter. Die Wörter führen uns nicht zur Wahrheit, sie bringen uns weg davon. Wie Verrückte, die rückwärts laufen.

Ich schaute beiseite, um seinem ewigen Lächeln auszuweichen, seiner unerträglichen Gewissheit.

Es gibt keine Wahrheit, nur Interpretationen. Ohne die Wahrheit sind wir besser dran, fuhr er fort. Glauben Sie mir. Wir sind wegen der Lyrik hier.

Lyrik?, fragte ich.

Jawohl. Wir stellen eine Anthologie zusammen. Deswegen sind wir hier.

Was für eine Anthologie?, fragte ich.

Es geht um westfälische Volksdichtung. Aus dem fünfzehnten Jahrhundert, um genau zu sein. Wir sind die Herausgeber. Das ist unsere Tarnung.

Wir brauchen eine Tarnung?

Jeder braucht eine Tarnung.

Und Ray?, fragte ich.

Auf einmal erschien mir Ray wie das schwächste Glied in der Kette. Ja, er hatte Hermann Hesse gelesen, ich wusste zwar nicht, warum oder zu welchem Zweck; er hätte sich keine Minute über ein literarisches Thema unterhalten können. Besser gesagt, er hätte sich über kein Thema länger als eine Minute unterhalten können.

Es ist unser Berater.

Ich schwieg.

Assistent, sagte Heidl zögerlich. Die Idee gefiel mir besser, sie lag näher an der Wahrheit, schließlich war Ray als Heidls Leibwächter tatsächlich so eine Art Assistent. Ich kannte Heidl noch nicht lange, hatte aber das Gefühl, dass niemand ihm den Lyriker oder Herausgeber abkaufen würde. Dann wiederum hatte ich nie einen Herausgeber mittelalterlicher deutscher Lyrik getroffen, und ich ahnte, dass ich sogar im Verlag nicht der Einzige sein würde.

Ich habe keine Ahnung von deutscher Lyrik, sagte ich, schon gar nicht von mittelalterlicher westfälischer Volksdichtung. Sie?

Wohl bin ich ein Wald, sagte Heidl, und eine Nacht dunkler Bäume.

Zum ersten und nicht zum letzten Mal war ich tief beeindruckt.

Doch wer sich vor meinem Dunkel nicht scheut, fuhr Heidl fort, der findet auch Rosenhänge unter meinen Zypressen.

Vielleicht war ich da schon in seinem Bann.

Ist das ein westfälisches Volksgedicht?

Nein, sagte Heidl, und sein Gesicht verspannte sich. Was war das, Verachtung? Triumphierte er? Nein, sagte er, das ist von Nietzsche.

Er redete immer weiter, und er lächelte pausenlos, und der

Muskel in seiner Wange zuckte wie ein Metronom, das den Takt meiner Unterwerfung vorgab, während wir die Treppe zum Haupteingang hinaufstiegen.

3

Plötzlich trat Heidl auf wie der Firmenchef, der er früher gewesen war. Er ging breitbeinig auf den Lift zu, schien alles und jeden zu kennen. Ray und ich folgten ihm, schon zur Entourage degradiert, keine Gleichgestellten mehr, sondern Handlanger der Macht. Oben angekommen, durchquerten wir einen langen Flur, marschierten an einer Sekretärin vorbei und mitten hinein in ein großes Büro. Der hochgewachsene, dünne Mann am Schreibtisch erhob sich hastig, knöpfte sich mit einer Hand das Jackett zu und klopfte Heidl mit der anderen auf die Schulter. Die Geste wirkte unecht, schien aber nötig zu sein und eine Art Komplizenschaft zu besiegeln.

Die beiden plauderten, ich schaute mich im Büro um. Die Einrichtung war eine Reverenz an das, was bei TransPac in Wahrheit niemandem mehr heilig war: die lange Tradition des Hauses. Das deckenhohe Bücherregal aus Palisander war einzigartig, alt, prächtig, reich verziert, angekratzt, mit Tintenflecken beschmiert. Es bedeckte eine komplette Wand. Auf den abgenutzten, leicht durchhängenden Regalböden fand sich ein kleines Museum der australischen Literaturgeschichte.

Ich sah eine anscheinend vollständige Gesamtausgabe der frühen Pacific Library. Die Taschenbücher mit der lachenden Jägerleiste im Logo, einer Art Eisvogel, hatten in den 1940er- und 1950er-Jahren den australischen Buchmarkt und die Lesegewohnheiten des Publikums revolutioniert.

Vier ganze Regale waren für die schweren Hardcover aus den 1970ern reserviert, als Pacific sich mit dem seit den 1890ern sagenumwobenen, im Jahr 1971 fast bankrotten Verlag Schneider & O'Leary zusammengetan hatte, um als TransPac die Renaissance der australischen Literatur anzustoßen. Später kamen internationale Bestseller hinzu, vor allem nach der Übernahme durch das deutsche Medienkonglomerat Schlegel im Jahr 1980. Seither nannte sich das Unternehmen Schlegel Trans-Pacific. An den Wänden hingen Fotos von Nobelpreisträgern (die nichts über Australien wussten, außer dass in New York, London oder Barcelona die Lizenzrechte an ihren Büchern dorthin verkauft worden waren) dicht an dicht und auf Augenhöhe mit zeitgenössischen Lokalgrößen wie Jez Dempster, die in naher Zukunft dasselbe Schicksal ereilen würde wie jene walrossbärtigen Liedermacher, die im neunzehnten Jahrhundert die Erfolgsgaranten von Schneider & O'Leary gewesen waren. Das Buch an sich war noch nicht ganz tot, aber im Verlagshaus herrschte jetzt schon eine Atmosphäre wie in einer von der Schließung bedrohten Mine. Alle Goldadern waren ausgeschlachtet, die Stützbalken ächzten, und die Gerippe klapperten bei jedem Windzug.

Ich habe unseren Ghostwriter mitgebracht, sagte Heidl und streckte den Arm nach mir aus.

Die Geste wird manchmal als gönnerhaft beschrieben, die meisten Leute finden sie aber völlig zu Recht gruselig.

Ah, Kif, sagte der Mann. Wie schön, Sie kennenzulernen. Ich bin Gene. Gene Paley.

Er schüttelte mir die Hand und sagte hallo zu Ray, dessen Anwesenheit er zur Kenntnis genommen hatte wie die eines Hundes oder einer Einkaufstasche.

Er drückte auf einen Knopf an der Sprechanlage und verlangte mit leiser Stimme nach etwas oder jemandem. Kurz darauf kam eine Frau um die dreißig herein.

Kif, darf ich vorstellen: Pia Carnevale, Ihre Lektorin.

Wenn ich an Pia Carnevale denke, höre ich als Erstes ihr Lachen. Kehlig und rau, kein bisschen höflich oder aufgesetzt. Dabei hatte ich ihr Lachen vermutlich erst später im Ohr. Seltsamerweise muss ich auch an ihre langen Finger denken. Ihr markantes Gesicht, oval und olivfarben und gerahmt vom aufgestellten, goldbestickten Kragen des dunkelbraunen Brokatblazers, den sie an jenem Tag trug, erinnerte mich an ein byzantinisches Heiligenbild. Erst später merkte ich, wie sehr der Eindruck täuschte. Sie war alles andere als eine Heilige. Sie liebte Obszönitäten und Klatsch und war auf ihre eigene Weise ziemlich durchsetzungsfähig; dennoch, der erste Eindruck blieb.

Gene Paley bat Pia, Heidl und Ray das Büro zu zeigen, in dem wir arbeiten würden. Ich sollte noch eine Weile bleiben, damit wir »den langweiligen Papierkram« erledigen könnten.

4

Warum ich?, sagte Gene Paley, als die anderen gegangen waren. Warum wurde ich auserwählt? Das fragen Sie sich jetzt bestimmt.

Ich hatte mich das nicht gefragt, aber ich nickte. Gene Paley ließ sich im Sessel zurücksinken und sah mich abschätzend an. Er hob die Hand wie ein Polizist, der auf einer leeren Kreuzung den Verkehr stoppen will.

Einen Moment, Kif.

Er betrachtete mich noch ein bisschen länger, seufzte.

Ich sage immer, es ist ein Fehler, seine Autobiografie selbst schreiben zu wollen. Eine gute Geschichte gehört in die Hände eines Profis. Siegfried hat allerdings darauf bestanden, selbst zu schreiben. Vor Monaten schon. Er hat nichts zustande gebracht. Doch, etwas: fünfzig zusammengetackerte Seiten, die er seine Memoiren nennt. Das war's. Kein Wunder, er war sein ganzes Leben lang bemüht, keine Spuren zu hinterlassen. Er sagt, er hätte eine Schreibblockade. Er hat drei unserer besten Lektoren verschlissen, keiner hat es länger ausgehalten als einen halben Tag.

Warum?, fragte ich.

Zu sagen, sie wären schreiend weggerannt, wäre noch untertrieben, sagte Gene Paley.

Sondern?

Sie kamen herausgekrochen, wimmernd und auf allen vieren. Halt, nein, das war ein Witz! Aber er hat sie in der Tat eingeschüchtert. Er hat sie niedergemacht oder ignoriert und jede Zusammenarbeit verweigert. Er war furchtbar. Er war absichtlich furchtbar, damit sie ihn in Ruhe lassen. Daraufhin haben wir die Bedingung gestellt, dass er mit einem Ghostwriter zusammenarbeiten muss. Mit dem besten der Branche. Der Mann hat mit großen Namen zusammengearbeitet, mit Sportlern, Politikern, Filmstars. Mit Monstern! Ein Mann, der Erfahrung darin hat, die größten Egos zu bändigen. Doch Siegfried hat kein Ego, nicht im herkömmlichen Sinn. Der Ghostwriter hat nach zweieinhalb Tagen das Handtuch geworfen. Er hat gesagt, lieber würde er mit Pol Pot oder Vlad dem Pfähler zusammenarbeiten. Auch er habe Grenzen. Halt, stopp, ich scherze!

Gene Paley zu folgen war, als wollte man eine geschredderte Ausgabe von *Finnegans Wake* wieder zusammensetzen. Ich versuchte, mir meine Verwirrung nicht anmerken zu lassen.

Warum also ich?, fragte ich vorsichtig.

Ich habe zu Siegfried gesagt: Wenn Sie mit keinem unserer Schreiber zusammenarbeiten wollen, müssen Sie sich selbst einen suchen. Er hat gesagt, er kenne keine Schreiber, und da hat sein Bodyguard …

Ray.

Ja. Wie dem auch sei, der Bodyguard hat gesagt: Ich habe da einen Freund in Tasmanien, der Schriftsteller werden will. Also habe ich mir *Tote Flut* besorgt. Und gelesen. Ich muss zugeben, ich war nicht gerade begeistert, aber Siegfried mochte es sehr. Ehrlich gesagt, hatten wir keine Alternative.

Gene Paley hielt offenbar nicht viel von Schmeichelei.

Abgesehen davon finde ich Sie beeindruckend. Sie sind ein junger, talentierter Schriftsteller, oder?

Weil ich nicht wusste, ob ein Ja eingebildet oder arrogant klingen würde, sagte ich nichts.

Gene Paley versuchte es anders.

Irgendwo in Siegfrieds Kopf ist ein Buch. Oder?

Ja.

Mmmh, machte Gene Paley.

Er ließ den Blick über die Bücherregale schweifen, schien sich ganz kurz zu fragen, was Bücher überhaupt waren. Er schwang im Sitzen herum, streckte die Hand aus, zog eine Ausgabe halb heraus, schob sie zurück.

Ich hätte gern …

Mmmh, machte Gene Paley und drehte sich wieder um.

Also, eine Namensnennung. Auf dem Cover.

Als Autor?

Autor, wiederholte ich und spürte plötzlich, wie viele verschiedene Auslegungen das schlichte Wort doch hatte. Ja.

Ich werde es nicht vergessen, Kif. Ich sage immer, man darf die Leserschaft nicht unterschätzen. Man darf nicht so tun, als hätte man sich nicht ein wenig Unterstützung von einem Profi geholt. Ist ja schließlich keine leichte Aufgabe. Wir werden später darüber reden. Nun zu den Formalitäten. Bitte, sagte er und schob mir einen flachen Papierstapel hin. Sie bekommen fünftausend Dollar, wenn das Buch in Druck geht, und noch einmal fünftausend am Tag der Veröffentlichung. Keine Gewinnbeteiligung.

Er reichte mir seinen Füllfederhalter.

Unterschreiben Sie hier, sagte er und blätterte eine Seite um. Ein pfeilförmiges Post-it zeigte auf die gestrichelte Linie.

Während ich versuchte, meinen Vertrag zu verstehen, wurde Gene Paley nachdenklich.

Wie schon gesagt, ein Ghostwriter ist eine Mischung aus Höfling und Putzfrau. Er hört und sieht alles, macht aber nur das publik, was schicklich ist.

Ich hob den Kopf. Gene Paley schaute auf seine Uhr und versuchte, sich seine Ungeduld nicht anmerken zu lassen. Auf einmal hatte ich das Gefühl, es wäre unhöflich, den ganzen Vertrag sofort zu lesen und einem so wichtigen Mann seine Zeit zu stehlen.

Wissen Sie, wie man die Ghostwriter in Frankreich nennt?

Wusste ich nicht.

Nègres. Und dort, bitte, sagte er, nachdem ich die erste Seite unterschrieben hatte. Er blätterte für mich weiter. Und hier.

Ich unterschrieb wieder und wieder und fühlte eine große Dankbarkeit, sogar Stolz.

Schwarze?, fragte ich.

Sklaven, sagte Gene Paley leise und blätterte die letzte Seite um. Und hier, bitte.

TEIL 6

1

Als ich am ersten Tag unserer ersten Woche ins Büro kam, war Heidl – einem, wie sich bald zeigen sollte, wiederkehrenden Muster folgend – auf dem Weg hinaus.

Ich habe eine geschäftliche Verabredung zum Lunch, sagte er und nahm Baseballkappe, Sonnenbrille und den falschen Bart vom Chefschreibtisch. Sie könnten hier ruhig mal ein bisschen aufräumen.

Schweigend betrachteten wir die makellose Ordnung. Die Stühle, auf denen niemand sitzen würde außer uns, den Konferenztisch, über den hinweg sich niemand anderer unterhalten würde als wir, den Mac Classic, an dem niemand arbeiten sollte als ich; den riesigen Raum, der nur uns und unserem Buch zur Verfügung stand. Auf einem Beistelltisch lag fein säuberlich zusammengeschoben Heidls Manuskript, auf einem zweiten fanden sich die gesammelten Recherchen zu seiner Person. Es gab sogar ein Tablett mit frischen Club-Sandwiches. Der ganze Raum war ein trotziger Widerspruch zu dem, was Heidl eben gesagt hatte.

Es gab nichts aufzuräumen.

Bitte, nehmen Sie Platz, richten Sie sich ein, sagte er gönnerhaft, als wäre er mein Gastgeber und TransPac sein Zuhause. Ich bin am Nachmittag wieder da, und dann machen wir weiter.

Ich wollte ihm vorschlagen, zu bleiben und ein paar Stunden mit mir zu arbeiten. Er sah mich an, und zum ersten Mal konnte ich ihm in die Augen blicken. Ich kann mir fast nie eine Augenfarbe merken, nicht einmal die meiner eigenen

Kinder, doch Heidls Augen habe ich nie vergessen. Sie waren so schwarz und unbewegt wie die Oberfläche eines tödlichen Gewässers. Später fiel mir auf, dass seine Augen an manchen Tagen an die eines streunenden Hundes erinnerten, mit übernatürlich großen Pupillen. Er schien um eine Beute zu schleichen wie ein Wolf. Aber meistens waren seine Augen so stumpf wie die eines totgefahrenen Tieres neben dem Highway. Ohne jede Hoffnung, faszinierend und erschreckend zugleich. Ich musste hilflos mitansehen, wie sein Gesicht sich abermals zu jenem halb spöttischen, halb triumphierenden Lächeln verkrampfte, und auf einmal war es, als hätte man ihm die Haut abgezogen, der reine Horror, und nur der zuckende Nerv in seiner Wange bewegte sich noch.

2

Heidl kehrte am späten Nachmittag mit Ray zurück. Ich legte die Unterlagen beiseite, die ich mir angesehen hatte, und bot ihm an, länger zu bleiben und noch ein wenig zu arbeiten. Heidl drehte sich wortlos zu Ray um, der in der Ecke saß, und nickte kaum merklich in Richtung des Flurs. Wie ein dressiertes Tier stand Ray auf, ging hinüber und schloss die Tür. Die beiden sprachen kaum miteinander, allerdings reichte eine Geste oder ein Blick von Heidl, und schon gehorchte Ray. Als die Tür zu war, setzte Heidl sich hin und lächelte zufrieden. Irgendwie gelang es ihm, die einfachste menschliche Interaktion wie einen Akt der Verschwörung erscheinen zu lassen.

Alles klar, Kif. Am effektivsten können wir zusammenarbeiten, wenn wir uns vorher besser kennenlernen, bei einem Abendessen.

Also gingen wir. Zuerst auf ein paar Drinks in eine Bar,

danach gab es Essen in Chinatown, anschließend weitere Drinks. Das Gespräch verlief schleppend. Ich versuchte, Heidl zu seinem Leben auszufragen, und Heidl versuchte, jeder Frage durch eine Gegenfrage auszuweichen, die ich wiederum mit einer Frage parierte.

Die glücklosen Verhandlungen endeten so abrupt, wie sie begonnen hatten. Heidl stand auf und verkündete, wir hätten am nächsten Tag eine Menge zu tun und dürften es nicht zu spät werden lassen. Wir verließen das Restaurant und traten in die verregnete Seitenstraße hinaus, wo uns ein Fotograf erwartete. Er fing an, wild draufloszuknipsen. Heidl lächelte, zückte seine Brieftasche und drückte Ray ein Bündel Fünfzigdollarscheine in die Hand. Ray drehte sich um wie ferngesteuert und ging zu dem Fotografen. Heidl setzte seinen Weg fort und bedeutete mir mit einer knappen Geste, ihm zu folgen. Das Streitgespräch zwischen Ray und dem Fotografen wurde leiser, ich hörte etwas scheppern und zerbrechen.

Kein Grund, sich umzudrehen, sagte Heidl, winkte ein Taxi heran und öffnete die Tür für mich. Kein Grund, sich Sorgen um Ray zu machen.

Im Davonfahren sah ich durch die Scheibe, wie Heidl ein zweites Taxi heranwinkte. Er ließ Ray im Stich! Nach ein paar Sekunden dämmerte mir, dass ich im Begriff war, genau dasselbe zu tun. Offenbar tat ich nicht das, was ich wollte, sondern das, was Heidl wollte. Ich sagte meinem Fahrer, er solle wenden, und nach einer Weile entdeckte ich Ray am Straßenrand. Er stieg ein und schimpfte auf den Fotografen. Mit Heidl war Ray ein Fremder, ohne Heidl war er einfach nur Ray.

Ich fragte ihn, was passiert sei.

Er hätte nicht einfach ohne Erlaubnis fotografieren dürfen, sagte Ray, und dann schwieg er eine ganze Weile. Später erklärte er noch, er habe den Fotografen um die Filmrolle gebeten. Weil er sich geweigert hatte, hatte Ray ihm die Kamera weggenommen, den Film herausgezogen und die Kamera auf dem Pflaster zertrümmert.

Ich fragte ihn, was er tun werde, falls der Fotograf zur Polizei ging.

Das macht er nicht, sagte Ray. Ich habe ihm mehr Geld vor die Füße geworfen, als Film und Kamera zusammen wert waren. Und ich habe ihm gesagt, dass ich nächstes Mal nicht bloß die Kamera kaputt schlage.

Ich fragte ihn, warum er so etwas tat, wenn er Heidl doch eigentlich für ein Arschloch hielt.

Weiß der Teufel, sagte Ray.

Ich jedenfalls weiß es nicht.

Du wirst es herausfinden.

Draußen herrschte der Melbourner Winter, weder kalt noch sonst der Erinnerung wert. Ray schaute hinaus, und beim vielversprechenden Anblick des Nieselregens, der Autos und der Lichter, die auf dem nassen nächtlichen Asphalt umherzuckten, hellte sich sein Gesicht auf.

Wo fahren wir hin?, fragte er.

Ich wusste es nicht. Ich hatte keinen Schimmer.

3

Am Ende landeten wir in einer Kneipe, die Ray von früher kannte. Sie hieß *The Gutter and the Stars*. Sobald Heidl nicht mehr dabei war, schien Ray wieder der Alte zu sein, aber irgendetwas stimmte trotzdem nicht. Sein Unbehagen ging tiefer und hatte nichts mit seinem seltsamen Gehorsam im Verlag zu tun oder mit der demonstrativen Wachsamkeit, die er Heidl zuliebe an den Tag legte.

Mit einer gewissen Wehmut erzählte er, wie er im fernen Norden von Queensland für Heidl gearbeitet hatte. Heidl war seit fünfzehn Monaten auf Kaution draußen, und einen großen Teil dieser Zeit hatten sie damit zugebracht, in Helikoptern und Geländewagen die unzugänglichen Tropenwälder von Kap York zu erkunden.

Als ich wissen wollte, wozu, wurde Ray plötzlich still. Er murmelte etwas von einer geheimen Mission. Als ich nachhakte, sprach er von streng vertraulichen Betriebsgeheimnissen.

Was redest du da, Ray? Wessen Betriebsgeheimnisse?

Ray wand sich, wahrscheinlich hatte er selbst keine Ahnung.

Das gehört aber nicht in dein Buch, okay?, sagte er schließlich. Du darfst niemandem davon erzählen.

Er dämpfte seine Stimme, bis ich ihn kaum noch verstehen konnte.

Wir haben eine geeignete Stelle für eine Raketenabschussbasis gesucht.

Was?

Riesensache. Verrückte Scheiße, Mann. NASA.

Die NASA hat Heidl und dich losgeschickt, um einen Standort für eine Raketenabschussbasis zu finden?

So ähnlich. Nein, so war das nicht.

Doch, das hast du eben gesagt, du …

Nein. Warte. Ich darf nicht darüber sprechen. Aber … also … anscheinend brauchen die eine Basis auf der Südhalbkugel, um ihre Satelliten ins All zu schießen. Spezielle Satelliten.

Wie speziell?

Spion-speziell. Für diese Star-Wars-Nummer, von der Reagan immer spricht. Du weißt schon.

Und die NASA hat dich und Heidl bezahlt, damit ihr eineinhalb Jahre durch die Gegend fahrt?

Vielleicht. Ich darf nicht mehr sagen. Frag Ziggy. Ich weiß es nicht.

Dem traue ich nicht weiter über den Weg, als ich spucken kann.

Tja, wohl zu Recht, sagte Ray.

Er schimpfte auf Heidl, bestellte einen Krug Bier und sechs Southern Comforts. Wir nahmen die Gläser, trugen sie an einen kleinen Tisch und setzten uns auf Barhocker, Seite an Seite wie zwei Pfeiler, die einander stützen. Ray schärfte mir noch einmal ein, Heidl nichts über meine Familie zu erzählen. Er goss den Southern Comfort in die Gläser und füllte ihn mit Bier auf. Es roch widerlich, aber Ray trank nicht wegen des Geschmacks.

Du bist immer so höflich, Kif. Lass das, sei nicht so höflich. Er will sich mit dir anfreunden, aber das darfst du nicht zulassen.

Du bist mit ihm befreundet!

Ich weiß. Was glaubst du, warum ich mit dir darüber spreche?

Er sagt, du wärst sein bester Freund.

Ray sah mich verständnislos an.

In den Unterlagen wird ein gewisser Brett Garrett erwähnt.

Auf einmal war Ray hellwach. Was steht da genau?

Er war sein Buchhalter und ist spurlos verschwunden.

Ich weiß, wer Brett Garrett war. Was steht da noch?

Angeblich hat er Fragen gestellt. Er war gegen Heidls Expansionspläne. Er war der Spielverderber.

Merkwürdiger Typ, sagte Ray. Und?

Und dann ist er verschwunden.

Sage ich doch, merkwürdiger Typ, wiederholte Ray.

Heidl sieht das wohl ähnlich. An einer Stelle wird er zitiert, wie er sagt, Garrett sei einer dieser Typen, die verschwinden und deren Leichnam man zwanzig Jahre später aufgeknüpft im Regenwald von Kakadu findet.

Ray stieß ein seltsames Röcheln aus, als versuchte er, zu

würgen und gleichzeitig zu schlucken. Ich schob es auf das Bier.

Es gibt Gerüchte, Ziggy hätte ihn umbringen lassen, sagte ich.

Garrett? Wer behauptet so was?

Durch einen Auftragsmörder, sagte ich. Ist aber nur ein Gerücht.

Und du glaubst so eine Scheiße? Du würdest einfach alles glauben. Auf einmal war Ray seltsam wütend. Wer hat dir diesen Mist erzählt? Ziggy?

Ich habe es dir doch gesagt, das steht in den Unterlagen, die ich vom Verlag bekommen habe.

Ray schien zu überlegen, oder auch nicht, möglicherweise dachte er an etwas völlig anderes, das sehr weit entfernt war und gleichzeitig so nah, dass er nichts mehr wahrnahm.

Glaubst du, Heidl wäre zu so was fähig?, fragte ich.

Ray leerte sein Bierglas, schenkte sich nach, leerte das Glas abermals, sah mich an. Seine Augen waren jetzt so stumpf wie die von Heidl, er sah aus wie ein sterbender Wombat.

Die Sache ist die … nach einer Weile dringt er in dich ein mit seinem ewigen *Bla-bla-bla*. Irgendwie besetzt es einen Teil von dir.

Ich hörte Ray und merkte, dass er, der noch nie vor irgendetwas oder irgendwem Angst gehabt hatte, voller Angst war.

Hör dir sein Bla-bla-bla an, aber erzähl ihm nichts. Mehr wollte ich nicht sagen. Erzähl ihm nichts über Suzy. Und auch nicht über Bo.

Ich wollte einen Witz machen, überlegte es mir anders.

Erzähl ihm nicht, dass Suzy schwanger ist. Wenn er bei euch zu Hause anruft, darf sie nicht ans Telefon gehen.

Ray starrte auf die Schaumschlieren seiner Biermischung. Sie roch wie altes Deo. Vielleicht sah er in dem weißen Schaum die Gischt der Bass-Straße, die uns beinahe umgebracht hätte.

Er ist wie Schleim, sagte Ray und betrachtete die Seetangschlieren in seinem Glas. Er klebt an dir fest, und du kommst nicht mehr frei. Manchmal träume ich davon. Der ekelhafte grüne Schleim bedeckt mich von Kopf bis Fuß und zieht mich in einen See aus noch mehr Schleim. Ich schrubbe wie verrückt, aber er lässt einfach nicht los.

4

Später an dem Abend fuhr ich zu Sully und las Heidls Manuskript. Ich brauchte nicht lange. Das Ganze war ein Mischmasch aus Zitaten; Heidl hatte Zeitungsreportagen über den Aufstieg und Fall der Australian Safety Organisation, kurz ASO, geplündert, dazu Geschäftsberichte, interne Memos und Dankesbriefe von Politikern und Personen des öffentlichen Lebens – Botschafter, Polizeipräsidenten, Feuerwehrchefs, Unternehmer, pensionierte US-Generäle. Dazwischen fanden sich ein paar wenige und wenig aufschlussreiche persönliche Einlassungen. Der Text in seiner Gesamtheit war auf eine ganz eigene Weise bemerkenswert und praktisch unlesbar. Ein einziges Beispiel reicht aus, um den Tenor zu verdeutlichen: Der damalige Premierminister nannte Heidl einen *wahrhaft großen Australier* und lobte ihn als *engagierten australischen Unternehmer der Zukunft*.

Ich begriff, warum der Verlag einen Ghostwriter brauchte. Da stand nichts über Heidls Herkunft, sein Privatleben, den Zusammenbruch der ASO, die verschwundenen Millionen, die Banken oder die Firmen und Arbeitsplätze, die im Zuge der Pleite vernichtet worden waren; nichts über die Fahndung, die Festnahme und die anstehende Verhandlung. Mit anderen Worten: nichts, woraus sich ein Buch machen ließe.

Danach las ich die restlichen Rechercheunterlagen, hauptsächlich eine Zusammenstellung von Presseberichten über die ASO. Während seiner Zeit dort hatte Ray sich angeblich gefühlt wie ein Elitesoldat, es gab Uniformen, Kampfgeist und eine hochmoderne Ausrüstung. Die Zeitungsberichte entwarfen ein ähnliches Bild: Die ASO war technisch, logistisch und finanziell besser ausgestattet gewesen als jeder Staat und jedes Konglomerat. Niemand hätte es gewagt, in solchen Dimensionen zu denken, geschweige denn zu planen. Als erste Organisation des Landes verfügte sie über Löschhubschrauber. Sie verfügte über modernste Schiffe mit Mini-U-Booten und Helikoptern an Bord.

Die ASO bot Sicherheitstrainings für Arbeiter der Öl- und Bergbauindustrie an, sie suchte nach vermissten Wanderern und Fischern und löschte Waldbrände. Ein besonders spektakulärer Erfolg gelang dem Unternehmen, als es eine brennende Bohrinsel in der Timorsee löschte und damit eine Umweltkatastrophe verhinderte; es rettete den weltberühmten französischen Einhandsegler Olivier Espaze, als dessen Jacht tausendfünfhundert Kilometer südlich von Australien bei hohem Seegang umschlug und er darin eingeschlossen war; es barg die »Barrington 17«, eine Gruppe von Bergleuten, die nach dem Einsturz eines Tunnels im Hunter Valley zehn Tage unter der Erde festgesessen hatten. Die ganze Nation hatte den Atem angehalten.

Doch der blitzartige Aufstieg der ASO zu einem Unternehmen so beeindruckender Größe war immer auch rätselhaft und umstritten gewesen. Die Zeitungskommentatoren waren gespalten. Die Rechten priesen die ASO und ihr Geschäftsmodell als beispielhaft, die Linken verdammten das Unternehmen als verdeckte CIA-Operation nach Art der berüchtigten Nugan Hand Bank und verwiesen auf die paramilitärischen Strukturen, die Heidl aufgebaut hatte.

Als ich zu Ende gelesen hatte, war Sully immer noch wach.

Er saß im Wohnzimmer in einem verschlissenen rotbraunen Lehnstuhl, ein Buch auf den Knien. Offenbar kannte er sich mit der Materie aus. Zwischen kleinen Schlucken seines ungewöhnlichen Schlaftrunks aus billigem, rotem Schaumwein (in den provisorischen Bücherregalen standen überall leere Flaschen herum) erklärte er mir, dass damals in den 1980er-Jahren die Politik *out* und die Unternehmen *in* gewesen seien. Outsourcing wurde als Allheilmittel betrachtet, die Regierung heuerte Privatunternehmen an und diese Privatunternehmen wiederum andere Unternehmen, denn alles, was nicht zum *Kerngeschäft* gehörte, musste ausgelagert werden. Anscheinend waren Politik und Wirtschaft der Ansicht, dass nichts mehr zum Kerngeschäft gehörte, nicht einmal die Sozialhilfe, die Gefängnisse oder die Küstenwache. Ein Wunder, dass das Parlament selbst nicht ausgelagert wurde. In der Folge konnten alle neu gegründeten Unternehmen der Branche explosionsartige Gewinne verbuchen. Die ASO, sagte Sully, wusste einfach die Einfältigkeit der öffentlichen Systeme auszunutzen.

Aber selbst als er mir alles erklärt hatte, war ich ratlos und verstand nicht, wieso sich all diese Informationen nicht zu einem großen Ganzen zusammenfügten.

5

Am nächsten Morgen war ich fest entschlossen, einen besseren Start hinzulegen. Ich fuhr früh ins Büro, aber Heidl war schon da. Er stand vor dem hässlichen Regal und betrachtete die hässlichen Bücher, die unser Verlag publizierte. Er zog eines heraus und legte es zu einigen anderen auf den Beistelltisch.

Ich ging zum Konferenztisch, Heidl drehte sich um und

grüßte. Zum ersten Mal bekam ich sein Gesicht in aller Deutlichkeit zu sehen; ich glaube nicht, bis zur Erfindung des HD-Fernsehens etwas Vergleichbares erlebt zu haben. Nichts als Makel, schiefe Zähne und buschige, hohe Augenbrauen, aus denen einzelne Haare herausragten. Die Details sahen wie versehentlich betonte Fehler aus, als betrachtete man ein Gesicht durch ein Fernglas. Er war weit weg und zugleich sehr nah. Vielleicht kann ich ihn deshalb so schlecht beschreiben. Sein Gesicht war unendlich vage und auf unheimliche Weise präzise, wie die Kinderzeichnung eines Mondes, die wiedererkennbar ist und doch vollkommen unwissenschaftlich. Manchmal hatte ich das Gefühl, er wäre gar nicht da.

Siegfried, wie geht es … wie möchten Sie arbeiten?, fragte ich.

Das ist Ihre Aufgabe, sagte er mit besonders sanfter Stimme. *So* möchte ich arbeiten.

Ich kann das nicht ohne Sie, sagte ich.

Aber dafür werden Sie bezahlt, sagte er und drehte sich wieder zum Bücherregal um.

Ich stutzte. Ich wies ihn darauf hin, dass ich seine Gedanken zwar ordnen, nicht aber denken könne; ich könne alles aufschreiben, aber ich könne es nicht erfinden.

Das schien Heidl zu überraschen und unangenehm zu berühren. Er warf einen Blick auf seine Uhr und fragte, ob ich Gene Paley an diesem Morgen schon gesehen hätte.

Hatte ich nicht.

Es geht um meinen Vorschuss, sagte er. Ich habe erst ein Drittel bekommen.

Und wie aus dem Nichts schlug seine friedliche Gelassenheit in schäumende Wut um. Aus dem sanften Tonfall wurde Gebrüll.

Wie zum Teufel soll ich das alles schaffen, wenn die mich nicht bezahlen, verdammt?

So läuft das, sagte ich. Ein Drittel bei Vertragsunterzeichnung, ein Drittel bei Manuskriptabgabe und ein Drittel am Tag der Veröffentlichung.

Heidl murmelte etwas von *seinem* Geld. Er zeigte auf mich und sagte, ich sei allein auf sein Betreiben hier, das Buch sei praktisch fertig und Gene Paley schulde ihm einen Vorschuss.

Ich versuchte, die Stimmung durch einen Themenwechsel zu verbessern und fragte ihn nach seiner Kindheit.

Heidl hörte so abrupt zu toben auf, wie er angefangen hatte, und wandte sich wortlos dem Bildband zu, den er eben aus dem Regal gezogen hatte.

Ich stellte eine unverfängliche Frage zu seinen Eltern.

Heidl stellte das Buch zurück, wählte ein anderes aus.

Ich fragte, ob er ein enges Verhältnis zu seiner Mutter gehabt habe.

Hier, sagte er und trug eine aufgeklappte Ausgabe von *Toskana für Schokoladenliebhaber* an den Konferenztisch. Warum nehmen Sie das nicht mit nach Hause?

Die Bücher gehören uns nicht.

Heidl lächelte.

Nehmen Sie es.

Das wäre Diebstahl.

Sie sind Schriftsteller.

Ja, aber kein Dieb.

Vielleicht nicht. Aber Sie mögen Bücher.

Das ist kein Buch, das ist ein Witz.

Oh, sagte Heidl und schaute sich betreten um. Ich verstehe. Welche Bücher gefallen Ihnen?

Ich möchte kein Buch, Siegfried. Und wenn ich eines wollte, würde ich darum bitten. Sicher dürfte ich mitnehmen, was mir gefällt, und Sie auch.

Dann nehmen Sie es doch, sagte Heidl lächelnd. Wenn es denen egal ist, sollte es Ihnen erst recht egal sein. Sie wollen es doch. Bitte.

Nein, danke, sagte ich.

Dann schenken Sie es Ihrer Frau. Wie heißt sie gleich?

Suzy, sagte ich.

Suzy, wiederholte er, und da erst fiel mir Rays Warnung ein. Suzy liebt Schokolade, oder?

Ich versuchte es mit einer neuen Frage zu seinen Eltern, aber Heidl unterbrach mich.

Stimmt doch, oder? Ray hat mir alles über sie erzählt. Zwillinge! Stimmt doch, oder? Sie wird demnächst Zwillinge zur Welt bringen. Sicher hat sie Heißhunger auf Schokolade, was?

Ich wusste nicht, was ich sagen, wie ich den übergelaufenen Fluss in sein Bett zurückdrängen sollte.

Sicher doch, redete Heidl weiter, wer hätte das nicht, an ihrer Stelle? Ray sagt, sie ist sehr hübsch. Vielleicht sollte ich mal nach Tasmanien kommen, dann könnten wir in Suzys Nähe arbeiten. Das wäre für Sie doch viel besser, oder?

Er redete immer weiter. Das Schokoladenbuch lag aufgeschlagen vor mir, auf dem ganzseitigen Foto wurde flüssige Schokolade aus einem gehämmerten Kupferkessel in eine Form gegossen. Zum ersten Mal spürte ich so etwas wie Panik.

Wir sollten jetzt wirklich anfangen, sagte ich.

6

Anfangs hatte ich geplant, mich einfach nur mit Heidl zu unterhalten und mir dabei Notizen zu machen; ich hatte gedacht, auf diese Weise genug Material für die Autobiografie zusammenzubekommen. Anschließend würde ich meine Auszeichnungen sichten, ordnen und als Heidls Erinnerungen in Manuskriptform bringen. Doch es nützte nichts, genauso gut hätte man versuchen können, Quecksilber mit einer Schere vom Boden aufzuheben. Ich wechselte die Taktik und sprach ihn direkt auf dieses oder jenes Thema an. Ich lauschte seinen Rätseln und Tiraden, die höchstens fünfzehn oder zwanzig Minuten andauerten, schlug ihm eine kurze Unterbrechung vor, in der er seine Telefonate erledigen könne, und tippte ein paar Seiten.

Nach einer halben Stunde versuchte ich, abermals seine Aufmerksamkeit zu gewinnen, und immer begann ich mit derselben Formel: *Siegfried, könnten Sie mir kurz sagen, ob diese Fakten korrekt sind?* Falls es mir gelang, ihn vom Telefon wegzulocken – immer eine schwierige Aufgabe –, las ich ihm vor, was ich aus seinen Ausflüchten und Täuschungen gemacht hatte. Er saß am Schreibtisch, das Kinn auf die rechte Faust gestützt. Je weniger meine absurde Geschichte mit den Andeutungen zu tun hatte, die er geliefert hatte, je absurder sie klang, desto zufriedener wirkte Heidl, und desto eher erklärte er mir, sie stimme *absolut* mit seiner Erinnerung überein. Keine fünf Minuten später war er schon wieder am Telefon, um mit Charlie von *60 Minutes* oder Greg vom *Herald* oder Margot von *Seven* zu telefonieren. Auf der Grundlage meiner Erfindungen handelte er allein in der ersten Woche drei bezahlte Interviews aus.

Weil seine Geburt tabu war und Fragen zu seiner Kindheit ihn verärgerten, überlegte ich mir, die Geschichte mit einem anderen, besser zugänglichen Zeitpunkt zu beginnen: mit seiner Jugend. Wie sich herausstellte, war auch das keine gute Idee. Abgesehen von einer kurzen Erwähnung der Stadt Adelaide, die sich zu einer biografischen Tatsache ausbauen ließ oder auch nicht, quälte er mich eine geschlagene Stunde mit immer unerträglicheren Ausflüchten. Irgendwann sagte ich ihm, es reiche, er könne sich wieder seiner anderen Arbeit widmen. Minutenlang starrte ich den blinkenden Cursor auf dem Bildschirm an.

Ich starrte.

Und starrte.

Ich hatte keine andere Wahl, ich würde mir etwas ausdenken müssen. Nach einer weiteren halben Stunde, Heidl hatte Zeitung gelesen und Ray war eingedöst, bat ich Heidl, ein paar Details abzusegnen. Er nickte, ohne den Kopf zu heben, leckte an einem Finger, blätterte um.

Ich las ihm eine langweilige Pseudo-Anekdote über den Teenager Heidl im Adelaide der 1960er-Jahre vor. Ich bemühte altersschwache Klischees von drückender Hitze, jugendlichen Einsamkeitsgefühlen, überbreiten Straßen und beschrieb einen Ort und eine Zeit, von denen ich keine Ahnung hatte. Es war nicht gerade *Erinnerung, sprich*, aber es war die beste Version von Heidls verschollener Jugend, die ich zustande brachte. Seltsamerweise fand Heidl Gefallen daran.

Ich las weiter.

Ja, murmelte Heidl gedankenverloren, ja.

Ich las weiter. Ich hatte das einzige Ereignis im Adelaide jener Zeit, von dem ich wusste, zum Höhepunkt seiner Jugend gemacht: den Besuch der Beatles im Jahr 1964.

Natürlich, sagte Heidl und hob den Kopf.

Angeblich hatte sich der junge Heidl die Beatles zum Vorbild genommen und war fest entschlossen, etwas aus seinem Leben zu machen. Ich behauptete, er hätte in ihrem Hotel als Page gearbeitet und sie aus der Ferne gesehen.

Heidl ließ die Zeitung sinken, hob die Hand, zeigte auf mich, stocherte in der Luft und zischte wie ein Reptil.

Ja, genau! Genau so war es!

Er lächelte, als hätte er eine verloren geglaubte Kreditkarte wiedergefunden, beugte sich vor, griff zum Hörer, wählte eine Nummer und redete drauflos. Minuten später hatte er ein Interview über seine Jugend verkauft, deren Höhepunkt der Besuch der Beatles in Adelaide gewesen sei. Er erzählte dem Journalisten meine Anekdote, als wäre sie eine wiederentdeckte Erinnerung. Die Geschichte, als Heidl sie jetzt erzählte, war voller schillernder Details und ließ meine Version aussehen wie einen müden Abklatsch.

Heidl schilderte einen Streit, der ausgebrochen war, nachdem sich ein Fotograf heimlich auf die Etage der Beatles geschlichen hatte. John Lennon zertrümmerte die Kamera, boxte den Fotografen und drückte seinen Kopf in eine Toilettenschüssel. Heidl, der Hotelpage, wurde gerufen, um die zerschlagene Kamera, das Beweisstück also, verschwinden zu lassen. Lennon hatte, wie Heidl sich erinnerte, abgekaute Fingernägel und war betrunken, auch waren mehrere junge Damen anwesend, zwei lagen oben ohne mit Ringo im Bett und tranken Tee.

Seine Schilderung war Kunst, ein Meisterstück, und es kam noch besser.

Um kurz vor Mitternacht, fuhr Heidl fort, habe Lennon ihn, als er gerade gehen wollte, gefragt, wann er seinen Dienst an jenem Tag begonnen habe. Am Mittag, habe er geantwortet.

Ein langer Tag, sagte der Beatle und schenkte dem Hotelpagen fünf Dollar.

Und weil ich so nervös war, fuhr Heidl fort, platzte ich heraus: Ja, der Abend nach einem harten Tag! *A hard day's night.* Ich weiß noch, wie Lennon lachte und meinte, das wäre ein guter Songtitel. Und dann eines Tages schaltete ich das Radio ein, und …

In dem Moment verpuffte meine letzte Hoffnung, ich könnte ein guter Geschichtenerzähler sein. Ich hatte keine Ahnung, was ich eigentlich tat, und ich arbeitete mit einem Menschen zusammen, der nicht wusste, ob er das Leben, das er mir diktierte, überhaupt erlebt hatte. Doch anscheinend hatte er überhaupt keine Probleme damit, die Kapitel zu verscherbeln, noch während ich sie schrieb, und ganz nebenbei aus meiner drögen Erfindung etwas viel Interessanteres zu machen.

Ich spürte die Depression herankriechen.

Früher einmal war das Schreiben meine Hoffnung gewesen, mein einziger Ehrgeiz, meine Leidenschaft. Mein Traum. Aber jetzt wusste ich nicht mehr, ob ich selbst ein Schriftsteller war oder ob Heidl meine Persönlichkeit angenommen hatte. Mir kamen weitere, noch befremdlichere Möglichkeiten in den Sinn. Und je größer meine Selbstzweifel wurden, desto abhängiger wurde ich von seinem überspannten Gefasel.

Ich redete mir ein, es sei nur ein Job. Das Drumherum – die Ordnung, den Zeitplan, die Rituale, die Kollegen – fand ich nicht einmal unangenehm. Wenn ich in der Teeküche oder auf dem Flur jemandem begegnete, hielt ich an der Lüge von der Lyrikanthologie fest. Die Lüge war eine Last, sie war lächerlich, aber auch aufregend; im Nachhinein muss ich allerdings einsehen, dass sie wohl niemand interessant genug fand, um sie auch nur zu überprüfen.

Ein Buch über deutsche Volksdichtung aus dem Mittelalter war zugegeben ein exzentrisches Projekt, aber damals konnten Verlage sich exzentrische Projekte noch leisten und gelegentlich sogar Geld damit verdienen. Jeder im Verlag hatte eigene Buchprojekte und eigene Sorgen, ständig wollte etwas lektoriert, gestaltet, gedruckt, verkauft und ausgeliefert werden. Was kümmerten einen die obskuren Machenschaften eines auswärtigen Teams, dessen Buch veröffentlicht, vielleicht gelobt und dann sofort vergessen würde? In dieser Kultur des Aberwitzes stellten wir keine Bedrohung dar. Wenn ich heute daran zurückdenke, nehme ich an, dass die anderen unsere Tarnung natürlich sofort durchschaut hatten. Ich war der Einzige, der wirklich daran glaubte. Ich war Heidl von Anfang an verfallen.

7

Ich ließ Suzy nur ungern in Hobart zurück. Sie war hochschwanger und musste sich auch noch um Bo kümmern. Aber uns beiden war klar, dass dieser Job die letzte Chance war, unser Zuhause zu behalten. Es ging nicht mehr darum, was das Beste wäre, sondern nur noch um das Notwendige. Was perfekt zur Schwangerschaft passte, eine Naturgewalt, die mich in Suzys Arme schleuderte und daraus wegriss, eine Kraft, die zugleich zentrifugal und zentripetal wirkte. Aus unerfindlichem Grund stritten wir immer häufiger. Und unsere Streits wurden immer gemeiner. Vielleicht hatte irgendetwas von Anfang an nicht gestimmt, wir hatten es bloß nicht erkennen können, weil wir für so vieles blind waren.

Nach dem Streit kam es oft zu leidenschaftlichem Sex. Plötzlich war die selten gewordene Übung von verzweifelter, heftiger Leidenschaft erfüllt, was vielleicht auch daran lag, dass Suzy nur noch auf ihr eigenes Vergnügen aus war. Sex war anscheinend unsere letzte Möglichkeit zu erklären und zu begreifen, was unerklärlich und unbegreiflich war. Ihr sich aufbäumender Körper, ihr weicher Mund. Ihr Befehl: Liebe mich. Andere beschrieben Suzy als schön. Sie hatten ja keine Ahnung! Doch was uns kurzzeitig so eng aneinanderband, brachte uns auf lange Sicht nur weiter auseinander. Nach dem Sex fühlten wir uns leer und allein. Jeder Liebesakt schien etwas zu bestätigen, das keiner von uns aussprechen wollte.

Wir versuchten, die klaffende Lücke mit Wörtern zu bedecken, die so dünn waren wie Reispapier. Wörter wie: Liebe. Oder: Familie. Derlei Wörter. Unsere Scheuklappen trugen wir wie eine rosarote Brille. Und doch waren die Wörter ebenso wahr wie falsch. Suzy war mit einem alkoholkranken Vater aufgewachsen und wünschte sich eine Familie, Stabilität, ein Zuhause. Ich wünschte mir vielleicht sogar dasselbe, jedenfalls benutzte ich dieselben Wörter wie sie, wenn es darum ging, die Angst in Schach zu halten. Wie Suzy wollte ich eine Familie, ein friedliches Leben. Doch hinter allem schien der Tod zu lauern oder meine Angst vor dem Tod. Die Angst schlummerte tief in mir, sie war wie ein stürmisches Meer, und immer wieder wollte der Tod nach mir greifen und mich nach unten ziehen. Das Verlangen, den Tod herauszufordern, wurde übermächtig; ich wollte ihn daran erinnern, dass ich noch am Leben war; ich wollte wenigstens noch einen kleinen Geschmack auf das Leben bekommen, bevor ich für immer verschwand.

Aber wie leben?

Die Frage verfolgte mich. Erst Heidl brachte mich auf den Gedanken, ich könnte mir die Frage falsch gestellt haben. Denn mit derselben Heftigkeit wünschte ich mir auch, frei zu sein und allein, und vor allem wollte ich alldem entkommen, was da auf mich zukam und mich zu umschließen drohte wie ein Spinnennetz. Vielleicht hatte ich meinen Absprung damals schon geplant. Zu behaupten, ich machte mir etwas vor, wäre ungerecht und eine Lüge; ich machte mir *alles* vor.

Nur manchmal, wenn ich abends allein in Melbourne war und auf der Schaumstoffmatratze in Sullys Wohnung lag und an Suzy dachte, an unser geborenes und die ungeborenen Kinder, an die Zwänge, die uns zusammenhielten, spürte ich einen Schmerz in meiner Brust, der so heftig war, dass ich nach Luft schnappen musste.

8

Am Samstagmittag war ich wieder zu Hause. Suzy holte mich vom Flughafen ab, sie war müde, aber erstaunlich fit. Man hatte uns wieder und wieder gesagt, wir müssten uns auf das Schlimmste gefasst machen, doch abgesehen von ihrem Leibesumfang, der ein riesiges, aber nur praktisches Problem darstellte, dem Schlafmangel und einer gelegentlichen Verstopfung war Suzy kerngesund. Sie war ausgesprochen heiter, als würden aufgrund der Zwillingsschwangerschaft doppelt so viele Glückshormone ausgeschüttet wie normalerweise. Sie lächelte und lachte unentwegt.

Die Ärzte hatten gesagt, die Wehen könnten ab dem sechsten Monat jederzeit einsetzen. Der sechste Monat hatte in aller Stille dem siebten Platz gemacht, den wir in banger Anspannung durchgestanden hatten, und dann kam der achte, und wir warteten immer noch, dass die Fruchtblase platzte, warteten auf die erste Wehe, auf die geheimnisvollen, unverständlichen Vorzeichen der Geburt. Woche um Woche verstrich, inzwischen war der neunte Monat angebrochen, und Suzy und den ungeborenen Kindern ging es fabelhaft. Wir beäugten Suzys Körper, warteten auf ein Signal, aber abgesehen davon, dass sie immer dicker wurde, passierte nichts.

Um uns auf eine möglicherweise vorzeitige Geburt vorzubereiten, hatte das Krankenhaus uns vor einigen Monaten zu einer Führung durch die Frühchenstation eingeladen. Eine Hebamme zeigte uns die tickenden und summenden Maschinen, die Schläuche, die Neonröhren, das lautlose, geschäftige Treiben, die Brutkästen. In einem lag ein winziges, reptilienhaftes Wesen mit durchscheinender Haut, durch deren Netz aus feinsten Kapillaren das Leben strömte.

Sie heißt Jo-Anne, sagte die Hebamme. Sie ist unser Star.

Neun Wochen zu früh geboren, und jetzt ist sie schon drei Wochen alt.

Der Name Jo-Anne schien viel zu groß für das kleine, runzlige Ding, das eigentlich nur aus zwei entzündlich roten Knollen bestand. Die kleinere hatte eine Andeutung von Augen, aus der größeren sprossen vier winzige Gliedmaßen, die gelegentlich zuckten. Das Menschlichste an dem Baby waren seine haarfeinen Finger, die es trotzig zu Fäusten ballte.

Für Jo-Anne ist alles schiefgegangen, was schiefgehen kann, sagte die Hebamme, aber sie kämpft weiter.

Wie man uns sagte, würden Zwillinge nicht bloß zu früh, sondern in den meisten Fällen viel zu früh geboren. Die Gesamtmasse der strampelnden Föten regte die vorzeitigen Wehen an. Risiken, die in der Moderne für die meisten Eltern keine Gefahr mehr darstellten, waren für uns eine echte Bedrohung. Die meisten hatten damit zu tun, dass das Kind starb, oder mit dem hohen Preis, den man dafür bezahlte, dass es nicht gestorben war.

Uns drehte sich der Magen um beim Anblick der kleinen Babys, die zappelnd in den Plexiglaskästen lagen; nur ein paar verdrehte, spaghettidünne Monitorkabel und Beatmungsschläuche und Nahrungssonden trennten sie vom Tod. Man sagte uns, bei einer Zwillingsgeburt könne ein Kind sterben oder beide. Und wenn sie die Geburt überlebt hätten, wäre der Kampf noch lange nicht vorbei.

Eine fröhliche Frau Ende zwanzig legte uns die Risiken in trostlosen, abstoßenden Details dar. Stillprobleme. Atemnot. Entwicklungsverzögerungen. Früher seien oft beide Zwillinge gestorben, heute wäre das anders, wenn überhaupt, stürbe nur noch einer. Der andere musste sich ein Leben lang mit gesundheitlichen Problemen herumschlagen. Eingeschränkte Intelligenz. Therapien. Tod während der Geburt, Tod kurz nach der Geburt, Tod der Mutter.

Wir schienen aus dem Leben getreten und in ein Kriegsgebiet geraten zu sein, wo es keine Garantie auf Glück, Familie und die einfachen Freuden der Elternschaft – falls man das so sagen konnte – mehr gab, sondern nur noch Traumata, Notfallmedizin und bestenfalls das Überleben. Und selbst dann lauerte überall der Tod, die Möglichkeit des Todes, seine Wahrscheinlichkeit. Für andere kam die sanfte Geburt infrage, die Entbindung ohne medizinische Geräte in schummrigem Licht, wie sie gegen Ende des zwanzigsten Jahrhunderts die Kreißsäle der westlichen Welt erobert hatte. Nicht für uns.

Die Zwillinge warfen uns in eine vergangen geglaubte Epoche zurück, in eine andere Ära, wo allein die Männer in den weißen Kitteln das Sagen hatten. Wir waren machtlos, wir hatten Angst um unsere ungeborenen Kinder und sagten zu allem Ja und Amen. Welche Wahl hatten wir schon?

9

Am frühen Sonntagnachmittag, wenige Stunden vor meinem Rückflug nach Melbourne, rief Gene Paley an und sagte, er habe das Probekapitel gelesen. Es sei *so weit in Ordnung*. Zwar hätte ich Heidls Persönlichkeit treffend beschrieben, doch fehle das erzählende Element. Der Leser brauche eine Geschichte. *Die Branche*, sagte er, braucht eine Geschichte.

Wie schon gesagt, wir machen weiter mit dem, was Sie haben, und bis Donnerstag schreiben Sie bitte einen Entwurf des Gesamttextes.

Davon war nie die Rede gewesen.

Aber … das erste Kapitel?, fragte ich, verärgert darüber, dass Gene Paley darauf bestanden hatte und es nun als unwichtig abtat. Ich wusste selbst nicht, welches Feedback ich erwartet hatte. Rainer Maria Rilkes Briefe an einen jungen

Dichter? Ja, vielleicht, und noch mehr. Aber ich hatte es mit Gene Paley zu tun, und Gene Paley schwieg, als wäre er gebeten worden, einen leeren Teller zu beschreiben.

Nun, sagte er, das erste Kapitel ist schon fertig. Was wir jetzt dringend brauchen, ist ein Gesamtkonzept.

Auf einmal wurde mir klar, dass ich noch zahlreiche Hürden zu überwinden hatte, wenn ich meinen Namen auf dem Buchcover lesen wollte. Heute bin ich mir ziemlich sicher, dass Gene Paley genauso ratlos war wie Heidl und ich. Wir alle bereuten es, uns auf die Sache eingelassen zu haben, es war, als stünden wir vor einem leeren Grab, das zugeschüttet werden wollte. Ich unterdrückte meine Wut und fragte, was genau er sich vorstelle.

Sie wissen schon, sagte Gene Paley, einen Entwurf eben. Etwas in der Richtung. Eine Auflistung der Kapitel. CIA? Die Banken? Der Vertrieb möchte ein paar konkrete Details wissen, mit gutem Recht. Zwanzig oder dreißig Seiten reichen vollkommen aus. Aber ich brauche sie bis Donnerstag, damit wir entscheiden können, ob wir ein Buch haben oder nicht.

Nach dem Telefonat fühlte ich mich schlecht. Was war *etwas in der Richtung*? Zwanzig Seiten waren nicht viel und gleichzeitig ein riesiger Berg. Was ich über Heidls Leben wusste, hätte nicht einmal eine Seite gefüllt.

Ich erzählte Suzy, was Gene Paley von mir verlangte. Ich sagte ihr, dass ich nicht wüsste, wie ich das schaffen sollte, dass ich mich überfordert fühlte. Sie sagte, sie glaube an mich, ich hätte es bislang immer geschafft. Ich war verzweifelt, ihr Trost machte mich wütend. Woher wollte sie wissen, dass es mir gelingen würde, wenn ich nicht einmal selbst davon ausgehen konnte? Es sei einfach so, sagte sie. War sie dumm, sah sie denn nicht, dass die Aufgabe unmöglich zu bewältigen war? Für mich sei gar nichts unmöglich, wiederholte sie. Und dann stritten wir uns richtig.

Meine zunehmende Wut auf Heidl und meine furchtbare

Angst vor dem Scheitern richteten sich urplötzlich auf Suzy. Ich nahm ein Küchenmesser von der Spüle und fuchtelte damit herum. Ich schrie sie an, ich könne nicht leisten, was Gene Paley von mir verlange, warum sie das nicht einsehe? Ich gestikulierte und merkte nicht, dass ich das Messer auf Schulterhöhe angehoben hatte. Die Klinge zeigte nach unten.

Sieh es doch ein, schrie ich, und Suzys Ausdruck veränderte sich. Sie schaute auf das Messer. Ich folgte ihrem Blick und entdeckte die Klinge, die über uns schwebte, jederzeit bereit, zuzustoßen und zu zerhacken. Ich wusste nicht mehr, was ich mit dem Messer gewollt hatte. Ich hatte mich noch nie so schrecklich gefühlt.

Kif?

In meiner Wut, und um etwas zu beweisen, für das ich auch heute noch keine Worte finde, ließ ich das Messer niederfahren, vor Suzys Augen, und rammte es in die Spüle. Es blieb im Edelstahl stecken.

Das Messer stand aufrecht, die Klinge halb versunken, es bebte ganz leicht, wie eine Anklage, der nur noch das passende Verbrechen fehlte. Noch lange nachdem es sich nicht mehr bewegte, schien ein Vibrieren davon auszugehen, das sich ausbreitete wie Ringe auf einer Wasseroberfläche. Ich fühlte, wie ich gegen meinen Willen abwärtsgezogen und verwandelt wurde. Ich war mir vertraut und doch seltsam fremd.

Vielleicht verletzen wir einander nur, um etwas Neues zu entdecken, aber hinterher bereuen wir und wünschten, wir hätten das Neue nie zu Gesicht bekommen. Ich drehte mich zu Suzy um. Ich hörte mich reden. Anscheinend versuchte ich, mich für das Buch zu rechtfertigen, für meine Arbeitszeiten, meinen Ehrgeiz, und für die Tatsache, dass ich sie vernachlässigte. Ich merkte selbst, wie leer und hohl meine Worte klangen.

Ich gab es auf, verließ die Küche und ging nach oben, um sie aufzuschreiben, all die bedeutungslosen Worte.

TEIL 7

1

In der ersten Woche hatte ich, allen Schwierigkeiten zum Trotz, halbwegs produktiv gearbeitet, doch die zweite fing schlecht an und wurde, was Heidls Interesse an seinen eigenen Memoiren betraf, immer schlechter. Meine Fragen entlockten ihm kaum mehr als ein Grunzen. Er saß schweigend am Chefschreibtisch und las Zeitung, oder er telefonierte.

Einmal fragte ich ihn nach Brett Garrett, dem langjährigen Buchhalter der ASO, der 1987 verschwunden war. Ich sagte, das müsse doch für alle sehr verstörend gewesen sein, immerhin sei die Firma zu dem Zeitpunkt noch recht klein gewesen und Garrett anscheinend sehr beliebt. Ich frage mich, ob er etwas dazu sagen könne.

Es war traurig?, sagte Heidl und wandte sich wieder der Zeitung zu. Er liebte Zeitungen. Eine Weile später, als bitte er um Hilfe beim Kreuzworträtsel – gesucht wurde ein zusammengesetzter Ausdruck für *Genugtuung* –, sagte er, ohne aufzublicken: Sehr traurig.

Langsam fragte ich mich, ob Heidl überhaupt Gefühle hatte. Ob er nicht bloß über eine Sammlung von Gesichtsausdrücken verfügte, und wenn es ihm angebracht erschien, suchte er sich einen passenden aus, Mitgefühl oder Ärger, Wut oder Zuneigung. Vielleicht fühlte er gar nichts, vielleicht lebte er in einer Welt jenseits von Liebe, Kummer, Schmerzen. Vielleicht war er nur ein Zuschauer, der zufällig das Böse entdeckt hatte und nun damit spielte, so wie er mit allem spielte – Ray, Gene Paley, mir.

Er zeigte auf den Artikel, den er gerade las, es ging um

die Regionalregierung von Queensland. Sie dementierte Medienberichte, denen zufolge sie mit der NASA eine Raketenbasis plane und in dem Zusammenhang Siegfried Heidl engagiert habe. Er tat die Vorwürfe als *fehlerhaft* ab und schüttelte den Kopf über diese Idioten, die von der *Schattenwelt* keine Ahnung hätten. Als ich ihn auf die Raketenbasis angesprochen hatte, hatte er alles abgestritten, aber nun schien sein Tonfall die Kooperation mit der NASA zu bestätigen.

Beim Mittagessen vertraute er mir an, auf der Kap-York-Halbinsel sei er mit einem *großen Projekt* betraut gewesen, das eine Risikokapitalgesellschaft aus Seattle finanziert habe, nur um eine Stunde später zu behaupten, das Ganze sei eine lächerliche Zeitungsente. Am späten Nachmittag war die Raketenbasis angeblich das Lieblingsprojekt eines Medienmoguls aus Singapur, dem er allerdings Anonymität garantiert habe.

Er widersprach seinen Lügen mit neuen Lügen, und später widersprach er dem Widerspruch. Es war, als könnte er nur im Tumult der Selbstverleugnung existieren. Die inhaltlichen Lücken widerlegten die Gerüchte jedoch nicht, sondern schienen sie im Gegenteil zu bekräftigen. Ich will damit nicht sagen, Heidl habe bewusst darauf geachtet, dass die häppchenweise vorgetragenen Details voneinander abwichen und sich manchmal gar widersprachen. Den Zweck der spontan vorgebrachten Notlüge erfüllten sie allemal, denn am Ende lag die Beweislast nicht bei ihm, sondern bei mir, dem Zuhörer.

Ich spürte, dass ich als Schriftsteller etwas daraus zu lernen hätte. Anscheinend deutete viel darauf hin, dass ich die grundlegenden Mechanismen des Berufs nicht verstanden hatte. Ich arbeitete mit einem Mann zusammen, der sich für Bücher nur interessierte, solange er welche klauen konnte, und der dennoch sehr viel mehr über die Literatur zu wissen schien als ich.

Als ich Heidl fragte, welcher Geldgeber sich tatsächlich hinter dem Raketenbasisprojekt verberge, wechselte er abermals den Kurs und deutete an, zusammen mit der CIA die Absetzung von Premierminister Whitlam im Jahr 1975 betrieben zu haben; glücklicherweise hätten *wir* aus den Fehlern gelernt, die *wir* bei Allende in Chile gemacht hätten.

Chile war ein anderes von Heidls Lieblingsliedern, nicht ganz so oft angestimmt wie die Toxo, dafür aber viel verstörender. Manchmal hatte ich den Eindruck, dass er die gefolterten Körper und aufgedunsenen Leichen im Fußballstadion von Santiago und die Entwicklungen jener Zeit als sein Vermächtnis sah. Ganz zu schweigen von dem geheimen Krieg gegen Laos und seinen vielen vergessenen Toten, auf die Heidl sehr gern anspielte. Und so ging es immer weiter, er redete über die massakrierten, verbrannten und vergessenen Opfer in Indonesien, Haiti, Nicaragua und anderswo, als wäre er persönlich verantwortlich für die endlose Totenparade. So viele Menschen gestorben, so ein himmelschreiendes Unrecht, doch er schien stolz darauf zu sein und sich einzubilden, er sei daran beteiligt gewesen, wobei er auf die näheren Umstände seiner Tatbeteiligung selbstverständlich nicht einging.

Manchmal, wenn er in sanftem, vernünftigem Ton so daherredete, fragte ich mich wirklich, ob es noch irgendein Übel auf der Welt gab, mit dem er *nichts* zu tun haben wollte. Anscheinend hielt er sich für ein Wesen, das sich unendlich oft vervielfältigen und einen universellen Horror über die Erde bringen konnte. Es war zu gleichen Teilen anmaßend, lächerlich und krank. Aber sobald man nachhakte, ließ er den Unsinn bleiben und flüchtete sich in Gegenfragen, die ich manchmal als regelrecht heimtückisch empfand. Auf einmal drückte er sich so klar und simpel aus, wie es nur die besten Schriftsteller können, in schlichten Worten, die dennoch einen gewaltigen Sog entfalteten, und in solchen Momenten spürte ich einen kalten Druck auf mir lasten.

Lieben Sie Ihre Frau?, fragte er an dem Montag zurück, als ich ihn nach der Raketenbasis fragte. Er klang wie ein Priester, ein Beichtvater, ein Kriminalbeamter, der mir beharrlich und geduldig ein Verbrechen unterschob, das ich nicht begangen hatte.

Ich antwortete nicht, und plötzlich fühlte sich sogar mein Schweigen wie Verrat an. Heidl grinste selbstgefällig.

Lieben Sie sie, Kif?

2

Siegfried, sagte ich (in den ersten Wochen ging ich noch sehr respektvoll mit ihm um), wenn Sie wissen, dass die CIA an Whitlams Amtsenthebung beteiligt war, sollten Sie es sagen.

Ich habe noch einmal darüber nachgedacht, sagte Heidl, und bin zu dem Schluss gekommen, dass es für Sie und offen gestanden für das ganze Projekt von Vorteil wäre, wenn ich nach Tasmanien käme.

Ein kleiner Hinweis würde schon reichen.

Wir könnten bei Ihnen zu Hause arbeiten.

Verraten Sie es mir.

Sie könnten Ihre Frau unterstützen.

Lassen Sie mein Privatleben aus dem Spiel.

Wie heißt sie? Suzy?

Sie ist nicht Thema unseres Buches, Siegfried.

Suzy, sagte er. Jawohl. Wissen Sie, Kif, Sie wären ein lausiger Chef.

Und Sie ein großartiger Romancier.

Ein guter Chef verschließt sich nicht. Er ist am Austausch mit seinen Mitarbeitern interessiert.

Dieses furchtbare Lächeln. Die zuckende Wange. Die toten Augen.

Wie soll ich, sagte Heidl, jemandem vertrauen, der mir nicht einmal den Namen seines Kindes verrät?

Das war zu viel für mich.

Wie soll eine Ehefrau ihrem Mann vertrauen, schoss ich zurück, wenn er ihr nicht einmal seinen richtigen Namen verrät?

Ihre Aggressionen, Kif, fuhr Heidl fort, sind vollkommen unangebracht. Wenn Sie daheim arbeiten könnten, würden Sie nicht mehr so unter Stress stehen. Ich werde mit Paley darüber sprechen.

Ich schwieg, vielleicht hoffte ich, er würde das Thema einfach vergessen. Tat er nicht. Er konnte nicht.

Sie dürfen sich nicht auf die andere Seite schlagen, Kif, und mir solche Vorwürfe machen.

Welche Seite?

Die Seite der Banken. Sie sollen mir dabei helfen, meine Geschichte zu erzählen.

Ihre Geschichte hat keine zwei Seiten. Ihre Geschichte bietet mehr Perspektiven als ein zersprungener Spiegel.

Und?

Er hatte mich erwischt, ich wusste nicht weiter.

Ihre Geschichte ist ein Roman, sagte ich.

Wahrscheinlich schwang ein kleines bisschen Bewunderung für ihn mit, doch ich konnte mir nicht helfen. Er besaß, worauf ich wohl kaum noch hoffen durfte: jene Kälte, die es womöglich brauchte, um einen Roman zu beenden. Um zu stehlen. Vielleicht sogar zu morden.

Heidl lehnte sich zurück, das Leder des Chefsessels machte ein müdes Furzgeräusch.

Das ist doch wirklich unglaublich, sagte ich. Andere Leute rauben eine Bank mit abgesägter Schrotflinte und Sturmhaube aus. Anschließend müssen sie untertauchen, und sie müssen peinlich genau darauf achten, wo und wie sie das gestohlene Geld ausgeben. Aber Sie, Sie überfallen die Bank in aller Öffentlichkeit. Und Sie brauchen dazu nichts als einen Händedruck und im Hintergrund ein paar Fotografen und TV-Kameras. Die geklauten Millionen geben Sie vor aller Augen für eine verrückte Idee aus. Jeder kennt Ihr Gesicht. Man verleiht Ihnen sogar einen verdammten Orden.

Dass man den Diebstahl von siebenhundert Millionen Dollar kriminell finden könnte, empfand Heidl anscheinend als eine bösartige, unbegründete Verunglimpfung. Aber langsam verlor ich die Scheu davor, ihn zu kränken, abgesehen davon hatte er an dem Tag ungewöhnlich gute Laune.

Eine Verrücktheit nach der anderen, sagte ich. Bewaffnete Einheiten …

Fallschirmspringer, korrigierte Heidl mich. Mit militärischer Disziplin ausgebildete Notfallhelfer. Und wir waren stolz auf unsere Disziplin! Sie waren die Elite, alle fünfhundert.

Und ein U-Boot – im Ernst, ein *U-Boot*?

Heidl lächelte. *Zwei* U-Boote, und ein Tauchboot.

Ein U-Boot, das ist doch was, sagte ich.

Heidl lachte.

Ja, sagte er, das stimmt. Aber innen war es alles andere als gemütlich. So eng. Wir mussten einen Psychologen in Teilzeit einstellen, der sich nur um die U-Boot-Besatzungen gekümmert hat. Denn Sicherheit und Arbeitsgesundheit standen bei uns an oberster Stelle, Kif. Das vergessen die Leute immer wieder. Schreiben Sie das auf, das muss unbedingt rein.

Und dann hielt er mir einen Vortrag, als wäre er immer noch der Geschäftsführer von damals, der seinen Jahresbericht diktierte. Er verwies auf hohe Industriestandards, vorbildliche Arbeitsbedingungen, Weiterbildungsprogramme, strategische Zielsetzung und so weiter und so fort, bevor er wieder von der Toxo anfing. Ray nannte dieses Gefasel *heideln*. Obwohl Heidl gelegentlich charmant und interessant und sogar witzig sein konnte – einmal hatte er mich gefragt, ob man als Ghostwriter eigentlich geistreich sein müsse –, redete er die meiste Zeit nur blödsinniges Zeug. Ich versuchte erneut, seine Aufmerksamkeit irgendwie auf das Buch zu lenken.

3

Eines verstehe ich nicht, sagte ich. Warum hat der Vorstand der ASO das alles abgenickt? Der war doch juristisch verantwortlich. Warum hat Ihnen niemand kritische Fragen gestellt?

Der Vorstand?, fragte Heidl und schüttelte langsam den Kopf, als hänge er einer wehmütigen Erinnerung nach.

Er stand auf und ging zu einem Dutzend Kisten mit Archivmaterial hinüber, die sich in der Ecke des Büros angesammelt hatten, öffnete eine davon, wühlte darin herum, zog ein Foto heraus und gab es mir.

Darum, sagte er.

An der Rückseite des Fotos klebte ein maschinenbeschriebener Zettel. Ich las: »ASO Vorstand 1986«. Darunter stand eine Namensliste.

Ich betrachtete die blasierten Männergesichter – der Vorstand hatte aus einem Dutzend Schafen bestanden – und begriff rein gar nichts.

Heidl zeigte auf einen Mann mit blauem Sakko, grauen Haaren und, unglaublich, einer Fliege.

Eric Knowles, sagte er. Der Vorstandsvorsitzende.

Er durchwühlte eine andere Kiste und zog ein gerahmtes Foto heraus. Es zeigte ein Mini-U-Boot im Wasser.

Die *Eric Knowles*, erklärte Heidl. Wir haben alle Boote und Flugzeuge nach den Vorstandsmitgliedern benannt. Manche hatten ein Boot *und* ein Flugzeug. Knowles hatte am meisten – U-Boot, Schlepper, Helikopterträger plus Helikopter und eine Jacht. Dazu unser größtes Flugzeug. Ich musste einfach nur dafür sorgen, dass sie sich wichtig fühlten. Es war gar nicht schwer.

Er zeigte mir Bilder, die die Vorstände bei Schiffstaufen und anderen Ehrungen zeigten.

Aber haben die nicht …, fing ich an, doch Heidl unterbrach mich.

Nachgedacht? Die meisten Menschen wollen einfach nur dem Bild entsprechen, das andere sich von ihnen gemacht haben, Kif. Solange ich dieses Bedürfnis befriedigen konnte, waren alle zufrieden.

Er ließ den Finger über das Foto gleiten, bis er sich selbst gefunden hatte.

Da bin ich, sagte er. Einer von vielen.

Angesichts der biederen Bilder aus dem Firmenarchiv ahnte ich zum ersten Mal, wie genial Heidls Methode war, sich auf die Größe des viel beschworenen australischen Jedermanns schrumpfen zu lassen. Er war einer von vielen gewesen, ein Durchschnittsbürger, so unauffällig wie unauffindbar.

Heidl reichte mir einen großen Hochglanzabzug, auf dem ein lachender Eric Knowles eine Champagnerflasche gegen einen Schiffsrumpf schleuderte. Das Schiff hieß wie er.

Schmeicheleien, sagte Heidl. So durchschaubar, so simpel. Die Methode ist nicht nur idiotensicher, sie beweist auch, wie sicher die Idioten sich ihrer Sache sind.

Er sah mich sehnsüchtig an.

Sie werden ein wundervolles Buch schreiben, sagte er, und auf einmal hatte ich das Gefühl, ich würde gerade ein unsichtbares Schiff taufen.

4

Knowles, dieses Arschloch, rief Heidl, als er am Dienstag um zehn vor zwölf ins Büro kam, fast vier Stunden nach dem vereinbarten Arbeitsbeginn. Seine Hasstiraden kamen grundsätzlich vollkommen unerwartet. Während unserer Unterhaltungen schlug er oft einen sanften, fast weinerlichen Ton an. Manchmal wäre er dennoch geradezu mordlustig erschienen, hätte er nicht nach jeder Mordfantasie schnell wieder gelächelt und sie mit den gewohnten leisetreterischen Plattitüden überdeckt. Aber nun war er so wütend, wie ich ihn noch nie erlebt hatte.

Sehen Sie sich das an, sagte er und ließ eine Zeitung auf die Tastatur fallen. Lesen Sie!

Ich las die Schlagzeile.

KNOWLES FORDERT: SPERRT HEIDL FÜR IMMER WEG!

Er gibt Interviews, knurrte Heidl mit zitternden Händen, als hätte er nichts mit alledem zu tun!

Die Emotion des Tages war wohl: Ekel.

Ein paar Wochen vor Verhandlungsbeginn stellt er sich hin und behauptet, ich wäre ein genialer Verbrecher, der ihn ebenso getäuscht habe wie die Banken.

In einem Habitus, der träge war und zugleich hochaggressiv, ließ Heidl sich in den Chefsessel fallen, nur um abrupt wieder aufzustehen.

Nun, sagte ich, wir sollten das Buch wohl tatsächlich so schnell wie möglich …

Ich muss mit Gene Paley reden, sagte Heidl, und sein Blick eilte durch den Raum wie auf der Flucht. Ich brauche dringend zwanzig Riesen. Es ist nur ein Bruchteil von dem, was er mir schuldet.

Heidl ging zur Tür und drehte sich im Gehen zu mir um.

Erwartet er, dass ich hier rumsitze und meine Lebenszeit vergeude, während er mir nicht mal meinen Vorschuss zahlt?

Und mit diesen Worten war er weg, kehrte aber – untypisch für ihn – schon kurz darauf zurück. Er ließ sich in den Sessel sinken, starrte geradeaus, trommelte mit den Fingern auf die Tischplatte. Irgendwann merkte ich, dass seine bebenden Lippen stumme Sätze formten.

Warum ist das überhaupt wichtig?, sagte er schließlich.

Ich fragte ihn, ob er sein Geld bekommen habe.

Falls je ein Mensch verzweifelt ausgesehen hat, so war es Heidl in diesem Moment.

Er sagt, bevor er mir auch nur einen weiteren Cent gibt, will er ein Gesamtkonzept sehen, sagte Heidl aufgebracht. Haben Sie eins?

Ich sagte, es sei schwierig, über ihn zu schreiben, wenn er nie da sei.

Heidl vollführte eine Reihe von Bewegungen, so bedeutungsschwer, dass sie mich an japanisches Kabuki-Theater erinnerten. Er rollte ein Stück vor, stützte die Ellenbogen auf den Schreibtisch, spreizte die Hände und ließ das müde, traurige Gesicht wie in Zeitlupe hineinsinken. Er hielt den Kopf gesenkt und fing an, sich das Gesicht zu massieren, als wäre es aus schwerem Ton. Nach einer Minute schaute er ruckartig auf und sah komplett verändert aus. Er lächelte und schien voller Energie. Der Ekel war verschwunden, aber was an seine Stelle getreten war, wusste ich noch nicht genau.

Genug geplaudert, rief er, obwohl wir eine ganze Weile nichts gesagt hatten. *Genug!*

Er klatschte in die Hände, richtete sich auf.

Wir müssen Sie jetzt wirklich ans Arbeiten kriegen, sagte er und lächelte ein sparsames Cheflächeln.

Und so fingen wir – nach einer Woche der Ausflüchte und hauptsächlich deswegen, weil Gene Paley kein Geld mehr herausrückte – endlich an. Oder so ähnlich.

Alle kritisieren die ASO, aber wir haben Hunderte von Arbeitsplätzen geschaffen. Hunderte! Auf dem Gipfel des Erfolgs hatten wir 840 – nein, 838 Vollzeitangestellte und weitere 96 in Teilzeit. Und das ohne die Kleinunternehmen in Bendigo, an die wir Ingenieursaufträge und so weiter vermittelt haben. Wie heißt das noch? Überproportionaler Verteilungseffekt. So was haben wir gemacht. Wir haben Gutes getan. Schreiben Sie das auf.

Sie haben keinen Gewinn erwirtschaftet, sagte ich und ärgerte mich darüber, dass er nur wieder erzählte, was ohnehin überall zu lesen war.

Erwirtschaftet die Regierung einen Gewinn?

Sie waren nicht die Regierung, Sie waren ein Unternehmen.

Wir waren ein Vorzeigebetrieb! Wir haben einen Exportpreis gewonnen.

Sie haben nie etwas exportiert.

Ja, ich habe mich auch gewundert. Aber wir waren eine erfolgreiche Firma. Nur deswegen habe ich den Order of Australia bekommen.

Sie waren nicht mal Australier.

Ich hatte keinen Pass. Das ist etwas anderes.

Eigentlich nicht.

In meiner Laudatio stand, ich hätte mit meinen Innovationen »die Wirtschaft des ausgehenden zwanzigsten Jahrhunderts neu erfunden«. Ich …

Unternehmen müssen sich am Markt behaupten.

Tja, haben wir. Der Markt hat uns siebenhundert Millionen Dollar gegeben.

Die Sie nie zurückgezahlt haben.

Das war dem Markt egal. Wir waren die Zukunft!

Sie haben die Banken belogen.

Ich habe, was unsere Fähigkeiten betraf, stets die Wahrheit gesagt. Wir haben Arbeitsplätze geschaffen. Leben gerettet. Die Arbeitssicherheit auf ein neues Level gehoben. Neue Maßstäbe gesetzt. Und die Banken haben uns durchgehend gefördert und unterstützt.

Mit dem Geld anderer Leute.

Durchgehend. Außerdem, welches Unternehmen wirtschaftet schon mit Eigenkapital? Wieso hätte ich es anders machen sollen? Und wenn wir mehr Zeit bekommen hätten, wären wir ein Unternehmen von Weltrang geworden.

Wie das?

Wie? Wir hätten irgendwann Geld verdient. Warum haben wir angeblich etwas Falsches getan, wenn alle anderen dasselbe machen? Ich sehe da keinen Unterschied.

Die anderen sind ehrlich.

Das glauben Sie? Wirklich?

Wie haben Sie die Banken davon überzeugt, die Geschäfte würden laufen?

Heidl hob den Kopf, und zum ersten Mal fingen seine schwarzen Augen zu leuchten an – eine Begeisterung, die gleichzeitig eine Art Frage war.

Ich habe das Geld der Banken in einen magischen Kreislauf eingespeist. Sie haben mir etwas gegeben, sie haben etwas anderes dafür zurückbekommen. So funktionieren Geschäfte, oder? Dafür hat die ganze Welt mich geliebt. Oder?

5

Ich war gerade bei Sully angekommen, als Ray anrief und sagte, ich sollte mich beeilen, der Zug fahre gleich ab. An jedem anderen Abend hätte ich mich geweigert, aber ich sehnte mich nach einem Drink. Wir trafen uns im *Beast*, und keine Stunde später saßen wir im *The Gutter and the Stars* und später dann in einem Club in der Innenstadt, von dem

Ray behauptet hatte, er sei anders als alle Nachtclubs dieser Welt. Was nicht stimmte. Aber da war es zu spät, wir waren da.

Als die Melbourner Morgendämmerung wie ein Dunstschleier über die voll besetzte Rückbank des Taxis kroch – über mich, Ray und zwei Frauen, die Ray Lila und Rosa nannte, wegen der Farbe ihrer Miniröcke –, fragte ich Ray nach den Containern, über die Heidl ständig redete.

Ich verstehe das nicht, sagte ich. Hunderte von Containern, randvoll mit modernster, millionenschwerer Technik, und die ASO schafft es nicht, Geld damit zu verdienen?

Ich surfe durchs Leben, sagte Rosa.

Ja, sagte Lila. So sind wir. Wir rauschen durch die Nacht!

Wir rauschen, kicherte Rosa.

Rosa und Lila waren nur Ray zuliebe dabei, oder weil sie, wie Ray und ich, nicht wussten, wo sie sonst sein sollten.

Die waren leer, sagte Ray und schob seine Hand unter Lilas Minirock.

Eine tolle Geschäftsidee, sagte ich. Technologie plus Expertenwissen.

Die Container waren leer, sagte Ray gestelzt, als hätte er den Mund voller Murmeln.

Sie haben es einfach nicht geschafft, Geld damit zu verdienen, sagte ich.

Woher kommt ihr noch mal?, fragte Lila.

Norwegen, sagte Rosa. Das haben sie doch gesagt. Er ist ein norwegischer Schriftsteller.

Ich persönlich mag ja Jez Dempster sehr, sagte Lila. Nicht, dass ich was von ihm gelesen hätte, aber das will ich schon seit Ewigkeiten.

Deswegen redet er so komisch, sagte Rosa. Rayban, sag was.

Ollibolli, sagte Ray.

Wow, sagte Lila.

Echt?, sagte Ray mit tonloser Stimme und noch lächerlicherem Akzent.

Was?, fragte Lila. Hey, was machst du da?

Ich drehte den Kopf. Anscheinend knabberte Ray an Lilas Ohrläppchen.

Was?

Heidl hat gesagt, ich darf es dir nicht verraten, sagte Ray in Lilas Ohr.

Da war nichts drin?

Höchstens ein paar Spinnen.

Sag mal was auf Dänisch, sagte Lila.

Nichts?

Ja, nichts, sagte Ray, ohne von Lila abzulassen. Zweihundert beschissene Schiffscontainer, und alle leer.

Das ist nicht Dänisch, sagte Lila. Das würde ich erkennen.

Draußen schwappte der Morgen über Melbourne, Ampeln und Rücklichter lösten sich im Dauerregen auf. Alles schwebte und schwankte, nichts war fest, wir tauchten unter eiternden grünen und roten Wunden durch. Rosa sagte, der Fahrer solle anhalten, sie müsse sich übergeben.

Der Fahrer trat auf die Bremse und brüllte, wir sollten verschwinden.

Leer?, fragte ich.

Scheiße noch mal, raus hier!, schrie der Fahrer.

Wir standen an der St. Kilda Esplanade. Rosa kotzte, Ray lachte, ich legte den Kopf in den Nacken und entdeckte einen riesigen, aufgerissenen Mund hinter den Regenschleiern, fünf Meter hoch und mitten in einem gigantischen weißen Gesicht mit starren, satanisch blauen Augen. Der rotgelbe Lichterkranz darüber erinnerte an eine orientalische Theaterbühne.

Wir standen vor *Mr Moon*, dem berühmten Eingang zum beliebten Luna Park. Die blutroten Lippen hatten etwas Teuflisches, die tiefen Wangenfalten und die seltsam schmalen, hochgezogenen Augenbrauen ließen mich an einen schmutzigen Mephisto denken.

Er ist wie ein Zerrspiegel, sagte Ray. Wenn man Heidl lange genug ansieht, sieht man sich selbst.

Lila war beleidigt. Sie sagte, sie und Rosa würden jetzt nach Hause gehen. Wir sollten uns zum Nordpol scheren.

In hässlich, ergänzte Ray.

Wir schauten den Frauen nach, die über die Straße torkelten, um ein Taxi in der Gegenrichtung anzuhalten.

Nur vom Zuschauen, wie er eine Gabel benutzt, habe ich was gelernt, sagte Ray.

Ihr beschissenen tasmanischen Missgeburten!, schrie Rosa, als endlich ein Taxi hielt. Lila zeigte uns den Mittelfinger.

Haut ab, ihr Prachtstücke!, rief Ray und winkte fröhlich.

Was hast du gelernt?

Das kann ich dir nicht sagen, sagte Ray und warf dem Taxi eine Kusshand hinterher.

Was?

Eine Menge.

6

Ich hatte zwei Stunden geschlafen, meine Zunge fühlte sich an wie ein ausgeleierter Schwamm, und ich kam zwei Stunden zu spät. Heidl saß am Chefschreibtisch, kehrte mir den Rücken zu und telefonierte.

Das habe ich doch gesagt, zischte er leise und eindringlich. Knowles. Eric Knowles.

Ich wollte ihn nicht stören. Leise packte ich meine Sachen aus, ordnete Unterlagen, Notizen und Schreibblöcke. Heidl redete weiter.

Umlegen. Zehntausend. Okay?

Ich fuhr den Mac Classic hoch. Er klapperte und sirrte, Heidl fuhr herum.

Danke, sagte er, ohne mich aus den Augen zu lassen. Es war schön, mit Ihnen zu reden.

Ich schaute auf die Tastatur. Als ich wieder aufblickte, lächelte er sein schreckliches Lächeln.

Es war eine lange Nacht, sagte ich, und fügte wie zur Erklärung an: *Ray*.

Ich hackte auf der Tastatur herum und gab mich beschäftigt. Ich dachte: Umlegen? Eric Knowles?

Ich hätte Siegfried Heidl alles Mögliche zugetraut, aber das – einen Auftragsmord? Die Vorstellung jagte mir kalte Schauder über den Rücken. Im nächsten Moment begann ich zu zweifeln. Was genau hatte ich gehört? Heidl erhob sich und sagte, er müsse jetzt zu einem wichtigen Meeting mit einem berühmten Agenten, der ihn zukünftig vertreten wolle.

Ich dachte, Tommy Hiller wäre Ihr Agent?

Er weiß ja nicht, dass ich mich mit dem anderen treffe, sagte Heidl.

Nachdem Heidl gegangen war, wartete ich zehn Minuten. Dann stand ich auf und ging zum Schreibtisch. Ich sah, dass er sich seinen Arbeitsplatz mit ein paar Accessoires, Zetteln und zwei Familienfotos eingerichtet hatte. Das eine war gestellt, das andere jüngeren Datums. Und da war noch ein drittes, ein verblichenes Polaroid, das ihn und seine Frau Dolly beim Campen zeigte. Die Kinder waren noch sehr klein, die Familie saß vor einem mit Dreck bespritzten, weißrot lackierten LandCruiser J5. Ich griff zum Hörer und drückte auf Wiederwahl. Noch während ich wartete, klopfte es an die Tür.

Hallo, sagte ein Anrufbeantworter. Hier ist Berties Pizza- und Pasta-Lieferservice in Glen Huntly.

Die Tür ging auf, Gene Paley kam herein. Er hatte noch nie in unserem Büro vorbeigeschaut. Ich ließ den Hörer sinken. Vermutlich sah es jetzt so aus, als würde ich Privatgespräche führen.

Siegfried ist gegangen?, fragte Gene Paley. Ich wollte Ihnen nur sagen, wie sehr ich mich darauf freue, morgen Ihren Entwurf zu lesen.

Sie rufen außerhalb unserer Geschäftszeiten an, Sie können jedoch …

Danke, sagte ich zum Anrufbeantworter von Berties Pizza- und Pasta-Lieferservice. Vielen Dank. Ich legte Heidls Hörer auf.

Alles in Ordnung?, fragte Gene Paley.

Ich glaube, ich habe da was entdeckt.

Gut, sagte Gene Paley, schnalzte mit der Zunge und zwinkerte mir zu. Anscheinend wurde er, sobald er sein Büro verließ, von nervösen Tics heimgesucht.

Ja, sagte ich. Sehr gut sogar.

Offenbar ist Siegfried nicht immer hier?

Er will mich nicht beim Schreiben stören.

Aber wenn er nicht hier ist, sagte Gene Paley, haben Sie nichts, worüber Sie schreiben könnten.

Es sollte eine Warnung sein. Als Gene Paley sich zum Gehen umdrehte, platzte ich mit einer Frage heraus. Ich wollte wissen, wie lang Memoiren idealerweise wären; gerade so, als gäbe es auch weniger ideale Memoiren.

Nun, sagte er und hielt auf der Schwelle inne, bei Prominentenmemoiren kommt es natürlich weniger auf die Länge an als auf das Gewicht. Schwer ist immer gut. Schauen Sie sich die amerikanischen Romane an – sechshundert Seiten und mehr, wer soll das denn lesen? Wir behaupten, das wäre große Literatur, aber die meisten Leute fürchten sich vor einem solchen Buch. Da verrenkt man sich ja den Arm, wenn man im Bett lesen will. Trotzdem bekommen diese Romane gute Rezensionen, was allein daran liegt, dass kein Kritiker sie bis zum Ende liest und alle zur Sicherheit behaupten, sie wären gut. Mit den australischen Autobiografien verhält es sich wie mit den amerikanischen Romanen. Masse statt Klasse. Klappt immer.

Sechshundert Seiten?, fragte ich, ohne meine Panik ganz unterdrücken zu können. Unmöglich, dass alle amerikanischen Romane so lang oder so schlecht waren. Wie viele Wörter passten auf sechshundert Seiten?

Aber wissen Sie, in diesem Fall wären vierhundert bis vierhundertfünfzig Seiten auch okay.

Ich gab zu, dass ich nicht daran glaubte, vierhundert Seiten mit Siegfried Heidl füllen zu können. Am liebsten hätte ich gesagt, es reiche gerade einmal für einen Satz.

Was, fragte ich, wäre das Minimum?

Gene Paley verzog das Gesicht.

Dreihundertzehn Seiten, sagte er.

Das schien nicht mal eine Überlegung wert. Ich überlegte trotzdem. Während der Arbeit an meinem Roman hatte ich an einem guten Tag knapp eineinhalb Seiten geschafft. Das mal dreiundzwanzig verbleibende Tage machte: keine fünfunddreißig Seiten. Eine Kurzgeschichte. Ein Zehntel des Buches, das Gene Paley sich wünschte. Abgesehen davon hatte ich nicht einmal den Entwurf geschrieben. Mir wurde plötzlich kalt.

Wir könnten die Kapitel auf halber Seite beginnen lassen, sagte Gene Paley nachdenklich. Es gibt alle möglichen Tricks. Größere Schrift. Breitere Durchschüsse. Schweres Papier, um den Eindruck von Fülle zu erwecken. Wobei das auch Gefahren birgt.

Wie bitte?, sagte ich. Ich hatte nicht mehr zugehört, seit er die Zahl dreihundertzehn genannt hatte.

Es könnte seine Leser finden. Abgesehen davon bin ich zuversichtlich, sagte Gene Paley und öffnete die Tür, dass Sie etwas schreiben werden, das unseren Lesern gefällt. Übrigens, sagte er und grimassierte, haben Sie mal in die neueste *Woman's Daily* geschaut? Heidl spricht da über seine Begegnung mit John Lennon. Wunderbare Geschichte. Abgesehen davon, dass wir die Exklusivrechte daran besitzen und sie eigentlich nicht hätte veröffentlicht werden dürfen. Ich war nicht glücklich, aber Siegfried hat mir versprochen, dass es nicht noch mal vorkommt.

Er winkte müde.

Ich freue mich auf Ihren Entwurf, Kif. Bis morgen.

Die Aussichtslosigkeit meiner Lage war überwältigend. Ich würde keinen Entwurf zustande bringen. Ich hatte keine Ahnung, wo ich anfangen sollte. Ich hatte das Gefühl, auf einer Schlammlawine zu surfen und jeden Moment zu stürzen.

Gene, stammelte ich, morgen wird schwierig.

Wie bitte?

Es tut mir leid. Wissen Sie, es gibt da … Lücken. Ungereimtheiten. Ich muss …

Gene Paley hob den Arm, wie ein Verkehrspolizist.

Warten Sie, Kif, sagte er. Am Mittwoch treffen sich die Abteilungen Vertrieb und Verkauf. Sie haben bis Mittwoch zehn Uhr, keine Sekunde länger.

Er schnalzte, zwinkerte und war verschwunden.

7

Als Gene Paley gegangen war, setzte ich mich an den Konferenztisch. Weil mir keine Alternative blieb, rechnete ich alles noch einmal durch. Mathematik war nie meine Stärke gewesen, und auf einmal fühlte ich mich wieder wie in der Schule. Wenn ich Heidls Charakter mit der Anzahl der verbleibenden Tage kombinierte, kam ich zu einem erschreckenden Ergebnis. Ich hatte nicht einmal mehr vier Wochen. Wenn ich eine Woche für Feinschliff und Korrekturen abzog – eine lächerliche und ehrlich gesagt unmögliche Rechnung –, blieben mir weniger als drei Wochen für die Rohfassung, was unterm Strich wohl noch verrückter war. Von der Rohfassung zog ich den bereits erstellten, wenn auch wirren Text ab, den ich optimistischerweise auf dreiunddreißig Seiten schätzte. Mit meiner Wunschrechnung als einziger Orientierungshilfe teilte ich dreihundertzehn Seiten durch einundzwanzig Tage und errechnete, dass ich ab jetzt jeden Tag knapp fünfzehn Seiten schreiben müsste. Fünfzehn Seiten! Angesichts dieses unerreichbaren Ziels waren alle anderen Probleme zweitrangig, sogar meine oder Heidls Unfähigkeit.

Ich tippte:

Heidl-Memoiren: Zeitplan
(Tagespensum 15 Seiten)

1. *Woche 105 Seiten (Rohfassung/– 2 Tage)*
2. *Woche 105 Seiten (Rohfassung)*
3. *Woche 105 Seiten (Rohfassung)*
4. *Woche 2. Fassung, ca. 310 Seiten (Überarbeitung)*
5. *Woche 3. (letzte) Fassung, 310 Seiten (Korrektur)*

Plan A, den ich nun vor Augen hatte, war klar und deutlich und verlangte mir eine übermenschliche Kraftanstrengung ab. Fünfzehn Seiten am Tag? Jeden Tag? An sieben Tagen die Woche? Ich versuchte, mir einen Plan B vorzustellen. Mord?

Dennoch, es wäre zu schaffen, wenn … Wenn ich einen willigen Partner hätte, jemanden, der die Arbeit nicht scheute, der meine Fragen beantwortete und Informationen lieferte. Mit einem solchen Partner könnte ich es schaffen. Ich drückte auf die Löschtaste und schaute zu, wie mein Zeitplan und meine Hoffnung verschwanden.

Ich tippte noch einmal.

Heidl-Memoiren: Zeitplan
1. *Woche Federn wachsen lassen*
2. *Woche zum Mond fliegen*
3. *Woche Heilmittel gegen ALS finden*
4. *Woche 100-m-Weltrekord laufen*
5. *Woche Buch schreiben (Endfassung)*

Ich löschte auch das. Der albtraumhaft leere Bildschirm mit dem pulsierenden Cursor starrte mir entgegen. Ich hatte noch nie mehr als zweieinhalb Seiten am Tag geschafft, von denen einige gefährlich nah am Plagiat schrammten. Dann wiederum sagte ich mir, dass mein ganzer Auftrag im Grunde ein Plagiat war. Denn war ein Ghostwriter nicht ein Mann, der das Leben eines anderen ausschlachtete und das Ergebnis ein Buch nannte?

Ich rechnete nach. Vielleicht hatte ich mich, wie so oft, verrechnet? Doch so oft ich die Zahlen auch drehte und wendete, es kam immer dasselbe Ergebnis, dieselbe Antwort, dieselbe Frage heraus. Wie war die Aufgabe zu bewältigen? Gar nicht.

8

Heidl kam kurz nach der Mittagspause von seinem Treffen zurück, den schweigenden, seltsam niedergeschlagenen Ray im Schlepptau. Er heidelte eine Weile sinnlos herum, und nach etwa fünf Minuten verkündete er, noch einmal wegzumüssen. Ein weiteres Meeting, ein weiterer Journalist, der mit ihm sprechen wolle.

Eine weitere Lüge.

Mehr aus Masochismus als aus Neugier fragte ich, wen er treffen würde.

Das ist, sagte Heidl, geheim.

Ich fragte ihn, warum alles immer so geheim sei. Er sah mich an, sein Blick war vorwurfsvoll oder spöttisch, oder beides.

Ohne Geheimnisse kein Leben, sagte er.

Und damit war er verschwunden.

Ich fühlte mich komplett geschlagen. Verkatert und von Heidl erschöpft legte ich mich auf den Boden und schlief fast sofort ein. Ich träumte nichts. Ich wachte erst abends auf, das Sonnenuntergangslicht knallte herein. Der Himmel war von blauen Flecken und lila Striemen überzogen. Ich schaute hinaus, die rote Sonne fiel auf den Horizont zu wie ein Kopf in eine Gosse.

9

In den nächsten zwei Tagen der zweiten Woche – Heidls Schimpftiraden und Ausweichmanöver nahmen kein Ende – kam es mir vor, als hätte ich endlich die schwerste aller Bürden geschultert. Ich spürte ihr Gewicht auf meinem Rücken und wankte weiter voran. In den hoffnungsvolleren Momenten glaubte ich tatsächlich, es schaffen zu können.

Wenn Heidl sprach, schrieb ich kaum noch mit. Zum einen tippte ich nicht schnell genug, zum anderen redete er ohnehin nur Unsinn. Was er womöglich zu sagen hatte, interessierte mich immer weniger; stattdessen konzentrierte ich mich darauf, *wie* er etwas sagte. Um auf die erforderliche Seitenzahl zu kommen, saugte ich seinen Tonfall auf, lauschte angestrengt auf seine melodische Telefonstimme im Hintergrund. Ich versuchte, seine willkürlich abreißenden Sätze aufzufangen, irgendeinen Rhythmus, aus dem sich ein Gerüst aus Phrasen bauen ließe, die am Ende einen ganzen Satz tragen könnten. Gleichzeitig fing ich an, Absatz um Absatz zu erfinden. Meine holperige Prosa nahm Form an, es bildeten sich vage, trügerische Bögen aus Sätzen, die eigentlich nicht mehr waren als aneinandergereihte Widersprüche. Ich lauschte in die Leere und fragte mich: Wenn ich jetzt dieses sagen oder jenes erzählen würde …

Ich brachte nichts zustande als verschnörkelten Unsinn, aber der klang fantastisch. Fast wie Jazz. Heidl war Thelonious Monk, und ich versuchte, irgendwie dranzubleiben, seinen Part zu übernehmen, die Noten und Schläge zu erfinden, mit denen er sich nicht abmühen wollte, grobe Umrisse einer Kindheit und einer Karriere, die ich entwerfen und dann mit Leben füllen musste.

Das aberwitzige Pensum von fünfzehn Seiten täglich trieb mich zu kreativen Höhenflügen an, wie ich sie während der Arbeit an meinem Roman nie erlebt hatte.

Heute weiß ich, dass ich, während ich damit beschäftigt war, einen Tonfall nachzuahmen und einen Rhythmus zu imitieren, zutiefst geprägt wurde. Ich lernte von Heidl, dass die Andeutung unendlich wirkungsvoller ist als der Beweis; die Ausflucht interessanter als die Erklärung; und am besten war es, nur eine einzige Tatsache anzubieten – besser noch, ein Gerücht – und den ganzen Rest dem Leser zu überlassen.

Ohne es zu ahnen, lernte ich, das Publikum zu unterhalten und von der Wahrheit abzulenken; ihm zu schmeicheln, indem ich ihm Tugenden unterstellte – was immer es für gut und anständig hielt –, und es unbemerkt in eine finstere Fremde zu verschleppen, in die Realität, hin zu seinem wahren Selbst oder, wie ich manchmal fürchtete, zu meinem.

Je länger ich Heidl beobachtete, desto künstlicher erschienen mir sein Lächeln und seine Gesten. Ich fürchtete ihn jeden Tag mehr. Abends fuhr ich in dem Nissan Skyline nach

Hause und war dankbar, ihm und dem Büro entkommen zu sein, dabei war ich kein bisschen entkommen, denn sobald ich bei Sully war, sprang ich unter die Dusche und drehte den Warmwasserhahn bis zum Anschlag auf. Ich duschte, bis kein warmes Wasser mehr übrig war. Ich schämte mich zu sehr, um Sully zu sagen, dass ich immer nur versuchte, Heidl von mir abzuwaschen.

Wenn ich abends unter der Dusche stand und ihn abzuwaschen versuchte, machte ich mir etwas vor. Er war längst in mich eingedrungen, und ich konnte nichts dagegen tun. Ich spürte es wohl, es war nicht zu ignorieren. Aber ich tat so, als wäre nichts geschehen, denn endlich flossen die Wörter. Je tiefer er in mich eindrang, desto mehr Wörter waren es, und mit jedem Wort, das hinzukam, verschwand ein kleiner Teil von mir. Ich hatte mich von meiner Ankerkette losgerissen, ich trieb wieder allein auf hoher See. Bloß dass ich es diesmal nicht bemerkte. Ich hatte ihn hereingelassen. Ich ahnte nichts davon, nur Heidl wusste die ganze Zeit Bescheid.

10

Wäre ich ein besserer Siegfried, würde ich diese Geschichte in Form eines Vampirromans erzählen. Aber ich kann nur schildern, was mir passiert ist. Es war nicht so, dass ich mich nicht gewehrt hätte. Ich habe mich gewehrt. Ich war aber weniger gut darin, als ich vermutet hatte. Aus dem Grund erschien mir die Bezeichnung Betrüger in Bezug auf Heidl auch immer unzulänglich. Betrügern geht es um Geld. Wobei auch Heidl Geld wollte, die lange Liste seiner Vorstrafen sprach dafür, aber Heidl wollte noch mehr. *Heidl hatte es auf meine Seele abgesehen.*

Anfangs bot er mir seine Freundschaft an, gab sich herzlich und kameradschaftlich – soweit ein Mensch wie Heidl dazu fähig war. Außerdem schenkte er mir, was ich mir mehr wünschte als alles andere: Respekt als Schriftsteller. Einmal bat er mich sogar, eine Rede für ihn zu schreiben, weil er in einigen Wochen die Landeskonferenz der Wirtschaftsprüfer in Albury-Wodonga eröffnen sollte. Das Motto, sagte er, laute: »Wirtschaftsprüfung: Respekt durch Sichtbarkeit.«

Ich wunderte mich darüber, dass er eine derartige Einladung erhalten hatte. Obwohl ich sein wirres »Konzept« – dahingeworfene Wörter, die nur gelegentlich einen zusammenhängenden Satz bildeten – mit einem gewissen Entsetzen las, musste ich zugeben, dass sein Geschwafel von Integrität, vom Zusammenbruch der zeitgenössischen Moral und von der kriminellen Natur unserer Gesellschaft nicht ohne Größe war. Schon der erste Satz ließ sich unmöglich verbessern: »Blökende Schafe sollten nicht versuchen, mit den Wölfen zu heulen.«

Dass er den Satz aus einem irgendwann in den 1970er-Jahren erschienenen New-Age-Beststeller über einen baskischen Hirten geklaut hatte, entdeckte ich erst viel später. Es hatte etwas ungemein und bewundernswert Dreistes, eine Rede vor Leuten, deren Beruf es war, Betrügereien aufzudecken, mit einem Betrug zu beginnen. Heidl steckte voller Überraschungen und wäre in einem anderen Leben womöglich zum Star der Ratgeberliteratur aufgestiegen, der regelmäßig die Bestsellerliste der *New York Times* anführte und sich seine Motivationsreden mit horrenden Honoraren vergüten ließ. Er hätte seinen Namen als Marke schützen lassen, eine eigene Parfümserie entwickeln können. Aber die traurige Realität sah anders aus, er musste sich mit mir und einem Publikum aus Wirtschaftsprüfern begnügen.

Ich begriff, dass er in der Wahrnehmung der anderen eine undefinierbare Aura hatte, eine Verruchtheit, die leicht mit

Glamour zu verwechseln war; er schien ein verschwörerisches Rätsel zu sein, von dem manche glaubten, sie allein könnten es lösen. Hinzu kam seine strahlende Düsternis, die zwar nicht absolut böse war, aber auch nicht weit davon entfernt. Ich merkte zunächst wenig davon, vielleicht weil Ray mir mit seinen Warnungen so viel Angst eingejagt hatte, dass ich es nicht wagte, Heidls exotischen Charme auf mich wirken zu lassen; für mich diente diese Ausstrahlung nur der Ablenkung, der Täuschung, der Manipulation. Aber schon damals spürte ich, dass noch mehr und noch anderes dahintersteckte: das verlockende Angebot, sich einem anderen zu unterwerfen und ganz zu ergeben. Ist es nicht das, was viele von uns sich insgeheim wünschen? Gesagt zu bekommen, was sie zu tun und zu lassen haben? Nicht allein zu sein? Wer könnte der großen Verlockung widerstehen, sich *führen* zu lassen?

Wäre ich ein vernünftiger Mensch gewesen, hätte ich Heidl auf eine vernünftige Weise gemocht und ein vernünftiges Buch geschrieben. Doch obwohl ich ständig versuchte, mich und mein Umfeld genau davon zu überzeugen, war ich alles andere als vernünftig. Als die zweite Woche sich dem Ende zuneigte, empfand ich für Heidl nicht bloß Loyalität, Sympathie und eine gewisse Komplizenschaft, sondern auch, und vielleicht noch stärker, ein anderes, gegenteiliges Gefühl. Das andere Gefühl ließ mich erschaudern. Beginnt der Hass immer dort, wo man sich selbst erkennt?

TEIL 8

1

An einem Freitagabend um acht herrschte im *Beast* dieselbe stinkende Schläfrigkeit, wie sie zu jener Zeit in allen Kneipen herrschte. Ein stickiger Mief aus Zigarettenqualm, Bierhefe und süßlichem Körpergeruch erschwerte das Atmen, trotzdem war die Stimmung am frühen Abend so gelassen wie auf einem Schlachtfeld bei Feuerpause. Ray trank langsam und stetig wie eine solide Küchenmaschine, deren einziger, trister Zweck das Leeren von Gläsern war.

Heidl hat dir schon wieder einen Bären aufgebunden, sagte ich zu ihm, während er einen weiteren Drink kippte.

Lange bevor ich Heidl begegnet war, hatte Ray mir von einem längerfristigen Projekt auf der Kap-York-Halbinsel erzählt, an dem er zusammen mit Heidl gearbeitet hatte. Die Geschichte von der Raketenabschussbasis hatte ich ihm nie geglaubt – nicht, bis die Regierung von Queensland die Sache dementierte, was ich, der angefangen hatte, Heidls verquere Weltsicht zu übernehmen, als eine Form der Bestätigung betrachtete. Dennoch säte das, was Ray mir soeben erzählt hatte, neue Zweifel.

Ich habe das nicht von Heidl, sagte Ray. Vor ein paar Wochen habe ich zufällig Pedro Morgan auf einer Party getroffen. Früher war er Operationsleiter bei der ASO. Da waren auch noch ein paar andere Ehemalige, alles alte Bekannte von Heidl. Gute Freunde. Und irgendwie sind wir auf Spaceportal gekommen.

Spaceportal?

So heißt die Firma, die die Raketenbasis auf der Halbinsel

bauen will. Ziggy hat sie gleich nach seiner Haftentlassung gegründet.

Das mit Kap York habe ich nie verstanden. Das liegt doch am Ende der Welt?

Genau, gerade deswegen ist es perfekt. Aber weil Heidl bankrott ist und vor Gericht muss, darf er nicht der offizielle Vorsitzende von Spaceportal sein. Er kann ja nicht mal einen Kredit aufnehmen.

Und?

Und deswegen hat er sich an sechs alte ASO-Vorstände gewandt und gesagt, Leute, wenn ihr wirklich meine Freunde seid, steigt ihr in meine Firma ein, zusammen werden wir ein Vermögen verdienen. Satelliten sind die Zukunft, man braucht sie zur Kommunikation, für Fernsehbilder und vieles mehr.

Und Heidl ist der Chef?

Nicht auf dem Papier. Er ist bankrott. Es wäre gesetzlich verboten.

Und inoffiziell?

Na ja, sagte Ray. Inoffiziell ist er natürlich der Chef. Er ist Ziggy Heidl. Er hat sie überredet, ihre Eigenheime zu beleihen und das Geld in den Aufbau von Spaceportal zu investieren. Im Gegenzug dürfen sie als der offizielle Vorstand auftreten.

Du willst sagen, das Kap-York-Projekt wird gar nicht von Millionären aus Singapur finanziert, und auch nicht von der NASA?

Nein?

Oder der CIA?

Ich sage nur, was ich weiß.

Die ehemaligen Vorstände der ASO bezahlen dafür, mit ihrer Altersvorsorge?

So kann man es natürlich auch ausdrücken. Für mich klingt es nach einem fairen Deal.

Heidl nimmt seine eigenen Freunde aus, sagte ich.

Keine Ahnung, sagte Ray und ging zum Tresen.

Sein letzter großer Coup, sagte ich, als Ray zurück war.

Könnte sein, sagte Ray, aber ich glaube nicht daran. Die sind nicht dumm. Die würden nicht all ihr Geld riskieren und ihre Häuser aufs Spiel setzen, wenn es keine gute Idee wäre, eine Raketenbasis auf Kap York zu bauen.

Wie kommen sie darauf, dass es eine gute Idee sein könnte?

Na ja, alles Mögliche spricht dafür. Es ist zum Beispiel näher am Mond.

Ray sah mich an, als erwarte er eine Bestätigung dieser Theorie.

Oder?

Was? Australien?

Kap York, sagte Ray. Und etwas verunsichert fügte er hinzu: Am Äquator ist die Erde doch … irgendwie breiter, oder?

Breiter?

Oder so ähnlich. Ray räusperte sich, als wollte er ein Gedicht aufsagen, und erklärte mir dann feierlich, es sei wissenschaftlich erwiesen, dass Kap York der weltweit beste Ort sei, wenn man eine Rakete ins All schießen wolle.

Wirklich?, sagte ich. Wer sagt das?

Die … äh, die Wissenschaftler.

Welche Wissenschaftler, Ray?

Ray sah mich fragend an und murmelte: Die Forscher?

Welche Forscher, Ray?

Weiß ich doch nicht, Mann. Ich bin kein Experte! Aber das ist alles längst Allgemeinwissen.

Hast du irgendwelche Schriftstücke gesehen?

Eigentlich nicht.

Eigentlich?

Nicht mit eigenen Augen, okay? Aber Ziggy. Hat er gesagt.

Heidl hat dir das gesagt?

Ray schien mit mehreren, sich widersprechenden Gedanken zu kämpfen.

Hat er sie dir gezeigt? Ray?

Ray hob das leere Glas an die Lippen, bemerkte den Irrtum, fluchte. Er redete mit schwacher Stimme weiter.

Er hatte eine Aktentasche mit Unterlagen dabei. Mit *wissenschaftlichen Dokumenten.*

Hast du sie gelesen?

Ray musste überlegen. Seine Lippen verschoben sich in diese, dann in jene Richtung, als steckten Angelhaken darin, die nach allen Seiten weggezogen wurden. Auf einmal hatte ich das Gefühl, wieder an einem wilden Fluss in Papua-Neuguinea zu stehen und eine Karte von Westneuguinea in den Händen zu halten.

Na ja, nicht so richtig.

Nicht so richtig?

Er hat es mir nur erzählt.

Und du hast ihm geglaubt.

Seine Lippen verschoben sich wieder.

Ja. Aber jetzt, wo du fragst … ach Scheiße, ich weiß es nicht.

Und seine alten Kollegen haben dafür bezahlt?

Seine Freunde. Ja.

Das Ding wird niemals gebaut, Ray.

Keine Ahnung, Mann. Aber selbst wenn, heißt das noch lange nicht, dass der Plan schlecht ist.

Begreifst du denn nicht? Das ist wieder nur eine von seinen Lügen.

Meinst du nicht, das wäre von Vorteil für Australien? Ein eigenes Houston zu haben?

Es ist vor allem von Vorteil für Ziggy.

Was ist so schlecht daran, wenn jemand einen Vorteil hat? Außerdem ist die Atmosphäre da oben in den Tropen nicht so dicht. Oder?

Wie bitte?

Ich glaube, Ziggy hat etwas in der Art gesagt. Oder Pedro. Ich weiß es nicht mehr.

Woher sollte Pedro Morgan so etwas wissen?

Wahrscheinlich von Ziggy. Ich habe dir doch schon erzählt, dass nur er allein die ganzen wissenschaftlichen Unterlagen besitzt.

Heidl?

Ja, Heidl. Wäre das nicht toll, wenn Australien eine eigene Raketenabschussbasis bekommen würde?

Heidl. Sie haben keine anderen Garantien als Heidls Wort?

Kann sein, sagte Ray entmutigt. Zufällig weiß ich aber ganz genau, dass die im Parlament von Queensland Blödsinn geredet haben.

Als die Regionalregierung die Raketenpläne dementiert hat?

Ja.

Aber das käme Heidl doch gelegen, sagte ich. Denn sobald die Regierung dementiert, halten die Leute es für einen Vertuschungsversuch und glauben, an der Sache müsste was dran sein. Und wenn es nicht wir sind, die eine Basis auf Kap York bauen wollen, sind es eben die Amerikaner. Und sofort erscheint Heidl größer und einflussreicher, als er in Wahrheit ist.

Ray schwieg.

2

Nach einer Weile sagte er:

Es war wunderschön da, weißt du. Wir sind einfach gelandet, wo wir wollten. Dieser Sternenhimmel!

Er schwärmte von der Expedition. Er war mit Seekühen

geschwommen und mit Buschleuten auf die Jagd gegangen, er hatte über dem Feuer gegrillten Waran gegessen, süßlich und aromatisch. Er beschrieb den ganz eigenen Geruch der Mangrovensümpfe, halb Duft, halb Gestank, und wie er sich von oben bis unten mit dem Schlamm eingerieben hatte, um dem Geheimnis dieses Geruchs auf die Spur zu kommen. Eines Tages hatten er und die Einheimischen eine Lederschildkröte gefangen. Die Buschleute brachen ihre Beine, damit sie nicht davonkriechen konnte und das Fleisch sich länger hielt. Sie töteten sie erst zwei Tage später.

Unglaublicher Geschmack, sagte Ray. Gutes Fleisch. Aber weißt du, was das Faszinierendste war? Ich habe den Lebenswillen in den Augen der Schildkröte gesehen. Sie wollte nicht sterben. Wir haben sie erst zwei Tage später gegessen, aber sie wollte nicht sterben. Sie wollte leben. Es war unglaublich.

Ich weiß noch, sagte er, wie wir an dem Abend am Strand saßen und den Sternenhimmel gesehen haben. Die ganze Welt schien neu. Sie war so …

Er hielt inne, überlegte.

… *frei.*

Vielleicht braucht man nicht mehr.

Vielleicht.

Ray trank einen Schluck Bier, rülpste und wischte sich den Mund mit dem Handrücken ab.

Vielleicht war es das, sagte er. Ich weiß auch nicht. Ich weiß nur, es war irre.

Wir schwiegen eine Weile.

Es war nämlich so, sagte Ray, die Schildkröte wollte *leben.* Das weiß ich noch. Ihre Augen. Sie litt Höllenqualen, aber sie wollte weiterleben.

Ray schien sich in Erinnerungen zu verlieren. Mit dem Daumen strich er Kondenswasser von seinem Bierglas.

Pedro und die anderen wissen nicht Bescheid, sagte er.

Worüber sollten sie Bescheid wissen?

Das Geld ist weg.

Ihr Geld?

Heidl hat alles für die Helikopter ausgegeben, mit denen wir eineinhalb Jahre lang durch die Gegend geflogen sind. Und für einen neuen LandCruiser. Und ein paar andere Sachen.

Du hast ihnen nichts gesagt?

Bist du bescheuert?

Dann werden die ihre Häuser verlieren?

Keine Ahnung. Ziggy wird … er wird sich das Geld zurückholen.

Du hast eben gesagt, es sei weg.

Keine Ahnung. Wahrscheinlich. Vielleicht. Heidl hat das gesagt. Ich glaube, er hat dich nur deswegen angerufen. Es sollte so aussehen, als wollte er das Buch wirklich schreiben, damit er ihnen was zurückzahlen kann.

Wäre ich nicht so verzweifelt gewesen, wäre ich wütend geworden, und wenn ich nicht so wütend gewesen wäre, hätte ich mich der Verzweiflung hingeben können. Aber so fühlte ich mehr oder weniger gar nichts.

Dann bin ich auch nur ein Opfer?

Das habe ich so nicht gesagt, sagte Ray.

Jetzt war es an mir zu schweigen.

Ich meine, er will auch nur das Richtige tun, oder?, fragte Ray und zupfte einen Bierdeckel auseinander. Er kriegt den Vorschuss und wird ihnen ein bisschen was zurückzahlen.

Wirklich?

Was denn sonst?

Ich erzählte Ray, dass ich Heidls Telefonat mitangehört hatte und mich fragte, ob er die Ermordung von Eric Knowles angeordnet haben könnte. Vielleicht brauchte er das Geld dafür? Ich erzählte ihm auch, dass ich die Nummer angerufen und bei einem Pizza-Lieferservice gelandet war. Ich lachte, Ray schien das Ganze ernster zu nehmen.

Man denkt, man würde ihn kennen, aber dann merkt man, dass man ihn kein bisschen kennt. Man glaubt ihm, und hinterher stellt sich raus, dass alles gelogen war. Und wenn er dann den größten Quatsch erzählt, entpuppt es sich als wahr.

Ich glaube, er lügt einfach gern. Vielleicht interessiert ihn das Geld nicht mal, für ihn ist alles nur ein Spiel.

Oder vielleicht, sagte Ray, braucht er Geld, um Pedro Morgan ruhigzustellen. Oder er muss die Hotelrechnung bezahlen. Wir sind schon seit zwei Monaten hier.

Es gibt kein Buch, oder?

Ray schlug die Augen nieder.

Ray?

Scheiße, weiß ich doch nicht, sagte Ray und starrte in sein Bierglas. Sag du es mir. Du bist der Schriftsteller.

Es gibt kein Buch. Das Ganze ist ein neuer Bluff, mit dem er die Schulden aus einem alten Bluff begleichen will. Heidl macht einfach weiter.

Schreib doch einfach, dann hast du dein Buch. Das wolltest du doch immer sein, oder? Ein Schriftsteller? Ein beschissener Schriftsteller? Dann schreib. Heidl ist es egal. Schreib, oder schreib nicht. Es ist deine Entscheidung.

Wir tranken.

Stunden vergingen. Ray flirtete erfolglos mit einem Gothic-Mädchen. Nach Mitternacht lehnten wir an einer Wand und versuchten, uns über den Konzertlärm hinweg zu unterhalten.

Was machst du noch bei dem Penner?, fragte ich Ray.

Was?, schrie Ray.

Heidl, sagte ich.

Heidl? Scheiß auf Heidl!

Warum?

Weil er in mich reingekrochen ist, sagte Ray. Deswegen.

Was meinst du …

Er kriecht in dich rein, Kif, das meine ich damit.

Ray hielt zwei Finger an meine Stirn und drehte sie hin und her wie einen Bohrer.

Er will in dich rein, er löchert dich und du … du …

Was?

Du bist machtlos, sagte Ray und ließ die Hand sinken. Es gibt kein Entkommen.

Und dann fing er schon wieder an, von dem Schleim zu reden.

Ich erkannte Ray nicht wieder. Neben mir stand ein ganz gewöhnlicher Mensch; wenn er überhaupt irgendetwas war, dann schwach. Er war ein schwacher Mensch, den ich fälschlicherweise und viel zu lange für stark gehalten hatte.

Warum, Ray, was hat er gegen dich in der Hand?

Wie meinst du das? Gar nichts.

Du klingst, als hättest du Angst vor ihm.

Ich bereute den Satz, kaum dass ich ihn ausgesprochen hatte. Wahrscheinlich würde Ray ihn als schlimmste aller Beleidigungen auffassen.

Er zog seinen Champion-Ruby-Beutel heraus und fing an, sich eine Zigarette zu drehen, den Blick starr auf Tabak und Papier gerichtet.

Habe ich vielleicht auch, sagte er leise und leckte das Papier an. Könnte doch sein, Mann.

Ich dachte, es ginge nur um das Buch.

Ray lachte.

Ach, Mann, sagte er und sah mich kopfschüttelnd an.

Wir redeten über etwas anderes, nach einer Weile konnte er wieder zuhören, und noch später waren wir uns wieder in allem einig. Als wir die Kneipe verließen, war alles wie immer, alles war selbstverständlich, und wir standen einander so nah wie Brüder.

3

Als wir jünger waren, fuhr ich manchmal an die einsame Westküste Tasmaniens, wo Ray als Schweißer beim Bau der letzten großen Wasserkraftanlage aushalf. Man plante, den Pieman River zu stauen, der angeblich nach einem tasmanischen Strafgefangenen benannt war, dem *Pieman,* jenem Pastetenverkäufer, der aus dem Gefängnis ausgebrochen war und die mit ihm Geflohenen getötet und aufgegessen hatte. Ich fuhr fünf Stunden lang durch eine quälend öde Gebirgslandschaft, dann ging es abwärts durch die wilden Urwaldschluchten Westtasmaniens. Irgendwann kamen die heruntergekommenen Bergarbeitersiedlungen in Sicht, gespenstische Ruinen einer verlassenen Mondlandschaft, verwundetes Blau und Grün und Bronzefelsen, die im ewigen Regen und im Licht der gelben Scheinwerfer glänzten. Weiter ging es Richtung Norden, vorbei an den letzten rostigen Wellblechhütten, mit mindestens sieben Bier intus raste ich über die Bergpässe, rechts und links der Straße erhob sich der Wald wie eine grüne Wand, und dann war ich endlich in Tullah, der letzten großen Siedlung für Staudammarbeiter.

Als ich Ray in der Kneipe in St. Kilda zuhörte, verstand ich, dass er aufgerieben wurde zwischen seinem Wunsch nach Freiheit und den furchtbaren Folgen dieses Wunsches – er diente jetzt einem Monster. Auf einmal kam er mir vor wie ein wehrloses Kind, er, der damals in der Siedlung der schlimmste aller Kneipenschläger gewesen war. Er, der in Tullah herumstolziert war, sich als französischer Adliger ausgegeben und nur darauf gewartet hatte, dass einer lachte oder als Erster zuschlug. Er schlenderte an den Tresen der einzigen Bar von Tullah und bestellte in einer Sprache, die alle anderen für Französisch hielten, ein Bier.

Je suis mehr trinko.

Er wartete nur darauf, dass einer lachte, dabei war das alles ein kranker Witz – er selbst, die Welt der tasmanischen Arbeitercamps; eine Welt voller Männer, die so taten, als würden sie nicht in Kürze verschlissen, als müssten sie dann nicht als gebrochene und müde Gestalten weiterleben, ihren Pensionsscheck in Empfang nehmen und sich für Medikamente anstellen, gegen Lungenemphysem, Diabetes, Herzinfarkt, chronische Rückenschmerzen und zunehmende Zerstreutheit. Sie taten so, als wären sie unsterblich, wild und unbesiegbar, ausgerechnet sie, die zerbrechlichste Sorte Mensch: der einfache Arbeiter.

Je sui mehr trinko?, äffte der Aushilfskoch, angeblich Tullahs stärkster Mann, Ray nach. Offenbar war er nicht gerade ein Freund des Französischen.

Der Aushilfskoch hatte die Statur eines Lkw, sein Kopf war ein riesiger roter Ballon voll Kies. Wenn er wütend war, benutzte er Einwortsätze, beziehungsweise zog er ganze Sätze zu einem Wort zusammen und spuckte es aus wie einen zerbrochenen Zahn.

Du! Scheiß! Arroganter! Froschschenkelfresser!

Sie gingen nach draußen, die anderen Gäste folgten und ließen das meterhohe Feuer allein, das über Scheiten so dick wie Telegrafenmasten loderte. Sie stellten sich unter den gelben Gaslampen auf dem regennassen Schotterparkplatz im Kreis auf und schauten zu, wie die beiden Männer brutal aufeinander einprügelten.

Es dauerte etwa eine Viertelstunde.

Der Koch konnte einstecken. Er konnte auch austeilen, und seine Technik – Knie, Haken, Tritt – war gnadenlos. Manche Faustkämpfer wirken anmutig, ästhetisch, fast bezaubernd. Nicht der Aushilfskoch. Er war ein Tier – ein Nashorn, ein Krokodil, ein prähistorisches Vieh aus der schwarzen Hölle. Die Schläge des Kochs ließen Rays Kopf unkontrolliert hin und her schwingen.

Ray war klein, aber schneller. Er schaffte es, den Aushilfskoch durch eine Reihe linker Jabs auf Abstand zu bringen. Nach einer Weile wurde der Koch langsamer, er keuchte. Ray boxte ihm mit der Rechten auf den Solarplexus, und der Riese hielt inne, schnaufte, röchelte. Ray sah seine Chance und zielte auf das ungeschützte Gesicht, traf das Kinn und ließ den Kopf des Kochs zurückschnellen. Als der Koch zu Boden ging, trat Ray kraftvoll zu, damit er liegen blieb. Niemand rührte sich. Der Koch wehrte sich nicht mehr, sein blutverschmierter breiter Schädel lag in einer großen Pfütze wie fremdartiges Treibgut, die rotblonden Haare schwebten im Wasser wie ein Heiligenschein. Sie schimmerten im Licht der Gaslampen. Der Koch wand sich unter Krämpfen.

Er steht gleich wieder auf!, schrie Ray, als ich ihn wegziehen wollte. Der Schwanzlutscher!, schrie er und boxte in meine Richtung, damit ich losließ und er weiter auf den Koch einprügeln konnte. Er zeigte auf den zuckenden Körper. Er will mich immer noch fertigmachen, dieses *Schwein*!

Ich packte Ray, drehte ihm einen Arm auf den Rücken, aber er riss sich los und stieß mich gegen ein parkendes Auto. Er baute sich über dem Aushilfskoch auf, ballte die Hände zu Fäusten, trat nicht mehr zu, brüllte nur noch.

Was hast du gesagt? Er schien den Urwald und die Berge ebenso zu meinen wie den Koch und auch den Mond. *Sag es mir, los*, brüllte er. *Was ist? Was ist, Mann?*

Aber der Koch konnte nicht mehr antworten. Keiner sprach ein Wort, der Mob – hier draußen war es regnerisch und kalt, drinnen warm und trocken – löste sich auf, ebenso der Abend, der in einen anderen Abend überging, und plötzlich standen wir wieder in der Melbourner Kneipe. War Ray zum ersten Mal im Leben an eine Grenze gestoßen, die sich nicht begreifen, geschweige denn überwinden ließ? Anscheinend war Heidl ein Gegner, der sich nicht zusammenschlagen und in eine Pfütze auf einem Schotterparkplatz am

Fuß des Regenwaldgebirges stoßen ließ, der nicht in einer dreckigen Wasserlache zusammensank und stöhnte wie ein rotbraunes Tier. Die Schwerkraft des Lebens hatte uns wieder, sie zog uns zurück in die schreckliche Leere, der wir eine Zeit lang entkommen waren oder es in unserer Eitelkeit geglaubt hatten, Ray durch seine Kraft und seine Abenteuer, ich durch meine Bücher und mein Schreiben. Seine Gewaltbereitschaft, meine Wörter, zwei Seiten derselben wertlosen Revoluzzermedaille.

Und zum ersten Mal konnte ich seine Angst spüren, dass nichts, was wir taten und getan hatten, gegen die Insel in uns ankommen würde. Die Bürger und Parteisoldaten, die Kleinunternehmer und versammelten Spießer wollten nichts mit uns zu tun haben, weder mit seiner Familie noch mit meiner, denn wir waren Nachkommen von Verurteilten, in deren Adern bis heute das dickflüssige Blut der Sklaverei floss. Es gab die Gefangenen, die Wächter und ihre grausamen Spiele; und seit zwei Jahrhunderten richtete der Geist der Unterdrückung auf unserer bitteren, verrückten, schönen Insel sein Chaos an.

Ich erinnerte mich an die unbändige Wut, an das Verlangen, zu hassen und gehasst zu werden, allen ins Gesicht zu spucken, zuzutreten, bis sich nichts mehr regte, an die hemmungslose Gewalt, die immer auch ein Befreiungsschlag war. Und falsch. Das machte die Sache so spannend. Wir hatten unrecht und die Welt immer recht, wir würden in die Knie gehen, und die Welt würde uns überrollen. Aber vorher gingen Ray und ich noch ein letztes Mal in die Bar in Tullah, wo Ray dem Barmann in einem lächerlichen Akzent zurief:

Ju suis mehr trinko!

Ray ließ den Blick durch den ganzen Raum schweifen, blickte jedem in die Augen, bis der andere beiseitesah oder sich abwandte. Ray forderte sie alle heraus, jeden Einzelnen, sich gegen ihn zu verschwören mit dem Rest der Welt.

Aber erst als wir in St. Kilda an der klebrigen Wand lehnten, spürte ich, dass der Ray von früher nicht mehr existierte. Jener Ray, der immer selbstbewusst war und niemals Angst hatte, war plötzlich verloren und verängstigt. Mir wurde klar, dass ich, wenn er sich fürchtete, mich erst recht fürchten musste. Ich sah ihn noch einmal an und versuchte mir vorzustellen, wie er das Gaspedal eines gestohlenen Valiant durchtrat, eine rote Ampel nach der anderen überfuhr, im Slalom durch den Gegenverkehr kurvte und eine wilde Freude spürte, weil wir endlich lebten.

Es half alles nichts. Er war weg.

TEIL 9

1

Das Wochenende daheim bei Suzy und Bo war gekommen und viel zu schnell verstrichen. Ich war wieder bei der Arbeit. Heidl saß am Chefschreibtisch und erging sich mehr denn je in Ausflüchten und gespielter Empörung. Ich konnte ihm keinen Vorwurf machen. Auch ich war gelangweilt, nicht zuletzt von der Figur, die ich nach seiner Vorstellung beschreiben sollte: einen langweiligen Bürokraten und treu sorgenden Familienvater, der unbeabsichtigt zum Anführer geworden und so bescheiden war, dass ihm die großen Erfolge der ASO wie ein verrückter Zufall erschienen. Inzwischen dauerte es jeweils nur wenige Minuten, bevor Heidl das Gespräch abbrach und eine neue Klage anstimmte – der Tee schmeckte nicht, er wollte eine weitere Vorauszahlung und ein wärmeres oder kühleres Büro; jemand sollte die rahmenlosen Fenster öffnen und die Tür schließen, die irgendwo da draußen im Korridor offen stand.

Spätestens beim Thema *Rorts* – ein geniales australisches Wort für Raubüberfälle, die mit einer an Tugend grenzenden Chuzpe durchgeführt werden – verlangte ich ihm das schier Unmögliche ab: Er sollte ausnahmsweise aufrichtig sein. Manchmal zeigte er sich gesprächsbereit, wenn auch nur ein bisschen, und redete über sein Talent wie ein Handwerker, dem das eigene Können simpel und banal erscheint. Es war früh am Montagvormittag, und wir erlebten einen jener seltenen Momente, in denen ich das Gefühl hatte, wir könnten kurz vor dem Durchbruch stehen. Doch dann stand Heidl auf, zog seine Jacke über und murmelte, er müsse zu einem

Termin bei seinen Anwälten und sei erst am späten Nachmittag zurück.

Pia Carnevale kam vorbei, sah mich allein und verzweifelt am Konferenztisch sitzen und lud mich, um mich aufzuheitern, zum Mittagessen ein. Wir gingen zu einem in meinen Augen exotischen, geradezu befremdlichen Ort: ein Restaurant in der Innenstadt. Die Begrüßung durch den Besitzer – ein alter Freund von Pia –, die freundliche Kellnerin, Pias Kenntnis all dieser Speisen, deren Namen ich nicht mal hätte aussprechen können, all das war überwältigend neu für mich. Ich fühlte mich wie die Unschuld vom Lande, wie ein Trampel in geschmacklosen Klamotten und kaputten Turnschuhen. Falls Pia mich auch so sah, ließ sie sich nichts anmerken und vermittelte mir mit jedem Wort und jeder Geste, dass ich für sie nichts anderes war als ebenbürtig. Sie war wie immer fantastisch gekleidet, was nicht bedeutet, dass ich noch wüsste, was sie an jenem Tag trug. Ich erinnere mich nur an ihren stacheligen Charme und ihre Gelassenheit. Sie schien mit sich und der Welt im Reinen, was mir umso dringlicher bewusst machte, was ich alles nicht war.

Zuerst unterhielt Pia mich mit schlüpfrigen Geschichten von berühmten Schriftstellern, die sie mit versteinerter Miene vortrug und mit einem kurzen, kehligen Gackern beendete. Sie kannte einen skandinavischen Thrillerautor, längst Multimillionär, der im Alter von achtundsiebzig eine Siebenundzwanzigjährige geheiratet hatte, jeden Tag zwei Seiten schrieb und danach Sex wollte, und der auf einer Lesereise durch Australien in einem Notarztwagen wiederbelebt werden musste, nachdem er an einem Morgen einen Kreativanfall gehabt und sieben Seiten geschrieben hatte; einen englischen Booker-Preisträger, der sich nach jeder Lesung zwei Prostituierte aufs Zimmer bestellte; eine gefeierte amerikanische Dichterin, die ihre Pressefrau im Hotelzimmer nebenan anrief, damit sie ihr beim Zimmerservice ein gekochtes Ei bestellte; und sogar Schriftsteller, die vor wichtigen Fernsehauftritten betrunken oder bekifft in der Ecke lagen. Pia fütterte mich mit Anekdoten über herrlich rücksichtsloses Fehlverhalten, geheime Laster und öffentliche Spleens.

Wenn sie eine Geschichte zu Ende erzählt hatte, legte sie kurz den Kopf in den Nacken und blinzelte. Die Geste war eine Mischung aus nervösem Tic und dem Klicken einer Kamerablende, wie es sie seinerzeit noch gab; Pia schien die Reaktion ihres jeweiligen Gesprächspartners festhalten zu wollen, den sie blinzelnd durchschaut, aber nicht verurteilt hatte.

Ganz nebenbei streute sie Persönliches ein. Ihre Mutter hatte Demenz und lag im Sterben. Sie war ehrgeizig. Sie hatte gehofft, mit großen Schriftstellern zusammenzuarbeiten, doch ihr Alltag sah anders aus: Sie produzierte gut verkäuflichen Mist. Sie hatte eine höllische Angst vor dem Altern und davor, den Verstand zu verlieren. Sie hatte sich einen Namen gemacht, indem sie die hastig zusammengeschmierten Erinnerungen Prominenter zu großen Beststellern umformuliert hatte. Sie hatte viel Mühe mit Jez Dempster, der jedes Jahr einen Wälzer schrieb und dessen *lausige* Dialoge sie komplett neu schreiben musste. Sie erkundigte sich nach meiner Ehe, um dann über ihr Privatleben zu sprechen. Sie war ledig, hatte anscheinend viele Verehrer und gab zu, dass es einen Mann in ihrer Wahrnehmung höllisch attraktiv machte, wenn er gebunden war.

Glauben Sie, fragte sie, man kann ins Verliebtsein verliebt sein?

Hinter ihrer selbstbewussten Gelassenheit nahm ich nach einer Weile eine andere Frau wahr, zurückhaltend, nervös, ängstlich. Pia Carnevale wechselte immer schneller das Thema, eilte von einem Punkt zum nächsten, bis wir ganz plötzlich am Ziel angekommen waren. Beim wahren Grund für unser Mittagessen.

Kif … hat Siegfried Sie je privat angerufen?

Ich sagte ihr, er habe meine Nummer nicht und ich stünde nicht im Telefonbuch.

Ich auch nicht, sagte Pia. Aber er ist irgendwie an meine Nummer gekommen. Muss ich mir Sorgen machen?

Wie die meisten Leute, die eine Frage stellen, wollte sie keine Antwort hören. Pia hatte Heidls Memoiren von Anfang an betreut, sie hatte mit den Lektoren und Ghostwritern zusammengearbeitet, die Heidl systematisch entnervt und zum Aufgeben gezwungen hatte. Als ich sie und Heidl zum ersten Mal zusammen in Gene Paleys Büro sah, hatte ich den Eindruck, sie wären alte Freunde. Ganz offensichtlich hatte ich mich getäuscht. Pia tunkte einen Zuckerwürfel in ihren Espresso.

Er ruft mich zu Hause an. Er behauptet, er wolle über sein Buch reden, und dann schweigt er mich an.

Die schwarze Flüssigkeit kroch in den Zuckerwürfel.

Was würden Sie an meiner Stelle tun?, fragte sie.

Ich wusste es nicht. Es wäre mir peinlich gewesen, ihr zu sagen, dass Ray mich gewarnt und ich Heidl aus lauter Angst und ganz gegen meine Natur nichts über mich erzählt hatte. Ich fragte sie, was genau Heidl gesagt habe, und fügte an, es sei bestimmt nicht so wichtig.

Sie hielt den Zuckerwürfel in die Höhe und sah zu, wie die schwarze Flüssigkeit ihn auflöste.

Nein, sagte Pia, es ist wohl nicht so wichtig.

Sie schaute beiseite, sah mich wieder an und lehnte sich vor, mit gesenktem Kopf und aufgerissenen Augen. Ich konnte ihr Parfum riechen.

Es ist nur so … er weiß Sachen über mich, Kif. Es ist unheimlich.

Ich fragte Pia, wie sie das meine.

Er weiß Sachen, die er nicht wissen dürfte, sagte Pia. Ich hatte eine Katze. Sie war sehr alt. Sie hatte sich nicht mehr im Griff und hat alles vollgepinkelt. Das arme Ding. Ich fand es natürlich schrecklich, aber was hätte ich tun sollen? Und vor ein paar Wochen habe ich davon erzählt, als Siegfried dabei war. Einen Tag später war die Katze verschwunden.

Der schwarze Zuckerwürfel fing an, sich zwischen ihren Fingern aufzulösen. Sie ließ ihn in den Espresso fallen.

Katzen verschwinden manchmal.

Nicht, dass ich wüsste.

Doch, sagte ich, die machen, was sie wollen.

Ja, sagte Pia, das machen sie. Aber am nächsten Abend rief Heidl an und sagte …

Heidl hat Sie angerufen?

Er hat mich gefragt, ob es mir schon besser gehe – nun, da die Katze weg sei.

Pia zeichnete kleine Kreise mit dem Kaffeelöffel auf die Tischdecke, als suchte sie etwas.

Ich hatte niemandem davon erzählt. Und dann eines Abends hat er angerufen, kurz nachdem ein Bekannter meine Wohnung verlassen hatte. Hatten Sie einen schönen Abend mit Ihrem Besuch?, hat er gefragt, in seinem gruseligen Akzent. *Hatten Sie einen schönen Abend?* Am liebsten hätte ich gesagt: Nein, jetzt wo Sie anrufen, nicht mehr.

Ich sagte etwas, das sie ignorierte. Ihr Blick irrte durch den Raum. Nach einer Weile richtete sie ihn wieder auf mich. Sie legte den Kaffeelöffel hin, schob die Tasse von sich.

Ich fragte sie, ob sie schon mit Gene Paley gesprochen habe.

Das kann ich nicht, Kif. Die Firma hat viel Geld in Heidl investiert. Da steht eine Menge auf dem Spiel.

Ich versuchte, ihr zu sagen, dass es vielleicht gar nichts zu bedeuten hätte. Vielleicht hatte irgendwer Heidl etwas erzählt.

Das Ganze klingt sehr seltsam, sagte ich, aber das macht ihn noch lange nicht zu einem Katzenkiller.

Nein, sagte Pia. So etwas wollte ich auch gar nicht andeuten.

Wir schwiegen. Schließlich sagte ich, ich wüsste nicht weiter. Ich hatte das Gefühl, mich Pia anvertrauen zu können. Ich erzählte ihr, wie verzweifelt ich gewesen war und dass ich den vermeintlich leichten Job nur angenommen hatte, um Geld zu verdienen und mein eigenes Buch beenden zu können. Bislang hätte ich immer nur befürchtet, keinen echten Roman schreiben zu können, aber nun müsse ich wohl der Möglichkeit ins Auge blicken, dass es nicht mal für die Memoiren eines drittklassigen Prominenten reiche.

Pia Carnevale lachte. Doch, sagte sie, es reiche, alles würde sich finden und ein erstklassiges Buch dabei herauskommen. Das alles sei ganz normal. Wehren Sie sich nicht, sagte sie, passen Sie sich ihm an. Und dann fing sie wieder von der Katze an, wie seltsam das alles sei. Wo könnte das Tier bloß sein?

Meine Zuversicht war noch nicht ganz dahin. Ich sagte ihr, die Katze werde sicher bald nach Hause kommen, alles würde gut werden. Meine Lippen formten unverfängliche Worte, Pia legte den Kopf in den Nacken und blinzelte.

2

Sobald ich wieder im Büro war, nutzte ich die Heidl-freie Zeit. Ich versuchte, aus Notizen, halb fertigen Prosaschnipseln und Rechercheergebnissen den Entwurf zusammenzustellen, auf den Gene Paley wartete. Aber wann immer ich auf Heidls Person zu sprechen kam, tat sich ein Vakuum auf. Ich fürchtete, er könnte nichts preiszugeben haben. Wie ein

Demenzkranker oder ein kalifornisches Motivationsposter betrachtete Ziggy Heidl jeden Tag als den ersten seines restlichen Lebens, und ein Gestern gab es nicht.

Typischerweise hielt Heidl nicht Wort und war schon kurz nach der Mittagspause wieder da.

Gene Paley, sagte ich, will einen Entwurf sehen, und zwar bis …

Ich weiß, was Paley will, verdammt, giftete Heidl mich an. Er trat ans Fenster, schaute kopfschüttelnd hinaus. Sie sind noch schlimmer als meine Anwälte, sagte er, ohne sich umzudrehen.

Er starrte eine Zeit lang ins Nichts.

Die Anwälte waren der Meinung, sie könnten einen Haftaufschub von sechs Monaten rausholen, sagte er leise. Mindestens – mindestens! – drei, haben sie gesagt. Und jetzt wollen die Richter uns nicht mal eine Woche geben.

Was bedeutet das?, fragte ich.

Was das bedeutet?, fragte er.

Er wirkte geistesabwesend. Es war, als nehme er alles aus weiter Ferne wahr, als hätte er diesen Ort längst verlassen, für immer. Als wäre ein schicksalhaftes Urteil gefällt worden.

Nun ja, sagte er, das bedeutet, dass es keinen Haftaufschub geben wird. Und dass ich in spätestens zwei Wochen ins Gefängnis muss.

Nicht in drei?

Nicht in drei. Nicht in vierundzwanzig, nicht in zwei. Vielleicht sogar noch früher. Vor Prozessbeginn brauche ich eine komplette Woche mit meinen Anwälten. Verzeihung, sagte er, griff zum Telefon und rief einen Journalisten an, ausgerechnet von der *Vogue*. Nach dem Telefonat sagte er, er habe eine Verabredung zum Mittagessen, und verschwand.

Sobald die Tür hinter ihm zugefallen war, rief ich Gene Paleys Sekretärin an und sagte ihr, ich hätte eine dringende

Nachricht für ihren Boss. Ich sagte, Heidl habe sich geirrt, uns blieben nur noch zwei Wochen für das Buch.

Ich arbeitete eine Stunde oder länger vor mich hin und holte mir dann einen Kaffee aus einem benachbarten Café. Auf dem Rückweg entdeckte ich Heidl in einer halb geteerten Seitenstraße. Er lehnte an einem Stapel Wasserrohre, die noch verlegt werden mussten. Er war ganz in Gedanken und bemerkte mich nicht. Als er später ins Büro zurückkam, fragte ich ihn, wie sein Lunchtermin gelaufen sei.

Wunderbar. Aber diese Fernsehleute! Die haben vielleicht Vorstellungen. Ich habe ihnen klipp und klar gesagt, dass die Rechte für die auf dem Buch basierende Miniserie *versteigert* werden.

Ich wies ihn darauf hin, dass die Rückenpartie seiner Jacke voller Zementstaub war. Er fuhr sich mit einer Hand über die Schulter, lachte.

Ist das zu glauben? Der Estrich im Restaurant war ganz neu. Da haben die mir doch tatsächlich einen dreckigen Stuhl untergeschoben!

Auf einmal packte mich die Wut. Ich war wütend über seine Lügen, über ihn, vor allem über die Unverfrorenheit, mit der er log. Ich war wütend über mich, weil ich mich darauf eingelassen hatte, ein unmögliches Buch zu schreiben. Und vor allem wollte ich Ziggy Heidl sagen, dass er mich mal konnte.

Ray hat gesagt, die Container seien leer gewesen, sagte ich.

Die Schiffscontainer?, fragte Heidl.

Ja.

Heidl schüttelte traurig den Kopf, als hätte er nie einen größeren Idioten getroffen als mich.

Selbstverständlich waren sie leer, sagte er.

3

Im ASO-Jargon hießen die Schiffscontainer »Computergestützte Informations- und Rettungseinheiten für den internationalen Katastrophenschutz«, kurz CIRIK. Sie bildeten das Kernstück des viel beworbenen *Leistungsspektrums* der ASO. Die Recherchemappen quollen über vor Zeitungsreportagen über die CIRIKs, die mit Technik und Gerätschaften für jeden erdenklichen Zwischenfall bestückt waren. Logischerweise wurden sie nicht einzeln, sondern als *System* verkauft. Man konnte so viele oder so wenige ordern, wie man im Krisenfall zu benötigen glaubte – einen, zwei oder mehr. Allein oder in Kombination bildeten sie eine Rettungsstation, wo immer möglicherweise Bergarbeiter verschüttet oder Passagierflugzeuge abstürzen würden. Weil die Technik in Schiffscontainern untergebracht war, ließ sie sich mühelos überallhin bewegen. Falls die Zeit nicht drängte, konnte man sie bequem per Laster oder Schiff transportieren, und falls doch, würden sie kurzerhand vom firmeneigenen Hercules-Transportflugzeug der ASO an den Ort der Katastrophe – der Überschwemmung, des Brandes, des Tsunami – gebracht und stünden keine dreißig Minuten später als Schutzraum oder Kommandozentrale zur Verfügung. Zumindest hieß es so in den Lobeshymnen. Die mit Fallschirmjägern bemannten CIRIKs lösten das Versprechen und den Leitspruch der ASO ein: *Nach der Katastrophe und vor allen anderen – Wir sind für Sie da.*

Es gelang mir nicht, den Blick von Heidl zu lösen.

Wenn die Container leer waren, sagte ich, hätte man sie doch nie zu einem Einsatz schicken können?

Natürlich nicht.

Dann hätte die ASO kein Geld verdient. Oder?

Selbstverständlich nicht, sagte Heidl. Die Leute dachten,

wir hätten alle möglichen Einsätze durchgeführt. Aber mit unseren Mitteln hätten wir das nie gekonnt.

Behauptet haben Sie es trotzdem, sagte ich.

Heidl lachte.

Nicht einmal einen Bruchteil davon hätten wir realisieren können. Das hätte Millionen gekostet.

Ich wies ihn darauf hin, dass die Firma von den Banken Millionen bekommen habe.

Nicht dafür.

Aber das haben Sie mir doch selbst erzählt.

Wie gesagt, die Leute glaubten das nur. Die Leute wollten glauben, dass wir zu allem Möglichen in der Lage wären.

Ich fragte ihn, wie er es geschafft hatte, so viel Geld aufzunehmen, wenn die Banken Suzy und mir nicht einmal einen winzigen Kredit für unser Haus bewilligt hatten und wir deswegen zu einem schmierigen Immobilienfinanzierer gehen mussten, der auf die üblichen Raten noch einmal zwei Prozent draufschlug.

Einen kleinen Kredit zu bekommen ist kompliziert, sagte Heidl. Dreißig Millionen für eine Firma sind kein Problem. Wenn ich kein Geld mehr hatte, habe ich einfach die Bank angerufen und gesagt, ich wollte expandieren.

Ich konnte nicht glauben, dass er nur mit ein paar leeren Kisten solche Summen erschlichen hatte. Auf einmal erschien er mir wie ein Magier, ein Hexer.

Tut mir leid, sagte ich, ich verstehe immer noch nicht, wie so etwas funktionieren soll.

Vertrauen, sagte Heidl.

Ich konnte das kratzige Sitzpolster des Autos unter meiner Hand spüren, während ich nach verlorenem Kleingeld fischte, ich dachte an die langen Fußmärsche durch die Stadt, als wir Benzingeld sparen mussten, an das muffige, dunkle Büro des Kreditvermittlers, die von der Gier verpestete Luft. Ich überlegte mir, wohin mich meine Ehrlichkeit und mein Vertrauen gebracht hatten, und konnte Heidl nicht folgen.

Das erklärt noch gar nichts, sagte ich und sah vor meinem geistigen Auge, wie die gelangweilte Sekretärin des Immobilienhais in dem jämmerlichen Schuhkarton voll zusammengetackerter Hoffnung und Verzweiflung wühlte, unsere zerknickte Mappe herauszog und das Geld, das ich auf den Tresen gelegt hatte, bis auf den letzten Cent nachzählte, nur für den Fall, dass ich ihren Arbeitgeber um einen Dollar prellen wollte.

Glauben Sie mir, Kif, Vertrauen erklärt fast alles, sagte Heidl. Vertrauen ist das Öl, das die Weltmaschine schmiert. Wir vertrauen sogar Menschen, die wir hassen. So läuft das. Und erstaunlicherweise klappt es fast jedes Mal. Die Banken haben darauf vertraut, dass die CIRIKs und die ASO echt wären, und irgendwann waren sie es dann auch. So, wie Sie darauf vertrauen, dass der Mechaniker Ihr Auto tatsächlich wartet und die Bank Sie nicht betrügt, oder dass die Menschen, die die Welt regieren, wissen, was sie tun. Was, wenn Sie eines Tages herausfinden, dass es anders ist? Was, wenn die Mächtigen dieser Welt ein Theater veranstalten, gegen das meine leeren Container ein Witz sind? Wenn – an dieser Stelle schaute Heidl sich lachend um, seine Wange flatterte und seine Stimme senkte sich zu einem verschwörerischen Wispern – *die* die wahren Betrüger sind?

Damit lehnte er sich zurück, die Show war zu Ende, und alle Argumente waren in einem Meer aus Unsinn untergegangen. Zu behaupten, die Leute, die er betrogen hatte, wären die eigentlichen Kriminellen, erschien mir seinerzeit wie ein Zaubertrick. Heute bin ich mir da nicht mehr sicher. Tebbe sagt: Jede Gewissheit wartet darauf, von ungewissen Zeiten widerlegt zu werden.

Während ich das hier schreibe, schaue ich immer wieder in meine alten Notizen. Für das Buch habe ich sie nie gebraucht. Ich hatte damals schon geahnt, dass seine Enthüllungen zu groß für die Memoiren waren. Möglicherweise waren sie zu dicht an der Wahrheit, von der die Welt nur kleine Portionen verträgt und eine Autobiografie, die sich verkaufen soll, gar nichts. Ich hatte, obwohl das noch mal ein anderes Thema ist, nur eine einzige Wahrheit gebraucht, die leeren Container. Das reichte mir.

4

Ich dachte über den Ablauf des Coups nach und fragte noch einmal, wie genau er vorgegangen sei.

Das kann ich Ihnen erklären, sagte Heidl. Stellen Sie sich vor, ich schulde Bank A sieben Millionen und Bank B drei Millionen Dollar. Also gehe ich zu Bank C und nehme einen Kredit über zwanzig Millionen auf. Und den bekomme ich.

Aber was nützt es, sich immer höher zu verschulden?

Geduld, Kif! Ich schreibe ein paar Rechnungen. An die BP, weil ich ein Feuer auf einer Ölplattform im Golf von Mexiko gelöscht habe. An das Verteidigungsministerium, weil ich Elitesoldaten in Unterwasserrettung ausbilde. Und an die, sagen wir, Nationalparkverwaltung von Queensland, für Brandbekämpfung. Die Rechnungen belaufen sich auf insgesamt zwanzig Millionen Dollar.

Und sie werden bezahlt?

Von wem? Die Rechnungen werden nicht abgeschickt, weil …

Weil?

… ich nie eine Leistung erbracht habe.

Sie haben nie einen Brand gelöscht?

Ganz selten mal. Oft genug, um in der Zeitung zu stehen.

Sie haben keine Matrosen aus der Südsee gerettet?

Einen einzigen Segler. Einen! Aber die Medien hatten ihren Spaß.

Heidl malte mit dem Finger Kreise auf die Schreibtischplatte und seufzte.

Über ein Fremdkonto verschiebe ich einen Teil des Geldes auf unsere offiziellen Konten, damit es so aussieht, als wollten wir die Kredite bedienen.

Sie behaupten, das geliehene Geld wäre Einkommen?

Er zeigte auf mich.

Jetzt haben Sie verstanden. Und mit einem *Einkommen* von zwanzig Millionen Dollar können wir Zinsen bezahlen, vielleicht sogar einen Teil der Schulden tilgen. Wir sind nämlich ein seriöses Unternehmen.

Ich fragte, ob die Banken misstrauisch geworden seien.

Nie. Sie geben etwas und bekommen etwas zurück. So machen Banken das. Offiziell waren wir ein gemeinnütziger Verein, für den weniger strenge Prüfungsregeln galten. Unsere Buchführung sah tadellos aus, solange man dran glauben wollte. Und die Banken wollten daran glauben. Wir haben ihnen eine Menge geboten. Sie wollten, wie Gott, einfach nur angebetet werden. Ich habe den Messdiener gespielt, ich war sehr gut darin, auf die Knie zu gehen und den magischen Kreislauf zu beschwören. Rechnung schreiben, die Kopie behalten und das Original vernichten, Einkommen verbuchen, quittieren und der Bank zurückgeben. Zehn Millionen allein an Zinsen, plus vier Millionen Tilgung. Der ASO bleiben sechs Millionen Dollar für Gehälter, laufende Kosten, Schulungen und ein paar neue Schiffscontainer. Unsere Ausbilder, fügte er stolz hinzu, waren die Besten weit und breit.

Und was war Ihr Plan?

Heidl lachte. Es gab keinen Plan.

Aber dann war doch klar, dass die Sache früher oder später auffliegen würde, sagte ich.

Warum? So vieles fliegt nie auf.

Ihr Plan war, sich ständig mehr zu leihen?

Genau.

Das ist, als wollte man eine Hypothek über Kreditkartenschulden abstottern.

Ja, aber immer, wenn eine Kreditkarte ausgeschöpft war, hat die Bank mir eine neue gegeben.

Das ist die reinste Gier.

Gibt es eine andere?

Aber irgendwann wären Ihre Schulden so groß gewesen, dass Sie sich die Summe nicht mehr hätten leihen können.

Na und?

Ich brauchte mehr Details.

Zum Schluss sind die Banken unter der Last Ihrer Schulden zusammengebrochen, sagte ich. Questnoc war bankrott, Tantalus musste Konkurs anmelden.

Wir haben Theater gespielt. Die Banken haben fahrlässig gehandelt. Wir hatten nur einen Container.

Sie hatten Hunderte, sagte ich.

Nein, wir hatten einen. Einen CIRIK. Und der war unser Superstar.

5

Na ja, so war das damals eben, sagte Ray an dem Morgen, als Rosa und Lila sich abgesetzt hatten und wir vor Mr Moons Mund im Regen standen und auf ein Taxi warteten. Wenn Heidl das Geld ausging, mussten wir die Banken davon überzeugen, uns mehr zu geben. Wir flogen die Schlipsträger ein und zogen eine Show ab. Wir brachten sie mit dem Firmenjet nach Geelong, und dort führte Heidl ihnen unseren Helikopterträger und das U-Boot vor. Das verdammte

U-Boot, ich weiß gar nicht, wozu wir das gebraucht haben, außer dass hin und wieder diese Banker damit rumfahren durften.

Ihr hattet drei U-Boote, sagte ich und hielt mir eine Plastiktüte über den Kopf. Es goss in Strömen.

Scheiße, Mann, wir hatten eine ganze Navy! Hat irgendwie Spaß gemacht. Mir hat es gefallen. Heidl auch. Er hat immer mehr Zeug gekauft – Boote, Schiffe, Flugzeuge, Helikopter – und Briefe rumgezeigt, angeblich Auftragsschreiben von Regierungen und Großkonzernen. Ölfirmen, Bergbaugesellschaften und so. Heidl kannte einen Typen in Melbourne, Geordie oder so ähnlich hieß er, jedenfalls war der ein sehr begabter Fälscher. Sein offizieller Titel war »Berater für Firmenkommunikation«, das weiß ich noch. Aber eigentlich war er bloß ein Fälscher. Wie dem auch sei, nach dem Abstecher zum Hafen haben wir sie zurück ins Hauptquartier in Bendigo geflogen, ein paar Hundert Fallschirmspringer vorbeimarschieren lassen, und zum Schluss sind einige von uns gesprungen, mit einem vor den Bauch geschnallten Suchhund. Solche Stunts haben wir gemacht.

Und dann kam der große Moment, auf den Heidl den ganzen Tag gewartet hat. Er führte ihnen unseren CIRIK vor, randvoll mit der neuesten Rettungstechnik. Das allermodernste Zeug, Technologie im Wert von Millionen, es war unglaublich. Der Container wurde immer größer und die Geräte immer teurer. Es war der Knaller. Und wenn sie wieder aus dem CIRIK rauskamen, landete gleich vor ihrer Nase ein Helikopter. Die Schlipsträger haben den Heli geliebt. Ziggy hat ihnen dann erzählt, das Ding hätte Idi Amin gehört, er habe darin mehrere Mordanschläge überlebt. Zum Beweis zeigte er auf die Löcher. Ich hatte vorher ein paarmal reingeschossen. Die Banker haben sich darum geprügelt, wer als Erster mitfliegen durfte.

Ein Taxi hielt, wir stiegen ein. Ich schaute noch einmal

zurück, und durch den strömenden Regen konnte ich die toten Augen von Mr Moon sehen, der geduldig die sterbende Nacht bewachte.

TEIL 10

1

Kif, sagte Heidl, hören Sie mir noch zu?

Ja, sagte ich und versuchte, seinen grauenhaften Augen auszuweichen. Ich kam wieder zu mir, schaute mich um, sah das Büro und bemühte mich, die lebhafte Erinnerung an Mr Moon abzuschütteln und Heidls Stimme zu lauschen.

Wir sind also mit dem Helikopter Richtung Norden gedonnert, immer dicht über dem Boden und leicht nach vorn geneigt, und schließlich ging es aufwärts über eine bewaldete Kuppe, und da waren sie dann, auf einem alten, ovalen Footballfeld, alle auf einem Haufen.

Wer?, fragte ich.

Die Container, was sonst? In langen Reihen, zu Dutzenden aufeinandergestapelt wie Legosteine. Es sah aus wie im Hafen von Singapur! Während wir über dem Gelände kreisten, erklärte ich den Bankern, dass in dem CIRIK, den sie eben gesehen hatten, Technik im Wert von über einer Million Dollar steckte, was nicht gelogen war, und dass sich dort unten das Herzstück der ASO befände, eine spektakuläre Wertanlage, die große Gewinne abwerfen würde. Was auch nicht gelogen war. Sie starrten auf die orange-blau lackierten ASO-Container hinunter …

Aber die waren leer, unterbrach ich ihn.

Ja, klar, sagte Heidl, als hätte ich ihn darauf hingewiesen, dass Luft unsichtbar ist und Wasser nass.

Alle zweihundert?

Ich glaube, es waren zweihundertsieben. Ich kannte in Geelong einen Kroaten, der hat sie für uns zusammengeschweißt. Er hieß Otto. Kein typisch kroatischer Name, aber Otto hat die Dinger in unserem Auftrag instand gesetzt, zweitausend pro Stück. Das waren keine CIRIKs, das waren nicht mal richtige Schiffscontainer, viel zu instabil. Im Grunde hätten sie nur als Filmkulisse getaugt.

Und Sie haben den Bankern erzählt, jeder Container enthielte die gleiche Technik wie der CIRIK, den sie zuvor besichtigt hatten?

Nein, niemals! So etwas habe ich nie gesagt. Es war gar nicht nötig. Sie wollten es glauben. Sie wollten glauben, dass da unten zweihundert Millionen in länglichen Stahlkisten herumlagen. Ich habe ihnen einen vollen Container aus der Nähe gezeigt und zweihundertsieben leere von oben. Wir saßen in dem Helikopter, mit Schutzhelm und Mikrofonen, und ich sagte in die Sprechanlage: Bitte sehr – die gehören alle uns! Was der Wahrheit entsprach. Und sie fragten: Die erfüllen alle denselben Zweck? Und ich antwortete: Die erfüllen einen *hervorragenden* Zweck. Eine wunderbare Einkommensquelle, sagte ich und reckte die Daumen hoch. Und ihre Daumen schossen in die Höhe wie eine Reihe Karotten bei der Ernte.

Sobald der Heli gelandet und der Spaß vorbei war, öffneten sie entzückt ihre Aktentaschen und überreichten mir die Bewilligung des nächsten Multimillionen-Kredits. Ich habe unterschrieben und sie auf einen Drink eingeladen. Sie haben jedes Mal gesagt, am meisten habe sie der Anblick der orange-blau lackierten Container auf dem Footballfeld beeindruckt.

Als ich Heidl sagte, ich könne kaum glauben, dass der Schwindel so lange nicht aufgeflogen sei, sah er mich so überrascht an, als wäre ich der größte Idiot auf Erden.

Begreifen Sie es immer noch nicht?, fragte er und beugte sich vor. *Ich habe alles nur erfunden.* Jeden Tag aufs Neue, so wie Sie. *Wie ein Schriftsteller.*

Er klopfte mit den Fingerknöcheln auf die Tischplatte.

Ich bin jeden Morgen ins Büro gegangen, wieder und wieder, Woche für Woche. Ich habe mir irgendeine Sache ausgedacht und dann eine andere. Das hat gereicht. Mehr als das. Die Firma wuchs. Wissen Sie, was als Nächstes passierte? Die Leute haben uns die Bude eingerannt, Banker, Journalisten, Kamerateams, Politiker, Polizeipräsidenten, Ex-Generäle, Wirtschaftsführer, Botschafter, Professoren. Und irgendwann merkte ich: Je weniger ich ihnen erzählte, desto mehr erfanden sie selbst dazu. Am Ende musste ich mir gar nichts mehr ausdenken. Für sie war ich ein Prophet. Sie wissen, was Tebbe über Propheten gesagt hat?

Ich hatte keine Ahnung, was Tebbe über irgendwen gesagt hatte.

Der größte Prophet hat die am wenigsten deutliche Botschaft, sagte Heidl. Und je weniger deutlich die Botschaft, desto größer der Prophet.

2

Ich hörte auf zu tippen. Zum ersten Mal hätte ich ihm fast geglaubt. Wäre denkbar, dass es keine CIA-Beteiligung gegeben hatte, keine große Verschwörung, bloß einen kleinen Trick, zu durchschaubar, um ein Buch darüber zu schreiben?

Eigentlich gibt es zwei Wirklichkeiten, oder?, fragte Heidl und hob zum Beweis seiner Worte einen Finger in die Höhe.

Wir sitzen hier in einem Bürogebäude aus Beton und Glas, und die dazugehörige Geschichte heißt STP. Aber wissen Sie was? Die Geschichte ist realer und belastbarer als der Beton. Das Haus kann STP nicht zerstören, aber STP könnte das Haus abreißen lassen. Nur deswegen glauben die Leute an die Geschichte von STP. Auf der ganzen Welt leben Buchhalter, Lektoren, Abteilungsleiter und Vertriebler vereint in dem Glauben, es gäbe so etwas wie STP. Und dieser Glaube ist eine Geschichte.

Wie ich zugeben muss, hatte ich die Orientierung verloren. Heidl hingegen war gerade erst dabei, sich auf das Thema des Tages einzuschießen.

Hören Sie, sagte er. Es gibt Meere und Länder, Tiere und Pflanzen, und es gibt eine Geschichte namens Kalter Krieg. Und ich verrate Ihnen was: Diese Geschichte hätte es fast geschafft, alle Meere und Länder, Tiere und Pflanzen zu vernichten.

Der Mac hatte sich aufgehängt.

Was ist ein Geschäftsmann? Ein Politiker? Sie sind Zauberer, sie erfinden Dinge. Die Geschichten halten alles zusammen. Religion, Wissenschaft, Geld – alles nur Fiktion. Australien ist eine Geschichte, Politik ist eine Geschichte, Religion ist eine Geschichte, Geld ist eine Geschichte, die ASO war eine Geschichte. Die Banken haben bloß eines Tages aufgehört, sie zu glauben. Und wenn der Glaube einmal stirbt, ist nichts mehr übrig.

Sie haben gelogen, sagte ich, schaltete den Mac Classic aus und wieder ein und wartete auf den Neustart.

Heidl machte wieder diese unerträgliche Sache mit der Zunge, sie fuhr ihm pausenlos über die Lippen, während seine Wange zuckte wie eine konfuse Membran.

Ich habe eine Geschichte erzählt, sagte er.

Nicht alles ist eine Geschichte, Siegfried, sagte ich.

Und die Leute wollten sie hören.

Sie haben gelogen, wiederholte ich.

Die Wahrheit ist eine Fiktion. Der Wein ist oft viel teurer als das Glas, in dem er serviert wird. Die Wahrheit braucht Lügen, sonst ist sie nicht greifbar.

Die Wahrheit ist, dass man Sie für Ihre Lügen ins Gefängnis stecken wird, sagte ich.

Das glaube ich nicht, sagte Heidl.

Es war hoffnungslos. Ich tippte, aber keine Buchstaben erschienen auf dem Bildschirm. Nichts von alldem, was er sagte, würde in seinen Memoiren vorkommen, denn Memoiren waren erlesene Lügen, und das, was Heidl da ansprach, absurderweise zu nah an der Wahrheit. Ich war so verwirrt, dass mir übel davon wurde; ich hatte das Gefühl, durch eine Luke in ein anderes Leben gefallen zu sein. Auf einmal dachte ich wie Heidl, und ein Teil von Heidl wurde …

Wir sind das Wunder, hörte ich Heidl sagen. Gott erschuf die Welt, aber der Mensch erschafft sich selbst, jeden Tag aufs Neue. Die Geschichten verbinden uns, solange wir sie glauben.

Und für einen ganz kurzen Moment hatte ich den Eindruck, alles klar und deutlich zu sehen: mein Leben bis zu diesem Augenblick, meine Zukunft, die Einrichtung des schäbigen Chefbüros, die furnierten Spanplatten und die Hochglanz-Bildbände, die im hellen Bürolicht jetzt schon zu Nostalgie vergilbten – das Sepia fauliger Eingeweide, das traurige Grün alten Schimmels, das Rostrot getrockneten Blutes. Das verspritzte Gehirn eines sterbenden Monsters.

Und dann?, fragte ich.

Und dann engagiert man einen Ghostwriter und erfindet eine neue Geschichte.

3

Obwohl er kaum arbeitete, hielt Heidl sich an die herkömmlichen Bürozeiten und war meist zwischen zehn und siebzehn Uhr anwesend. Weil Ferngespräche damals noch teuer waren, nutzte ich seine Abwesenheit, um mit Suzy zu telefonieren. Am nächsten Morgen rief ich sie an, bevor Heidl erschien. Ich wartete darauf, dass sie abhob. Der Gestank des Hörers – er roch nach Heidls Aftershave, eine Leichenbestattermischung aus Reinigungsbenzin und Babypuder – war so stark, dass ich ihn auf Abstand halten musste.

Bo meldete sich. Sie sang mir ein Lied vor und fragte unter Tränen, wann ich wieder nach Hause kommen würde. Viermal schlafen, hörte ich Suzy sagen, und dass sie später mit Bo in den Park gehen würde, wenn Mummy jetzt ans Telefon dürfe.

Suzy erzählte, sie sei am Vortag beim Gynäkologen gewesen, er habe ihr Angst gemacht. Wegen nichts, einer Kleinigkeit nur, aber nun fürchtete sie sich trotzdem. Ich fragte sie, warum sie nicht sofort angerufen habe, und sie fing an zu weinen. Ich hätte zu viel zu tun. Sie wolle die Telefonrechnung nicht in die Höhe treiben. Sie habe mich nicht stören wollen. Es gebe erste Anzeichen einer Schwangerschaftsvergiftung. Nichts Ernstes.

Ich schrieb das Wort auf, um es später nachzuschlagen.

Ich müsse mir keine Sorgen machen, sagte Suzy. Der Arzt sei gelassen, und sie ebenso.

Dann fing sie wieder zu weinen an.

Als Heidl und Ray ins Büro kamen, sagte ich nichts von dem Telefonat. Ich sprach mit Heidl grundsätzlich nicht über mich oder meine Familie. Am späten Vormittag, ich saß am Computer und Heidl las Zeitung, klopfte es an die Tür. Gene Paleys Sekretärin hatte einen Zettel für mich.

Ich faltete den Zettel auf. Gene Paley hatte ihn mit der Hand geschrieben.

Kif, habe Ihre Nachricht bzgl. der Gerichtsverhandlung bekommen. Vergessen Sie den Entwurf, schreiben Sie einfach so schnell wie möglich das bestmögliche Buch. GP.

Was will er?, fragte Heidl und ließ die Zeitung sinken.

Es geht nicht um Gene Paley, sagte ich.

Heidl sah mich an. Ich wurde panisch.

Es ist wegen meiner Frau, sagte ich hastig.

Wissen Sie, sagte er, nahm einen Zettel in die Hand, der auf seinem Schreibtisch lag, und musterte ihn ausgiebig. Eines Tages würde ich Ihre Familie gern persönlich kennenlernen. Suzy und – er unterbrach sich und legte den Zettel hin, seine lächelnden Lippen rundeten sich und spuckten das Wort aus wie eine Kugel – *Bo*.

Ich erschauderte. Woher kannte er ihren Spitznamen? Wie war das möglich?

In der Tat, sagte er.

Da wurde mir klar, dass er, trotz meiner Wachsamkeit und meiner Versuche, mein Privatleben von ihm fernzuhalten, unentwegt Informationen über mich gesammelt hatte.

Das wäre bestimmt sehr interessant, sagte er.

Ich zwang mein Gesicht, keine Regung zu zeigen.

Ihre Tochter kennenzulernen.

Ich konnte nicht mehr. Ich knickte ein, aus Angst oder aus Wut. Ich weiß es nicht.

Brigid, sagte ich kalt. Ihr Name ist Brigid.

Ein schöner Name, sagte Heidl. Und Suzy? Wann kommen die Zwillinge? Sicher sehr bald schon? Das ist hart, Sie hier und Suzy … *da*.

Das reichte. Zwei Wochen unseres ursprünglich auf fünf Wochen angesetzten Projekts waren um, und ich hatte nichts als ein paar Notizen und lose Seiten. Nichts, was einen zusammenhängenden Text ergeben würde, weder in meinem Kopf noch auf dem Papier. Aus unbestimmtem Grund dachte ich an die finsteren Gerüchte um den Buchhalter, Brett Garrett, dessen ungeklärtes Verschwinden wie ein Schatten über Heidl hing. Was Heidl anscheinend kein bisschen störte.

Kif, ich habe nachgedacht. Mehr noch. Heute Morgen

habe ich mit Gene Paley darüber gesprochen, dass wir vielleicht lieber in Tasmanien weitermachen sollten. Dann müssten Sie nicht mehr reisen und könnten bei Suzy sein.

Das ist nicht nötig, sagte ich. Suzy geht es gut.

Oh! Nein, sagte Heidl. Das stimmt nicht. Oder, Kif?

Wieder diese Panik. Was wusste er?

Sie haben viel um die Ohren, Kif. Gene sieht das ähnlich.

Was?

Dass ich vielleicht nach Tasmanien fliegen und wir das Buch dort zu Ende schreiben sollten.

Das ist nicht nötig, wiederholte ich.

Oh, doch. Glauben Sie mir, Kif. Es ist absolut nötig. Wir arbeiten, wo Sie sich am wohlsten fühlen – im Hotel, bei Ihnen zu Hause, wie Sie wollen.

Das ist sehr nett von Ihnen, sagte ich, aber ich fühle mich sehr wohl hier.

Und es wäre gut für mich, Ihre Familie zu treffen und Sie besser kennenzulernen, fuhr Heidl fort. Wie ging es Suzy denn heute Morgen? Als Sie sie angerufen haben?

Ich tippte weiter.

Der Gynäkologe, sagte Heidl. Machen Sie sich Sorgen?

Ich starrte auf den Bildschirm, damit er mein Gesicht nicht sehen konnte. Er konnte das nicht wissen, es war unmöglich. Aber egal ob ich jetzt etwas sagte oder nicht, ob ich mich seinem Blick stellte oder ihn vermied – meine Gesten vertieften unsere dunkle Komplizenschaft nur, sie schoben uns einer Verdammnis entgegen, die ich vage zu ahnen begann.

Schwangerschaftsvergiftung, sagte Heidl. *Übel.*

Es hatte angefangen.

Das ist eine ernst zu nehmende Komplikation, sagte er.

Er drang langsam in mich ein.

Ich besann mich auf meine Fragen. Wir müssen da noch etwas klären, sagte ich, auch wenn es nicht im Buch vorkommen wird.

Nur zu, sagte Heidl.

Ich wusste nicht, wie ich ihn stoppen sollte, aber ich versuchte es.

Haben Sie jemals jemanden umlegen lassen?

Ich weiß nicht, warum ich das fragte. Ich weiß auch nicht, warum ich den Euphemismus *umlegen* verwendete. Das klang so melodramatisch, wie aus einem Film geklaut, und auf einmal kam ich mir dumm vor. Die Scham ließ mich noch wütender werden.

Finden Sie, so etwas sollte in meinen Memoiren stehen?, fragte er zurück.

Das habe ich nicht gefragt, rief ich mit schriller Stimme. Antworten Sie!

Ich spürte eine namenlose Regung in meinem Unterleib. Sie schwoll an, breitete sich aus. Ich verlor die Kontrolle.

Antworten Sie!, schrie ich. *Antworten Sie! Antworten Sie!*

Heidl lehnte sich zurück und betrachtete mich, als wäre ich ein Zootier. Es war fast so, als sollte er hier ein Buch schreiben, über mich.

Um Gottes willen, Kif, sagte Heidl. Ich war Geschäftsmann, kein Don Corleone.

Wie immer hatte er es geschafft. Ich beantwortete mir die Frage an seiner Stelle.

4

Das war seine Methode: Er sorgte dafür, dass ich aus seiner Wahrheit meine Lüge ableitete. Ich sah mich mit meiner Mitschuld konfrontiert und verstummte. Außerdem hatte ich keine Kraft, keine Fragen, keinen Willen mehr. Ich würde das Buch nie schreiben, egal wie verzweifelt ich war oder wie sehr Gene Paley mich dazu drängte. Dass Heidl angeboten hatte, nach Tasmanien zu kommen, hieß noch lange nicht, dass er seine Memoiren schreiben wollte. Im Gegenteil. Er wollte lediglich bei Gene Paley den Eindruck erwecken, er sei zur Kooperation bereit und habe es ebenfalls eilig. Die Wahrheit sah anders aus. Heidl war aus krimineller Gewohnheit immer noch erpicht darauf, keine Spuren zu hinterlassen, nicht einmal auf dem Papier. Zudem hätten wir arbeiten müssen, was ihn immer langweilte, und dazu hätte ein Buch entstehen sollen, eine Geschichte, ein Nachlass, Dinge also, die ihn, ich wusste es inzwischen, überhaupt nicht interessierten.

Was er mir verraten hatte, war größtenteils unbrauchbar. Ein weniger erfahrener Lügner hätte versucht, seine Unwahrheiten stimmiger zu gestalten, doch das Leben ist nie stimmig; Heidl hatte lange vor unserer ersten Begegnung erkannt, dass die hoffnungslose Untauglichkeit seiner Lügen sie wie mithilfe eines alchemistischen Verfahrens recht glaubwürdig machte. Mein Problem bestand darin, dass ich einen roten Faden in seine wirren Erinnerungen bringen musste.

Ich saß stumm da. Und als hätte er meine Gedanken erraten, wagte sich Heidl aus der Deckung und in den Abgrund, der sich zwischen uns aufgetan hatte. Er fing an zu erzählen. Seine Schilderungen waren keine Offenbarung, aber sie waren unterhaltsam, manchmal sogar recht charmant, und vor allem verstummte er nicht sofort wieder. Sein Gerede war wie eine Springflut nach der Dürre, das Büro ging in seinen Anekdoten unter, die Uhrzeiger drehten sich schneller, plötzlich war es Nachmittag und dann früher Abend. Durch die vorhanglosen Fenster war eine unheilvolle Dämmerung in Ocker zu sehen, die sich in eine Naturkatastrophe aus Farben und Schatten verwandelte. Dann wurde es dunkel und das geschmacklose Büro zu einem Schauplatz erhabener Wunder.

Ziggy Heidl redete immer weiter.

Manche Leute erzählen beschwingt, sie sind wie ein Traber mit leichtem Sulky. Andere klingen eher wie ein Elefant, der langsam einen Bahnwaggon zieht. Und dann gibt es die großen Erzähler, und Heidl war einer davon. Sie treiben den Zuhörer an, und schon galoppiert man davon, immer schneller, und denkt sich, man wolle es so, bis man begreift – zu spät, viel zu spät –, dass man einen Reiter trägt, dass man in den Tod geritten wird, dass man nichts dagegen tun kann und selbst zur Geschichte wird.

5

Hinter den Fenstern glühten die Lichter der Stadt. Ich machte mich endlich bereit, das Büro zu verlassen. Ich musste daran denken, wie Ray und ich ganz früher mit Stricken, Fallen und Gewehren vom Kaliber 22 auf die Jagd gegangen waren. Wir waren zehn und elf Jahre alt gewesen. Wir töteten Vögel, Kaninchen, Hasen, Possums, Wombats und alle armen Wesen, die uns vor die Flinte kamen. Erstaunlich, wie oft wir gequält und getötet hatten. Wenn die Jagd erfolglos blieb, schossen wir Kühe an. Wir wussten, das war irgendwie falsch, aber das schlechte Gewissen war vage oder gar nicht vorhanden. Und falls es sich doch meldete, fanden wir es nur noch aufregender, ein weiteres Erwachsenentabu zu brechen. Wir waren fasziniert von der Welt, von unserem Leben, unserer Freiheit und den sterbenden Tieren. Wir sahen unzählige Todesarten, das Blut tropfte aus Schnauzen, Augen wurden trüb, Beine strampelten, Leiber zuckten. Oft standen wir über unserer sterbenden Beute wie hypnotisiert.

Dass wir Herren über Leben und Tod waren, wurde uns nie bewusst. Wir rannten und lachten, kletterten über Zäune und durchstreiften Wälder. Ein Wesen sterben zu sehen war interessant, aber wir vergaßen es schnell wieder – bis zu jenen Nächten, in denen ich bei Sully auf der Schaumstoffmatratze lag und Melbournes Puls spüren konnte. Meist erinnerte ich mich nur an das Gefühl von Freiheit.

Wie wunderschön! Jetzt ist dieses Gefühl verschwunden, als hätte ich es nie erfahren. Ich erinnere mich an die Sonne, die jeden Morgen über einem neuen Planeten aufzugehen schien, und wie sie den weißen Nebel über der Landschaft zum Leuchten brachte und dann schlagartig auflöste. Ihr funkelndes Licht auf dem Raureif der Wiesen war so gleißend hell, dass wir den Kopf neigen mussten. Ich kann immer noch fühlen, wie das hohe, nasse Gras meine Schuhe durchfeuchtet und meine Füße immer kälter werden, während die Sonne mein Gesicht wärmt. Ich sehe den grünen Busch, die satte rote Erde, die irgendwie essbar scheint, den wundersamen Bachlauf, durch den wir waten. Ich höre das Plätschern des Wassers, das als gerade Linie über einen querliegenden Baumstamm läuft. Alles war heilig, alles war schön, und ich habe es nicht bemerkt.

Zu töten war eine Erfahrung, die im Laufe der Zeit an Reiz verlor und langweilig wurde. Manchmal gingen wir weiter, noch während das zuckende Opfer im Sterben lag, außer sich vor Schmerzen. Nicht immer – ich erinnere mich, wie ich einmal auf einen Wombat schoss, der über eine Weide schlich. Wir liefen hin, bestaunten ehrfürchtig das viele Blut auf dem dicken Pelz, das Rinnsal, das aus der Schnauze tröpfelte, die klaren Augen, die uns noch sehen konnten – oder vielleicht etwas unendlich viel Größeres.

Wir schauten schweigend zu. Er starb nicht.

Ich bin weg, sagte Ray. Das gefällt mir nicht.

Ich blieb. Ich sah, wie die nasse, dunkle Ledernase sich bei jedem angestrengten Atemzug in einem unnatürlichen Rhythmus zusammenzog. Wie der Blick aus den großen schwarzen Augen zu Boden sank. Und immer noch wollte er nicht sterben.

Komm schon, rief Ray.

Es war ein Mysterium, das wir durch unsere Neugier verkleinert hatten. Der Tod interessierte uns am meisten, auch damals schon.

Ich hörte ein Krachen, sah ein Zucken. Ray hatte dem Wombat aus nächster Nähe in den Kopf geschossen.

Scheiße, Mann, sagte er, warum willst du das arme Ding leiden lassen? Bist du krank, oder was?

6

Manchmal frage ich mich, was die sterbenden Tiere gedacht haben, wenn ich über ihnen stand und auf sie hinunterschaute. Manchmal stelle ich mir vor, sie stünden über mir und schauten auf mich herab. Ich versuche, nicht daran zu denken. Sie scharen sich um mich, Vögel, Säugetiere, Fische. Meine Angst vor engen Räumen, vor Aufzügen, Flugzeugsitzen und Menschenmengen wird größer. Die Tiere beugen sich zu mir herunter, sie starren dabei aus trüben Augen zu Boden.

Manchmal bewegen sich nachts die Schlafzimmermöbel, sie leben, verwandeln sich in Tiere und bedrängen mich. Suzy wollte es mit mir aushalten, aber ich hielt mich selbst nicht aus. Wissen Sie, irgendetwas bleibt immer zurück. Etwas Lebendiges. Immer. Man weiß nicht, was es ist, aber es ist real. Nur aus dem Grund macht man weiter. Die Leute fragen mich immer wieder: Warum? Warum hören Sie nicht auf? Ständig eine neue Serie, eine neue Show, ein neues Projekt, wo Sie sich doch zur Ruhe setzen könnten. Warum? Und ich sage: Ich liebe meine Arbeit – ich habe einen Traumberuf!

Die Wahrheit ist die: Wenn ich auch nur einen Moment innehalten und über das nachdenken würde, was ich getan habe, müsste ich mich umbringen.

Vielleicht hatte Heidl dieselbe Angst.

Ich stand am Fenster und betrachtete die endlosen Lichter. Es fing an zu regnen. Ich merkte jetzt erst, wie spät es geworden war. Die Lichter verschwammen, und mit ihnen meine Gedanken. Die trostlose Ödnis von Port Melbourne wurde von üppigem Gold und Rot überspült, bevor sich ein schwindelerregendes Schwarz ausbreitete, durchsetzt von Scheinwerferlicht und hellen Fenstern und beleuchteten Baukränen, ein kräftiges Weiß und Rot, Blau und Gelb, in Schönheit und Farbe gehüllte Bewegung. Wie in einem unterirdischen Totenreich waren Hell und Dunkel, Gut und Böse endlich versöhnt. Ich fühlte mich verloren wie nie, gleichzeitig war ich berauscht von etwas Schönem, Verführerischem, von meinem Schicksal, dem geschmacklosen Eckbüro, der nächtlichen Stadt; was ich fühlte, war jenseits aller Gedanken. Ich spürte einen sanften Luftzug aus der Heizung aufsteigen, er roch unangenehm süßlich, als verfaulte etwas in den Leitungen. Unten bewegten sich einzelne Gestalten über die Straße, so unbeirrt und rätselhaft wie Geister.

Mir wurde bewusst, dass Heidl längst gegangen war.

Ich drehte mich um, trat an seinen Schreibtisch und nahm den Telefonhörer in die Hand. Ich hielt ihn ein Stück weg von mir, wie um Heidl auf Abstand zu halten, Heidls Geruch und den Krach und den Gestank einer grausamen Welt, die mich zu erdrücken drohte. Ich wollte gerade Suzys Nummer wählen, als ich neben Heidls säuberlich zusammengefalteter Zeitung einen kleinen Zettel entdeckte. Da stand nur ein einziges Wort: *Schwangerschaftsvergiftung*. Daneben hatte eine fremde Hand eine riesige Zecke gemalt.

Als ich den Zettel zurücklegen wollte, fiel mir auf, dass die Rückseite ebenfalls beschriftet war. *Brett Garrett*. Vorname und Nachname trennte ein Strich aus grüner Tinte.

TEIL 11

1

Manchmal, wenn ich abends in Sullys Wohnung saß und Heidl weit weg war, stand ich trotzdem auf, schlich ans Fenster und spähte durch die Vorhänge nach draußen; und erst wenn ich mich davon überzeugt hatte, dass niemand mich beobachtete, kehrte ich in die Küche oder ins Wohnzimmer zurück und redete weiter, im Flüsterton, als plante ich eine Verschwörung. Hatte Heidl gemordet? Wäre er dazu fähig? Einmal sagte ich zu Sully, Heidl sei ein Feigling, obwohl ich für so etwas überhaupt keine Beweise hatte.

Feigling?, fragte Sully und rekelte den langen Körper auf dem alten, zerschlissenen Lehnstuhl, seinem Lieblingsplatz. Zwischen seinen Fingern qualmte ein Joint, über dem linken Auge ragte ein widerspenstiges weißes Haar aus der Braue. Er verzog das Gesicht zu einem milden Schmunzeln, dachte eine Weile über seine Gegenfrage nach und beantwortete sie dann selbst. Er sagte, man müsse niemanden so sehr fürchten wie den Feigling, denn um sich und anderen seinen Mut zu beweisen, sei er zu allem fähig.

Ich fragte mich, ob er über Heidl sprach oder über mich.

Einmal legte ich spätabends meine Notizen beiseite und trank mit Sully Bier und Wein. Wir rauchten ein paar Joints, danach zerrte ich die Schaumstoffmatratze auf den fadenscheinigen Läufer im Wohnzimmer und legte mich hin. Ich hatte mir ein Buch aus Sullys selbst gebauten Regalen genommen, die alle Wände bedeckten und wie alle guten Bücherregale eine wackelige Ansammlung von Literatur, Ansichtskarten, verstaubten Andenken und verblichenen

Erinnerungen waren. Nahm man ein Souvenir in die Hand, glimmten die Erinnerungen kurz auf, einem Glutkrümel im Luftzug gleich.

Ich entdeckte ein Buch von Nietzsche, was mir gelegen kam, weil Heidl ihn ständig zitierte. Im zuckenden Licht und dem Schatten einer Kerze, die in einer leeren Schaumweinflasche steckte, döste ich darüber ein. Die Nacht war damals herrlich dunkel, und wenn ich las, lebten die Toten in mir weiter. Vieles erschien mir noch möglich, was sich später als unmöglich erweisen würde. Manchmal stieß ich mich im Dunkeln, der Schmerz erinnerte mich daran, dass ich noch am Leben war.

Im Melbourne der frühen 1970er-Jahre war Sully ein mäßig erfolgreicher Dichter gewesen; eine andere Berufswahl wäre für einen jungen Mann, der zu früh unter den schlechten Einfluss von Baudelaire, Burroughs und Brautigan geraten war, auch nicht infrage gekommen. Er verwendete Vokabeln wie *larmoyant* und *maßlos* und verdiente seinen Lebensunterhalt als Archivar der Stadtverwaltung. Sully war der Meinung, Nietzsche sei zu Unrecht als humorlos verschrien.

So was schreibt heute keiner mehr, sagte er: »Ich habe nötig, mir die Hände nach der Berührung mit religiösen Menschen zu waschen.« Nicht schlecht, hm? »Ist der Mensch nur ein Fehlgriff Gottes? Oder Gott nur ein Fehlgriff der Menschen?« Gut, was?

Sully hielt Nietzsche für einen großartigen Stand-up-Komiker, der ständig die Grenzen des guten Geschmacks austestete.

Ich sagte, im Deutschland des späten neunzehnten Jahrhunderts Philosophie zu betreiben sei wohl nicht mit dem Auftritt in einem Melbourner Comedy-Club vergleichbar.

Sully hörte trotzdem nicht auf, die Aphorismen abzufeuern wie Gags.

Das Lebende ist nur eine Art des Toten und eine sehr seltene Art. Die Existenzbedingung der Guten ist die Lüge. Ich würde nur an einen Gott glauben, der zu tanzen verstünde. Hat man bemerkt, dass im Himmel alle interessanten Menschen fehlen?

Ich frage mich, ob er nur deswegen verrückt geworden ist und mit Pferden geredet hat, weil niemand bemerkte, wie lustig er war, schloss Sully.

Sully war viel älter als ich. Er hatte mir erzählt, dass ihm dieser Tage oft schwindlig werde, dass er keinen Arsch mehr habe, dass er sich, wenn er das Haus verlassen wollte, ein Papiertuch zwischen die Pobacken klemmen müsse. Wenn er sprach, war seine Stimme übertrieben sanft.

Ich scheiße mir beim Lachen in die Hose und beim Weinen. Wenn ich eine Frau kennenlerne, muss ich gehen, bevor ich lachen oder weinen muss. Die Angst, mich in eine demütigende Situation zu bringen, ist zu groß. Ich habe das Gefühl, endlos zu fallen. Die Welt ist schrecklich und mein Werk ohne Bedeutung. Es hat nichts Gutes bewirkt. Was sagt dir das, Kif?

Es sagte mir nichts, was hätte es mir schon sagen sollen? Ich tröstete ihn mit Allgemeinplätzen, Lügen und Beteuerungen, die so fadenscheinig waren wie Sullys alte Läufer. Wenn ich in seinem Wohnzimmer im Dunkeln lag, war Sully die Zukunft, die ich für mich nicht wollte, der mit Füßen getretene Dichter. Seine Ideale hatten sich als Illusionen entpuppt. Nur Heidls Ideale konnten in der Wirklichkeit bestehen. Gott tanzte nicht. Die interessanten Menschen waren alle in der Hölle.

2

Morgens wurde ich vom Brummen der erwachten Stadt geweckt, das durch Mauern, Holzböden und die Schaumstoffmatratze vibrierte. Kurz darauf setzte ich mich leicht benommen ins Auto und fuhr zur Arbeit, vorbei an Straßenbahnen, überfüllten Gehwegen und weiter auf der Esplanade, wo sich eine neue Welt aus dem grauen Melbourner Wintertag schälte, eine Welt mit Sandstrand und Palmen. An ihrem Ende wartete das schwarze Loch von Mr Moons aufgerissenem Mund. Sein Blick aus den riesigen, toten Augen folgte mir den ganzen Weg zur Arbeit.

Diesen Vormittag verbrachte Heidl am Telefon. Er verhandelte Interviews mit der *Woman's Daily* oder dem Frühstücksfernsehen, kündigte spektakuläre Enthüllungen an und lud Journalisten und andere beeindruckenswerte Menschen in unser Eckbüro ein, als wäre er kein auf Kaution entlassener Hochstapler vor Haftantritt, sondern immer noch ein einflussreicher Mann.

Setzen Sie eine Leiche hinter einen Schreibtisch, und die Leute sehen einen Vorgesetzten, sagte er fröhlich. Er hatte gerade mit einem weiteren Medienvertreter telefoniert. Wahrscheinlich hatte ich ihn angestarrt, denn er fügte hinzu:

Gene braucht von diesen Telefonaten nichts zu erfahren, okay?

Die Verhandlung und das Gefängnis erwarteten ihn; dass er höchstwahrscheinlich seinen Verlagsvertrag nicht einhalten würde, schien ihm nichts auszumachen. Dennoch, er musste etwas in meinen Augen gesehen haben, denn plötzlich lächelte er mich an und erzählte in einem ungewöhnlich stolzen Tonfall, auf jeden Betrüger kämen tausend neue Narren, die betrogen werden wollten.

Warum, sagte ich, telefonieren Sie mit jedem zweiten

Journalisten in diesem Land, wenn unser Projekt so geheim ist?

Ich verrate den Leuten nichts. *Die* erzählen mir etwas, ich nicke nur. Abgesehen davon ist es mein Leben, Kif.

Das stimmte so nicht, beziehungsweise fühlte es sich anders an, aber ich hatte einen Job zu erledigen und wandte mich wieder dem Mac Classic zu. Meine Zeit mit Heidl war seltsam halluzinatorisch; ein Tag ging fließend in den anderen über, bis ich irgendwann nicht mehr wusste, ob gerade der dritte Tag der zweiten Woche war oder der zweite der dritten. Heidl erzählte, stolzierte herum, wich aus, langweilte sich, spielte wahlweise den Ahnungslosen, Empörten oder Verärgerten, oder er löste ein Kreuzworträtsel. Anstatt nach Hobart zu fliegen, beugte ich mich Gene Paleys Willen und arbeitete das Wochenende zwischen der dritten und vierten Woche durch. Besser gesagt, versuchte ich zu arbeiten, während Heidl gelegentlich vorbeischaute. Die meiste Zeit hingen ich und das Buch allein in der Flaute, verloren auf dem kleinen, monochromen Meer des Computerbildschirms.

Manchmal fing Heidl unvermittelt an zu schmunzeln, als wäre ihm etwas eingefallen, das er niemals preisgeben würde. Sein dummes Geschwätz und seine endlosen Ablenkungsmanöver waren unerträglich, aber ich konnte es nicht mehr leugnen: Sein selbstzufriedenes Schweigen und seine süffisante Verschlagenheit deuteten auf ein Geheimnis hin, das ich zu gern erfahren und geteilt hätte.

3

An einem dieser Traumtage, wir hatten gerade über den Zusammenbruch der ASO gesprochen, beziehungsweise ich hatte es versucht, fragte Heidl mich, ob ich jemals eine Leiche gesehen hätte. Ich hielt es für einen seiner Gedankensprünge, auf den zu reagieren nicht nötig war.

Uns blieben nun noch weniger als zwei Wochen. Die Zeit lief nicht davon, sie entfernte sich in Lichtgeschwindigkeit. Heidls Themen wurden abstruser, krasser. Die Toxo und andere Lieblingsmotive wichen dem angeblich bevorstehenden Börsencrash, Undercover-Einsätzen und CIA-Scheinfirmen, Gruselgeschichten aus dem Kalten Krieg, Legenden vom Junkbondhandel der Achtziger und allgemeinem Gerede über Siegfried Heidl, den einsamen Wolf, der immer und überall für das Gute kämpfte.

Haben Sie je gesehen, wie ein Mensch unter Qualen stirbt?, hakte Heidl nach.

Wenn ich ihn so reden hörte, wurde mir klar, wie wenig ich wusste. Ich sagte mir, dass ich nur als Chronist hier war, dann wiederum erschien es mir falsch, so wenig über seine Welt zu wissen. Eine Welt, die von dunklen Mächten gelenkt wurde, von Geheimpolizisten, tyrannischen Regierungen, internationalen Großkonzernen und zwielichtigen Privatbanken. In welcher Gestalt das Böse sich zeigte, war im Grunde egal. Ein finsterer Geist bestimmte das Schicksal der Welt und drang in mein Bewusstsein.

Manchmal versuchte ich, etwas zur Unterhaltung beizutragen. Es mochte Tausende Themen geben, über die ich nichts wusste – die Hmong-Allianz, Geldwäsche oder die Lieblingspistole von Carlos, dem Schakal –, aber das war noch längst nicht das Peinlichste.

Nein, am schlimmsten war meine kriecherische Dankbarkeit, wenn Heidl mir im Ton eines Mentors Vorträge über die geheimnisvolle Welt der Spionage, der Waffen und der Gewalt hielt und hier und da Details einstreute, die ihn wie einen gütigen Vorgesetzten erschienen ließen.

Ich redete mir ein, er hätte nie einen Menschen sterben sehen. Aber dann richtete er seine toten Augen auf mich, und ich fühlte mich beobachtet, durchschaut und wusste nicht mehr, wer hier bluffte, er oder ich. Heidl verzog die Lippen zu einem Lächeln, Grabsteinzähne ragten aus seinem Mund, ich verhaspelte mich und verlor mich in Sätzen wie sonst nur in Gedanken. Ich hörte Heidl sagen, er habe vollstes Verständnis, er sehe ja, wie wichtig mir Bücher seien.

Aber wenn man einmal einen Menschen langsam hat sterben sehen, sagte er, sieht man Bücher mit anderen Augen. Man könnte meinen, es ginge in der Welt um Siege, um den Fortschritt. Nein. Es geht um Niederlagen. Der Sinn des Lebens ist, sich eine Niederlage nach der anderen zufügen zu lassen, bis der eigene Tod schließlich nicht mehr abzuwenden ist.

Er schaute sich listig um, und wieder war ich voller Bewunderung. In Heidls Gegenwart fühlte ich mich oft sprachlos, verwirrt und kaltgestellt. Schlimmer noch: Ich fühlte mich dumm. Wenn er so daherredete, machte ich mir Sorgen, hinter seinen endlosen Lügen könnte sich echte Erfahrung verbergen, irgendeine Essenz, die ich den Memoiren zuliebe einfangen musste.

Doch was immer es war – sobald ich versuchte, es zu Papier zu bringen, verpuffte es, zusammen mit meinem Glauben an mein Talent. Heidl war störrisch und das Buch ferner denn je. Ich erinnerte ihn daran, dass es, wenn wir am Ende der fünften Woche kein Manuskript vorlegten, kein Buch geben würde und keinen weiteren Vorschuss.

Heidl weigerte sich, das zu glauben.

Gene wird mich bezahlen.

Haben Sie mich nicht verstanden? Es wird kein Geld geben.

Gene wird bezahlen.

Wird er nicht. Mag sein, dass Sie das nicht begreifen, sagte ich, aber ich weiß es genau.

4

Es fiel mir immer schwerer, Heidls körperliche Nähe zu ertragen. Alles an ihm war abstoßend, bis ins kleinste Detail: die schwarz behaarten Wurstfinger, die Nase, die Ohren, der riesige, gierige Mund. Er verströmte eine unerhörte Sinnlichkeit, wie man sie manchmal bei Tieren sieht. Wenn er sich zu mir herunterbeugte, wurde mir unwohl. Ich war nicht selbstbewusst, mutig oder verächtlich genug, um aus seiner Achtzigerjahre-Aftershavewolke zu treten und nicht mehr auf seine leicht feminine Stimme hereinzufallen, die mich immer wieder dazu brachte, ihm beizupflichten, selbst wenn ich anderer Meinung war. Ich hatte ständig Angst, er könnte mich schlagen wie ein Haustier, oder gar küssen.

Ich weiß, das klingt auf eine verdrehte, verklemmte Weise erotisch. Aber das war es nicht, oder möglicherweise war es nur ein Teilaspekt einer größeren Sache, die mir furchtbare Angst machte. Ich war offenbar mit einem tollwütigen Hund in ein Zimmer gesperrt; im ersten Moment der Unachtsamkeit würde er angreifen und mich totbeißen. Anscheinend verspürte Heidl das Bedürfnis, sich jeden Menschen, den er traf, zu unterwerfen.

Die körperliche Abstoßung war so stark, dass ich die Toiletten zwei Etagen tiefer benutzte, um sie nicht mit Heidl teilen zu müssen. Eines Morgens trat ich aus dem Waschraum und begegnete Gene Paley im Flur. Meistens blieb er nicht einmal stehen, sondern nickte nur knapp, aber an diesem Tag hielt er inne und fragte nach dem Buch. Er fügte hinzu, er wolle mir – ich fand die Formulierung besonders irritierend – »keinen Druck« machen, doch hätte die Reaktion der Buchhändler auf die Nachricht, Siegfried Heidls Memoiren stünden kurz vor der Veröffentlichung, alle Erwartungen übertroffen.

Und, Kif, sind wir über den Berg?, fragte er.

Ja, sagte ich, und dann fügte ich sogar noch hinzu: über mehrere.

Und Siegfried? Packt er aus?

Ich bejahte auch das.

Gene Paley schien nicht ganz überzeugt.

Ich sagte ihm, Pia Carnevale sei mit unseren Fortschritten sehr zufrieden.

Das schien Gene Paley zu verärgern.

Pia ist eine wunderbare Lektorin, aber manchmal ein wenig … *empfindlich*. Finden Sie nicht?

Nein, fand ich nicht. Ich stimmte trotzdem zu, weil Gene Paley dieser Meinung war und es im Beisein von Gene Paley keine abweichenden Meinungen gab.

Gene Paley war nicht mehr verärgert und räumte ein, Pia Carnevale sei zwar kein Max Perkins, aber durchaus in der Lage, sich um unser Projekt zu kümmern. Ich könne ihr vertrauen.

Die Sache ist bloß die, fuhr er fort, wir müssen wissen, wie der Betrug funktioniert hat. Wie er die Banken um solche Summen erleichtern konnte. Siebenhundert Millionen! Wie schon gesagt, sehr beeindruckend. Und die CIA? Was hat er Ihnen darüber erzählt?

Ein bisschen was, sagte ich. Er hat über das Thema gesprochen. Möglicherweise sagte ich noch einmal: *über mehrere*, diesmal mit einem Fragezeichen.

Die Sache ist die … haben wir ein Buch? Sind wir im Rennen?

Ich sagte, wir seien im Rennen.

Toll, sagte Gene Paley und verzog das Gesicht zu einer Grimasse der Entschlossenheit. Fantastisch. Hören Sie, ich weiß, ich habe gesagt, Sie sollen den Entwurf vergessen und einfach nur das Buch schreiben. Aber! Marketing und Verkauf sitzen mir im Nacken. Die wollen wissen, in welche

Richtung die Reise geht. Eine Rohfassung, bis Donnerstag? Wäre das zu schaffen?

Ich wusste nicht, was ich sagen sollte. Heute war Dienstag. Mir blieben noch zwei Tage.

Jez Dempster, sagte Gene Paley, hat eine Theorie des Schreibens entwickelt, das Alpha-Omega-Programm. Haben Sie schon mal davon gehört?

Nein, hatte ich nicht.

Man beginnt mit dem Anfang und hört mit dem Ende auf. Das ist das A und O des Bücherschreibens.

Okay, sagte ich so zögerlich, als spräche ich ein neu gelerntes Wort zum ersten Mal aus.

Vergessen Sie das nicht, Kif. Also dann am Donnerstag. Ich freue mich drauf.

Er schnalzte mit der Zunge, zwinkerte mir zu und ließ mich stehen.

Ich fühlte mich wie an einen hohen Stapel leerer Seiten getackert.

5

Einen Moment, sagte Heidl, als ich in unser Büro zurückkam. Er hob die Hand, wie um mich vom Sprechen abzuhalten, ließ sie wieder sinken, knöpfte die Manschetten seines rot-weiß gestreiften Hemdes auf und krempelte sich auf eigenwillige Weise die Ärmel hoch, mit jeweils einem Umschlag. Während der ganzen Zeit telefonierte er. Das Ärmelhochkrempeln war lächerlich und demonstrativ, anscheinend wollte er sich endlich an die Arbeit machen, die er ansonsten mied. Sobald er aufgelegt hatte, verwandelte sich sein Lächeln in ein finsteres Starren.

Knowles, dieser elende Wurm. Ich würde fünftausend

Dollar dafür ausgeben, dass er stirbt. Zehnmal so viel, und es wäre immer noch billig, was?

Der seltsame Wechsel zwischen seinen gesäuselten Telefonaten mit den Medienvertretern – Heidl klopfte ab, verführte, verhandelte, lockte, feilschte – und den täglichen Hasstiraden auf Eric Knowles, den er angeblich ermorden lassen würde, war gelinde gesagt frustrierend. Zu meiner Schande muss ich gestehen, dass er zugleich irgendwie packend war. Ich muss schockiert ausgesehen haben, denn Heidl wandte sich mir zu.

Hören Sie, sagte er, und der finstere Blick verwandelte sich in sein furchtbares Lächeln zurück, das mich anfiel wie ein Clown einen arglosen Vergnügungsparkbesucher. Sie sollten in Zukunft besser zuhören. Glauben Sie, die Welt wäre gut, Kif? Glauben Sie, die meisten Menschen wären nett und die Welt auf dem Weg der Besserung, weil nette Menschen Gutes tun? Kif?

Ich sagte nichts und hielt mich an meinen Vorsatz, weder über mich zu sprechen noch mich zu einer Meinungsäußerung hinreißen zu lassen.

Das Gute ist wie Gott, Kif: die schlimmste Lüge. Man denkt, man müsste gut sein und würde am Ende dafür belohnt. Wenn nicht mit Geld, dann mit einem guten Leben. Aber schauen Sie sich die Welt an. Glauben Sie, Millionen Menschen sterben an Hunger und Krieg, weil das Gute gesiegt hat? Viele von denen, wahrscheinlich sogar die meisten, sind nett. Aber sie leiden, sie leiden entsetzliche Qualen, und am Ende müssen sie sterben.

Ich wollte mich nicht einlullen lassen. Heidl redete weiter, sein Tonfall oszillierte zwischen seriösem Nachrichtensprecher und begeistertem Sportkommentator.

Sehen Sie sich um, Kif – Krankheit und Krieg, bittere Armut, die Menschen zu Kriminellen macht, und großer Reichtum, der noch viel Schlimmeres bewirkt. Sehen Sie irgendwo ein Indiz dafür, dass die Guten belohnt werden? Nein! Sie werden bestraft! Sie werden verprügelt und gefoltert. Man zieht ihnen die Haut ab und knüpft sie am nächsten Baum auf und überlässt sie dem Tod. Alle Indizien sprechen für das Böse. Die Lügner und Betrüger gewinnen, Kif. Das Geld. Die Gewalt. Das Böse.

Ich sagte nichts.

Denken Sie mal drüber nach, Kif. Ich habe alle Argumente auf meiner Seite.

Ich schwieg.

Wie hat Tebbe es formuliert? – Der lange Arm des Gesetzes bricht unter dem Hammerschlag der Geschichte. Sie haben die Wahl: Seien Sie ein Narr, reden Sie sich ein, die Welt wäre gut, schließen Sie sich den Guten an. Sie werden verlieren.

Ich trat ans Fenster, um ihn nicht mehr sehen zu müssen.

Am Ende wird alles und jeder vom Bösen vernichtet. Man kann sich für das Gute entscheiden, oder man macht es wie ich und akzeptiert die Welt so, wie sie ist.

Heidl stand auf, kam herüber und stellte sich neben mich ans Fenster. Er zeigte auf die Straße hinunter.

Sehen Sie den neuen Cruiser da unten?

Er meinte den LandCruiser, in dem er sich von Ray durch die Gegend fahren ließ, damals ein teures Auto. Heidls Modell war ein kitschig-feuchter Männertraum: Frontschutzbügel, Gepäckträger, Scheinwerfer – jede Menge davon –, Stereoanlage, Funkgerät, Seilwinde und andere technische Spielereien.

Besser als mein Porsche. Der Cruiser macht noch mehr Spaß. Wenn ich eines Tages weg bin, kann ich nichts mitnehmen. Deswegen denke ich mir, warum mir nicht was gönnen? Hätten Sie auch gern so ein Auto? Eine Frau? Geld? Sicher doch, oder? Was fahren Sie – bestimmt irgendeine

Schrottkarre. Einen zehn Jahre alten Valiant? Einen verbeulten Corolla?

Einen Holden.

Einen Holden. Welchen?

Einen achtundzwanzig Jahre alten Kombi. Ich habe ihn im Tausch gegen ein Fahrrad bekommen. Ich ertrage Hohn besser als die meisten.

Heidl ließ mich am Fenster stehen und machte sich daran, im Bücherregal zu wühlen. Anscheinend war alles besser, als an den Schreibtisch zurückzukehren und möglicherweise zu arbeiten.

Man könnte sich entscheiden, einen anderen Wagen zu fahren, Kif. Aber Sie denken: Hey, ich bleibe ein guter Mensch und fahre eine Schrottkarre! Denn das ist richtig. Aber was, wenn es kein Richtig gibt? Sondern nur gute und schlechte Autos? Was, wenn es nur darum geht, so viel wie möglich an sich zu raffen und das Leben zu genießen?, fragte er und zog ein Buch heraus. Wenn nicht mehr dahintersteckt? Hier, sagte er und hielt mir das Buch hin. Der Titel sprang mir entgegen: *In sechs Schritten zum Erfolg: Befreien Sie sich selbst!* Bitte, nehmen Sie das.

Danke, nein, sagte ich.

Denn andernfalls wird man nur selbst vernichtet, sagte er und stellte das Buch ins Regal zurück. Die Welt wird mich vernichten. Uns alle. Bis dahin nehme ich, was ich kriegen kann – das Geld, das gute Leben, den Spaß. Und am Ende kann ich sicher sein, dass ich es bis zuletzt ausgekostet habe. Können Sie das von sich sagen?

Er seufzte, nahm einen Band mit Kurzgeschichten von Jez Dempster heraus und fragte mich, ob ich lieber den wolle.

Es handelte sich um ein schweres, gebundenes Buch mit mindestens siebenhundert Seiten. Heidls Logik hatte mich nicht überzeugt, eher zermürbt.

Wir müssen arbeiten, sagte ich.

Jez Dempster! Angeblich ist er wie das Great Barrier Reef. Auch wenn man nie ein Wort von ihm gelesen hat, ist es schön zu wissen, dass es ihn gibt.

Als sie auf der Flucht waren, sagte ich matt. Wie war das? Erzählen Sie mir davon.

Ich bin kein schlechter Mensch, Kif, sagte Heidl und stopfte die Kurzgeschichten in seine Aktentasche. Glauben Sie das nicht.

Er erzählte, er sei nur ein ganz gewöhnlicher Mann, der eines Tages gemerkt habe, dass er die Welt ein kleines bisschen deutlicher sehe als die anderen. Seine Erklärungen gingen nahtlos in Erinnerungen an die Zeit mit Ray auf der Kap-York-Halbinsel über. Die Helikopterflüge, der wilde Urwald, die Hunderte von Kilometern langen Strände, auf denen keine Fußabdrücke und keine Menschen zu sehen waren.

Obwohl ich es mir nicht eingestehen wollte und das Gefühl zu unterdrücken versuchte, verspürte ich eine gewisse Eifersucht. Ich war pleite und lebte in einer einsamen Gegend, mit einer Familie, die ich nicht ernähren, und einem Traum, den ich nicht umsetzen konnte. Auf einmal erschien mir alles, wonach ich gestrebt hatte, glanzlos und schal. Meine Ideen und Überzeugungen wirkten plötzlich sentimental, naiv und, schlimmer noch, falsch. Aber ich würde mich nicht geschlagen geben, egal wie sehr Heidl mich verunsichert hatte. Das Buch, sagte ich mir. Ich muss das Buch schreiben!

Die Gründung der ASO, bettelte ich. Der Buchhalter, Brett Garrett. War er ein guter Mensch?

Jeder Dummkopf kann sich ermorden lassen, sagte Heidl. Selbst zu morden ist etwas völlig anderes.

Und dann heidelte er weiter: dass es auf das Gute nicht ankomme und das Leben ein Spiel sei, dass man es fröhlich spielen könne oder sich raushalten und unglücklich sein.

Ihre Entscheidung!, rief er. Und am Ende, sagte er schadenfroh, wird es Sie vernichten. Garantiert!

Er griff abermals ins Regal und holte *The Koala Kid* herunter, den australischen Kinderbuchklassiker. Mit einer Geste, die ebenso anrührend wie aufgesetzt und bedeutungsschwer erschien, überreichte er mir das Buch und sagte, es sei für Bo, als Ausgleich dafür, dass sie ihren Vater so wenig sehe.

Ich möchte es nicht, sagte ich.

Er legte das Buch auf den Konferenztisch, neben den Mac Classic.

Sie wird es lieben, sagte er.

Ihre Mutter, flehte ich ihn an. Was war sie für ein Mensch? Bitte, sagen Sie es mir.

Aber er war schon wieder am Telefon, um seinen Anwalt, einen Journalisten oder einen Auftragsmörder anzurufen oder vielleicht Gott oder den Teufel. Danach sagte er, er müsse jetzt zu einem Treffen mit seinen Verteidigern und käme erst am Abend zurück, und einen Moment später waren er und Ray verschwunden, wie vom Erdboden verschluckt, als hätten sie nie existiert.

6

Sie waren am späten Nachmittag wieder da. Ray wirkte fahrig, ganz von der Rolle. Er sagte, er fühle sich nicht wohl, und verabschiedete sich kurz darauf. Heidl war seltsam still. Von sich aus sagte er nichts, aber wenn ich ihm eine Frage stellte, schien er ausnahmsweise bereit, sie ehrlich zu beantworten. Ich nahm mir Pias Rat zu Herzen und versuchte, mich ihm anzupassen und mich nicht zu wehren. Ich fragte ihn, ob es wahr sei, dass er Morddrohungen erhalten habe.

Na und?, sagte Heidl. Jeder wird sofort wissen, dass die Banken mich auf dem Gewissen haben. Es ist so wie damals bei der Nugan Hand.

Was soll das heißen?

Es ist ganz einfach. Wer hat mich umgebracht? Das ist die Frage.

Ich sagte ihm, er werde höchstwahrscheinlich in einem Pflegeheim sterben, an Altersschwäche und mit einer Kiste seiner unverkäuflichen Memoiren unter dem Bett.

Die Vorstellung, zu verschwinden und dem Gericht ein Schnippchen zu schlagen, indem er vor Verhandlungsbeginn starb, schien Heidl nicht bloß zu gefallen, sondern ihn zu begeistern. Ganz zu schweigen von den Legenden, die sich um sein plötzliches Ableben ranken würden.

Ich habe für das Alter nicht viel übrig, sagte Heidl und heidelte auf ähnlichem Niveau wie Tebbe; an Altersschwäche zu sterben sei nicht nur unnatürlich, sondern geradezu falsch. Die Menschen stürben seit jeher, und meistens nicht, weil sie alt seien, nein; sie starben an Seuchen und misslungenen Abenteuern, an Unglück und Dummheit, Krieg, Verbrechen und Unfällen. Ihr Tod verleihe dem Leben einen Sinn, alt werde hingegen nur jemand, der nichts erlebe und sich nicht entwickele. Er verabscheute die Vorstellung, das Leben könnte eine Aufwärtsbewegung sein, eine Karriereleiter. Nichts erboste Heidl mehr als Werbung für Rentenversicherungen, Altersheime und Grabsteine.

Da lasse ich mich doch lieber ermorden, sagte er.

Ich sagte, wenn er nicht langsam an seinem Buch mitarbeite, würde ich ihm den Gefallen gern tun.

An Altersschwäche zu sterben, sagte Heidl, ist selten, einzigartig und außergewöhnlich. Es ist die letzte und extremste Todesart. Es zwingt die Menschen, ihr Leben dem Überleben zu widmen, was genau genommen das Leben verhindert. Zu wissen, dass der Tod kommt, und zwar schon bald, steigert die Lebensqualität schlagartig. Und ist es nicht das, was wir alle wollen?

Er meinte das ernst. Jedes Wort. Aber ich wusste, es konnte nicht stimmen. Ich konnte ihm nicht glauben, was gleichzeitig unmöglich war. Er verwirrte mich. Was war echt, was war Fantasie? Was oder wer auch immer er war, ich hatte die Schnauze voll.

Was glauben Sie, wie wird sich das Buch verkaufen, wenn ich tot aufgefunden werde?, fragte er schließlich, als erwäge er die Möglichkeit tatsächlich.

Ich war erschöpft von seiner atemberaubenden Faulheit, seinen Lügen, seiner Gier, seinem Egoismus, seinen melodramatischen Wahnvorstellungen, und ein wilder Hass brach sich Bahn.

Es wird ein riesiger Bestseller, sagte ich.

Wie riesig?

Platz eins auf allen Bestsellerlisten, sagte ich.

Das war gefühllos, aber meine Worte verschafften mir Genugtuung. Außerdem hielt ich es für wahr, bloß dass die Wahrheit, wie ich erfahren sollte, eigentlich für gar nichts eine Ausrede ist.

Der Gedanke schien Heidl nicht zu ärgern, sondern zu beruhigen. Er schien geradezu entzückt.

Das Beste, was Ihnen passieren könnte, sagte ich.

Genau das habe ich auch gedacht, sagte er.

Heidl lächelte. Seine Wange zuckte schneller als sonst. Er war zufrieden mit mir, und irgendwie machte das auch mich zufrieden. Ich fühlte eine unerwartete Verbundenheit, eine herzliche Komplizenschaft, fast schon Innigkeit, begleitet von einem unerklärlichen Glücksgefühl.

7

In meinen Notizen lese ich, Heidl hätte mir diese Frage gestellt: Warum wollen Sie überhaupt Schriftsteller sein?

Ich kann mich an meine Antwort nicht erinnern, aber ich weiß noch, dass ich nicht genau wusste, warum mir das Schreiben so wichtig schien. Das war seltsam, immerhin hatte niemand mich dazu gezwungen. Meine Mutter hoffte immer noch, aus mir würde einmal *ein guter Klempner* werden.

Sie haben doch Verstand, fuhr Heidl fort. Im Ernst, die Banker, mit denen ich seinerzeit zu tun hatte – die würden Sie locker in die Tasche stecken. Ich habe große Achtung vor Autoren. Literatur ist wichtig. Aber macht sie auch Spaß?

Bislang nicht, um ehrlich zu sein.

Jede Menge, sagte ich.

Wo wäre da der Sinn, wenn man keinen Spaß an einer Sache hat? Ich weiß, dass Sie die ASO für einen Schwindel halten …

Das habe ich nicht gesagt.

Ray hat es mir erzählt.

Hat er nicht.

Haben Sie das gesagt?

Sie haben gelogen?

Wir hatten ein Produkt, und wir waren der Branchenführer. Fragen Sie Ray. Wir waren die Besten, mindestens so gut wie die Navy Seals. Und es hat Spaß gemacht. Wollen Sie wissen, wer die wahren Betrüger waren? Die Banken und die Unternehmen, die uns finanziert haben. Hin und wieder brauchen die Banken ein Bauernopfer, um weitermachen zu können, und dieses Bauernopfer war ich.

Er lehnte sich zurück, rollte einen Stift zwischen den Fingern. Er sah aus, als wollte er mir jetzt eine Beförderung anbieten.

Sie sollten das Schreiben an den Nagel hängen, sagte er. Und sich ein bisschen amüsieren, solange Sie noch können.

Seine Wange zitterte doppelt, dreifach so schnell, sie flatterte fast. Ich habe den Anblick nie vergessen. Und auch nicht, was er mir da sagte und wie – als beschreibe er lediglich einen Vorgang unten auf der Straße, als gebe er nur die Fakten weiter.

Bevor man Sie zum Bauernopfer macht.

Er redete weiter, ich kann mich nicht erinnern, worüber. Obwohl ich versuchte, zuzuhören und aus seinem Vortrag verwertbare Sätze, Wendungen oder zumindest Gedanken zu filtern, nahm ich hauptsächlich sinnloses Geräusch wahr. Und je verschwommener seine Worte und sein Leben wurden, desto klarer konnte ich meines erkennen, in all seiner Armut und vergeblichen Mühsal. Alles, was Heidl zu mir sagte, selbst die Lügen und Ausflüchte, schien mir zu beweisen, dass ich ein Idiot war und mein Leben nicht lebenswert.

Als Heidl gegangen war, nahm ich *The Koala Kid* in die Hand. Es handelte sich um die Ausgabe zum 50. Jubiläum, ich hätte sie mir nie leisten können. Ich blätterte gedankenverloren darin herum, und mir wurde bewusst, wie klein und billig meine Welt von Weitem wirkte – Suzy, unser klammes, verfallenes Reihenhaus, meine armseligen handwerklichen Fähigkeiten, das beengte, beengende Inselleben. Während Heidls Rede hatte ich eingesehen, dass mein Leben anders war, als ich gedacht hatte, es war weder spannend noch schön, sondern gewöhnlich und eng, und durch das Schreiben isolierte ich mich nur noch mehr von der Welt.

Die Welt – fremd, undurchschaubar vielleicht, jenseits von Gut und Böse – steckte in Heidl, und ich war zornig, neidisch und voller Begehren. Lauter biblische Sünden, und am liebsten hätte ich sie alle auf einmal begangen. Ich wollte, auch wenn ich es mir nicht eingestand, ein Teil davon sein.

Die Welt brauchte mich und meine Bücher nicht, aber ich brauchte die Welt.

Ich glaube, genau das war der Sinn und Zweck von Heidls Geschichten: Mir vorzugaukeln, mein Leben wäre voller Illusionen, die man Güte, Liebe, Hoffnung nannte. Und sobald er mich einmal überzeugt hätte, würde ich meine Prinzipien über Bord werfen und seine Weltsicht als die einzig wahre anerkennen.

Dann wäre ich endlich in der Lage, Heidl als so übermächtig zu sehen, wie Ray es manchmal tat. Ich war neugierig, aber ich hatte auch Angst, weil ich sah, was dieser Vorgang aus Ray gemacht hatte. Ich wollte nicht ebenfalls gebrochen werden, ich hatte Todesangst vor Heidl, aber dennoch: Ich wollte ein Teil von ihm sein. Ich kann es nicht erklären. Ich wollte verdammt noch mal ein Teil von ihm sein, und mein Wunsch wurde stärker mit jedem Tag, den wir in dem Eckbüro verbrachten.

Ich klappte das Kinderbuch zusammen, steckte es in meinen Rucksack und schaltete beim Hinausgehen das Licht aus.

TEIL 12

1

Man hofft, man könnte was anderes sein als eine beschissene tasmanische Missgeburt, sagte Ray, aber am Ende sind alle Tasmanier beschissene Missgeburten, die immer nur tun, was sie seit jeher tun müssen, Scheiße fressen nämlich, Tag für Tag.

Wir hatten uns auf einen Drink getroffen. Zu meiner Verwunderung verstellte Ray sich. Ich erzählte ihm, Gene Paley wolle bis Donnerstag die erste Fassung sehen, aber Ray schien mit den Gedanken woanders zu sein. Er wirkte verstockt. Sauer. Ich war mir nicht sicher, ob er mich überhaupt gehört hatte, wobei allerdings an seiner Schimpftirade etwas dran war. Wir passten nicht nach Melbourne. Wir waren zufällig in die Welt der Intellektuellen, Schönen und Reichen hineingeraten und würden trotz meines Ehrgeizes wieder daraus verschwinden, spätestens wenn das Buch erschienen war. Niemand würde sich an uns erinnern, wir würden höchstens eine Anekdote sein, die man auf Dinnerpartys erzählte, und im Laufe der Jahre zu einer Randbemerkung, einem Witz, einem Schmunzeln verblassen. Wir hatten keinen Wert und waren nur dazu da, die Verlagswelt zu unterhalten, und das auch nur, bis die nächste Lachnummer daherkam. Wir hatten die Halbwertszeit eines Jahres, eines Monats, einer Woche, einer Stunde, eines Drinks.

Noch einen Drink?

Nein, sagte Ray in sein halb leeres Glas.

Was immer man brauchte, um hier zu bestehen, Ray und ich hatten es nicht. Gene Paley schon, und auch Pia Carnevale. Und Heidl. War es eine Art innerer Gewissheit? Irgendeine andere undefinierbare Eigenschaft? Das Gefühl, sich gleichberechtigt durch die Welt zu bewegen? Ich erkannte, dass Ray, ich und sogar Suzy nichts davon mitbrachten, im Gegenteil. Wir hatten nur die Angst. Die tasmanische Todesangst. Wir fürchteten, ein Nichts zu sein. Was wussten Nietzsche, Tebbe oder die Verleger schon, wie es sich anfühlte, Scheiße zu fressen?

Nichts, sagte Ray, als ich ihn fragte, was er dazu sage, dass Heidl sich über die Vorstellung gefreut hatte, sein Buch könnte nach seiner Ermordung ein Bestseller werden.

Ich sagte, ich fände das alles sehr schräg.

Ray wirkte ungewöhnlich verbittert und hart.

Scheiße, Mann, ich sage nichts dazu. Okay?

Wie hätte ich ahnen können, was ihm alles durch den Kopf ging? Dass er sich nicht für mein Selbstmitleid und Scheitern interessierte, sondern an etwas anderes, viel Ernsteres, Furchtbareres dachte?

Scheiße, Mann, Scheiße, Scheiße.

Und dann leerte er sein Glas, stand auf und ging.

2

Ich fuhr nach Hause und machte das Beste aus meinen Notizen. In meiner ursprünglichen Planung bestand das Buch aus zwölf Kapiteln, geschrieben hatte ich erst anderthalb. Ich übte mich in magischem Denken wie Jesus, der mit zwei Fischen und fünf Brotlaiben fünftausend Menschen gespeist hatte. Ich schrieb die anderthalb Kapitel um, fügte hier und da Ergänzungen ein – die sich später als das Beste auf den jeweiligen Seiten erweisen sollten – und kam auf drei Kapitel. Als Nächstes machte ich mich daran, Heidls Manuskript umzuschreiben. Ich fügte hier und dort Überleitungen und Beschreibungen ein und verschob Absätze, bis ich vier weitere, mehr oder weniger kohärente Kapitel hatte. Machte insgesamt sieben. Den restlichen Dienstagabend verbrachte ich damit, ein Kapitel über den Coup an sich zu entwerfen. Und dann saß ich um drei Uhr morgens mit fast acht Kapiteln da. Aber das war nicht genug, nicht ansatzweise.

Am Mittwochvormittag erzielte ich Fortschritte, indem ich Heidl zu seinen Anfängen bei der ASO befragte, bevor er sich für den Rest des Tages verabschiedete. Im Laufe des Nachmittags und der Nacht schaffte ich mit der Hilfe von viel Instantkaffee und ein bisschen Speed von Ray drei weitere Kapitel, die ich aus eigenen Entwürfen, Passagen aus Heidls Manuskript, meinen Notizen, Vorgriffen auf kommende Kapitel und ein paar Ideen aus meinem Roman zusammenstückelte.

Als ich fertig war, las ich mir alles noch einmal durch, um allzu offensichtliche Widersprüche und Wiederholungen zu streichen, dann fuhr ich zum TransPac-Verlagshaus. Die Morgendämmerung hing als trübgrauer Nebel über der Port Phillip Bay. Trotz aller guten Vorsätze schlief ich gleich nach der Ankunft im Büro ein und lag für ein paar Stunden auf dem Boden, bis Heidl um kurz nach zehn hereinkam und mich weckte.

An diesem Morgen war er ungewöhnlich mitteilsam, was den Zusammenbruch der ASO und seine Flucht über den australischen Kontinent betraf. Am ungewöhnlichsten war seine stotternde, kryptische Sprechweise, die sich sehr von seiner gewohnten Eloquenz unterschied. Fast war es so, als bemühte er sich um die Wahrheit, die aber unmöglich zu fassen war; anscheinend war ihm dort draußen etwas zugestoßen, das ihn bis heute beschäftigte. Ich fragte ihn, wie er die Hetzjagd seinerzeit empfunden habe. Er sagte, er habe gar nichts gefühlt. Weil der Computer sich ständig aufhängte und die Disketten unzuverlässig waren, ließ Gene Paley mich täglich alle Notizen und Entwürfe ausdrucken. In der Kiste mit den Unterlagen aus jener Zeit habe ich folgende Mitschrift gefunden.

Wissen Sie, wie es da draußen in der Nullarbor-Ebene ist, Kif? Die Straße zieht sich schnurgerade durch die Wüste, über Hunderte von Kilometern. Sand, vertrocknete Sträucher, sonst nichts. Ich hatte einen Firmenwagen, einen Holden V8. Je schneller ich fuhr und je weiter ich kam, desto gerader wurde die Straße. Der Untergrund verbog sich, ich sah die Erdkrümmung mit eigenen Augen. Über dem Asphalt dieses merkwürdige Flimmern, ich hatte nur noch Sand im Kopf. Ich hatte das Gefühl, wenn ich jetzt geradeaus fahre, falle ich über die Erdkante. Also hielt ich an. Ich bin ausgestiegen und habe mich in den Staub geworfen. Da gab es nur Gestrüpp und leere Bierdosen und Klopapier. Ich habe mich an die Erde gekrallt und gehofft, dass ich nicht herunterfalle. Wenn man da so liegt, kann man es fühlen: Die Erde dreht sich. Sie drehte sich immer schneller, und ich klammerte mich an ihr fest, so gut es ging. Aber mir war klar, dass ich irgendwann loslassen musste. Ich war nicht in Sicherheit, ich musste los. Ein paar Hundert Kilometer weiter hatte ich wieder das Gefühl, ich könnte vom Planeten runtergeschleudert werden. Anhalten, ab auf den Boden, festklammern. Gefühlt habe ich nichts. Ich habe nur versucht, mich festzuhalten. Die Erde hat sich immer schneller gedreht. Festhalten, bloß festhalten. Aber ich musste weiter.

Selbst jetzt, nach all den Jahren, ist mir diese Vertrautheit unheimlich. Als ich Heidl an dem Tag zuhörte, schien er mir Dinge zu erzählen, die ich verstehen konnte, gerade so, als hätte ich sein Leben selbst erlebt, oder er meines, oder als hätte er das noch vor. Aber es ging vorüber, er verlor das Interesse, oder vielleicht verlor ich die Konzentration, und im nächsten Moment war er wieder am Telefon und kurz darauf unterwegs zu einem geschäftlichen Mittagessen.

Zum ersten Mal war ich erleichtert über sein Fortbleiben. Ich hatte Gene Paley morgens bei meiner Ankunft gesagt, die Rohfassung sei fast fertig, was ich mittags wiederholte, und dann noch einmal um fünf und um halb sechs. Im Grunde war es keine Rohfassung, sondern nur ein Entwurf. Manche Kapitel waren kaum mehr als ein Exposé, darüber stand kursiv die Warnung:

Text folgt.

Obwohl ich unkonzentriert und verfroren war und meine Augen tränten, gelang es mir im Laufe des Nachmittags, aus den Notizen des Vormittags ein kurzes Kapitel zu machen, womit ich zwölf beisammenhatte, wenn auch in gröbster Form. Ich war aufgekratzt vom Speed, mir war übel, und ich fing an, mir Sachen auszudenken. Obwohl ich mich furchtbar unbeholfen fand, mir vorkam wie ein Betrüger, dichtete ich immer mehr dazu, bis ich ein weiteres Kapitel gefüllt hatte. Als ich zurückscrollte, musste ich feststellen, dass mein Text voller Löcher war. Es war schon fünf Uhr. In meiner Panik stotterte ich ein weiteres Kapitel aus unzusammenhängenden Absätzen zusammen, die ich behelfsmäßig miteinander verband. Ich entwarf vier weitere Kapitel, die ich über das Manuskript verteilte, um die schlimmsten chronologischen Löcher zu stopfen, und am Ende hatte ich ein Buch mit siebzehn Kapiteln, zwei davon so gut wie fertig.

Insgesamt – inklusive aller Erläuterungen und noch zu schreibender Passagen – hatte ich hundertelf Seiten, weniger als die Hälfte von dem, was Gene Paley vermutlich erwartete. Ich würde sie trotzdem einreichen und darauf hoffen, dass sie ihn vorerst zufriedenstellten. Er hatte ganz klar gesagt, er erwarte kein fertiges Manuskript. Ob er der Meinung sein würde, in meiner Rohfassung finde sich genug Stoff für ein Buch, das sich zu veröffentlichen lohnte, stand auf einem anderen Blatt.

Gene Paley hatte mir eine Nachricht zukommen lassen. Er würde am Schreibtisch bleiben und warten, bis ich das Manuskript abgegeben hätte. Als ich ihm um kurz nach neunzehn Uhr den Ausdruck überreichte, wirkte er erfreut und überrascht darüber, dass ich es tatsächlich geschafft hatte, allerdings war er nicht so überrascht wie ich. Ich war vollkommen fertig und zitterte so heftig, dass ich fürchtete, dort in seinem Büro ohnmächtig zu werden. Er versprach mir, es bis zum nächsten Morgen zu lesen und mir dann seine Meinung zu sagen.

Ich stand völlig neben mir, der Kater und der Schlafmangel setzten mir zu, aber als Ray, der draußen auf mich gewartet hatte, mich fragte, ob wir irgendwo in einem Pub in St. Kilda einen Happen essen gehen wollten, war ich zu erschöpft, um Nein zu sagen.

3

Wir bestellten Steak mit Pommes Frites und redeten über alte Zeiten, ein zumeist unverfängliches Thema. Den wahren Grund dafür, warum wir so weit von unserer Heimatinsel an einem Tresen saßen, schwiegen wir tot. Eine Band spielte live, die Musik erzeugte eine heimelige Atmosphäre. Weil ich so fertig war, beichtete ich Ray, dass mir die Arbeit nicht gefiel. Ray fragte, warum, immerhin würde ich endlich Geld verdienen. Zuerst wusste ich keine Antwort.

Ich muss alles daransetzen, ihn irgendwie gut dastehen zu lassen, sagte ich schließlich. Vielleicht ist es das, was mich so stört.

Na und?, sagte Ray.

Der Mann ist ein Hochstapler, vielleicht sogar ein Mörder …

Vielleicht, sagte Ray. Plötzlich klang er ungewohnt misstrauisch. Hat er dir das erzählt?

Nicht direkt.

Woher willst du es dann wissen?

Na ja … ich weiß es nicht, sagte ich. Er ist ein Lügner.

Ray schnaubte. Na und? Ist er vielleicht oder auch nicht, oder er ist was anderes.

Wie meinst du das?

Vielleicht ist er was viel Schlimmeres.

Was denn?

Scheiß auf Heidl, Mann.

Der Speed und die Müdigkeit machten mich gereizt, ich hörte kaum noch zu. Ich sagte, ich wisse nicht, ob ich weitermachen könne, und selbst wenn ich es irgendwie schaffen und ein gutes Buch schreiben würde, hätte ich am Ende nichts anderes getan, als aus Heidl einen Helden zu machen.

Keine Ahnung, Kif. Ich müsste es lesen. Du müsstest schon verdammt gut sein, um das Stück Scheiße glänzen zu lassen.

Ich redete darüber, dass es unmöglich für mich sein würde, einen Buchvertrag zu kriegen, falls die Autobiografie scheiterte. Ich wusste gar nicht, ob das stimmte. Ray sah das anders, gab aber zu, dass er von so etwas keine Ahnung hatte. Er versuchte, sich normal zu verhalten und mich aufzuheitern, dabei war er kein bisschen normal, und als ich ihn nach dem Grund fragte, schaute er sich kurz um und sah mir dann in die Augen. Er fragte mich, ob er mir etwas erzählen könne, ohne dass ich es jemandem weitersagte, schon gar nicht Heidl, erst recht nicht Heidl.

Ich fragte, warum.

Weil …, sagte Ray, aber seine Stimme wurde brüchig, als wiederholte er etwas, das er auswendig gelernt hatte, an das er aber selbst nicht glaubte. Weil es ein Geheimnis ist.

Und dann erzählte er es mir.

4

Heidl hatte Ray gebeten, vor einem Laden für Jagdzubehör zu halten. Sie waren hineingegangen, Heidl hatte eine Pistole von Glock gekauft und ein paar Schachteln Munition.

Warum?, fragte ich.

Das habe ich ihn auch gefragt. Warum?, habe ich gefragt, wozu brauchen Sie denn so was? Ziggy schimpfte eine Weile rum, die Banken wollten ihn aus dem Weg räumen und so weiter, er müsse sich jetzt schützen, aber das war nicht der Grund.

Ray schien sich furchtbar aufzuregen, was meiner Meinung nach viel besser zu einem hysterischen Charakter wie Heidl gepasst hätte. Ich fragte ihn, wann das alles passiert sei.

Vorgestern, sagte Ray. Als Heidl meinte, er müsste sich mal schnell mit seinen Anwälten treffen und wir erst am späten Nachmittag zurückgekommen sind. Wir haben keine Anwälte getroffen.

Das hatte ich auch so gewusst.

Ziggy war auf einer Mission. Zuerst lässt er mich anhalten, um eine Glock zu kaufen, dann will er plötzlich nach Bendigo. Ich fahre los, aber eine Stunde außerhalb von Melbourne lässt er mich auf irgendwelche Schotterstraßen abbiegen, bis wir fast im Gebüsch stecken bleiben. Er sagt, ich soll anhalten, und steigt aus. Ich folge ihm also durch die Büsche. Wir marschieren zehn Minuten geradeaus, und dann dreht er sich um und sagt, Ray, du musst mich erschießen.

Ich lachte, biss mir aber sofort auf die Zunge. Ray lachte nicht, er sah mich nur an.

Im Ernst, hat er gesagt, lieber du als ein anderer. Ich brauche jetzt einen Freund, hat er gesagt. Du bist mein bester Freund. Ich kann es nicht leiden, wenn er das sagt. Als würde er mir eine Leine anlegen. *Mein bester Freund.* Er hat immer so weitergeredet, lauter Scheiße, von wegen ein echter Freund würde so was für ihn tun, dafür sind Freunde da, für die *schlechten Zeiten*, wenn es *eng wird.*

Ray kippte Jack Daniels aus Schnapsgläsern in unser Bier, das daraufhin widerlich und schal schmeckte. Wir tranken und bestellten mehr, tranken und bestellten. Ich wusste nicht, was ich sagen sollte. Wir redeten über etwas anderes.

Irgendwann sagte Ray: Er hat mich gezwungen zu üben.

Was?

Mit der Pistole. Er hat mir gezeigt, in welchem Winkel ich ihm in den Mund schießen muss. Scheiße, Mann, wenn das schiefgeht, bläst man sich das halbe Hirn aus dem Schädel und lebt weiter!

Ray schob sich den Zeigefinger gerade in den Mund. Mit erstickter Stimme sagte er: So macht man sich zum Krüppel.

Er verdrehte den Finger, bis er auf eine Stelle irgendwo oberhalb seiner Ohren zeigte.

So, sagte er. Hat Heidl gesagt. Genau so, Mann.

Er zog sich den Finger aus dem Mund und wischte ihn an seiner Jeans ab.

Zum ersten Mal wurde mir klar, dass Ray trotz des ganzen Geredes von Abenteuern, Helikoptern, der Wildnis auf Kap York und der Waranjagd mit den Einheimischen unglücklich war, und dieses Unglück quälte ihn und ließ ihn nicht mehr los. Mir wurde außerdem klar, dass wir uns beide in eine Lage gebracht hatten, in der wir niemals hätten enden dürfen.

Lass es doch einfach, sagte ich. Soll er sich einen anderen Leibwächter suchen. Du bist ihm nichts schuldig.

Das geht nicht. Wegen ihm. Du kapierst es nicht, Mann. Du hast nichts verstanden.

Was?, fragte ich.

Ray ließ die Hände sinken.

Ihn.

Wie bitte?

Ihn! Man kann nicht einfach … ach, vergiss es.

Man kann was nicht?

Kündigen.

Die Band spielte lauter, ich musste mich vorbeugen.

Man kann nicht kündigen. Das würde er nicht zulassen. Er sagt: Wenn du wirklich mein Freund bist, musst du bleiben. Wenn dir *Freundschaft* was bedeutet. Wenn du mein *Freund* bist.

Dein Freund?

Und Ray schrie:

Scheiße, es geht einfach nicht!

Er lehnte sich zurück, stützte die Ellenbogen auf den Tresen.

Ich weiß, es klingt komisch, aber wenn man kündigt, kann man nicht wissen, was er tut. Womöglich würde er mir nachstellen und …

Seine Stimme brach ab. Ray fuhr mit dem Finger über den Rand seines Bierglases. Er hob den Kopf, ich sah ihm in die Augen.

Dich umbringen?, fragte ich.

Ray schaute wieder in sein Glas und tippte auf den Rand, aber ich wusste nicht, was die Geste zu bedeuten hatte. Ich dachte an Heidl und seine seltsame Aussprache, seine halb amerikanische und halb deutsche Stimme, die näselnden Untertöne.

Dein *Freund*?, fragte ich. Er ist nicht dein verdammter Freund.

Denkt er aber. Ich kann es dir auch nicht erklären, Mann.

Du solltest ihn erschießen?

Glaub nicht, ich hätte nicht drüber nachgedacht.

Wieder schob er sich den Zeigefinger in den Mund, kippte ihn aufwärts, schloss die Lippen darum wie um einen Lutscher und sagte: Peng! Er lächelte schief, irgendwie irre, was er sonst nur tat, wenn er unbedingt seinen Willen durchsetzen wollte oder sehr betrunken oder high war. Oder wenn er es auf die Freundin oder das Auto eines anderen abgesehen hatte. Diesmal verschwand das Lächeln schnell wieder.

Ja, glaub nicht, ich würde nicht drüber nachdenken, Kif. Ich denke ständig drüber nach.

5

Am Freitag um elf war ich im Büro und hatte Heidl-frei, als das Telefon klingelte. Ich war am Ende, wegen meiner Arbeitsstunden, wegen des Speeds, wegen Heidl und weil ich nicht wusste, ob das Buch fertig werden würde. Ich hatte nur noch Watte im Kopf. Ich hatte den ganzen Vormittag versucht, ein Kapitel zu überarbeiten, aber nichts funktionierte, kein Satz wollte mit einem anderen in Verbindung treten, und wieder einmal fand ich mich in der Sackgasse von Heidls Leben wieder, weil er sich weigerte, etwas preiszugeben, weil er kein Leben haben wollte, nicht einmal auf dem Papier. Ich hob den Hörer ab, Gene Paleys Sekretärin war dran.

Ich ging in Paleys Büro. Der Verleger entschuldigte sich dafür, solchen Druck auf mich ausgeübt und mir das Manuskript abgepresst zu haben. Seine Haltung war mehr denn je eine verstörende Mischung aus gekünstelter Ehrerbietung und beiläufiger Brutalität.

Aber ich musste einfach Bescheid wissen, sagte er.

Er nahm den Ausdruck aus einem Fach, legte ihn auf den Schreibtisch und schob ihn zu mir hin, als wollte er einen kaputten Toaster reklamieren.

Ich musste wissen, was Sie und Heidl bislang zustande gebracht haben. Ob Sie in der Lage sind, ein Buch für uns zu schreiben.

Ich wand mich, was möglicherweise wie ein Lächeln aussah.

Kif, ein Buch ist ein Spiegel. Wenn ein Kapuzineraffe hineinschaut, wird er nicht gerade Albert Camus zu sehen bekommen.

Ich murmelte vor mich hin.

Der Leser möchte, dass Sie ihm eine Geschichte erzählen.

Habe ich doch, sagte ich.

Noch nicht.

Werde ich aber.

Kif, ich glaube, Sie haben aus Siegfried herausgeholt, was herauszuholen war. Sie fliegen morgen nach Tasmanien zurück?

Heute Abend.

Kommen Sie erst am Donnerstag wieder, Kif. Bleiben Sie zu Hause, arbeiten Sie den Text aus. So gut es geht. Und am Donnerstag gehen Sie alles mit Siegfried durch. Danach haben wir noch eine Woche für Änderungen und Lektorat. Okay?

Ich fühlte mich, als wäre ich eine Meile unter drei Minuten gelaufen und würde nun zu einem Marathon unter zwei Stunden verdonnert. Möglicherweise nickte ich aus reiner Verzweiflung.

Eine Frage noch.

Ja, sagte ich.

Welche Geschichte werden Sie erzählen?

Sie ist nicht kompliziert, sagte ich.

Gene Paley tappte mit seinen Beuteltierfingern auf das Manuskript.

Aber wie werden Sie die Geschichte nennen?, fragte er und trommelte mit bleichen Fingern weiter.

Die verlorene Zukunft?, sagte ich zögerlich.

So, wie Sie ihn darstellen, sagte Gene Paley, ist er die Morgenröte. Der Neuanfang.

Er ist eine Parabel, sagte ich hoffnungsvoll.

Parabeln verkaufen sich nicht, Kif. Außer in Amerika, da werden Sie als Ratgeber angeboten.

Und hier?

Nun, wir in Australien mögen wahre Verbrechen, trotzige Geständnisse, Sie wissen schon. Frisch vom Galgen. Hände hoch, Geld her, und dann: Sorry, Jungs, ihr brecht das Gesetz, aber am Ende wird das Gesetz euch brechen. Wir wollen sehen, wie die Verbrecher bestraft werden, aber stolz sollen sie sein.

Das Todesspiel.

Genau.

Was wollen Sie?, fragte ich, weil ich ehrlich keine Ahnung hatte, worauf er hinauswollte.

Wie er zur CIA kam. Wie er die Banken abgezockt hat. Warum er nichts bereut.

Tut er nicht?

Nein. Wir Australier wünschen uns Helden, aber die sollen böse Jungs sein. Und nichts bereuen. Das ist wichtig.

Er ist Deutscher, sagte ich.

Das hat er Ihnen erzählt?

Nein. Er hat gesagt, er sei Australier.

Mmmh.

Mein Blick verrutschte, ich glaubte, den gespenstischen

Umriss eines Schweißflecks auf Gene Paleys gestärktem Hemd zu sehen.

Kif, das alles mag ja ganz interessant sein, aber da muss dringend etwas *passieren*.

Tut es doch.

Noch nicht.

Wird es aber, sagte ich. Ganz bestimmt.

TEIL 13

1

Ein paar Stunden nach dem Gespräch mit Gene Paley flog ich zurück nach Tasmanien. Als ich aus der Maschine stieg, empfing mich eine winterliche Abenddämmerung. Müde Passagiere strömten an mir vorbei auf das Terminal zu. Ich hielt auf dem nassen Asphalt inne, stand allein im Regen. Suzy wartete drinnen auf mich. Auch sie war in diesem Moment allein und machte sich auf eine Begegnung gefasst, die keine sein würde.

Ich wunderte mich: Wer war sie? Nach drei Wochen in Heidls Gesellschaft kam eine neue Frage hinzu: Wer war ich? Oder, noch schwieriger: Wer waren *wir*?

Ich wusste es nicht.

Für die Verhältnisse der Insel und der damaligen Zeit, die jetzt so lange zurückliegt, hatten wir nicht besonders jung geheiratet. Suzy war zwanzig gewesen und ich dreiundzwanzig; mit der Schicksalsergebenheit der Insulaner hatten wir eingesehen, dass es an der Zeit war, sich mit jemandem zusammenzutun, und genau das taten wir dann. Wir waren bereit, einander zu begegnen, ohne einander zu begegnen.

Die Ehe war uns beiden ein Rätsel geblieben. So machte man das eben, man heiratete, und wenn man verheiratet war, blieb man zusammen. Wir hatten das eine getan und taten seither das andere, und wir hinterfragten nichts. Unsere Entschlossenheit hielt uns zusammen. Auf unserer abgelegenen Insel war die nicht arrangierte Ehe immer noch die Regel – willkürlich, dem Scheitern geweiht und ebenso hoffnungsvoll, absurd, bedrückend und befreiend wie ihr Nachfolger, die arrangierte Ehe. Nach allgemeinem Dafürhalten endete es gut, wenn es nicht böse endete, und in letzterem Fall gab es wenigstens einen Schuldigen, den bösen Mann oder die böse Frau. Die Tradition an sich wurde nie beanstandet oder kritisiert.

Ich setzte mich wieder in Bewegung. Obwohl ich es mir nicht hatte vorstellen können, war Suzys Bauch im Lauf der vergangenen Woche noch dicker geworden. Das einzige Gepäckkarussell des Flughafens setzte sich stöhnend in Bewegung und zog Koffer und Taschen über die elliptische Bahn. Suzy und ich beugten uns umständlich vor, um einander über den Bauch hinweg zu umarmen. Suzy erschien mir mehr denn je wie eine Fremde, wie ein Land, das ich einmal gekannt und das sich bis zur Unkenntlichkeit verändert hatte. Ihr Körper, ihr Duft, ihre Stimme, ihre leicht verwackelten Gefühle in jedem Satz, ihr angedeutetes Lächeln, wenn wir uns unterhielten über … was? Wen? Warum? Fühlten wir weniger? Oder mehr? Ich weiß es nicht. Ich spürte, wie labil sie war, und sagte deshalb, die Arbeit am Buch laufe prima.

Das Buch und die Zwillinge. Drillinge also!, sagte Suzy.

Ja, sagte ich, eine Dreierwette!

So redeten wir miteinander, oder wenigstens versuchten wir es. Wir waren fröhlich. Ich hatte nicht immer gute Laune, aber ich akzeptierte mein Los beziehungsweise akzeptierte, dass ich es akzeptieren musste. Und Suzy gab ohnehin nie auf, wofür ich sie bewunderte. Unser Leben war anstrengend und die Ehe auch eine Form von Arbeit. Suzy legte sich ins Zeug, in jeder Hinsicht.

Sie war jetzt in der achtunddreißigsten Woche. Die Ärzte, Hebammen und sonstigen Geburtshelfer – allwissende, unangenehme Menschen, die beim Reden zu viel lächelten – hatten uns eingeschärft, dass Zwillinge immer zu früh zur Welt kamen und eine Frühgeburt mit Risiken verbunden war. Die Schwangerschaftsvergiftung hingegen schien kein Risiko darzustellen; unsere Zwillinge blieben, wo sie waren, und wuchsen friedlich vor sich hin.

Abgesehen davon, dass sie träge war und Mühe hatte, ihren grotesk breiten Körper durch Türen, ins Auto, zwischen Möbeln oder Passanten hindurchzuschieben, hatte Suzy keine Probleme (Mutter? Wohl eher Kutter, sagte sie, nachdem sie mit ihrem Bauch eine Vase und zwei Stühle umgeworfen hatte). Sie hatte weder Rückenschmerzen noch Krampfadern, keine Gefühlsschwankungen und kein Unwohlsein, nur manchmal leichtes Sodbrennen am Morgen. So kam es, dass ich, nachdem ich Bo ihr Lieblingsmärchen von dem Wolf und den Holzfällern vorgelesen hatte, in mein winziges Arbeitszimmer verschwand und Suzy sich unten aufs Sofa legte.

Ich saß am Schreibtisch und stierte ein leeres Blatt Papier an, und dann den leeren Bildschirm mit dem blinkenden Cursor. Unten spielte leise Musik, Suzy hatte unschuldige Songs aus den 1970er-Jahren aufgelegt. Ich ging wieder ins Wohnzimmer, wo nur eine einzige Lampe brannte. Suzy und ich tanzten, ein oder zwei Lieder lang schoben wir uns zu viert über den Teppich.

Tut mir leid wegen des Geldes, flüsterte ich ihr ins Ohr. Als ich den Job angenommen habe, wusste ich nicht, dass es keinen Vorschuss gibt. Ich werde irgendwo eine zweite Wiege auftreiben.

Wir hatten immer noch nur die eine, die ich damals vor Bos Geburt vom Sperrmüll gerettet und repariert hatte.

Alles wird gut, sagte Suzy, wir finden eine Lösung.

Wenn ich all das jetzt aufschreibe und versuche, unsere Stimmung an jenem Abend zu beschreiben, als wir einander vorsichtig umarmt hielten, wundere ich mich nicht darüber, wie sanft und liebevoll unser Umgang war. Nein. Ich wundere mich über die fehlende Angst. Wir hegten überhaupt keine Zweifel, dass am nächsten Tag alles besser sein würde als heute, dass alles sich finden würde. *Knowing me, knowing you,* summten wir und wiegten uns sanft, wir fühlten uns sicher und hatten einander, und wir wussten – *nichts*.

2

Der Computer hängte sich auf.

Ich fluchte, bog die Büroklammer auseinander und holte die Floppy gewaltsam heraus. Ich schaltete den Mac Plus aus und wieder ein, schob die Diskette zurück und wartete eine Ewigkeit, während das Gerät beim Neustart tuckerte und scharrte wie eine verstopfte Kaffeemühle. Ich schaute mich im Schreibzimmer um – mehr Wandschrank als Zimmer, die engen Wände schienen täglich dichter zusammenzurücken – und reckte gähnend die Arme in die Höhe. Es war schon nach Mitternacht, aber ich hatte seit meiner Heimkehr unerwartet viel geschafft. Der Bildschirm erwachte, und ich öffnete die Datei, in der ich das letzte Kapitel geschrieben hatte.

Alle Änderungen waren weg. Die Arbeit des gesamten Abends war gelöscht, von der Festplatte gefegt. Ich fühlte keine Wut, eher wurde mir schlecht. Mir blieb nur noch so wenig Zeit, und nun hatte ich einen halben Tag verloren. Das Missgeschick verstärkte mein Gefühl, dass unser Buchprojekt eine hohle Farce war, dass es kein Buch gab und, das war das Schlimmste für mich, niemals geben würde.

Ein unangenehmer Gedanke drängte sich auf: Hatte Heidl es von Anfang an so geplant? Er hatte jede Menge zu vertuschen und zu verschweigen und konnte so gesehen unmöglich wollen, dass ein Schriftsteller sein verrücktes Leben unter die Lupe nahm. Außerdem hatte er als Krimineller eine starke Abneigung gegen schriftliche Aufzeichnungen, egal wie verfälscht und geschönt sie waren. Vertraute er mir deswegen so sehr, weil ich jemand war, der seine Geschichte *niemals schreiben würde*? Eine Marionette, ein Idiot, den er brauchte, um Gene Paley die letzte Vorschussrate abzuluchsen? Hatte er mich deswegen ausgewählt?

Draußen vor dem Fenster lag Hobart im Nebel, ich sah nasse gelbe Schlieren vor schwarzem Hintergrund. Meine Hoffnung, ein Schriftsteller zu werden, war lächerlich, und als Ernährer und Familienvater war ich ein Witz. Und die größte Pointe war nun, dass Heidl mich vielleicht nur aus der Anonymität geholt hatte, weil er genau wusste, wie unfähig ich war.

Ich schmiss die Manuskriptseiten in den Flur hinaus. Ich hasste jedes Wort. Ich hasste den Computer, an dem ich arbeiten musste, und den selbst zusammengezimmerten Tisch, an dem ich saß. Ich betrachtete die verstreuten Seiten, die kein Buch ergaben, sondern nur den Beweis, dass ich nicht schreiben konnte. Wie dumm ich gewesen war! Ich hätte, dachte ich plötzlich, hundert andere Berufe ergreifen können, auch wenn mir jetzt in diesem Moment kein bestimmter einfiel. Vielleicht, dachte ich, macht gerade das einen Schriftsteller aus. Schriftsteller waren Menschen, die früher vom Schreiben geträumt hatten und heute nichts anderes mehr konnten.

Außer dass ich, wie ich erschreckt merkte, nicht mal schreiben konnte.

3

Ich ging ins Schlafzimmer. Ich wollte mich von Suzy ablenken und trösten lassen. Sie war wach, die Zwillinge strampelten in ihrem Bauch und hielten sie vom Schlafen ab.

Du solltest am Schreibtisch sitzen, sagte Suzy, nicht hier bei mir.

Meine Zärtlichkeit und Liebe schlugen in Hass um. Das Muster war vertraut: Manchmal schenkte Suzy sich einen Tee ein oder führte die Gabel an den Mund, und schon hasste ich sie. Manchmal hasste ich sie für die Kleinigkeiten mehr als für das wirklich Wichtige – wie sie Bo die Haare frisierte oder, um Gottes willen, das Besteck in die Schublade legte. Meine Liebe und mein Hass rückten beständig näher zusammen und fingen an, sich so ineinander zu verflechten, dass sie sich manchmal ähnlich anfühlten. Immerhin konnte ich mir noch in meinen dunkelsten Momenten einreden, mein Hass beweise auf eine verquere Art, dass da auch noch Liebe war. Inzwischen hatte ich angefangen, mich vor dem Tag zu fürchten, an dem ich keinen Hass und keine Liebe mehr fühlte, jenen furchtbaren Moment, in dem ich für Suzy *nichts* mehr empfinden würde.

Manchmal wehrte Suzy sich, aber sie blieb dabei immer ruhig und vernünftig, was mich nur noch mehr gegen sie aufbrachte. Sie sagte, sie habe Verständnis. Sie teile meine Ängste. Das war das Schlimmste.

Denn wie konnte sie mich verstehen, wenn es mir selbst nicht gelang? Wie konnte Suzy sich ihrer Sache so sicher sein, wenn ich für die Angst, die mich umgab, die in mich einsickerte und in mir aufstieg wie ein stummer Schrei, nicht einmal einen Namen hatte?

Gelegentlich merkte ich, wie sehr Suzy unter meinen Ausbrüchen litt, und in solchen Momenten verspürte ich

Genugtuung. Aber nur vorübergehend. Später war ich entsetzt darüber, was ich getan hatte und zu wem ich geworden war. Ich kannte mich selbst nicht mehr. Und wenn ich dann zwischen den Trümmern meines Lebens saß, erschien mir Heidl wie ein Retter; er hatte die Patentlösung gefunden und wusste, dass man im Leben nie Fuß fassen, sondern nur herumstochern konnte.

Ich habe alle Argumente auf meiner Seite.

So furchtbar es auch war, er hatte recht.

Geh wieder an die Arbeit, sagte Suzy.

Ich explodierte. Bo war für ein paar Tage bei Suzys Eltern, damit Suzy sich ein wenig ausruhen konnte, und weil jetzt im Nebenzimmer kein Kind schlief, fielen meine letzten Hemmungen, und ich brüllte Suzy an. Was, verdammt noch mal, weißt *du* eigentlich über meine Arbeit?

Zu meiner verzweifelten Befriedigung brach sie in Tränen aus. Als ich das Haus verließ, schluchzte sie immer noch. Es war angenehm, durch die Kälte zu laufen und den eisigen Wind im Gesicht zu spüren, der von den verschneiten Berggipfeln herunterkam. Ich kippte einen Drink nach dem anderen und redete mir ein, es sei höchste Zeit gewesen, Suzy einmal klarzumachen, welche Lasten ich als Schriftsteller zu tragen hatte.

Auf dem Weg zur verdreckten Außentoilette lief ich in ein frisches Spinnennetz, das im Türrahmen hing. Eine sonderbare Panik überkam mich. Ich wischte mir übers Gesicht und fuchtelte mit den Armen, aber als ich wieder in der Bar war, meinte ich, die klebrigen Fäden immer noch auf der Haut zu spüren, komplett darin eingesponnen zu sein. Auf einmal war Heidl kein Auftraggeber und keine Einkommensquelle mehr, sondern eine Falle; ich hing in einem Spinnennetz, und die Fäden zogen sich immer enger um mich. Während meine Angst sich steigerte, nahm der Ärger stetig ab, und auf einmal schien Suzy meine letzte Zuflucht zu sein. Ich musste mir eingestehen, dass sie nichts von dem, was sie gesagt hatte, wirklich meinte, während ich vollendeten Blödsinn geredet hatte, denn was war so belastend daran, ein Schriftsteller zu sein, wenn man tatsächlich mehrere Seiten am Tag schrieb und das Geschriebene veröffentlicht und bezahlt wurde?

Ich kratzte mein klebriges Gesicht und war plötzlich überzeugt, mich von den Fäden nur befreien zu können, wenn ich jetzt schnell nach Hause ging und Suzy sagte, wie sehr ich sie liebte. Mir fiel wieder ein, dass sie meinetwegen geweint hatte und wie verletzt sie gewesen war. Sie war so zerbrechlich, und ich ein Grobian. Mein Stolz kippte in Scham um. Ich war grausam gewesen. Was ich getan hatte, war unverzeihlich. Ich ließ den bereits bezahlten Drink stehen und eilte nach Hause, um mich zu entschuldigen.

Ich lief die Treppe hinauf, aber das Bett war leer. Suzy war verschwunden.

4

Auf dem Küchentisch lag eine krakelige Nachricht. Suzy hatte geschrieben, die Fruchtblase sei geplatzt und sie fahre jetzt allein ins Krankenhaus. Ich hatte ein überwältigend schlechtes Gewissen, ich war entsetzt über meine Rücksichtslosigkeit, und ich machte mir schreckliche Sorgen um Suzy. Ich fuhr mit dem Taxi hinterher. Doch als ich Suzy endlich fand, lag sie auf einer Liege im Flur und wirkte so friedlich und entspannt, als hätte ich sie nie im Stich gelassen.

Sie nahm meine Hand, was sie sonst nie tat, und sagte, sie stehe noch ganz am Anfang. Die Wehen kämen in unregelmäßigen Abständen und seien zu ertragen. Netterweise erwähnte sie unseren Streit nicht mehr. Ich schämte mich zu sehr und war von Alkohol und Zerknirschung zu verwirrt, um mich zu entschuldigen. Ich setzte mich auf den Plastikstuhl neben der Liege, Suzy schlief sofort ein. Ich betrachtete ihre geschlossenen, wachsbleichen Augen, bis meine ebenfalls zufielen. Ich dachte an Heidl und versuchte schnell, an etwas anderes zu denken. Ich stellte mir vor, wie ich eine zweite Wiege besorgen würde und eine neue Waschmaschine, und je länger ich mich darauf konzentrierte, desto mehr verblasste Heidl. Die Wirklichkeit, das Krankenhaus, das Neonröhrenlicht, der Geruch nach Desinfektionsmitteln und die gleichmäßige Geschäftigkeit auf der Station füllten mein Bewusstsein aus und beruhigten mich.

Als ich aufwachte, ging Suzy im Flur auf und ab und atmete gegen die nächsten Wehen an. Ich sprang auf und wollte ihr helfen, aber sie sah stöhnend durch mich hindurch. Ich fühlte mich fremd. Verängstigt machte ich mich auf die Suche nach Hilfe. Am Ende des Korridors standen ein paar Pflegerinnen plaudernd im Schwesternzimmer. Ich sprach sie an, aber meine Notlage war für sie banaler Alltag. Ich flehte sie an, irgendetwas zu tun, aber eine Hebamme mit breitem Gesicht wimmelte mich ab und sagte, es komme gleich jemand.

Ich gab mich geschlagen und ging zu Suzy zurück. Nach einer gefühlten Ewigkeit erschienen eine Krankenschwester und zwei Pfleger, die Suzy auf der Liege in ein halbdunkles, leeres, stilles Vierbettzimmer schoben. In diesem ruhigen Hafen sollten wir also auf die Geburt warten. Kurz darauf wurde ein Mädchen mit Wehen hereingebracht. Sie war keine fünfzehn Jahre alt und schluchzte unentwegt.

Ihre einsamen, verzweifelten Schreie waren unerträglich, und sie hörte nicht auf. Nur manchmal winselte oder stöhnte sie leise. Eine Frau mittleren Alters kam in Begleitung eines Jungen herein, wahrscheinlich der werdende Vater. Er hatte Flaum auf der Oberlippe, aus der Tasche seiner Jeans ragte eine Zigarettenschachtel. Er hatte sich die Flanellhemdärmel aufgerollt und versuchte, trotz der schmalen Brust und der schlaksigen Glieder wie ein Erwachsener zu gehen. Anscheinend wusste er nicht, was er tun oder sagen sollte. Er berührte die junge Frau kein einziges Mal. Vielleicht war er unter ähnlichen Umständen zur Welt gekommen, mit einem Sturz in eine beängstigende Leere, und seither befand er sich im freien Fall. Nach zehn Minuten betretenen Herumstehens ging er wieder, nach einer weiteren halben Stunde verschwand auch die Frau. Das Mädchen fing abermals zu schluchzen an.

Ihr Geheul wurde immer schlimmer, sie klang wie ein unglückliches, alleingelassenes Kind. Sie heulte und heulte. Zwischendurch stieß sie einen verzweifelten Schrei aus, manchmal winselte sie vor dumpfer Angst. Ich saß im Halbdunkel, hörte sie weinen und dachte bei mir, dass die Menschen nicht gleich geboren werden. Sie werden in Elend geboren, in Trauer und Verzweiflung, in schrecklicher Angst. Das Mädchen hatte allen Grund, sich zu fürchten, und keinen Grund zur Dankbarkeit. Ihr Leben hatte gerade erst begonnen, und jeden Tag enthüllte es seine Grausamkeit ein kleines Stückchen mehr. Ich musste an Heidls düstere Weltsicht denken und erschauderte. Am nächsten Morgen wurde die junge Frau in den Kreißsaal gebracht. Ich habe sie nie wieder gesehen und auch nie mehr von ihr gehört.

5

Weil wir nur gesetzlich krankenversichert waren, hatten wir kein Anrecht auf einen bestimmten Arzt. Ein älterer Mediziner in einem weißen Kittel sagte, alles verlaufe wunschgemäß, aber seine Ablösung, ein jüngerer Mediziner in einem weißen Kittel, war der Meinung, die Geburt müsse eingeleitet werden. Als ich ihm erklärte, was der ältere Kollege gesagt hatte, winkte er ab. Als ich ihn darauf hinwies, die Geburt habe längst begonnen, schüttelte er den Kopf. Er sagte, es gehe hier um die Gesundheit meiner Frau und der beiden Kinder, und die wollten wir nicht aufs Spiel setzen, *oder etwa doch*?

Eine große Krankenschwester schob einen Tropf herein. Sie steckte eine Kanüle in Suzys Arm, verband den Schlauch mit einem Beutel voll klarer Flüssigkeit und stellte den Tropf ein. Das Medikament begann zu fließen, wir zogen in den Kreißsaal um. Eine ganze Weile passierte gar nichts. Wir fragten uns, was das sollte. Die Antwort bekamen wir, als die erste Wehe mit der Wucht eines Vorschlaghammers einsetzte. Das sanfte, sich langsam steigernde Tempo von Suzys Körper war dahin, und nun musste sie irgendwie mit der chemisch induzierten Katharsis fertig werden. Der Schmerz kam zu schnell und war zu heftig.

Suzy tauchte immer tiefer in eine einsame Welt der Qualen ab. Ihr rotfleckiges Gesicht zeigte keine Gefühle mehr, sie war jenseits aller Vorstellung erschöpft, und dann schrie sie von Neuem los. Doch abgesehen von ihren Schreien, die hier anscheinend normal und bedeutungslos waren, lag über allem eine gewisse Heiterkeit, denn alles war so, wie es sein sollte. Die Schwestern standen lächelnd um Suzy herum, manchmal scherzten sie sogar oder tauschten diskret den neuesten Klatsch aus.

Irgendwann fing ich an, aus Suzys Schreien ein Lachen herauszuhören.

Ich sagte, ich müsste zur Toilette, und stürmte aus dem Kreißsaal. Ich wollte Suzys Wehklagen entkommen, aber vor allem Heidls Gelächter. Draußen auf dem Gang wurde ich vom hellem Licht geblendet; es war wie in einer anderen Welt, wo das normale Leben weiterging. Die Schwestern unterhielten sich lachend über die Schönheitsoperationen eines alternden Rockstars, zwei Ärzte diskutierten den Nahostkonflikt. Ich warf einen Blick auf die Uhr und fragte mich, ob ich in eine andere Zeitzone geraten war, an einen fremden Ort, wo gerade Morgen oder Abend war, jedenfalls nicht die Zeit, aus der ich kam.

Und nur wenige Meter entfernt hinter der dünnen Wand lag ein Paralleluniversum, in dem seltsame Dinge vor sich gingen, so unbegreiflich, dass ich mich nicht einmal gewundert hätte, wenn ein Schwarm blauer Schmetterlinge auf Suzys Gesicht gelandet wäre oder Suzy unter der Decke geschwebt und jeder gesagt hätte, das sei alltäglich und normal, ein natürlicher Teil des *Geburtsprozesses*; alles schien in Ordnung, solange die Geburt sich an den festgelegten Ablauf hielt und die blauen Schmetterlinge pünktlich erschienen und nicht zu lange auf Suzys Gesicht verweilten, solange Suzy auf die vorgeschriebene Weise schwebe und so weiter und so fort. Es war ein Wunder. Die Vorstellung, es könnte irgendwas anderes sein als alltäglich und banal, wurde von den Profis abgetan als die *heillose Naivität des Vaters*.

6

Aus Stunden wurden Minuten, aus Minuten Tage. Irgendwann war es Nacht, dann wieder Morgen und dann wieder Nacht, oder möglicherweise war es die ganze Zeit Nacht oder Tag. Und während der ganzen Zeit, die ganzen, wie ich später erfuhr, sechsunddreißig Stunden lang, rang ich insgeheim mit mir. Anscheinend waren hier nur nette Menschen anwesend, die dem Leben auf die Welt helfen wollten, doch ich hörte Heidl immer wieder sagen, die Welt sei nicht gut, sondern böse. Um die Stimme in meinem Kopf zu übertönen, tupfte ich Suzys Stirn ab, redete auf sie ein, massierte ihr den Rücken, machte mir Sorgen und zitterte mit.

Aber wie sehr ich mich auch bemühte, für Suzy *da zu sein* – durch das Piepen der Herzmonitore und das Murmeln der Schwestern hörte ich immer wieder Heidl, der einfach nicht den Mund halten konnte: *Das Gute existiert nicht, Sie werden verlieren.* Meine Angst wurde immer größer, dass er recht haben könnte; dass meine Gefühle nicht echt waren, im besten Fall nur eine vage körperliche Neugier und im schlechtesten morbide Gleichgültigkeit; dass ich lediglich eine Rolle spielte, den Ehemann und Vater, den *guten Menschen.*

Weil ich auf einmal nicht mehr wusste, wer ich war, wirkten meine Handgriffe fahrig und meine Worte gelogen. In mein Mitleid mit Suzy mischte sich die Angst, nicht zu wissen, wer ich war, und trotzdem spürte ich jede ihrer Wehen wie einen Schlag in den Magen.

Manchmal fürchtete ich, ihre Schmerzen könnten zu viel für mich sein. Suzy litt unerträgliche Qualen, und offenbar gab es nur einen einzigen Ausweg, die Geburt, in deren Verlauf sie nur noch größere Qualen zu ertragen haben würde. Man bot ihr Pethidin an, das zu nehmen ich sie anflehte, aber sie wollte nicht. Vielleicht fürchtete sie, der Verlust des körperlichen Schmerzes würde den Verlust eines Kindes bedeuten. Ich verstand nichts mehr und merke jetzt erst, über wie vieles wir nie gesprochen hatten.

Suzy fing an zu weinen und hörte sofort wieder auf, weil die nächste Wehe anrollte und sie vor Schmerzen aufstöhnen ließ.

Es tut so weh, knurrte sie mit tiefer Stimme. Ich konnte kaum glauben, dass sie es war. *Es tut so weh, Kif.*

Ihre Lippen waren plötzlich schmal, ihr Gesicht gerötet, ihr sonst so verträumter Blick klar und hart und erschreckend aufmerksam. Sie wurde zu etwas ganz anderem, anscheinend fand eine Transformation auf tiefster Ebene statt. Ich sah, dass sie nicht aufgeben würde, dass ihr Körper seine letzten Kräfte und Energien sammelte, um zu pressen.

Eine neue Anspannung machte sich im Kreißsaal breit, und immer mehr Ärzte in weißen Kitteln kamen hinzu, zwei Gynäkologen und zwei Kinderärzte, für jeden Zwilling einer. Obwohl niemand ein Wort sprach, begriff ich, dass eben noch alles gut gewesen war und jetzt nicht mehr. Suzy hatte Schmerzen gehabt, und sie war stark gewesen, doch jetzt wurden die Schmerzen stärker und sie schwach. In dem irren Strudel aus Wehe und Wehenpause schien Suzy immer seltener einen klaren Moment zu haben, und irgendwann nahm sie mich gar nicht mehr wahr; sie war endgültig hinabgesunken an jenen anderen Ort, wo ich sie nicht mehr erreichen konnte.

7

Eine sonderbare Stille senkte sich auf den Raum. Alle warteten jetzt. Es wurde weniger gelächelt und nicht mehr geredet, und ich spürte, hier hielt sich nichts mehr an den Plan, hier ging es um Leben und Tod. Ein junger, durchtrainierter Arzt kam auf mich zu, begrüßte mich knapp und ohne sich vorzustellen, als wäre ich nur der Pförtner, und raunte: Sagen Sie Ihrer Frau, dass sie fester pressen soll. Eine neue, gewaltige Schmerzwelle überflutete Suzys Körper, schwoll an, brach und ließ sie wimmernd zurück. Der Arzt schniefte.

Sie gibt sich Mühe, sagte ich wie zu ihrer Verteidigung. Ich hatte zum ersten Mal wirklich Angst um Suzy.

Wenn sich in den nächsten zehn Minuten nichts tut, werden wir einen Notkaiserschnitt durchführen, sagte der Arzt und schniefte wieder.

Ich fragte ihn, was los sei. Er tupfte sich die schmale, leicht gebogene Nase mit einem rot gepunkteten Taschentuch ab und erklärte, die Zwillinge hätten möglicherweise im Geburtskanal ihre Glieder verschränkt und kämen nicht weiter. Je länger wir warteten, desto tiefer würden sie rutschen und desto enger würde die Verschränkung, bis eine natürliche Geburt zuletzt unmöglich wäre. Sie herauszubekommen, würde unter Umständen ein *größerer Akt* sein.

Er redete sanft und leise, wie ein Bankangestellter, der mir erklären wollte, mein Konto sei überzogen. Er sprach die üblichen Warnungen aus. Eine natürliche Geburt sei immer noch möglich, doch falls wir länger warteten als zehn Minuten, könnte das *gravierende Folgen* für Mutter und Kinder haben.

Falls wir eingreifen, sagte er, hat das Leben der Mutter für uns oberste Priorität.

Was ist mit den Babys?

Er putzte sich abermals die schöne Nase. Ich sah, wie er hinter dem knittrigen Taschentuch den Mund verzog.

Wir werden tun, was wir können, sagte er.

Ich ging die vier Schritte zur stöhnenden Suzy zurück, die Strecke kam mir unendlich weit vor.

Suzy, sagte ich, bitte, hör mir zu. Bitte, es ist ernst.

Das klang falsch, nein, es klang wie eine schlimme Beleidigung. Doch Suzy richtete endlich die Augen auf mich, aus ihrem Blick sprach unendliches Vertrauen, als könnte ich allein sie von den Schmerzen erlösen. Ihr jetzt irgendwelche Forderungen zu stellen, war eine Frechheit.

Du musst dir mehr Mühe geben, Suzy.

Ich gebe mir Mühe, stammelte sie. Ich merkte sofort, dass sie sich aufregte und von sich selbst enttäuscht war. Es war nur meine Schuld.

Ich gebe alles, flüsterte sie. Ich konnte sie kaum verstehen.

Streng dich noch mehr an, sagte ich und wollte vor Scham im Boden versinken.

Ich kann nicht, keuchte Suzy, und dann rollte die nächste Wehe an. Ich kann nicht, Kif! Nein!, schrie sie, bitte nicht, bitte! Nein!

Sie stöhnte wie ein Tier, ich war dabei, sie wieder zu verlieren, sie versank im Nichts, während ihr Leib sich krümmte und zusammenzog. Ich erkannte ihr Gesicht kaum wieder. Ich beugte mich hinunter und sagte ihr, sie würde es schaffen, auch wenn mir langsam klar wurde, dass sie es nicht schaffte. Jemand tippte mir auf die Schulter, ich drehte mich um und sah den sportlichen Arzt. Ich folgte ihm in eine Ecke.

Ihre Frau ist zu entkräftet, sagte er schniefend. Die Babys stehen unter Stress. Wir müssen operieren.

Fünf Minuten noch, bettelte ich. Nur noch fünf Minuten, ich bitte Sie.

8

Ich ging zurück zu Suzy. Ich tupfte ihr sinnloserweise noch einmal das Gesicht ab, flehte sie an. Sie war sehr weit weg und mit Leib und Seele in einen Kampf verwickelt, bei dem ich ihr nicht helfen konnte. Sie brüllte, ich hatte so einen Laut noch nie gehört, tief und schrecklich, schmerzerfülltes Kreischen und Urschrei zugleich. Trotz der überstandenen Mühsal steckte irgendwo in ihr noch etwas Kraft, ein letzter Rest von dem Willen, ihren erschöpften Körper zum Pressen anzutreiben.

Das furchtbare Gebrüll ging weiter, es klang wie ein Todesschrei und wie Flehen um Gnade, als würde sie die Folterqualen akzeptieren und gleichzeitig toben vor Wut. Eine angespannte Konzentration griff um sich, ein jeder arbeitete vor sich hin, als handelte es sich um einen ganz normalen Tag – was zutraf. Werte wurden gemessen und Lebenszeichen überprüft, das Gemurmel setzte abermals ein.

Suzy nahm meine Hand, als wäre es nichts. Ihr Griff war nicht besonders fest, kaum der Rede wert, es war eher so, als hätte sie ihre Hand nur in meine geschoben. Ich wollte sie aufs Bett zurücklegen, aber da bäumte ihr Körper sich auf, und ihre Finger schlossen sich um meine wie eine Eisenklammer. Suzy war in ein riesiges Anderswo gerissen worden und gab mir zu verstehen, dass ich sie nicht loslassen durfte.

Jemand sagte aufgeregt etwas, das Murmeln verstummte. Ich wandte meinen Blick von Suzy ab, die Ärzte näherten sich interessiert.

Ich kann das Köpfchen sehen, sagte die Hebamme mit dem breiten Gesicht.

Suzy zog ihre Hand aus meiner, zwischen ihren Knien tauchten ernste Gesichter auf, was fast komisch aussah. Die Hebamme schob sie beiseite. Trotz der vielen Fachmänner im Kreißsaal schien sie die Einzige zu sein, die Suzy beim Gebären helfen konnte; alle anderen konnten nur danebenstehen, zuschauen und leise ihre Expertenmeinung äußern.

Ich ging ums Bett herum. Zwischen Suzys blutverschmierten Beinen steckte ein Kreis aus verschmierten Haaren, zog sich unter den mächtigen Kontraktionen wieder zurück. Ich sah überall Blut und Schleim. Bei jedem Schub war ein wenig mehr von den verschmierten Haaren zu sehen, und dann verschwanden sie erneut, als wollten sie die Welt narren, als sei noch nicht endgültig entschieden, ob sie herauskommen würden oder nicht. Alle verstummten.

Achtung, sagte jemand.

Und mitten in die Stille, auf dem Höhepunkt der Geburt, hörte ich Heidl sagen:

Ich habe alle Argumente auf meiner Seite!

Ein unverhältnismäßig großer Kopf schob sich aus Suzy heraus, unmöglich, unvorstellbar groß. Er war von blutigem Schleim überzogen und schien einem Reptil zu gehören, einer Amphibie, nicht einem Menschen.

Wieder die elende Stimme.

Nehmen Sie, was Sie kriegen können! Bevor Sie vernichtet werden!

Die Hebamme wurde ernst. Die Ärzte schauten ehrerbietig zu, während sie Suzy durch das letzte Stadium leitete. Sie sagte Suzy mit sanfter Stimme, sie solle innehalten, pressen, atmen, sich anspannen, loslassen. Es war wie ein Tanz.

Suzy fiel immer tiefer in den Schmerz, schrie, wand sich, flehte Gott an. Das blaue Krankenhausnachthemd verrutschte, eine dunkle Brustwarze kam zum Vorschein. Es war ihr egal, niemand kümmerte sich darum, wir waren jenseits von so etwas, aber ich streckte trotzdem die Hand aus, um Suzy zu bedecken. Das Nachthemd verrutschte sofort wieder. Suzy hob den Kopf, das Haar klebte an ihrer nassen Stirn, ihr verlorener Blick durchbohrte mich wie eine Frage, aber ich wusste keine Antwort, keine Richtung.

Ich wusste nur, dass Suzy in diesem Raum voller Fachleute mit ihrem Körper allein war. Schrecklich allein. Jemand drückte ihr eine Maske auf das Gesicht. Gegen das Gas hatte sie sich ebenso gewehrt wie gegen das Pethidin, aber jetzt sah ich sie gierig inhalieren. Ich bekam Heidl nicht aus dem Kopf. Suzy starrte mich aus weiter Ferne an, als wäre ich ein Fremder, ein Monster, sie verzerrte das Gesicht zu einem Schrei, eine neue Wehe packte sie.

Braves Mädchen, sagte die Hebamme, und zwischen Suzys Beinen kam ein Kopf zum Vorschein, braves Mädchen, und jetzt mit aller Kraft!

Ich presse mit aller Kraft, zischte Suzy, und dann schrie sie weiter aus tiefster Seele. Eine schleimige Schulter zeigte sich,

Ärmchen und ein froschähnlicher Torso, blutverschmiert, verschrumpelt und von Käseschmiere überzogen, und mit einer letzten bebenden Wehe rutschten Beine und Füße heraus.

Das Baby wurde weggenommen und gewogen und gemessen, bevor ich es richtig ansehen konnte. Aus der Ecke des Kreißsaals tönte ein Weinen, eher Quaken, als die warme Luft in die nasse Lunge fuhr. Eine weiße Wand aus Ärzten schob sich zwischen mich und das Baby, das ich nur durch eine Lücke sehen konnte, es strampelte mit den dünnen Beinchen, als wollte es eine verkantete Pedale lostreten, und unten an dem Birnentorso schlackerte ein Penis. Ich fühlte einen Aufruhr, ich war dankbar, ängstlich, erstaunt und leer und fragte mich verwirrt, warum ich hier teilhaben durfte.

Suzy stöhnte. Ich drehte mich um und sah, wie eine Welle über ihren abgesunkenen Bauch lief.

Sie soll langsamer machen, blaffte ein Arzt die Hebamme an, es geht zu schnell!

Zu spät. Irgendetwas stimmte nicht. Ich hatte es vergessen – da war noch ein zweites Kind in Suzys Bauch.

9

Die Stimmung im Kreißsaal wechselte abermals. Die Hebamme redete beruhigend auf Suzy ein, aber Suzy war jetzt ganz Wehe.

Mein Gott, da kommt es schon, rief die Hebamme und wurde rot, so schnell!

Sie hatte ihren Platz kaum eingenommen, als Suzy sich abermals teilte. Ein durchscheinendes Ei glitt aus ihr heraus, die Hebamme fing es mit beiden Händen auf wie ein Geschenk.

In dem Ei schwebte ein winziges Wesen.

Die Hebamme hielt das rosa-bläulich schimmernde Ei in die Höhe, jemand japste vor Entzücken. Wir schauten andächtig zu, wie das Ingwerwurzelwesen sich in der schlaffen Fruchtblase drehte. Ich hielt die Luft an, als die Hebamme einen Daumen durch das Gewebe schob und es aufriss. Wie bei einem Zaubertrick verwandelte sich die magische Hülle und stürzte als Wasserschwall zu Boden, und auf den Händen der Hebamme blieb ein Säugling zurück.

Seine Augen waren von einem überirdischen Chinablau, so groß und offen wie der Himmel im Sommer. Eine Sekunde lang blickten sie mich ruhig an. Das hier war zu groß, ich war unbedeutend, alles ergab einen Sinn und war, wie es immer sein sollte.

Wieder hörte ich Heidls Stimme. Etwas war passiert, aber was? Ich sah meine Familie, doch hören konnte ich nur Heidl, Heidl, Heidl. Ich wollte, dass sie in Sicherheit waren. Waren sie in Sicherheit? Ich hatte Angst, Heidl könnte ihnen etwas antun oder mir, oder uns. Alles war, wie es sein sollte, alles war gut, besser würde es nicht mehr werden. Ich hatte gedacht, dass ich endlich die Wahrheit über das Leben erfahren und mich befreit fühlen würde, und für wenige Sekunden war es tatsächlich so gewesen.

Aber dann verschwand das Gefühl so schnell wie das Wunder der Fruchtblase, zurück blieb nur eine blutige Pfütze, und Heidls Stimme machte meine Euphorie zunichte. Was ich für Freiheit gehalten hatte, engte mich ein, und was mich beglückt hatte, wirkte plötzlich trostlos.

Auf einmal sah ich zwei merkwürdige Tiere mit zappelnden Gliedern und eitrigem Gesicht, grimassierende, zuckende Wesen, Aliens. Mein Leben war wertlos, solange ich nicht etwas zustande brachte, das sich mit ihrer Geburt vergleichen ließe. Aber was war schon vergleichbar mit dem, was ich eben gesehen hatte? Wohl nur der Tod.

Ich sehnte mich danach, etwas zu fühlen, irgendetwas, aber da waren nur Heidls Worte in meinem Kopf, Heidls irre Gedanken. Die Angst schlich sich an, und ich wehrte mich, wurde aber den Eindruck nicht los, dass er die Wahrheit sprach.

Die Welt ist schlecht.

Ich strich dem ersten Neugeborenen über die Wange.

Sie werden verlieren.

Ich legte meine Hand an den winzigen, warmen Kopf des zweiten.

Bestraft werden. Vernichtet werden.

Ich fühlte so vieles auf einmal, doch Heidl fand die passenden Worte.

Schauen Sie sich um, Kif. Ich habe alle Argumente auf meiner Seite.

Ihnen hat es wohl die Sprache verschlagen, sagte die Hebamme.

Es gibt das Gute nicht.

Nein, sagte ich verunsichert und hörte Heidls Stimme in meinen Ohren. Es ist … es ist ganz anders, als ich gedacht hätte.

Alles war nass, und immer noch lief Flüssigkeit aus Suzy heraus.

Das ist es immer, sagte die Hebamme.

Und dann kam die Plazenta, ein riesiges, an eine Leber erinnerndes Organ, das mit Schwung in die bereitgestellte Nierenschale aus rostfreiem Stahl flutschte, gefolgt von noch mehr Blut und Schleim.

Und damit war es endlich geschafft.

TEIL 14

1

Ein typischer Melbourner Taxigeruch nach verbranntem Plastik und alter Kotze hatte sich in die zotteligen Sitzpolsterschoner des Taxis eingebrannt. Ich schlug den abgegriffenen Stadtplan auf, um dem Taxifahrer den Weg durch seine Stadt zu zeigen. So war Melbourne damals. Vielleicht ist es heute noch so.

Was, haben Sie gesagt, machen Sie beruflich?, fragte der Taxifahrer.

Ich bin Schriftsteller, sagte ich.

Kennen Sie zufällig Jez Dempster?

Ich kurbelte die Seitenscheibe runter, um frische Abgase zu schnappen, und überlegte mir, wie ich die Sache mit Heidl angehen sollte. Mir blieben noch neun Stunden, um das Unerreichbare zu erreichen.

Ich staunte darüber, wie viel ich geschafft hatte. Nach der Geburt der Zwillinge war ich kurz davor gewesen, Gene Paley anzurufen und hinzuschmeißen, aber Suzy hatte mich zum Weitermachen gedrängt. Ich dürfe nicht aufgeben, wir seien auf das Geld angewiesen. Wie sonst sollten wir das Feuerholz bezahlen? Die Wiege? Die Kindersitze fürs Auto?

Nicht, dass sie glücklich darüber gewesen wäre. Sie war erst am Tag zuvor mit den Zwillingen nach Hause gekommen, sie war über alle Maßen erschöpft und brauchte mich, und ich saß in meinem Schreibzimmer. Trotzdem hatte sie recht, was hätten wir tun sollen? Es gab kein Zurück. Wir hatten verstanden, dass es längst nicht mehr um meine literarischen Ambitionen ging, um Kunst oder Eitelkeit, sondern nur noch ums Geld. Geld, das uns fehlte und das wir dringend brauchten, um die Hypothekenrate zu zahlen und über die Runden zu kommen.

Deswegen war ich, als Suzy mit den Babys im Krankenhaus war und Bo bei ihren Eltern, in mein Schreibzimmer gegangen, um die Rohfassung zu überarbeiten. Ich kennzeichnete zweifelhafte Stellen mit Textmarker und legte eine Liste sehr konkreter Fragen an, die Ordnung in das heillose Durcheinander von Heidls Geschichte bringen sollten und von denen Pia Carnevale meinte, dass sie so oder so geklärt werden müssten. Ich hatte sogar einen Zeitplan ausgedruckt, um ihn Heidl zu zeigen. Der Plan teilte die wenigen Stunden, die uns an diesem Tag blieben, den dringendsten Fragen im Text zu. Wenn wir die Arbeit erfolgreich abschließen wollten, mussten wir jedes Thema in der festgelegten Minutenzahl abhandeln. Es war absurd, doch es war meine letzte Möglichkeit, Heidl davon zu überzeugen, dass er jetzt mithelfen musste.

Zu meiner unlösbaren Aufgabe kam noch ein neues Problem hinzu. Gene Paley war nervös geworden, weil Heidl ganz offensichtlich nicht mehr an seiner Biografie interessiert war, und nun wollte er, dass Heidl ein von TransPac-Anwälten verfasstes Schreiben unterzeichnete und damit beurkundete, dass mein Manuskript nichts anderes war als die wahrheitsgemäße Schilderung seines Lebens.

Als das Taxi vor dem Haupteingang hielt, sah ich Ray an gewohnter Stelle Wache stehen. Wie immer lehnte er an dem Pflanzkübel aus Beton. Der Tag war stark bewölkt, ein Gewitter drohte, brach aber irgendwie nicht los, und Ray schien beim ewigen Warten in ein ähnliches Zwischenreich abgedriftet zu sein. Er war so tief in Gedanken oder Erinnerungen verloren, dass er von meiner Ankunft nichts mitbekam. Er nahm mich erst wahr, als ich direkt vor ihm stand und seinen Namen sagte.

Er hob langsam den Kopf, ohne den Blick vom Boden zu lösen. Einzelne Regentropfen klatschten auf den Asphalt und verdunsteten sofort. Er sah aus, als suchte er nach seinen heruntergefallenen Gedanken.

Ziggy dreht durch, sagte er.

Wie bitte?

Er dreht komplett durch, Mann. Gestern Abend hat jemand versucht, ihn umzubringen.

Wer sollte sich die Mühe machen?

Das fragt er sich auch. Er glaubt …

Ray schüttelte den Kopf.

Ich weiß nicht, was er glaubt. Ich weiß nur, er hat Würgemale am Hals.

Er sah mich an.

Wer weiß? Du? Ich? Ziggy?

Du warst mit ihm zusammen, sagte ich.

Ich?, fragte Ray, aufrichtig verwirrt über die Richtung, die unser Gespräch nahm. Du hast mit ihm geredet, du glaubst, seine ganze beschissene Vergangenheit zu kennen. Was zum Teufel geht mit ihm vor?

Lass uns raufgehen.

Er hat gesagt, ich hätte bei ihm sein sollen. Dass ich ihn im Stich gelassen hätte.

Ray, komm.

Dabei hatte er mir selbst freigegeben und gesagt, er bräuchte mich nicht mehr.

Komm schon.

Ich kann nicht, Mann.

Bitte, Ray.

Ich kann nicht, Mann.

Ray!

Er hat gesagt, ich muss hier unten bleiben.

Warum?

Ich soll die Augen offen halten.

So ein Unsinn …

Nach dem, der ihn umbringen will. Nur für den Fall, dass er wiederkommt. Ich weiß auch nicht.

Na ja, da hinten ist noch ein Eingang, sagte ich und zeigte zum Ende des Gebäudes. Und da drüben – die Gasse endet am Hintereingang.

Sag ihm das!, rief Ray. Scheiße, Mann, sag ihm das! Hier unten kann ich ihn nicht beschützen! Da oben könnte ich mehr für ihn tun.

Ich gehe rauf, sagte ich und ließ Ray auf seinem einsamen, sinnlosen Posten zurück, den er so gut bewachte, dass er meine Ankunft nicht bemerkt hatte. Als ich auf den Haupteingang zulief, sah ich Rays Spiegelbild in der Fensterscheibe. Er sah fast aus wie ein Attentäter, der auf den richtigen Moment wartet und unterdessen als der Leibwächter posiert, der die Kugel mit seinem Körper abfangen würde.

2

Heidl saß ausnahmsweise nicht am Schreibtisch, sondern tigerte durch das Büro.

Siegfried, sagte ich.

Er sah mich flüchtig an, schüttelte den Kopf und tigerte weiter. Aber heute hatte ich mir vorgenommen, Ruhe zu bewahren und nicht auf seine Spielchen einzugehen. Ich würde mich weder provozieren noch ablenken oder in die Irre führen lassen. Ich würde weder die Geduld verlieren noch das Interesse, ich würde mich strikt an den Zeitplan halten. So oder so würde ich am Abend alles, was ich bislang geschrieben hatte, in eine zusammenhängende, wenn auch nicht ganz widerspruchsfreie Form gebracht und – wichtiger noch – dafür gesorgt haben müssen, dass Heidl die Einwilligungserklärung unterschrieb. Ich setzte mich hin und packte das Manuskript und meine Notizen auf den Tisch. Heidl sah nicht mal hin.

Ziggy, sagte ich. Ich weiß nicht, warum ich ihn ausgerechnet jetzt zum ersten Mal so nannte, ob es aus Verachtung geschah, aus dem Wunsch nach Nähe oder aus beidem. Ich habe keine Ahnung. Leck mich, dachte ich, du kannst mich mal.

Haben Sie da draußen jemanden gesehen?, fragte Heidl und zeigte auf die Stadt. In einem Auto vielleicht?

Er wirkte völlig verändert, aufgebracht, hitzig, geradezu verstört.

Ziggy, wir müssen heute …

Unten auf der Straße? Etwa einen halben Block von hier? Oder einen ganzen?

Er zeigte in Richtung Europa und Mekka, in Richtung Houston, Langley und Laos, in Richtung Südpol und Nordpol, Vergangenheit und Zukunft, und auf alles, was sich dazwischen drehte.

Da, sagte er. Haben Sie da was gesehen?

Ich konnte den Anblick seines Mundes kaum noch ertragen, seine Zahnlücken, sein parfümiertes Hemd mit den roten Zuckerstangenstreifen. Am liebsten hätte ich gefragt: Sind Sie ein Buchhalter aus dem mittleren Management, der die Halbjahresergebnisse vorlegt, oder ein Hochstapler mit ein wenig Verbrecherstolz, verdammt?

Stattdessen legte ich eine gespreizte Hand auf mein Manuskript und tätschelte es, wie ich es bei Gene Paley gesehen hatte, möglicherweise in der Hoffnung, den Elan einer Führungskraft zu verbreiten und ganz allgemein den Eindruck zu erwecken, die Arbeit sei so gut wie getan.

Ich habe da noch ein paar Rückfragen, sagte ich und lächelte starr und auf eine Weise, die ich für *energisch* hielt. Und dann ist das Buch fertig.

Aber kein Wunder, dass *Ihnen* nichts auffällt, sagte Heidl. Oder, Kif? Was merken Sie schon? Da haben wir es – das ist es.

Was hatten wir? Wahrscheinlich war das mein größtes Problem. Ich hatte keine Ahnung, was *es* sein könnte. Und Ray auch nicht. Heidl wiederum hatte viel zu viele Ahnungen, aber keine davon war brauchbar.

Das Buch, Ziggy.

Heidl trat an die Fensterfront und presste den Rücken an eine Säule aus Schlackenbeton, die zwei Scheiben trennte. Er verdrehte den Kopf und spähte auf die Straße hinunter, als lauerte dort irgendwo ein Scharfschütze. Ich fand ihn lächerlich und melodramatisch und wurde noch wütender.

Das Buch?, fragte Heidl. Sie glauben im Ernst, ich wollte darüber reden?

Ja, das glaubte ich.

Das Buch?, zischte Heidl halb fragend, halb erstaunt, als verberge sich hinter dem Wort ein Trick oder ein Fluch oder ein unabwendbares Schicksal oder eine tödliche Kombination aus allen dreien. Er schüttelte den Kopf. Seine Emotion des Tages – ich fühlte mich wieder wie bei einer schlechten Scharade – war anscheinend *Verzweiflung*.

Ja, genau das, sagte ich, das Buch. Nur deswegen sind wir hier.

Was glauben Sie, wie das passiert ist?, fragte Heidl, drehte sich um und zeigte auf seinen Hals. Erklären Sie mir das!

Er riss sich den Kragen hinunter und entblößte zwei scheußliche Hämatome, die sich als schockierend breite blauschwarze Striemen um seinen Hals zogen.

3

Es war ebenso rätselhaft wie obszön. Ich wollte mir die Verletzung nicht ansehen, richtete den Blick auf den Monitor und schlug ein paar Tasten an.

Schauen Sie!, zischelte er.

Ich sagte, wir müssten arbeiten.

Heidl beugte sich vor. Seine Körperhaltung und sein Tonfall waren ebenso bedrohlich wie verschwörerisch.

Ich verrate Ihnen was, sagte er.

Ich nickte und sagte, das sei in der Tat eine gute Idee. Am Ende käme vielleicht sogar etwas Neues dabei heraus.

Die Banken, flüsterte er laut.

Ich fragte ihn, ob er von einem geplatzten Scheck getroffen worden sei. Eigentlich wollte ich nur wissen, ob er mir zuhörte.

Die Banken, rief er, *die verdammten Banken, Kif, wollen meinen Tod!*

Er hörte nicht zu. Was vielleicht auch eine Möglichkeit wäre. Ich nahm den Ausdruck in die Hand, legte meine gespreizten Finger darauf und erklärte ihm den Tagesplan.

Zwei Männer haben versucht, mich zu erdrosseln, sagte Heidl.

Ich sagte, dafür hätte ich Verständnis, doch wir hätten jetzt Besseres zu tun.

Heidl stieß sich von der Säule ab, kam dichter heran, fing an zu brüllen und schüttelte Manuskript und Zeitplan, als wären es belastende Indizien aus seinem Prozess.

Kif – gestern Abend hat jemand versucht, mich zu ermorden! Ich bin nach dem Essen zu Fuß vom Restaurant zu meinem Hotel zurückgelaufen, als mich zwei Männer gepackt und in eine Einfahrt gezerrt haben. Der eine hat mich stranguliert, und dann …

Ich stellte die offensichtliche Frage: Warum?

Warum? Sie fragen mich, warum? Aus demselben Grund, aus dem Frank Nugan ermordet worden ist?

Ich fiel schon wieder auf ihn herein: Wer?

Frank Nugan. Er wusste zu viel. *Ich* weiß zu viel. Ich habe sie lächerlich gemacht vor den Augen der Welt. Und das gefällt ihnen gar nicht. Siebenhunderttausend Riesen! Wenn ich Ihnen erzählen würde, was ich alles über diese Leute weiß, über ihre Arbeitsweise, wenn ich Ross und Reiter benennen würde, Sie wissen schon, dann würde es mich das Leben kosten. Oder ich würde Selbstmord begehen, das wäre weniger schlimm.

Ich fiel auf ihn herein und konnte nichts dagegen tun. Heidl hatte mich da, wo er mich haben wollte: im freien Fall.

Was wäre weniger schlimm? Selbstmord zu begehen oder die Wahrheit zu sagen?, fragte ich.

Beides. Deswegen lauern die mir da draußen auf. Die scheinen zu glauben, ich hätte alles aufgeschrieben, alles, und deswegen wollen sie mich umbringen.

Sie wollen sagen, die Banken hätte die beiden Männer bezahlt, damit sie Sie umbringen?

Mein Gott!, schrie Heidl. Sie haben versucht, mich zu erdrosseln, Kif. Ich bin wahrlich kein Held, aber ich wusste, wenn ich mich jetzt nicht wehre, ist alles vorbei. Ich habe es geschafft, den einen zu Fall zu bringen und die Drahtschlinge abzuschütteln, die sie mir um den Hals gelegt hatten, und dann bin ich gerannt, so schnell ich konnte.

Heidls Verletzungen waren echt, aber wer konnte schon wissen, was passiert war? Wenn es ein Draht war, dachte ich, warum sind die Hämatome dann so breit? Ein missglückter Raubüberfall vielleicht? War ein krummes Geschäft zu krumm geworden? Ich machte mir nicht die Mühe, ihm meine Theorien zu unterbreiten.

Wozu sollten die Banken Sie umbringen, wenn Sie ohnehin bald hinter Gittern landen?, fragte ich. Die Banken werden vor Gericht gewinnen, mehr interessiert sie nicht.

Was, wenn ich im Zeugenstand auspacke?

Um Himmels willen, Ziggy – lassen Sie uns bitte arbeiten.

Ich werde die Wahrheit sagen!

Das wäre mal etwas Neues, höhnte ich. Sie haben mir nichts erzählt, weder die Wahrheit noch ein paar ordentliche Lügen. Ich habe mein Buch trotz Ihrer Mithilfe geschrieben, und jetzt bitte ich Sie um eine Sache. Eine einzige. Bitte helfen Sie mir, die gröbsten Fehler in den Lügen, die ich mir Ihnen zuliebe ausgedacht habe, zu korrigieren.

Noch während ich das sagte, merkte ich, was für ein Unsinn das war. Die Fehler in Lügen? Mein Buch? Hielt ich seine Memoiren tatsächlich für mein eigenes Buch?

Lügen? Was soll das heißen?, fragte Heidl in verändertem Ton. In Heidls Nähe zu sein hieß, ein Eis zu essen, das sich in ein Deospray verwandelte, das sich in ein Schuppentier verwandelte. *Lügen*?, wiederholte Heidl.

Lügen. Mehr habe ich …

Lügen?, unterbrach Heidl mich ungläubig. Ich habe gestern zwei Männer abgeschüttelt, die mich umbringen wollten, und das ist längst noch nicht das Unglaublichste, ich weiß. Aber Sie nennen mich einen Lügner? Einen Lügner!, wiederholte er, schrill und laut diesmal. Es sind *meine* Memoiren, Kif!

Sagen Sie mir einfach, mit welchen Details Sie leben können und mit welchen nicht. Den Rest erledige ich.

Heidl murmelte, er müsse dringend Phil Monassis anrufen, seinen Anwalt. Er griff zum Telefon, wählte, legte den Hörer wieder auf, trat ans Fenster. Er fluchte leise.

Ziggy, an manchen Stellen prallt Ihre Geschichte mit den Fakten zusammen. Wie bei einem Autounfall. Könnten wir alles bitte so formulieren, dass es wie eine Unfallflucht aussieht? Und dass mir meine Erfindungen nicht als solche nachgewiesen werden können?

Heidl sah mich flüchtig an und schaute dann wieder aus dem Fenster in die blauschwarzen Wolken, die tief über den freudlosen Betonbunkern von Port Melbourne hingen.

Und wenn Sie noch irgendetwas hinzufügen möchten, sagte ich, wäre jetzt der Moment.

Heidl schwieg und sah mich verständnislos an, als suchte er in seiner Galerie der Gefühle nach einer passenden Emotion. Dann verzog er das Gesicht zu einer wütenden Grimasse.

Etwas hinzufügen?, knurrte er. Sie und Gene Paley hören mir überhaupt nicht zu. Sie haben sich da einen Haufen Lügen ausgedacht, und ich soll meinen Namen dafür hergeben? Ich hätte mich niemals auf einen so unseriösen Verlag einlassen dürfen.

Und dann kam das Beste.

Ich hätte einen echten Schriftsteller engagieren sollen, sagte er.

Er war außer sich. Ich hingegen war ausgelaugt, verärgert und dauergekränkt, weil er mich für einen leichtgläubigen Idioten hielt, der ihm jeden Mist abkaufen würde.

Sie sind ein Lügner, sagte ich. Aber das ist mir jetzt egal. Wir müssen heute noch fertig werden.

Sie sind hier der Romanautor und behaupten, *ich* wäre ein Lügner?

Niemand wird Sie umbringen, Ziggy. Höchstens ich. Aber die Banken? Sie werden für eine lange Zeit im Gefängnis sitzen, Ziggy. So will man sich an Ihnen rächen.

Die wollen mich umbringen.

Ja, aber ganz langsam. Deswegen bezahlen diese Leute auch Anwälte, keine Killer. Können wir jetzt bitte anfangen?

Es ist so wie damals mit der Nugan Hand.

Ziggy?

Die haben ihn umgebracht.

Wen?

Frank Nugan. Die haben Frank Nugan umgebracht.

4

Mein Flug geht um sieben, sagte ich. Um halb sechs holt das Taxi mich ab. Bis dahin brauche ich ein von Ihnen freigegebenes Manuskript, das ich im Laufe der kommenden Woche in Tasmanien überarbeiten kann. Wir haben keine fünf Stunden mehr.

Heidl kehrte mir weiterhin den Rücken zu.

Sie müssen nicht alles lesen, sagte ich.

Die Panik steckte mir im Hals wie ein Tennisball. Es war schon nach Mittag. Wir hatten noch nicht einmal damit begonnen, die Fakten zu überprüfen, und Heidl war sehr weit davon entfernt, irgendwelche Erklärungen zu unterschreiben.

Die machen, was sie wollen, sagte Heidl zur Fensterscheibe. Er massierte sich den verletzten Hals. Am Ende zerhacken sie mich in kleine Stücke und schicken mich mit der Post an Dolly. Die lauern da draußen, Kif.

Wer?

Vielleicht bin ich die Ziege. Können Sie mir folgen?

Wovon reden Sie?, fragte ich.

Die haben schon Leute aus geringerem Grund auf den Grill gelegt, sagte Heidl und drehte sich um. Davon rede ich.

Was? Wer? CIA? Burger King?

Vielleicht. Vielleicht waren es die Banken oder die Banken *und* die CIA. Vielleicht auch nicht. Sicher wissen die, dass ich hier bin, um mit Ihnen zu reden und alles zu verraten.

Ich wünschte …

Und sie verfolgen gemeinsame Interessen. Kif, ich sehe, dass Sie mir zuhören, der Rest ist egal.

Welcher Rest?

Wer Frank Nugan auf dem Gewissen hat.

Zu behaupten, ich wäre in jener Zeit übertrieben emotional gewesen, wäre stark untertrieben. Ich war am Ende meiner Kräfte, und ich hatte keine Ahnung mehr, wie ich Heidl zur Kooperation überreden oder zwingen könnte. Seit über vier Wochen arbeitete ich nun Tag und Nacht an dem Buch, nur als Suzy die Zwillinge bekam, hatte ich anderthalb Tage Pause gemacht. Ich wollte mich kurz ausruhen, ihm einfach nur zuhören und mir derweil überlegen, wie ich seine Aufmerksamkeit wieder auf das Buch lenken könnte. Ich wagte ein Nicken.

Jetzt haben Sie verstanden, sagte Heidl.

Ich habe nie von einem Frank Nugan gehört.

Genau, Kif. Nugan Hand Bank. Kennen Sie die noch?

Ich nickte, weil das weniger anstrengend war als zu widersprechen. Dann wiederum nickte ich zu Recht, denn über die Nugan Hand Bank wusste ich, was Heidl mir erzählt hatte und was in den Rechercheunterlagen stand. Irgendein Skandal, eine Verschwörungstheorie, der zufolge die CIA anno 1975 mitgeholfen hatte, Premierminister Whitlams linke Regierung zu stürzen, allerdings auf weit unauffälligere Art als Allende in Chile oder Manley in Jamaika. Ich war damals zu jung gewesen, um mich dafür zu interessieren.

Nugan Hand war eine australische Privatbank, sagte Heidl, die ein alkoholkranker australischer Anwalt namens Frank Nugan und ein amerikanischer Ex-Elitesoldat namens Mike Hand in den 1970er-Jahren in Sydney gegründet hatten. So australisch war sie gar nicht, was? Und jetzt kommt's …

Es ist schon fast ein Uhr, sagte ich.

Der Laden war eine CIA-Tarnung.

Ich wollte Sie nach einem bestimmten Datum fragen, und zwar …

Da haben nur CIA-Leute gearbeitet, unterbrach mich Heidl. So viele Spione und Ex-Generäle, dass man einen kleinen Geheimdienst damit hätte bestücken können. Und beraten wurde diese winzige australische Bank vom ehemaligen CIA-Chef Bill Colby. Ist doch merkwürdig, oder? Und es gab noch mehr Amerikaner dort. Buddy Yates, ein US-Admiral, war der Präsident. Ungewöhnlich? Dale Holmgren. Guter Mann, ich habe ihn in Laos kennengelernt. Hat dort die CIA-Fluglogistik betreut.

Na und?, sagte ich. Pol Pot war auch nicht gerade toll, aber wenn der Gerichtsvollzieher mein Auto abholt, mache ich dafür nicht die Roten Khmer verantwortlich. Also, auf Seite siebenundvierzig findet sich eine Aussage, die Ihren späteren Angaben auf Seite …

Die haben da Geld gewaschen, das sie mit Drogengeschäften in Indonesien verdient haben, unterbrach mich Heidl völlig unbeeindruckt. Und wo landete das Geld? Auf einem CIA-Konto in Teheran, zur Finanzierung der dortigen Operationen.

Ich hielt eine Seite hoch, als wäre es ein belastendes Dokument, zu dem Heidl jetzt Stellung beziehen müsste.

Also, sagte ich. Wann hat die Tantalus Bank Ihren Kreditrahmen auf siebenunddreißig Millionen erweitert? War das im Mai 1988 oder …

Aber Heidl redete immer weiter, ignorierte meine Bitten, überhörte meine Fragen und erzählte, Nugan Hand habe wegen seiner Nähe zu Mike Hand, der in Laos für die CIA gearbeitet hatte, *Ahnung* von Geldwäsche und Steuerhinterziehung gehabt, *Verbindungen* zu Drogendealern und Waffenhändlern.

Ziggy, es ist schon nach eins. Wir haben noch etwa vier Stunden. Mehr nicht.

Nugan Hand hatte überall die Finger im Spiel, sagte Heidl. Die haben Plastiksprengstoff und Zeitzünder an Gaddafi verkauft. Waffen nach Angola, Spionagetechnik an den Iran. Und dann im Jahr 1980 – peng! Frank Nugan wird erschossen in seinem Mercedes aufgefunden, in Lithgow. Mike Hand verschwindet aus Australien und wird nie wieder gesehen. Das Vermögen der Bank war vorher schon abgeflossen, übrig waren nur fünfzig Millionen Dollar Schulden. Sie verstehen?

Ziggy, was hat das mit Ihrem Buch zu tun?

Kif, wenn Sie das nicht verstehen, kann ich es Ihnen auch nicht erklären.

Er drehte sich wieder um und betrachtete den elend düsteren Himmel über dem elenden Industriegebiet von Port Melbourne, eine optische Katastrophe aus betongrauen Lagerhallen in Fertigbauweise und zementgrauem Himmel. Heidl sprach mit leiser Stimme weiter.

Wenn ich tot bin, werden es endlich alle kapieren.

Ich hatte keine Geduld mehr mit Heidl. Ich hätte ihn gern umgebracht, aber soweit ich es beurteilen konnte, war ich da leider der Einzige. Nicht einmal der loyale Ray war bereit, Heidl seinen größten Wunsch zu erfüllen. Ich ahnte, dass sein Tod eine weitere Illusion sein würde, die er uns zuliebe ersonnen hatte. Er hatte alle Zutaten parat – ein vermeintliches Attentat, Selbstmord, Mord, eine Glock, die voraussichtliche Legendenbildung nach dem Tod und groß angelegte Verschwörungstheorien.

Ich konnte seine Verlogenheit nicht mehr ertragen. Offenbar hatte er eine perverse Freude daran, andere Menschen Extremsituationen auszusetzen und dann ihre Reaktion zu beobachten. Ich wusste nicht, woher seine Verletzungen stammten, war mir aber sicher, dass etwas viel Banaleres dahintersteckte als ein Mordanschlag. Außerdem war es mir egal. Ich war überzeugt, dass er mich mit dieser neuen Geschichte nur von der Arbeit ablenken wollte. Er redete immer weiter, ich hasste ihn mehr denn je.

5

Halten Sie den Mund, sagte ich.

Ich stand aus dem Francis-Bacon-Sessel auf. Etwas zerbrach in mir, mehr als das, meine Toleranz, meine Ausgeglichenheit, meine antrainierte Höflichkeit waren verpufft, und übrig blieb nur: Zorn. Ich ging zum Fenster hinüber.

Bitte, Siegfried, sagte ich. Bitte. *Halten Sie einfach den Mund.*

Heidl fuhr herum. Er starrte mich so reglos an, wie eine Eidechse eine Fliege anvisiert. Dann schüttelte er sich, wirkte auf einmal hochzufrieden. Seine Paranoia und seine Klagen waren wie weggewischt, er erhob eine neue Stimme, tröstlich und volltönend, es war die Stimme eines Personalchefs, der endlich einen verhassten Mitarbeiter entlassen darf.

Woher kommt diese negative Energie, Kif?

Halten Sie verdammt noch mal die Klappe!, hörte ich mich sagen.

Mir ist aufgefallen, dass Sie eine große Wut mit sich herumschleppen.

Können wir bitte einfach unsere verdammte Arbeit machen?

Man kann sich professionelle Hilfe holen, Kif. Vielleicht gibt es sogar hier im Verlag jemanden, mit dem Sie reden können. Ich werde Gene Paley fragen …

Ich hob eine zitternde Hand. Ich wollte Heidl warnen. Ich hatte genug.

Man kann sich immer helfen lassen, Kif. Vergessen Sie das nicht. Hilfe ist eine wunderbare Sache, und so wichtig. Es wäre gut für Sie und Suzy …

Ich schrie, er sei faul, so scheißfaul, er sei mir überhaupt keine Hilfe, aber jetzt, nur dieses eine Mal, müsse er verdammt noch mal mithelfen.

Heidl erstarrte. Es war, als würde er seinen Verstand neu starten, als legte er einen anderen Mantel an, und dann baute er sich in gerechter Empörung vor mir auf. Er schrie in exakt dem Ton zurück, in dem ich ihn angeschrien hatte.

Sie können mich mal!, schrie er. Ich dachte, Sie wären mein Freund! Ich habe Ihnen vertraut – und jetzt das! Das! Sie können mich mal!

Ich wollte ihn schlagen. Ehrlich gesagt wollte ich ihm richtig wehtun. Er wich zurück, ich setzte nach. Wir schlichen umeinander herum. In mir hatte sich eine Gewaltbereitschaft angestaut, die raus wollte. Wenn er jetzt näher käme, würde ich zuschlagen. Mit aller Kraft, und nicht bloß ein Mal. Ich war bereit. Er hatte ja keine Ahnung.

Oder vielleicht doch, denn er hielt eine Armeslänge Abstand. Für einen übergewichtigen Menschen war er überraschend beweglich. Es hätte mich nicht gewundert zu hören, dass er ein guter Tänzer war.

Sie arrogantes Arschloch, rief Heidl, ohne mich aus den Augen zu lassen. Sie haben mir die Chance Ihres Lebens zu verdanken! Für wen halten Sie sich? Sie haben nichts aus Ihrem Leben gemacht. Sie sind einunddreißig Jahre alt und glauben ein Schriftsteller zu sein, ohne je ein Buch geschrieben zu haben!

Ich spürte, wie mein Gesicht verkrampfte.

Oder? Ich habe recht, nicht wahr? Und Suzy? Die Ärmste. Sie leben von ihrem Geld, was? Während Sie sich und der Welt vormachen, dass Sie so etwas wie Talent besäßen. Dass Sie es noch schaffen würden.

Ich stieß vor, er wich aus.

Werden Sie aber nicht, Kif, oder?

Er huschte hinter den Konferenztisch und schimpfte weiter.

Ich habe Sie Gene Paley vorgestellt! Für Sie gebürgt! Ich habe ihm mein Wort gegeben, Sie wären der Richtige für den Job. Und was haben Sie zustande gebracht? Einen Haufen Mist. Ich habe es gelesen, es ist eine Schande. Sie interessieren sich gar nicht für mich.

Sie faules Schwein!, schrie ich. Sie haben nichts gelesen! Nicht mal heute können Sie sich dazu aufraffen, sich auch nur eine Seite anzusehen. Oder?

Heidl sorgte dafür, dass der Tisch zwischen uns blieb. Er schimpfte und fluchte, aber sein Zorn wirkte unecht. Nichts an ihm war echt. Ich schrie ihn an und dachte dabei nur an seine Feigheit. Seine Faulheit. Seine Lügen. Seine Gier. Seine Manipulationen. Den ganzen Mist. Und ich dachte daran, dass ich nur noch einen halben Tag Zeit hatte, ihn die Einverständniserklärung unterschreiben zu lassen, andernfalls würde es kein Buch geben.

Doch seine gerissene Art und seine listigen Manöver waren viel effektiver als meine Empörung. Wir schlichen im Kreis um den Konferenztisch und beleidigten einander. Ich wurde immer wilder und seine Nachahmung meines Tobens mit jeder Minute aberwitziger. Er imitierte meine Wut, aber meinen Wahn bekam er nicht hin.

Am Ende gelang es mir, ihn am Revers zu packen. Ich ballte die andere Hand zur Faust und holte aus, aber da öffnete sich sein doppelreihiges Sportsakko. Wenn Heidl einmal nicht verkleidet war, zog er sich an, als wollte er auf einen Drink in den Jachtclub oder zu einer Wohltätigkeitsgala der Rotarier. Unter dem Sakko, unter Heidls Achsel, sah ich ein schwarzes Lederholster.

Und darin steckte eine Waffe.

6

Ich ließ los. Das Gleichgewicht der Macht verschob sich erneut. Heidl löste den feuchten Hundeblick von meiner Faust, seine Lippen bebten.

Er schaute mir ins Gesicht.

Vielleicht sah er meine Befürchtung, er könnte die Waffe gegen mich richten. Denn inzwischen glaubte ich, er wäre verrückt genug, mich zu erschießen. Ich zappelte im Netz, und wie ein Tier in einer Falle wusste ich nicht, wie ich mich befreien könnte. Ganz kurz fragte ich mich, ob ich das Problem vom Lesen kannte – ob es Ungeduld war, Nicht-Wissen – und ob ich, wenn ich mich geduldete und einfach weiterlas, alles erfahren und den Ausweg entdecken würde. Dann glaubte ich mit Schrecken zu erkennen, dass die Geschichte, die ich gerade las, einen bestimmten Zweck erfüllte, so wie die Pistole, und ich fürchtete, Heidl könnte der Urheber von allem sein. Ich hatte nur noch einen Wunsch: dass das Ende nichts mit mir zu tun hatte.

Heidls Gesicht war immer noch dicht vor meinem, weil ich ihn am Kragen hielt, aber nun wirkte es wieder so teilnahmslos wie immer. Offenbar war er schon dabei, sich eine neue Taktik zu überlegen.

Sie sind ein Monster, sagte ich.

Wer mit Ungeheuern kämpft, mag zusehn, dass er nicht dabei zum Ungeheuer wird.

Um Himmels willen, woher …

Und wenn du lange in einen Abgrund blickst, blickt der Abgrund auch in dich hinein.

Wovon reden Sie?

Aphorismus 146, sagte Heidl.

Ist das wieder Ihr geliebter Tebbe?, fragte ich.

Sein Schüler, Nietzsche.

Nietzsche ist mir scheißegal, sagte ich und zog Heidl wieder heran, und Tebbe ist mir scheißegal, und auch Ihre gestelzte deutsche Düsterkeit, Ihr Geschwafel von einer Verschwörung, der ganze Mist über die CIA und Laos und den bekloppten Frank Hand. Sie sind bloß ein Gauner, der zufällig Glück hatte, und mit mir haben Sie wieder Glück, denn ich bekomme zehn Riesen und Sie zweihundertfünfzig, obwohl ich die ganze Arbeit machen muss. Sie brauchen bloß abzusegnen, was ich geschrieben habe, und dann müssen wir uns nie wiedersehen.

Aber ich wusste, dass ich verloren hatte. Ich schlug die Augen nieder. Das hätte ich nicht tun sollen, ich hätte ihm mitten ins leere Gesicht blicken sollen, wie man es mit Hunden tat. Stattdessen ließ ich sein Revers los und trat zurück.

Wieder schlug seine Laune um. Plötzlich war er die Ruhe selbst. Möglicherweise freute er sich. Er lächelte.

Welches Lächeln?

Das allerschlimmste: ein gütiges Lächeln.

Wissend.

Endlich war er still. Seine Zunge schoss heraus, fuhr ihm über die Oberlippe, als gäbe es einen Briefumschlag anzulecken, und verschwand wieder.

7

Im selben Moment klopfte es an die Tür. Gene Paley ließ uns von seiner Sekretärin ein Mittagessen bringen, griechischen Salat, kalte Spinat-Pita, belegte Brötchen und Kekse. Seltsamerweise setzten wir uns friedlich hin und aßen zusammen, als hätte die Spinat-Pita einen Waffenstillstand eingeläutet und uns gezwungen, die Feindseligkeiten vorläufig einzustellen. Heidl, der sonst gern aß, knabberte verhalten an einem Stück Pita, pickte Hühnerbrust und Tomatenscheiben aus einem belegten Brötchen und ließ das Brot auf dem Teller liegen. Beim Essen bat ich ihn abermals, die Einverständniserklärung zu unterschreiben. Heidl sagte, das tue er gern, sobald er meine offenen Fragen restlos beantwortet habe. Dann setzte er sich an den Schreibtisch und telefonierte eine halbe Stunde mit Monassis.

Weil er sich, wie ich glaubte, der Wirkung der Waffe bewusst geworden war, gab er sich heiter und friedvoll. Unser Umgangston war immer noch leicht angespannt, aber der Wahn war vorüber, und nach einer Weile fand ich mein Verhalten fast ebenso theatralisch und aufgesetzt wie seines.

Ich machte mich wieder an die Arbeit und strich den Zeitplan zusammen. Ich würde mich auf die acht himmelschreiendsten Widersprüche beschränken müssen. Als Heidl endlich den Hörer auflegte, versuchte ich noch einmal, ihm die Erklärung unterzuschieben, ohne die es, wie ich betonte, keine weiteren Vorauszahlungen geben würde. Doch dieses Mal ließ er sich nicht einmal davon beeindrucken. Er speiste mich mit einem Zitat von Tebbe ab (»Schöpfung heißt, einen Fehler zu korrigieren und dergestalt einen noch größeren zu begehen«) und wandte sich anderen, dringlicheren Angelegenheiten zu. Ich hatte keine Ahnung, welche das sein sollten.

Ihr Buch, sagte er, wie um mich zu ärgern, lässt sich nicht retten. Dafür müssen Sie jetzt allein geradestehen. Aber wo ich einmal hier bin, beantworte ich Ihre Fragen gern. Sagen Sie, was Sie auf dem Herzen haben, und ich sage Ihnen, ob Sie richtig liegen oder falsch.

Ich stellte meine Fragen, Heidl weigerte sich, sie logisch oder auch nur scheinbar sinnvoll zu beantworten. Der lange Nachmittag war ein einziger Moment der Niederlage, ausgedehnt auf mehrere Stunden. Wieder und wieder scheiterte ich daran, ihn mit seinen Widersprüchen zu konfrontieren, die er mir kurzerhand als Beweis nicht seines ungeheuerlichen Betrugs, sondern meiner Inkompetenz vorhielt. Beherzt schüttelte er Köder und Ablenkungen aus dem Ärmel, darunter die Geschäftsphilosophie der ASO und das Gerücht, Nugan Hand habe auf Haiti heimlich eine neue Geheimpolizei nach dem Vorbild der Tontons Macoutes aufgebaut. Doch selbst wenn die Rede auf seine Lieblingsthemen kam, wirkte er müde und distanziert, als wäre es inzwischen sogar ihm, dem wackeren Helden, zu viel. Anscheinend hatte selbst Heidl irgendwann das Heideln satt, und um halb vier warf er das Handtuch.

Er führte ein letztes Telefonat und erklärte dann, er müsse sich dringend mit Monassis treffen. Anschließend wolle er nach Bendigo zurück, um seine Rede für den morgigen Wirtschaftsprüferkongress auszuarbeiten. Er wünschte mir viel Glück beim »Feilen am Manuskript«.

Gar nichts werde ich feilen, sagte ich. Da gibt es nichts zu feilen.

Ich war fertig mit ihm, doch anscheinend war er noch nicht fertig mit mir.

Aber Sie müssen!, sagte er und ging zum Bücherregal, um ein paar Bücher auszusuchen, die er stehlen könnte. Das ist Ihre Arbeit!

Im selben Moment öffnete Ray die Tür, sah mich und schüttelte den Kopf. Heidl packte ein paar Bücher in seinen Aktenkoffer, ließ die Schlösser zuschnappen und ging an mir vorbei zur Tür hinaus.

Ich blieb allein in dem schäbigen Büro zurück. Draußen nahm das Gewitter endlich Fahrt auf, Regen peitschte gegen die Fenster. Ich setzte mich an den Schreibtisch, wo immer noch die Einverständniserklärung lag. Heidl hatte sie nicht unterschrieben. Ich nahm das Blatt in die Hand und glotzte, bis alle Buchstaben verschwammen. Ich betrachtete mein Manuskript mit den unzähligen Anmerkungen, so viel harte

Arbeit für nichts. Ohne die Korrekturen und ohne die unterschriebene Erklärung würde Gene Paley es niemals in Druck geben. Kein Buch. Keine zehntausend Dollar. Und übrigens auch keine Zukunft für mich, nicht als Schriftsteller. Und zum ersten Mal, seit ich angefangen hatte, vom Schreiben zu träumen – im Alter von sieben oder zwölf Jahren, ich wusste es nicht mehr –, sah ich den Traum davonwehen.

Ich war am Ende.

8

Ich stand auf. Ich wollte nur noch weg. Aber zuerst würde ich zu Gene Paley gehen und ihm sagen müssen, dass ich kein Buch hatte. Ich hatte Angst davor, andererseits würde ich mich anschließend erleichtert und frei fühlen. Ich wollte so schnell wie möglich nach Hause zu Suzy und Bo, zu den Zwillingen, zu meinem Neuanfang.

Ich fühlte mich wie beim Spießrutenlaufen, als ich den langen Korridor vor Paleys Büro durchquerte, und ich dachte nur eines: Es ist vorbei.

Gene Paleys Sekretärin strahlte.

Kif, sagte sie, ich wollte Sie eben anrufen. Ihr Flug wurde aufgrund des schlechten Wetters gestrichen.

Es war ein letzter, brutaler Schlag, der wunderbar zum langwierigen Todesritual dieses Tages passte.

Es war der letzte für heute, sagte ich.

Ich weiß!, sagte die Sekretärin, als wäre ein Wunder geschehen. Ich habe alles versucht, aber der erste Flug, auf den ich Sie buchen konnte, geht morgen Abend um halb acht. Es tut mir leid! Sie lächelte gequält. Wollten Sie zu Mr Paley? Er ist gerade in einer Besprechung, aber wenn Sie in einer Stunde wiederkommen …

Nein, sagte ich, danke, es war nicht wichtig.

Ich kehrte ins Büro zurück. Ich sammelte meine Unterlagen und Disketten ein und ging. Draußen herrschte die Sintflut. Ich fuhr zu einem Pub und bestellte ein Bier. Nach einer Weile bestellte ich ein zweites.

Und dann noch eins und noch eins.

Die immer selben finsteren Gedanken wälzten sich durch meinen Kopf. Heidl hatte nicht unterschrieben, deswegen würde es kein Buch geben. Selbst mit seiner Unterschrift hätte ich noch lange nicht genug Stoff für ein Buch gehabt. Ich hatte keine Lust, Gene Paley meine Niederlage einzugestehen, meine fünfhundert Dollar zu nehmen und zu gehen. Aber welche Wahl blieb mir?

An dem Abend war ich allein in Sullys Wohnung. Ich schaute fern. Sully war verreist, um irgendwelche alten Freunde zu besuchen. Im Bücherregal entdeckte ich auf einem vergilbten Gedichtband von Michael Dransfield eine angebrochene Ginflasche. Zum Verdünnen gab es nichts als Orangenlikör; die Mischung schmeckte nach Handseife und Fruchtgummi. Sie schmeckte wie mein Leben, und sie tat ihre Wirkung. In den Spätnachrichten wurde von einem schweren Verkehrsunfall berichtet. In der Nähe von Lorne sei ein Auto von der Great Ocean Road abgekommen. Der einzige Insasse, fuhr der Sprecher fort, sei ein bekannter Geschäftsmann aus Melbourne gewesen, Eric Knowles. Er sei ins Krankenhaus eingeliefert worden und kurze Zeit später seinen Verletzungen erlegen. Ich schenkte mir Gin und Orangenlikör nach. So viel dazu, sagte ich, ohne es sagen zu wollen. Die finsteren Gedanken setzten wieder ein und zogen wie Schnecken ihre langsamen Bahnen durch meinen müden, wirren Kopf. Das Telefon klingelte. Ich ging nicht ran. Ich beschloss, mich zu betrinken, am Morgen auszuschlafen und auf dem Weg zum Flughafen bei Gene Paley vorbeizufahren, um ihm die schlechte Nachricht zu überbringen und meine fünfhundert Dollar zu kassieren. Ich würde fünftausend verlangen und auf den Umfang der geleisteten Arbeit verweisen, aber ich wusste jetzt schon, dass Gene Paley seine gespreizte Hand auf den Vertrag legen und mich daran erinnern würde, dass ich ihn unterschrieben hatte.

Und damit wäre es zu Ende.

Das Telefon klingelte wieder. Ich schenkte mir einen Gin ein, den ich mit Gin auffüllte. Ich trank aus und dachte über meine Zukunft nach. Es gab nicht viel nachzudenken. Ich wollte mir gerade einen neuen Gin einschenken, als das Telefon abermals klingelte. Ich ging in den Flur und hob den Hörer ab.

Ziggy Heidl war dran.

9

Ray hat mir Ihre Nummer gegeben, sagte er.

Ich trank einen großen Schluck Gin.

Er hat gesagt, wegen des Gewitters sei der Flughafen geschlossen.

Ich schenkte mir nach.

Können Sie morgen vorbeikommen?

Ich hatte keine Lust zu reden und füllte meinen Mund lieber mit etwas Gin.

Ich bin zu Hause, auf dem Land, sagte Heidl. Ich glaube, wir könnten hier sehr viel besser arbeiten als im Büro. Wir hängen uns rein und klären die offenen Fragen.

Er redete weiter, aber nicht lange. Er war ungewöhnlich direkt, beinahe hilfsbereit. Er gab mir sogar eine genaue Wegbeschreibung durch, und ich dachte über seine Angewohnheit nach, im Großen zu lügen und die große Lüge mit wahren Details zu spicken. Aber ich war jenseits seiner Spielchen, ich wollte nur, dass es endlich aufhörte.

Ich sagte ihm, ich würde nicht vorbeikommen.

Wir stritten.

Er: Geld, Vertrag, Versprechen.

Ich: träge, unmöglich, sinnlos.

Nein, sagte ich.

Als mein Freund?

Nein.

Ich brauche Ihre Hilfe als Freund. Sie müssen das Buch beenden.

Was ist mit dem Wirtschaftsprüferkongress?, fragte ich. Der ist doch morgen?

Ach, der. Vergessen Sie den, habe ich schließlich auch. Es gibt jetzt Wichtigeres, Kif. Das war alles sehr hart für mich, wissen Sie – mich meinem Leben zu stellen und einzusehen, wer ich bin.

Sie fahren nicht hin?

Ich? Nein! Es ist doch so, Kif, Sie verstehen meine Lage besser als jeder andere. Ich weiß, ich habe es Ihnen nicht immer leicht gemacht, aber mein Leben war auch nicht einfach! Bitte, kommen Sie her, und dann schreiben wir das verdammte Buch zu Ende.

Es tut mir leid, sagte ich und legte auf.

Das Manuskript war durcheinandergeraten, die Ecken waren umgeknickt, ganze Seiten fehlten. Nichts war mehr ordentlich und klar. Aus reiner Gewohnheit ging ich zum Esszimmertisch, an dem ich während der letzten hektischen Wochen nachts gearbeitet hatte und der nun seltsam verlassen wirkte. Ich sah meine Notizen, blätterte im Manuskript, und ohne mir etwas dabei zu denken und so betrunken, wie ich war, fing ich an, hier und da eine Wendung zu streichen, einen Satz hinzuzufügen, und ehe ich mich versah, hatte ich ein paar neue Absätze geschrieben. Ich war wie in Trance.

Je freier ich in meinen Erfindungen wurde, desto deutlicher erschien Heidl auf dem Papier, und in mir; ich wurde zum Papier und das Buch zu mir und ich zu Heidl. Zum ersten Mal im Leben spürte ich jene beängstigende Einheit des Ganzen, nach der ich mich als Schriftsteller immer verzehrt und die ich nie erreicht hatte. Nichts war mehr eindeutig – Heidls Leben, das Buch, mein Gespür für mich selbst und meine Arbeit. Mein erster Roman, das begriff ich jetzt, war viel zu autobiografisch gewesen, und nun wurde aus meiner ersten Autobiografie ein Roman. Alles verschwamm und löste sich schließlich auf, und als ich wieder zu mir kam, saß ich im Nissan Skyline und war auf dem Weg nach Bendigo.

TEIL 15

1

Manchmal bin ich vom Licht und den Wolken am frühen Morgen wie hypnotisiert, vor allem von der sonderbaren Aufbruchsstimmung. An der Port Phillip Bay kullerten leere Bierdosen wie schwarze Tintentropfen durch funkelnde Scherben. So etwas sollte in einem Buch stehen. Ich sah das Licht und die Wolken und fühlte mich, wenn auch nur für einen kurzen Moment, absolut frei. Ich könnte hundert Bücher schreiben und nicht einen Bruchteil des Gefühls vermitteln, das mich in dem Moment übermannte.

Während ich durch lang gezogene Vororte mit Falafelbuden, Cafés und vietnamesischen Restaurants fuhr, am Straßenrand Bäckereien und Supermärkte, vor denen bunte Blumensträuße in Plastikeimern blühten, wurde mir alles egal.

Ich ließ den Strand und die Palmen hinter mir und erreichte das farblose Niemandsland der Gewerbegebiete, menschenleer und still, das wiederum in einsames Farmland und verdorrte Gestrüppfelder überging. Die aufsteigende Sonne lockte mich vom Highway auf eine Landstraße, und Stunden später bog ich in eine lange, kiesbestreute Einfahrt ab. Das Gartengrundstück wirkte verwahrlost und vertrocknet, einheimische Pflanzen ragten in die Höhe wie Pferdehaare aus einem kaputten Sofa.

Ich hatte nur noch wenig mit dem Mann gemein, der aus dem Auto stieg und den vor einem weitläufigen weißen Bungalow wartenden Heidl begrüßte. Der Betonsteinbau aus den 1970er-Jahren war so niedrig, dass es schon an Niedertracht grenzte, über den schwarzbraunen, hölzernen Fensterrahmen leuchteten orangefarbene Dachschindeln aus gebrannter Tonerde. Heidl lächelte und sagte, er freue sich auf die Zusammenarbeit in seinem Zuhause.

Ich spürte eine Berührung an der Wade und schaute an mir hinunter. Eine buckelnde Siamkatze drückte sich schnurrend an mein Bein. Heidl, den ich nie einen Menschen hatte berühren sehen, legte mir seine Hand auf die Schulter, ließ sie dort liegen und sagte lächelnd, wir seien einander sehr ähnlich.

Weil es einfacher war, ihm beizupflichten, pflichtete ich ihm bei. Und hatten wir uns durch die erzwungene Nähe, durch die Auseinandersetzungen und Diskussionen nicht tatsächlich verändert? Näherten wir uns nicht langsam einander an wie der Kolonisator dem Kolonisierten? Ich hatte das Gefühl, als würde sich eine Tür, gegen die ich lange Zeit vergeblich gedrückt hatte, unerwartet öffnen, und nun stürzte ich in die Leere dahinter. Möglicherweise musste ich, um ein Schriftsteller zu werden, einen Teil meiner Menschlichkeit abgeben, vielleicht auch ein bisschen Würde und Stolz oder etwas noch Grundlegenderes. Was immer es auch war, zu wem auch immer ich wurde – an dem Morgen in Bendigo hatte ich das Gefühl, der Handel könnte sich lohnen.

Jetzt, da wir *Freunde sind*, sagte Heidl.

Sein deutscher Akzent – woher er ihn hatte, war mir immer noch ein Rätsel – sorgte dafür, dass er seine Worte nicht wie ein Australier auf der ersten, sondern meistens auf der letzten Silbe betonte. Die Worte schoben sich in Schlangenlinien aus seinem Mund. Damals war so vieles auf schiefe Bahnen geraten, auch die Verwendung des Wortes *Freund*. Neuerdings schwang so etwas wie Komplizenschaft mit, eine immanente Drohung, eine geteilte Schuld. Was immer es war, es war nichts Gutes. Doch wenigstens irritierte mich

Heidls gezischeltes *s* nicht mehr. Zum ersten Mal überhaupt fand ich ihn gelassen, beinahe heiter.

Und das war sehr beruhigend.

2

Ich möchte, dass Sie mir helfen, Kif, sagte Ziggy Heidl und führte mich in eine Küche mit Kathedralendecke und Kiefernfronten aus billigem, astlöchrigem, mit Kunststofflack überzogenem Furnier, das wie Frischhaltefolie glänzte. Wo immer die siebenhundert Millionen auch hin waren, in die Inneneinrichtung hatte Heidl sie bestimmt nicht gesteckt. Möglicherweise kam mir das unauffällige Haus auch deswegen wie eine weitere Tarnung vor. Heidl schob eine kleine rotblonde Katze vom Kieferntisch und lud mich ein, Platz zu nehmen.

Als mein Freund, sagte er.

Klar.

Eine größere Sache, sagte er. Nichts Kompliziertes. Es mag ein wenig, nun ja, ungewöhnlich erscheinen.

Wir plauderten. Ich gab ein paar unwichtige persönliche Informationen preis, die ich unbedenklich fand, zum Beispiel, dass Sully gerade für ein paar Tage bei alten Freunden in den Blue Mountains sei. Er erzählte, er habe die Kinder in die Schule gebracht und Dolly verbringe den Tag bei einer Tante in Castlemaine. Er war so überschäumend wie ein stehen gelassener Spumante, nicht ganz vertrauenswürdig.

Ich wartete darauf, dass er auf eines seiner Lieblingsthemen zu sprechen kam: Toxo, Tebbe, Laos, *die Firma*. Aber nichts passierte. Er war an diesem Tag aufmerksam und verschwiegen zugleich. Er kochte Kaffee in einer altmodischen Filtermaschine. Sonnenlicht fiel durch die nach hinten gelegenen Fenster ein, unter denen ich weitere Katzen entdeckte. Heidl wirkte entspannt, fast glücklich. So hatte ich ihn nie gesehen. Er richtete seine Hundeaugen auf mich und bat mich um einen Gefallen.

Als mein Ghostwriter, sagte er. Als mein Freund.

Selbstverständlich, sagte ich und lehnte den Kaffee ab, den er mir reichte. Auf dem Becher stand DOLLY.

Kif, sagte er, kippte den Kaffee in den Ausguss und stellte den Becher in den Geschirrspüler. Ich möchte, dass Sie mich umbringen.

Als ihm klar wurde, dass ich darauf nicht antworten würde, setzte er sich zu mir.

Ich habe nicht mehr viel Zeit, Kif. Die sind hinter mir her. Und sie werden mich kriegen, Kif. So ist das. Es gibt kein Entkommen. Sie wissen doch, wozu diese Leute fähig sind. Vorgestern Abend hatte ich einfach nur Glück. Vielleicht habe ich noch einmal Glück, noch zwei- oder dreimal. Aber bei diesem Spiel muss ich pausenlos gewinnen, und die anderen nur ein einziges Mal.

Ich schwieg.

Werden Sie es tun?, fragte er, als hätte er mich gebeten, zum Laden an der Ecke zu gehen und eine Tüte Milch zu kaufen.

Was?, fragte ich, wie um mich zu vergewissern, dass ich richtig gehört hatte.

Er steckte die Hand in seine rote Baseballjacke und holte die Pistole heraus, die ich am Vortag gesehen hatte. Der grauschwarz marmorierte Plastikgriff ließ sie wie eine Spielzeugwaffe aussehen.

Eine Glock, sagte ich beiläufig, als wäre es für mich das Normalste von der Welt, als würde ich ständig für Leute arbeiten, die morgens beim Kaffee ihre Schusswaffen zückten.

Alles klar, sagte Heidl. Ich wusste gar nicht, dass Sie ein Waffennarr sind.

Ich kannte mich nicht aus, ich hatte nur geraten, dass es dieselbe Waffe war, mit der Ray hatte üben müssen.

Dann wissen Sie, wie man damit umgeht?, fragte Heidl und ließ den Patronenclip aus dem Griff herausgleiten. Er hielt die Waffe vor mich hin wie ein Magier, der einen Trick vorführen wird. Er zog den Lauf zurück, es befand sich keine Patrone darin. Heidl richtete die Waffe an die Decke und drückte ab, um zu demonstrieren, dass keine Gefahr bestand. Die theatralischen Gesten schienen ihm zu gefallen.

Und nun, sagte er, zeige ich Ihnen, wie Sie es machen müssen.

Er richtete traurig seinen Blick auf mich, während meiner nicht wusste, wohin. Heidl zielte auf sich.

3

Langsam schob er sich den hässlichen, kantigen Lauf in den Mund und richtete ihn steil nach oben, zur Schädeldecke hin. In dieser obszönen Pose saß er vor mir. Sein Gesicht war eine riesige Einöde, größer als alle Wüsten und Ozeane, die je ein Mensch gesehen hat.

Nach einigen Sekunden, die sich aber viel länger anfühlten – Minuten, Jahre, Jahrzehnte –, zog er sich die Glock aus dem Mund. Der Lauf war von schaumiger Spucke bedeckt.

Keine Angst, Kif, sagte Heidl sanft.

Er wischte die Waffe mit einem Stück Küchentuch sauber und lachte. Ich weiß bis heute nicht, über wen oder was – mich, sich, die Welt.

Nein, sagte ich.

Die schlichte Ablehnung schien mir nicht ausreichend, sie war zu leicht mit Einverständnis zu verwechseln.

Auf keinen Fall, sagte ich.

Er hörte meine Unsicherheit heraus, meine zitternde Stimme hatte mich verraten. Ich spürte, dass ich nachgeben würde, dass Ray mich vergeblich davor gewarnt hatte, ihn *hereinzulassen*.

Scheiße, nein, auf keinen Fall, sagte ich, weil Heidl nur lachte.

Aber das klang irgendwie noch unpassender.

Sind wir Freunde, Kif?, fragte er. Wir *sind* Freunde.

Ich nickte auf eine möglichst unverbindliche, flüchtige Weise, aber mir drehte sich der Kopf, und ich fühlte mich passiv, ergeben.

Wir sollten uns an die Arbeit machen, sagte er und lächelte sein fröhlichstes Lächeln. Seine Augenbrauen stiegen in die Höhe, sein Mund öffnete sich wie der Eingang eines Vergnügungsparks. Ich fand seine gute Laune unerträglich.

Kif?

Klar, sagte ich und öffnete die Aktenmappe, in der ich das Manuskript und die Einverständniserklärung mitgebracht hatte.

Freunde?

Freunde?

Freunde, wiederholte Heidl.

Klar, sagte ich. Klar sind wir Freunde, Ziggy.

Warum, dachte ich, habe ich das gesagt? Und doch hatte ich es ausgesprochen, und alles, was er von jetzt an sagte, würde mich schwächen und ihn stärken.

Helfen Sie mir, sagte Heidl.

Wenn Sie sich umbringen wollen, sagte ich und hatte meine Stimme kaum unter Kontrolle dabei, können Sie das gern tun.

Kif, bitte.

Warum brauchen Sie mich dazu?

Weil ich Angst habe, es zu vermasseln, Kif. So einfach ist das. Ich habe Angst, in der letzten Sekunde danebenzuschießen und mich schwer zu verwunden, dazuliegen und langsam und qualvoll zu sterben, oder gar nicht. Als Krüppel zu enden. Ich bin feige, Kif, ich habe Angst. Bitte sehr, sagte er.

Er hielt mir die Glock auf der flachen Hand hin.

Ist schon okay – schauen Sie!

Er hielt mir das Ding unter die Nase. Er zeigte mir, dass die Sicherung in den Abzug eingebaut war und man beim Abfeuern der Waffe beides zugleich betätigen musste.

So, sagte er.

Er drückte mit seinem widerlichen Wurstfinger auf den Abzug.

Gesichert, sagte er.

Entsichert, sagte er.

Der Abzug klackte.

Er wiederholte die Bewegung und demonstrierte mehrfach, wie man die Waffe durch konstanten Druck entsichern und abfeuern konnte.

Noch mal, sagte er. Entsichert.

Er drückte ab.

Klack.

Als er mir die Waffe zum zweiten Mal anbot, so in ein Küchentuch eingewickelt, dass man den trügerischen Plastikgriff nicht sehen konnte, schob ich ihm die Einverständniserklärung hinüber.

Unterschreiben Sie das, sagte ich.

4

Danke, sagte er leise. Danke, Kif.

Wenn ich ihn nicht besser gekannt hätte, wäre ich ihm glatt auf den Leim gegangen. Und in der Tat sah er mich übertrieben dankbar an, als hätte ich ihn schon erschossen.

Wir sollten das üben, sagte er.

Nein, sagte ich, aber es fühlte sich dennoch so an, als hätte er mich überzeugt; und obwohl ich alles andere als überzeugt war, hielt ich plötzlich die Pistole in meiner rechten Hand.

Und jetzt, sagte Heidl und schob meinen Zeigefinger über den Abzug, *so*.

Es war zu verrückt, um es in Worte zu fassen. Noch verrückter war, dass er sich erschießen lassen wollte. Und am verrücktesten fand ich, dass er sich einbildete, ich wollte sein Mörder sein. Gleichzeitig erlaubte ich ihm durch meine Taten und Worte, mich tiefer in seinen Wahn zu ziehen.

Heute nicht, Ziggy, sagte ich. Ablenkung schien mir die beste Strategie zu sein; ich gab ihm die Waffe zurück. Er schien es zu akzeptieren und legte die Glock auf den Tisch.

Oh nein, sagte er sanft, es muss heute passieren. Dolly und die Kinder sind nicht da, Ihr Freund Ray hat frei, und niemand weiß, dass Sie hier sind. Richtig? Der Tag ist ideal. Wenn Sie es nicht tun, wer dann?

Ray, sagte ich und bereute diese Ungeheuerlichkeit sofort.

Ray kommt nicht infrage, sagte Heidl. Er wäre der Erste, den sie verdächtigen würden. Der Hauptverdächtige. Er müsste wegen Mordes ins Gefängnis. Das will ich nicht. Sie auch nicht. Niemand weiß, dass Sie hier sind, niemand wird Sie je verdächtigen. Sie sind der gespenstischste Ghostwriter aller Zeiten, lachte er. Und der erfolgreichste. Denn wissen Sie, jetzt wird das Buch ein Bestseller.

Das Ganze schien ihn wirklich aufzuheitern.

Aber das wissen Sie natürlich längst, sagte er, denn *Sie* haben mir das verraten!

Er zog eine Schachtel mit bunten Gummihandschuhen heran und reichte mir ein blaues Paar. Bitte sehr, sagte er, üben wir damit.

Ich betrachtete die Handschuhe.

Bitte, sagte Heidl. Das ist die nächste Phase.

Die Erklärung, sagte ich. Brauchen Sie einen Stift?

Lassen Sie uns zuerst üben, sagte er. Ich zog die blauen Handschuhe über, und er erklärte mir, ich müsse, nachdem ich ihn erschossen hätte, die Waffe in seine Hand schieben und auf einen Punkt ausrichten, den er mir vorher zeigen würde. Es klang wie eine Szene aus einem schlechten Film. Danach, sagte Heidl, solle ich unverzüglich nach Melbourne zurückfahren, das Auto wie vereinbart in der Tiefgarage des Verlags abstellen und zurück nach Tasmanien fliegen. Niemand würde je erfahren, dass ich bei ihm gewesen sei.

Sie haben doch niemandem erzählt, dass Sie mich besuchen?, fragte er.

Das habe ich doch schon …

Auch nicht im Verlag? Gene Paley?

Nein, niemand im Verlag wusste Bescheid.

Pia Carnevale?

Nein.

Wunderbar, sagte Heidl, nahm die Glock, ließ den Kopf sinken und demonstrierte mir noch einmal, in welchem Winkel ich sie in seinen Mund einzuführen hätte. Er war wie ein Vertreter für Haushaltswaren, der mir eine elektrische Zahnbürste erklärt.

Wunderbar, wunderbar, murmelte er beglückt. Und jetzt Sie.

Er rutschte vom Stuhl und kniete vor mir nieder. Und wieder tat ich, was er verlangte, denn es war einfacher, als zu widersprechen, außerdem gewann ich dadurch Zeit. Ich nahm die Glock in die Hand.

So, sagte er und zeigte sich schräg aufwärts in den Mund.

Nein, sagte ich erschreckt. Ich schaute mich in der Küche um. Nicht hier!

Es war als Weigerung gemeint, kam aber als Zustimmung an.

Oh nein, sagte er, nicht hier! Das wäre zu schrecklich. Wir machen das woanders. Dolly und die Kinder werden die Sauerei nicht zu sehen bekommen.

Nein, sagte ich entschlossen.

Sie können mich nicht leiden, was, Kif?

Ich hatte keine Wahl. Ich sagte: Natürlich kann ich Sie leiden, Siegfried. Es ist nur so …

Ja oder nein?

Also, sagte ich, wir sind Freunde, aber ich fühle mich nicht wohl bei dem Gedanken …

Wahre Freunde?

So sadistisch war Heidl. Der kleine Hexer spielte nicht nur mit mir, sondern mit dem Tod, der Einsatz war ultimativ, und trotzdem ging das Spiel weiter, als wäre es nur ein Spiel – er forderte mich heraus, reizte, bluffte, meinte es ernst und deutete gleichzeitig an, das Ganze sei nur ein Witz unter Freunden. In diesem Sinne spielten wir weiter.

Denn wenn Sie ein wahrer Freund sind, machen Sie das, sagte Heidl. Er kniete immer noch vor mir. Ja, Kif?

Mehr aus Verlegenheit hob ich die Waffe an seine Lippen und schob sie ihm in den Mund. Ich spürte etwas an meiner Wade, hörte ein Schnurren. Ich erinnerte mich an das, was Ray über den Winkel des Pistolenlaufs gesagt hatte, und verdrehte die Waffe nach bestem Wissen, bis ich den Widerstand von Heidls fleischigem Rachen spürte. Er hob die Hand und korrigierte meine Haltung ein wenig. Seine Haut war unangenehm warm. Ich betätigte den Abzug, nur damit er losließ.

Klack.

Wir spielten die Pantomime immer wieder durch.

Klack

klack

klack

klack

klack

… und dann zog ich den speichelnassen Lauf heraus, und Heidl fragte mich, ob ich eine Tasse Tee wolle.

5

Danke, nein, sagte ich und holte das Manuskript mit den vielen Anmerkungen heraus, als wäre es meine Rettungsweste.

Heidl trocknete die Pistole ab und schob sie in das Holster unter seinem Arm.

Ziggy, sagte ich, ich habe da ein paar Fragen.

Bitte, sagte er und tupfte sich mit einem Taschentuch die Spucke aus den Mundwinkeln. Doch während er den Tee aufbrühte, war er mehr mit den Einzelheiten seines bevorstehenden Todes beschäftigt als mit seinem fiktionalen Leben. Er füllte Tee in einen Becher mit der Aufschrift SIEGFRIED. Die große Perserkatze zu seinen Füßen stimmte ein fremdartiges Wehklagen an, als er mir versicherte, sein Tod würde als Selbstmord eingestuft. Er nippte an seinem Tee und erzählte, er habe längst einen Abschiedsbrief verfasst, alles sei wirklich gut durchdacht, ich leiste nur Beihilfe beim letzten Schritt, aus reiner Gefälligkeit, er habe mich von Anfang an als gefälligen Menschen wahrgenommen, als einen guten und mitfühlenden Mann.

So ging es immer weiter. Die Banken würden ihn ohnehin ermorden, jetzt oder später im Gefängnis, es sei ja so viel besser, in Freiheit zu sterben – glaubte ich eigentlich an die Freiheit? – und diesen Leuten entkommen zu sein. Besser, er ließ sich dabei von einem Freund unterstützen als vom Feind, er persönlich glaube ja nicht an Selbstmord, umso wichtiger sei es, den Selbstmord glaubhaft vorzutäuschen und die Gegenseite an der Richtigkeit ihrer Vorwürfe zweifeln zu lassen … immer weiter und immer fort, die Argumente schoben sich übereinander, verwirrten mich, klangen mal logisch, mal unlogisch, treffend oder absurd, und je länger ich zuhörte, umso vernünftiger erschien mir sein Plan, zwingend eigentlich, als hätte ich ihn mir selbst ausgedacht, obwohl ich eigentlich anderer Meinung war.

Ich musste mich daran erinnern, warum ich zu ihm aufs Land gefahren war. Während er den Tee trank, gelang es uns, über ein paar Seiten zu gehen. Wir konnten sogar das eine oder andere Missverständnis ausräumen und durch, wie ich vermutete, arglistige Täuschungen ersetzen.

Nach einer guten Stunde – gemessen an Heidls Aufmerksamkeitsspanne fast ein Erdzeitalter – stand er auf, trat an die Terrassentür und schaute hinaus. Ein Rudel Katzen – große, kleine, alte, junge Tiere, Katzen aller Farben und Rassen – strich um seine Beine.

Von dem Hügel dort hat man einen fantastischen Ausblick, den würde ich Ihnen gern zeigen.

Heidl sprach, die Katzen schnurrten leise. Ob aus Vorfreude, Dankbarkeit oder bloß Hunger, war unmöglich zu sagen.

Es klingt verrückt, aber wenn ich da oben stehe, meine ich, ganz Australien überblicken zu können, von meinem kleinen Hügel aus. Das würde ich Ihnen gern zeigen.

Ich kritzelte weiter im Manuskript herum und überhörte den Vorschlag. Heidl seufzte und erklärte der Glastür, wir könnten eine Pause gebrauchen und ein Spaziergang täte uns gut.

Die Eukalyptusbäume da oben sind spektakulär, sagte er. Ihre Rinde fällt zu Boden und bindet den Stickstoff lange genug, um die nächste Generation von Bäumen zu ernähren, sagte er. Man kann die Ringe geradezu wachsen hören, sagte er. Die Flügel der Würgerkrähen bedecken den Himmel, sagte er.

Soweit ich wusste, hatte Ziggy Heidl weder Interesse an

noch Gefühle für die Natur, und seine Schwärmerei, eine unglückliche Mischung aus Populärwissenschaft und Dichterklischee, fühlte sich gewollt an. Ich weigerte mich, spazieren zu gehen, und lenkte das Gespräch stattdessen wieder auf das Manuskript. Er gab sich ungewohnt fügsam.

Wir arbeiteten weitere zwei oder drei Stunden lang. Ich war erstaunt über seine Geduld, die Zusammenarbeit war beinahe angenehm. Endlich brachten wir Ordnung in sein Leben – endlich, dachte ich, endlich! Heidl entspannte sich, und nach einer Weile entspannte auch ich mich. Über seine bizarren Mordpläne sprachen wir nicht mehr, ich hatte fast den Eindruck, er versuchte sich durch die Textarbeit von seiner verrückten Angst zu lösen. Er war so hilfsbereit wie nie zuvor, einmal ging er sogar zu seinem Aktenschrank und kehrte mit lustigen Empfehlungsschreiben der Bank für die ach so redliche ASO zurück, ein andermal holte er ein altes, abgegriffenes Taschenbuch über »heißes« Geld, in dem ich einiges über Geldwäsche nachlesen und seine Ausführungen dann hoffentlich besser verstehen könnte.

Erst viel später durchschaute ich, welche Fügung von Intrige und Zufall jenen Tag erst möglich machte. Ray hatte frei; Dolly besuchte auf Heidls Anraten ihre Familie, um »mal rauszukommen«; und den Wirtschaftsprüferkongress, auf dem er angeblich sprechen sollte, hatte es womöglich nie gegeben. Ich hatte mich manipulieren lassen und war ausgerechnet an diesem Tag zu ihm gekommen. Aber selbst Heidl hatte nicht alles unter Kontrolle, und ich bin mir sicher, dass er das wusste. Dass mein Flug gestrichen worden war, hatte ihm spannende neue Möglichkeiten eröffnet, er hatte zugegriffen und alles darangesetzt, die Wirklichkeit nach seinen Vorstellungen zu verbiegen.

Während er getoastete Sandwiches zubereitete – ich hatte keinen Hunger –, drehte sich eine fette, getigerte Katze auf dem Küchentresen zu mir um und ließ mich nicht mehr aus den Augen. Es gelang mir nicht, Heidl an den Tisch zurückzulocken. Er bestand darauf, wir müssten *den Spaziergang* unternehmen. Seine Verwendung des bestimmten Artikels hätte mir eine Warnung sein sollen, aber ich schob es auf seine merkwürdige Ausdrucksweise als Ausländer. Er lockte, bettelte und drängte. Er pries den Spaziergang als ganz normales Beinevertreten an, und obwohl ich glaubte, seine bizarren Mordfantasien seien kein Thema mehr, fühlte ich mich noch immer nicht ganz wohl bei dem Gedanken, mit ihm und einer Pistole in den Wald zu gehen. Ich versuchte mir einzureden, dass er zumindest nicht mich erschießen würde.

Aber das stimmte nicht. Ich hielt ihn sehr wohl für fähig, mich zu erschießen, möglicherweise war die ganze Verabredung ein Vorwand dafür. Ich kann also nicht erklären, warum ich mich schließlich doch zu dem Spaziergang überreden ließ. Womöglich war ich immer noch von der Arroganz des Schriftstellers besessen; er war schließlich mein Objekt, nicht umgekehrt. Ich ahnte ja nicht, wozu er wirklich fähig war. Er hatte sich den Spaziergang in den Kopf gesetzt, er war hilfsbereit, fast rührend, und der Ausflug schien ein notwendiger Bestandteil unseres Tagesprogramms zu sein.

Außerdem, sagte er und schob die Glastüren auf, würde uns die frische Luft guttun und fit machen für den Nachmittag.

Er zog den Reißverschluss seiner Baseballjacke zu und sagte, wir könnten während des Gehens die eine oder andere wichtige Frage klären. Er versprach, zu den anderen ebenfalls Auskunft zu geben und die Einwilligungserklärung zu unterschreiben, und alle anderen Formulare, die ich womöglich mitgebracht hatte. Auf einmal schien er von seinen Sorgen und Ängsten befreit und bester Laune.

Ich folgte ihm durch die Terrassentür nach draußen. Wir

bahnten uns einen Weg durch die Katzenmeute, deren Schnurren zu einem Crescendo angeschwollen war, und dann gingen wir los.

6

Heidl führte mich über eine Weide hinter dem Haus, die in eine Art Brachland überging, Überrest des zerstörerischen Goldrauschs von vor eineinhalb Jahrhunderten. Wir bogen in eine Feuerschneise ein. Das winterliche Licht ließ alle Farben leuchten, die Luft war frisch, der Tag in vollem Gange und Heidl sehr gesprächig.

Wissen Sie, was Ihr Problem ist, Kif?, sagte er, als wir auf der gerodeten Schotternarbe aufwärtsstiegen, hinein in eine Berglandschaft mit versengten, krummen Eukalyptusbäumen. Das Holz wirkte so hart, als würde eine Axt daran zersplittern.

Sie möchten sich keine Feinde machen, sagte Heidl, das ist Ihr Problem. Sie denken sich: Wenn ich immer nett und freundlich bin und nie schlecht über andere rede, werde ich mir keine Feinde machen. Doch, Kif, werden Sie, Sie wissen es nur nicht. Ihre Feinde lauern da draußen, Sie haben sie nur noch nicht kennengelernt. Sie können versuchen, sie zu ignorieren oder zu meiden. Aber am Ende wird man Sie finden. Glauben Sie mir. Sie wollen sein wie der Hund, den alle mögen, aber es gibt keinen Hund auf dieser Erde, den nicht irgendjemand treten oder totschlagen möchte. Sie wollen mit allem auf gutem Fuß stehen. Warum? Wozu?

Sein Monolog wurde befremdlicher und schien auf einen Ort zuzusteuern, von dem es kein Entkommen gab. Ich hätte kehrtmachen und weglaufen sollen. Ich ging dennoch weiter, hörte weiter zu, folgte ihm in den Eukalyptuswald, vorbei an schwarzen, gewundenen Stämmen und Büscheln aus runden Eukalyptusblättern. Sie schaukelten in der sanften Brise wie blaugrüne Anhänger, viel zu viele und zu vertraut, sie schienen sich in jeder Biegung nach mir zu recken. Heidl bog von der Feuerschneise auf einen schmalen Weg ab, der tiefer in den immer dunkleren, dichteren Wald hineinführte.

Die Leute haben keine Angst vor dem Tod, Kif, sagte er. Sie fürchten das Leben. Sie fürchten sich davor, im Augenblick des Sterbens einsehen zu müssen, dass sie nie gelebt haben. Der Tod führt uns unser Versagen vor Augen: Niemand hat so gelebt, wie er hätte leben sollen. Auf mich wird das allerdings nicht zutreffen. Wir haben nur einen kurzen Moment, um hell zu strahlen, das vergessen die meisten immer wieder.

Ein feuriges, verwirrtes Winterlicht kam von oben herab und tauchte das bläuliche Laub in Schatten. Das Licht fiel zwischen die schwarzen Stämme und ließ sie noch schwärzer und unheimlicher erscheinen, wie aufrecht stehende, verkohlte Leichen. Es zeichnete uns Sommersprossen aufs Gesicht, die Lichtsprenkel tanzten mit der Dunkelheit. Heidl legte den Kopf in den Nacken und ließ sich die Sonne auf das fleischige, lächelnde Gesicht scheinen, der Muskel in seiner Wange flatterte.

Ich habe die Sonne gestohlen, sagte er. Und Seelen, ich habe Seelen gestohlen. Ich habe sie verschlungen, wenn niemand hingesehen hat. Ich esse die Welt und mich selbst. Ich verstehe nicht, was Gott von mir will.

Er wirkte wie ein Ertrinkender, der im Wasser von dümpelnden, rettenden Worten umgeben war, und je mehr er zu fassen bekam und je fester er sich anklammerte, desto schneller zogen sie ihn in den tiefen Ozean der Bedeutungslosigkeit hinunter.

Ich gehe, ich esse, ich trinke, ich denke und fühle. Ich will, ich weiß, ich fürchte, ich träume. Aber bin ich das wirklich, Kif? Ich sehne mich nach mir selbst.

Sein Vortrag war nur mehr ein Raunen, anders kann ich es nicht beschreiben. Ich habe es mir eingeprägt, so gut ich konnte, um es später verwenden zu können. Doch wie alles, was mir an ihm besonders interessant erschien, war auch diese Rede letztendlich unbrauchbar.

Der Weg stieg steil bergan, und Heidl sagte, er habe nie versucht, die Kontrolle an sich zu reißen. Er habe vielmehr versucht, alles außer Kontrolle geraten zu lassen und dann zu schauen, was passiert.

Und, was ist passiert?, fragte ich.

Ein Chaos ist ausgebrochen, sagte er, aber es war kleiner, als man erwarten würde. Die Menschen haben sich wiederholt und die alten Regeln und Hierarchien neu erfunden. Ich hatte auf mehr gehofft und war beeindruckt davon, wie wenig die meisten Leute zu bieten haben.

Mir kam der Gedanke, er könnte tatsächlich psychisch krank sein. Seine Rede wurde immer unzusammenhängender.

Ich will wahre Größe, sagte er, ich will wahre Größe scheißen. Später sagte er: Ich *sterbe* dich, und dann kicherte er.

Wir hatten den Gipfel erreicht. Heidl stand vor mir, in seiner umnachteten Pracht und einer roten Baseballjacke.

Sein Kopf ruckte, er sah mich erschreckt an, als wäre ich plötzlich aus dem Nichts aufgetaucht, eine Anomalie, und er murmelte:

Ist es seltsam, du zu sein?

7

Er drehte sich um und ließ den Blick über Hügel, Büsche und Farmland schweifen.

Wunderschön, sagte er.

Ich sagte, wir sollten umkehren und am Text arbeiten.

Alles klar, sagte er.

Er hätte genauso gut den Kopf schütteln können. Seine Methode, mir beizupflichten, obwohl er anderer Ansicht war, hatte er bis zur Vollendung verfeinert. In diesem Moment strahlte er eine allumfassende Ratlosigkeit aus, die einer unendlichen Geduld zum Verwechseln ähnlich war. Wir schwiegen fünf oder zehn Minuten lang, vielleicht sogar länger. Ich hatte Angst, er könnte irgendwann wieder von der Waffe anfangen. Ich wartete noch ein paar Minuten ab, vielleicht auch zwanzig. So fühlte es sich an, alles war verlangsamt und gleichzeitig stark beschleunigt.

Das Buch, sagte ich.

Er schien sich über so vieles Sorgen zu machen. Er schaute mehrmals auf die Uhr. Er machte sich nicht die Mühe zu antworten.

Ein paar Regentropfen trafen auf die trockene Erde wie Spucke.

Irgendwie war es vorbei.

Ich wusste, ich hätte gehen sollen. Heidl machte mir Angst. In Wahrheit – und in der unheimlichen Stille gab es nur noch die Wahrheit – fürchtete ich, den Tag nicht zu überleben, falls ich blieb. Ich gab es auf, mit ihm über das Manuskript sprechen zu wollen. Nicht, dass ich genug Stoff gehabt hätte, ich hatte praktisch nichts, und jetzt wusste ich, dass ich nie mehr bekommen würde. Ich bedankte mich für seine Gastfreundschaft und drehte mich um.

Diese neue Wendung schien ihn zu erschüttern. Er erzählte, wie einsam er sei, wie viel ihm Freundschaft bedeute, und dass er mich mit der Pistole und seinem albernen, verrückten Gerede nicht habe vergraulen wollen. Er habe jedoch, sagte er, schreckliche Angst vor dem Gefängnis und dem Leben, das ihn dort erwartete. Selbstverständlich wollte er nicht erschossen werden, nein, wirklich nicht, auf gar keinen Fall. Es sei nur die Angst, die aus ihm spreche. Er habe auch nicht vor, Selbstmord zu begehen, allerdings habe er eine furchtbare Angst vor dem Tod und vor den *Leuten*, die hinter ihm her seien. Er fing zu weinen an. Ich hatte meine Erfahrungen mit ihm gemacht und blieb auf der Hut. Er fing an, unzusammenhängendes Zeug über eine Vision zu reden, die er öfters habe.

In meinem Traum, sagte Heidl, in meinem Traum habe ich es gesehen, Kif! Für einen kurzen Moment habe ich es in meinen Händen gehalten – das war doch ich, oder, Kif? Ja. Alle Regeln, jede Moral, die ganzen Rätsel hatten keine Gültigkeit mehr. Für einen kurzen Moment schwebte ich darüber und zugleich dahinter. Ich war die Welt, und die Welt war ich, Kif – können Sie mir folgen? –, denn ich bin gewesen, Kif, ich war. Ich war nicht, was die anderen waren, und kein Gehorsam hat mich gebunden. Keine Regeln, keine Moral, nichts. Ich versteckte mich in aller Öffentlichkeit, indem ich vorgab, geringer zu sein, wo ich doch in Wahrheit immer mehr dazugewann, mehr und mehr, aber mehr war mir nie genug. Kif.

Solchen Mist redete er.

Er zog die Glock aus der Jacke, so beiläufig wie einen Kugelschreiber. Ich dachte, er würde mich erschießen. Ich dachte, das war es dann wohl. Das ist das Ende.

Verstehen Sie, Kif?, fragte er und fuchtelte mit der Waffe herum. Ich weiß, dass Sie es verstehen. Es gibt nur mich, Kif. Gott ist die Kapuze des Henkers, hat Tebbe gesagt. Kann sein. Aber ich bin der Strick! Ich habe alles, was den Leuten angeblich lieb und teuer ist, mit Füßen getreten. Und Sie werden das Ende bekommen, das Paley sich für das Buch wünscht, meinen Tod, und mit mir stirbt die Schlechtigkeit. Dabei wissen wir, dass es anders kommt. Wir wissen Bescheid. Ich bleibe.

Er wandte sich gen Süden, es war später Nachmittag, und die Wintersonne beleuchtete ihn von hinten, schwarze Silhouette mit merkwürdig rotem Heiligenschein.

In der Hölle tummeln sich die Geister, die ich vor mir dorthin geschickt habe und nach mir schicken werde, sagte er.

Er ließ die Hand sinken und hielt sich die Waffe unverdächtig an die Hüfte. Ich wusste nicht, ob er mir drohen oder mich zu irgendetwas auffordern wollte. Die Sonne verschwand hinter den Wolken, das Licht in Heidls Rücken verblasste, und ich sah seine Augen auf mich gerichtet und feucht; doch sein Blick schien etwas in weiter Ferne zu fixieren, so weit weg, dass es vielleicht noch gar nicht existierte.

Die Welt wird brennen. Und warum? Meinetwegen, Kif.

Ich achtete nur auf seinen Arm, seine Hand, den Finger am Abzug der Glock.

Ich habe mich selbst zu ihrem Mittelpunkt gemacht, Kif. Mich. Ich bin der Weg, das Licht und der Mittelpunkt. Und das macht mir Angst.

Ich sagte, ich müsse jetzt los.

Ich habe Todesangst, Kif.

Er zitterte.

TEIL 16

1

Ich ergriff die Flucht, aber ich bin nicht gerannt. Ich habe mich umgedreht und bin weggegangen. Heidl sagte nichts, ich ging stetig weiter. Während ich mich entfernte, wartete ich auf das Krachen des Schusses, der mein oder sein Leben beenden würde. Ich dachte an den Physikunterricht damals in der Schule. Wenn ich etwas hörte, bedeutete es dann, dass er mich verfehlt oder sich selbst erschossen hatte? Konnte man den Schuss hören, der einen selbst tödlich verletzte? Ich hörte nichts als das Rauschen des Blutes in meinen Ohren.

Ich fürchtete, er könnte die Verfolgung aufnehmen und mich angreifen. Auf dem Weg bergab schaute ich mich immer wieder verstohlen um. Niemand war zu sehen. Auf halber Strecke hatte ich genug. Ich blieb stehen, drehte mich um, wartete. Da war nichts, niemand, nicht einmal ein Geräusch. Ich starrte ins Gebüsch, wartete auf eine Bewegung, überlegte mir, dass er sich vielleicht umbringen wollte. Oder es bereits getan hatte. Oder dass er auf mich wartete und mich, wenn ich zurückkäme, erschießen würde.

Ich sagte mir, wie widerlich, abstoßend und verabscheuungswürdig es wäre, einen anderen Menschen zu töten. Nie im Leben würde ich ihn erschießen. Dann wiederum hatten wir es geübt, und ich kann selbst heute nicht leugnen, dass ich darüber nachgedacht hatte. Jetzt, da keine Gefahr mehr bestand, ihn erschießen zu müssen, zog ich es tatsächlich in Erwägung. Ich war nicht nur aus moralischem Entsetzen davor zurückgeschreckt, sondern auch aus Furcht. Ich hatte Angst davor, überführt und ins Gefängnis gesteckt zu werden, mein Leben an seinen Wahn zu verlieren. Ehrlich gesagt, spürte ich bei dem Gedanken, ich könnte Heidl umbringen, eine gewisse Aufregung, als könnte ich mir auf diesem Weg endlich Zutritt zu seiner Welt verschaffen, die mich so sehr lockte und die er mir als Hoffnung, als Verheißung vor Augen geführt hatte.

Als Zukunft.

Ich wusste nicht mehr, ob ich Heidl hassen oder bewundern sollte, ob ich sein Freund war oder sein Feind, ob ich ihn retten oder umbringen wollte. Ich versuchte, mich an irgendwelche Gewissheiten zu klammern – über mich, mein Leben, etwas, irgendwas –, aber es gelang mir nicht. Ich versuchte, stattdessen an das Buch zu denken. Ich versuchte, mir einzureden, das Projekt sei noch nicht gestorben. Und dabei musste ich wieder nur an Heidl denken, der sich umbringen und mich mit leeren Händen zurücklassen würde. Wenn ich die zehntausend Dollar wollte, würde ich Heidl am Leben halten müssen. Er musste die Erklärung unterschreiben, damit ich das Buch zu Ende schreiben konnte.

Endlich hatte ich einen Weg gefunden, Heidls Charakter und meine Abneigung gegen ihn zu überwinden: Ich stellte mein Eigeninteresse über meinen Hass. Und im nächsten Augenblick war ich wieder auf dem Weg hinauf, ich rannte zwischen den Eukalyptusbäumen hindurch und auf den Gipfel zu.

Der Gedanke, er könnte es bereits getan haben und tot sein, ließ mich schneller rennen. Ich musste es wissen. Kurz vor dem Ziel wurde ich wieder langsamer, verlor meine Eile und meine Furcht, und an ihre Stelle trat Misstrauen. Handelte es sich möglicherweise um eine geniale Falle? Ich hielt inne, konzentrierte mich auf meine Atmung, ging vorsichtig weiter und achtete darauf, nicht versehentlich auf einen Zweig zu treten.

Wie schwarze Rahmen zwischen zwei Technicolorbildern

zerlegten die schwarzen Baumstämme die Welt in fast gleich große Teilstücke. In einem davon flackerte eine rote Gestalt. Ich ließ mich hinter einem Stamm auf die Knie sinken.

Heidl manifestierte sich im geriffelten australischen Licht wie eine Luftspiegelung in flirrender Hitze. Er lief auf und ab. Er blieb stehen, machte kehrt und schlug eine neue Richtung ein, hoch konzentriert, als zählte er die Schritte zu einem vergrabenen Schatz.

Nach einer Weile setzte ich mich in Bewegung und kroch auf ihn zu. Ich näherte mich in einem Bogen. Ich kam auf etwa hundert Meter heran und versteckte mich hinter einem Gebüsch.

Heidl lief auf und ab, hielt inne. Er sprach mit sich selbst und fuchtelte mit den Armen; ich war zu weit entfernt, um etwas zu verstehen. Anscheinend hatte er die gesuchte Stelle gefunden, das X auf der Schatzkarte. Er verstummte, stand reglos da, ließ den Blick noch einmal über die Landschaft schweifen, die er für Australien hielt.

Schwer zu sagen, was er gesehen hat. Hoffnung, Scheitern, einen Spiegel, der ihm die eigene Bedeutungslosigkeit vorhielt? Oder vielleicht sah er etwas jenseits davon, etwas, das die Wolken und das ruhelose Land bewegte. Was immer es war, es war nicht genug. Vielleicht wollte er mehr. Vielleicht konnte er mehr sehen. Die Zukunft. Wer weiß? Der Meister der Täuschung stand vor mir, allein und von allen unerkannt, selbst von jenen, die ihn zu kennen glaubten, besonders ich. Vielleicht sogar er selbst.

Er ließ den Kopf hängen, schob eine Hand in die rote Baseballjacke und holte die Glock heraus. Er betrachtete die Waffe, als hätte er sie nie gesehen, als wäre sie ihm unvermittelt und grundlos in die Hand gefallen. Er wendete sie hin und her, schien über den unbekannten Gegenstand und die Macht, die er ihm verlieh, zu staunen, als würde ihm erst jetzt klar, dass er nicht bloß Metall und gesprenkelten Kunststoff in der Hand hielt, sondern etwas anderes, Größeres. Er richtete sich auf, streckte den Waffenarm von sich, stützte den Ellenbogen mit der freien Hand. In einer fließenden, anmutigen Bewegung – vielleicht die einzige anmutige Bewegung, die ich ihn je machen sah – führte er die Waffe in einem weiten Bogen an seinen Mund und schob sie hinein. Er legte den Kopf in den Nacken, verdrehte die Augen gen Himmel und korrigierte den Winkel.

Ich hörte einen Knall.

Heidl schrie erschreckt auf, wurde zurückgerissen. Seine Knie gaben nach. Für den Bruchteil einer Sekunde nahm sein Körper die Form eines auf den Kopf gestellten Fragezeichens an, stürzte zu Boden. Er lag zappelnd im Staub, schlug um sich, krampfte wie ein Berserker. Dann hielt er urplötzlich still und blieb reglos liegen.

Ich vergaß, wie sehr ich ihn gehasst hatte. In dem Moment habe ich ihn vielleicht sogar geliebt. Ich wollte zu ihm laufen, doch ich konnte mich nicht bewegen. Ich bekam kaum noch Luft. Ich hatte Angst, das alles könnte eine Falle sein oder eine Prüfung. Würde sich die Leiche, wenn ich hinlief, aufrichten und mich erschießen? Ich fürchtete, er könnte wieder aufstehen, auf das Gebüsch zugehen, hinter dem ich kauerte, und mich erschießen wie einen Hund. Ich wollte weglaufen, konnte mich jedoch nicht überwinden. Ich fürchtete, ich würde, falls er wirklich herüberkäme, stillhalten und mich brav erschießen lassen, wie eine Ziege.

Heidl rührte sich nicht.

Ich nahm meinen Mut zusammen.

Nach etwas mehr als zehn Minuten kroch ich los, immer auf Heidl zu. Als mich noch vierzig Meter von ihm trennten, konnte ich die ersten Fliegen über seinem Schädel sehen. Sie landeten auf dem grauenhaften Brei aus Hirnmasse und Blut, der auf Borkenstücke und Eukalyptuslaub tropfte.

Ich rutschte auf Knien voran, kam auf die Füße und

schlich in gebeugter Haltung weiter, allzeit bereit, mich fallen zu lassen, zu fliehen, mich zu verstecken, sollte Heidl sich plötzlich erheben und auf mich schießen.

Nach zwanzig weiteren Metern konnte ich die schockierend große Austrittswunde sehen. Das Blut, die Hirnmasse, das klaffende, gezackte Loch in seinem Kopf – das war kein Kopf mehr, ein ganzes Stück fehlte, es sah aus, als könnte ich das fehlende Puzzleteil finden und einsetzen, und dann wäre alles wieder gut.

Ich stand auf und beugte mich über ihn. Mein halb zerrissener Adidas Vienna berührte fast seinen Kopf. Kleine schwarze Ameisen krochen durch den rötlichen Schleim an seinem Ohr. Es roch nach Kot. Ich vergaß das Buch, das Geld, meine Wut über seine Faulheit und seine Lügen. Hoch am Himmel kreiste eine Würgerkrähe.

Und jetzt kommt das Schlimmste.

Seine Augen bewegten sich, sie folgten dem Vogel.

Er war noch am Leben.

2

Ein Windstoß bewegte Rindenstücke und Blätter am Boden und versetzte die Baumkronen in ein anschwellendes Rauschen. Heidl lag im wispernden, zitternden Laub, stumm und starr vor Verzweiflung, während die Ameisen ihre ewige Arbeit fortsetzten und sich die verspritzte Hirnmasse eines sterbenden, noch nicht ganz neugeborenen Wesens einverleibten, duldsam die Last von Toxo, Tebbe, CIA und mordlustigen Banken auf sich luden und in ihr Nest schleppten. Blut rann aus Heidls Mundwinkel, aber nicht so viel wie im Film. Die Nachmittagssonne ließ den Eukalyptuswald leuchten. Alles war friedlich, der Tag überwältigend schön.

Warum wollte er nicht sterben? Ich hörte nichts als ein leises Blubbern, anscheinend bekam er zunehmend schlechter Luft. Das leise, feuchte Röcheln verwandelte sich langsam in ein fremdartiges, furchtbares Pfeifen. Manchmal wurde es still, dann glaubte ich, er wäre gestorben, doch falsch, wieder setzte das Röcheln und Pfeifen ein. Manchmal klangen seine Atemzüge wie Schnarchen, bloß dass seine Augen dabei geöffnet waren.

Er hielt den Blick starr auf die kreisende Würgerkrähe gerichtet, als wäre er fest entschlossen, die Wunde nicht zu reizen, das widerliche Loch in seinem auslaufenden Kopf. Sein Gesicht, nur noch eine unbewegliche Maske, erinnerte an das eines Kindes, an ungeformtes Wachs. Da war nichts mehr. Sein ganzes Leben war eine vergebliche Suche gewesen, als hätte er nie zu seinem wahren Metier gefunden, zu einer Größe oder Leidenschaft, die so grenzenlos und gleichgültig war, so berauschend und rätselhaft wie die weite Landschaft am Fuß des Hügels. Sie war weiter als die Strecke von Moskau nach London und durfte sich immer noch Australien nennen, eine Erfindung so absurd wie Heidl selbst. Er hatte bis zum Schluss behauptet, er sei hier geboren.

Und auf eine gewisse, wesentliche Weise hatte er vielleicht sogar recht. Das Land war nicht unendlich verbesserungswürdig, sondern unendlich korrumpierbar. Es war bereit, sich restlos zu verkaufen, Stück für Stück und immer noch billiger als beim letzten Mal. In so einem Land hätte Heidl eigentlich Großes erreichen müssen, wenn nicht gar alles. Sicher fragte er sich, wie es so hatte enden können.

Ich wollte mit ihm reden, weil es mir in der Situation höflich erschien, außerdem wäre es lächerlich gewesen, wenn ich geglaubt hätte, Worte könnten jetzt noch von Bedeutung sein. Das wusste ich, und auch, dass er wahrscheinlich zu viel zu sagen hatte und das Einfachste nicht mehr aussprechen konnte.

Das ist alles nur ein Traum, wollte ich sagen, weil es mir so vorkam. Ich spürte eine schreckliche Leere, gegen die man nur ankommen kann, indem man sich mit anderen zusammentut. Aber ich konnte ihm nicht sagen, ich würde bei ihm bleiben, weil er das möglicherweise missverstehen und mich ebenfalls erschießen würde. Er wiederum konnte sich mit niemandem mehr zusammentun, weil er nicht mehr da war. Was war echt und was geträumt? Das war unser Problem, das war die Frage, und ich hätte sie stellen sollen, denn vielleicht hatte er im Sterben die Antwort gefunden, oder ich, beim Anblick des Sterbenden.

Er sagte nichts. Stattdessen dachte – oder träumte – er weiter. Vielleicht träumte er, er würde denken, oder umgekehrt. Schwierig zu sagen, unmöglich zu wissen. Ein Schwarm schwefelhaubiger Kakadus zeichnete mit weißen Flügelunterseiten ein bewegliches Mosaik in den Himmel, Heidl folgte ihm mit Blicken, bis der Schwarm verschwand und der Himmel wieder blau und leer war.

Im selben Moment hörte ich eine krächzende Stimme, unendlich weit entfernt. Ich schaute hinunter und stellte entsetzt fest, dass Heidl zu mir sprach. Seine Augen waren immer noch gen Himmel verdreht, seine Lippen bewegten sich, eigentlich mehr ein Beben, jedes Wort schob sich feucht, verschleppt, langsam und schleimig – was war das, Speichel oder Blut? – über seine Lippen.

Erschieß … mich, murmelte er.

Ich reagierte nicht. Ich schaute auf ihn hinunter. Ich hasste ihn. Ich sah ihm in die Augen, damit er es begriff. Ich weiß nicht, ob er mich verstand, oder ob es ihm egal war. Er röchelte, hielt inne.

Mach dem ein Ende, sagte er, wenigstens erinnere ich es so.

Ich war mir nicht sicher, seine Stimme war zu schwach. Seine Sätze waren nur ein Röcheln, ein Meckern. Er blubberte wieder. Ich hätte zum Haus laufen und Hilfe holen können. Vielleicht hätte ich sein Leben retten können. Oder ihn wenigstens trösten.

Wollte ich aber nicht. Nichts von alldem. Ich wollte, dass er stirbt. Damit der Bann gebrochen würde, damit ich ihn für immer los wäre und endlich frei.

Bitte, flehte er.

Ich fühlte etwas, aber ich wusste, ich musste meine Gefühle überwinden.

Ihr Schweine, ihr mit euren Büchern!, krächzte er plötzlich. Auf einmal hatte er wieder Kraft in der Stimme, verächtlich spuckte er die Worte aus. Ihr seid die Allerschlimmsten. Ihr habt kein Mitgefühl.

Sein rechter Arm zuckte empor, er streckte eine bläuliche Hand mit gespreizten, gekrümmten Fingern aus, er zitterte, griff nach etwas – dem letzten Strohhalm? Wollte er uns verfluchen? Salutieren, jemanden erwürgen? Die Gebärde war rätselhaft und furchtbar.

Sein Arm fiel in den Staub zurück. Ein wilder Glanz überzog seine schwarzen Augen, seine Nasenflügel bebten zornig, in einem anderen Rhythmus als der Wangenmuskel. Seine Stimme verlor sich in Gemurmel und Grunzen. Vielleicht stieß er Drohungen und Verfluchungen aus, oder er betete, was ich aber bezweifle. Die Anstrengung war zu groß, er verstummte wieder. Ich wandte die Augen nicht ab. Er existierte noch immer. Ich ließ ihn tief in mich hineinschauen und alle meine Gefühle sehen. Er wirkte verwirrt, verloren.

Plötzlich zuckten seine Schultern heftig, als hätte er eine furchtbare Ahnung, eine unerträgliche Vision.

Es kommt, zischte er. *Es kommt!*

Ich lauschte, ob er noch mehr sagte, aber da war nichts. Zehn oder fünfzehn Minuten später, ich wusste es nicht genau, wurde sein Blick starr. Die Wange zuckte nicht mehr.

Und da merkte ich etwas.

Ich vertraute ihm nicht einmal jetzt, da er tot war. Ich wartete, wagte keine Bewegung. Nach einer Weile setzte sich mein Körper über meinen Verstand hinweg und wandte sich langsam ab, trat einen Schritt vor und dann noch einen. Ich ging weiter, ganz langsam, und fühlte mich unendlich erschöpft. Ich hörte keinen Schuss und kein Geräusch. Irgendwann fing ich zu rennen an, und ich hörte nicht mehr auf.

3

Die Nacht fiel auf mich herab wie der Umhang eines Straßenräubers. Die Nacht erfüllte die Welt, in die ich mich kopfüber stürzte. Scheinwerfer erhellten den Asphalt, der Fahrtwind der vorbeirasenden Laster und Autos rauschte. Heidls Klagen hatten das Universum verärgert. Lkw-Hupen schallten warnend gen Himmel, während ich sie auch in den Kurven überholte und durch das schwarze Nichts der Stadt entgegenraste, dem Meer, das ich wenige Stunden später überfliegen würde, hineingebohrt in die klammen Eingeweide des Nachthimmels, angetrieben von Feuerstrahlen, die mich meinem Schicksal entgegenschleuderten.

Sicher angeschnallt auf meinem Platz, stellte ich verblüfft fest, dass die Welt sich weiterdrehte. Die anderen Passagiere lasen oder dösten vor sich hin, anscheinend hatte niemand ein Problem damit, neben einem Menschen wie mir zu sitzen. Das Flugzeug, mein Sitz, die Bäume, das Rollfeld, die Schwertransporter; die Schafe auf den Weiden, an denen ich auf meiner Flucht vorbeigerast war, die tiefen, gewundenen Flusstäler, die ich überquert hatte, die tristen Betonschluchten der Lärmschutzwände auf dem Weg in die Stadt waren noch dieselben wie am Morgen.

Regentrübsal, Wolkentinte, Flügelstottern, kondensierter Atem am Flugzeugfenster.

Weil so vieles unverändert war, lag nahe, dass auf mich dasselbe zutraf. Zeitweise glaubte ich, nichts sei geschehen, nichts habe sich verändert, aber sobald das Gefühl sich in Hoffnung verwandeln wollte, überwältigte mich die Erkenntnis. *Alles* hatte sich verändert. Es war wirklich passiert, und jetzt war ich ein anderer.

Der Kopf verdreht, die Seele gebeutelt, das Leben verloren.

Ich begriff allerdings noch nicht ganz, *was* passiert war. War ich, wie ich mir immer noch einreden wollte, zu ihm zurückgegangen, um ihm zu helfen, oder wollte ich einfach nur sicherstellen, dass er starb? Hatte ich ihn getötet oder er sich selbst? Hatte er mich gezwungen zurückzukehren, um mir zu beweisen, dass er mich am Ende doch kontrollierte und ich ihn umgebracht hatte, so, wie er es wollte?

Das Flugzeug zitterte, ging über in den Sinkflug.

Am Flughafen von Hobart stieg ich in ein Taxi, der Innenraum stank bestialisch nach Kleber. Das Radio lief, ein Nachrichtensprecher sagte, Siegfried Heidl sei erschossen aufgefunden worden.

Ich ließ die Seitenscheibe herunter. Die Luft knallte herein, ich schluckte. Wieder und wieder. Etwas hatte Besitz von mir ergriffen, und ich konnte es nicht einmal auswürgen.

Das ist ja mal eine blutige Geschichte, sagte der Taxifahrer.

Die Polizei, fuhr der Nachrichtensprecher fort, bitte um Unterstützung bei den Ermittlungen. Zeugen, die Heidl in den Stunden vor seinem Tod gesehen hätten, sollten sich melden.

Wer tut denn so was?, fragte der Fahrer.

Ich, sagte ich und zeigte durch die Windschutzscheibe, kann da vorn aussteigen. Hinter der Kreuzung. Danke.

Ich hatte Heidls Flüstern im Ohr, zwei bedeutungslose letzte Worte, eine düstere Vorahnung, wieder und wieder hörte ich ihn zischeln. Ich wollte noch etwas sagen, aber mir war übel vom Fliegen, vom Schlafentzug, vor Angst, aber sobald ich den Mund aufmachte, drängte die kalte Luft hinein. Ich versuchte, mich an das Wort zu erinnern, das Gene Paley bei unserer ersten Begegnung benutzt hatte. Als wir vor dem Haus gehalten hatten und der Taxifahrer mir meinen Seesack reichte, fiel es mir endlich wieder ein.

Sklaven.

TEIL 17

1

Ich hatte mir die weinenden Zwillinge über die Schultern gelegt und trug sie durchs Wohnzimmer. Im Fernseher liefen die Spätnachrichten, Suzy döste auf dem Sofa. Alles war Heidl, und Heidl war alles. Gerade als ein paar alte Aufnahmen von der ASO über den Bildschirm flimmerten – Helikopter, Waldbrände, Heidl mit dem Order of Australia, eine Parade junger Männern in Uniform, Heidl in Handschellen, wie er sich nach der Festnahme einen Weg durch die Reporter bahnt –, klingelte das Telefon.

Ich dachte, die Polizei würde anrufen, aber dann war es nur Gene Paley. Er sagte mir, dass meine Identität zuverlässig geheim gehalten werde. Ich sei vor den Medien sicher und könne in aller Ruhe am Buch weiterarbeiten.

Er hielt inne, wartete auf eine Reaktion. Ich schwieg. Im Hintergrund hörte ich einen Reporter sagen, die Polizei könne zu diesem Zeitpunkt nichts ausschließen und ermittle in alle Richtungen. Ich wollte mich durch Paleys Worte beruhigen lassen, aber es funktionierte nicht. Ich war voller Groll, durcheinander und gereizt. Ich fühlte mich schuldig und in die Ecke getrieben. Ich fühlte zu viel.

Warten Sie kurz, sagte ich, legte den Hörer hin und schaltete den Fernseher aus. Gene Paley missverstand die Unterbrechung als Zeichen meiner Trauer. Ich fragte mich, ob ein Teil von mir trauerte. Ich hatte keine Ahnung, was ich empfand.

Ich weiß, es ist hart für Sie, Kif.

Ich hatte geglaubt, Gene Paley wüsste Bescheid, aber natürlich wusste er nichts. Er dachte an das Buch. Er war Verleger, er dachte immer nur an das Buch. Ich war unsagbar erleichtert und schon im nächsten Moment enttäuscht darüber, dass er nichts wusste, es nicht einmal ahnte, keine Fragen stellte. Ich, wollte ich rufen, *ich*! Auf einmal kam mir der bleiche Gene Paley mit den dünnen Armen und den hässlichen roten Muttermalen wie der größte Narr vor. Er war auf dem falschen Dampfer.

Alles in Ordnung, sagte ich. Mir geht es gut.

Aber in Gedanken sah ich Heidls bebende Lippen, seine Augen, die Würgerkrähe am Himmel. Ich nahm den Hörer in die andere Hand, entdeckte unter meinen Fingernägeln einen Rest der Erde, über die ich vor wenigen Stunden noch gekrochen war.

Ein guter Autor macht sich die Hände schmutzig, Kif.

Geht es voran?, fragte Gene Paley.

Ja, sagte ich, langsam, aber sicher.

Ich spürte eine Veränderung, in mir wuchs etwas Grausames, Gnadenloses, ich bekam Angst vor mir selbst.

Wie viel Text haben wir schon?

Etwa ein Drittel.

Und der Rest?

Er ist *tot*, sagte ich.

Gene Paley hielt ein zweites Mal inne. Ich wurde wütend, als hätte er mich zu allem gezwungen; und nun wollte er mir auch noch das Geständnis abringen, dass ich kein Buch hatte.

Es tut mir leid, sagte Gene Paley. Kif, ich weiß, wie sehr Sie … wie gern Sie Siegfried hatten.

Gern?, fragte ich und spürte etwas in meiner Brust, von dem ich fürchtete, es könnte durch meine Kehle aufwärtskriechen und meine Lippen verzerren.

Siegfried, sagte Gene Paley, hüstelte, sprach weiter. Siegfried hat nichts … unterschrieben?

Vielleicht aus dem Wunsch heraus, uns beiden nicht die

letzte Hoffnung zu nehmen, sagte ich mehr oder weniger nichts. Jedenfalls sagte ich nicht Nein. Ich weiß nicht, warum ich log. Vielleicht wollte ich einfach nur möglichst schnell auflegen und Gene Paley loswerden.

Er hat die Einwilligungserklärung unterschrieben?, fragte Gene Paley aufgeregt. Die Erklärung, in der steht, dass es eine Endfassung gibt und diese Endfassung den Tatsachen entspricht?

Die Welt war zu kompliziert, ich verlor die Orientierung.

Was habe ich eben gesagt?, fragte ich.

Aber das ist doch gut, Kif, das ist wunderbar!

Das Problem, sagte ich, besteht nicht darin, dass wir keine Erklärung haben, die beglaubigt, dass der Text fertig ist und den Tatsachen entspricht. Wir haben keinen Text, den es zu beglaubigen gäbe.

Kif, das habe ich verstanden. Aber Sie haben seine schriftliche Freigabe.

Jetzt kann uns niemand mehr erzählen, wie sein Leben wirklich war, sagte ich.

Der Tod ist nicht das Ende, sagte Gene Paley. Er ist ein Semikolon, mit viel Platz dahinter.

Das ist das Problem.

Schweigen.

Es ist kein Problem, sondern eher eine glückliche Fügung, sagte Gene Paley. Füllen Sie die Lücken.

2

Am nächsten Morgen war Heidl in allen Schlagzeilen. Den ganzen Tag lang berichteten Radio und Fernsehen in Sondersendungen über ihn. Endlich wurden die Verbindungen und Vergleiche, die er selbst so sehr geliebt hatte, auch von anderen gezogen – von Kommentatoren, Akademikern, Experten, Journalisten. Sie ließen keines seiner geliebten Stichworte aus: *Nugan Hand, Mord, CIA, Spion, Allende, Verschwörung, Whitlam, Auftragsmörder, Kalter Krieg, verdeckte Operation*. Sie spekulierten über das undurchsichtige Geschäftsmodell der ASO, ihre Aktivitäten, ihre paramilitärischen Strukturen und der Himmel weiß was noch. Aber sie hatten, wie ich bald merkte, im Detail keine Ahnung. Gene Paley war allgegenwärtig und verkündete, Heidl habe eine schonungslose Biografie voller sensationeller Enthüllungen hinterlassen, über die momentan noch nichts veröffentlicht werden könne.

Wie auch.

Ich war in Hobart und immer noch dabei, diese Enthüllungen zu Papier zu bringen.

Wann immer ich etwas Neues über Heidl hörte oder las, ärgerte ich mich mehr darüber, dass Gene Paley mich von den Medien abschirmte. War ich nicht der Einzige, der die Wahrheit kannte? Sollte ich nicht derjenige sein, der zur Nation sprach? Doch schon im nächsten Moment wurde meine Eitelkeit von der Panik überholt. Die Polizei. Die Polizei! Es war nur eine Frage der Zeit, bis sie vor meiner Tür stehen würde – und was sollte ich dann sagen? Ich spürte einen dicken Kloß im Hals. In Gedanken legte ich mir tausend Geschichten zurecht und erkannte dann, dass es das Beste war, mich an die einfachste zu halten – die, die ich Suzy erzählt hatte und die teilweise sogar stimmte. Angeblich hatte ich meinen letzten Tag in Melbourne in Sullys Wohnung verbracht und an dem Buch gearbeitet. Am Abend hatte ich den Nissan wie vereinbart in der Tiefgarage abgestellt, war mit dem Taxi zum Flughafen gefahren und nach Hause geflogen.

Du musst Gene Paley zurückrufen und ihm irgendwas sagen, meinte Suzy, als ich ihr meine Notlage – oder wenigstens einen Teil davon – erklärte. Die nicht unterzeichnete Erklärung, das unfertige Manuskript, Heidls mysteriöser Tod, der höchstwahrscheinlich ein Selbstmord war. Immerhin hatte sie Verständnis dafür, dass ich nicht trauerte. Es war früh am Morgen, und wir tranken Kaffee, den sie zum ersten Mal seit der Schwangerschaft genießen konnte.

Das Gute an Suzy war, dass ich sie nie anlügen musste – es sei denn, ich musste. Ich hatte ihr alles sagen wollen, aber dann verging die Zeit, die Zeit dämmte alles ein, strömte dahin und formte Hindernisse; die Zeit bewegte sich weiter, und die eben noch so dringliche Wahrheit blieb stromaufwärts zurück, wurde immer kleiner und erschien mir nach einer Weile ebenso unnötig wie überflüssig. Ich wollte ihr alles beichten. Aber je länger ich wartete, umso unmöglicher erschien mir das. Und was war eigentlich *alles*? Das, was passiert war? Ich wusste es selbst nicht genau.

Mehr aus Gewohnheit denn hoffnungsfroh und voller Tatendrang ging ich in meine kleine Schreibkammer hinauf, die jeden Tag kleiner und bedrückender wurde. Gene Paley und die Welt waren der Auffassung, es gäbe ein Buch. Ich kletterte über den Schreibtisch und ließ mich in die Lücke sinken. Ich öffnete meinen Rucksack. Als ich am Vortag aus Heidls Haus geflohen war, hatte ich, um keine Spuren zu hinterlassen, alle Unterlagen eingesammelt. Ich holte das Buch zum Thema Geldwäsche heraus, das er mir gegeben hatte, und mein Manuskript. Obenauf lag die nicht unterzeichnete Einverständniserklärung.

Wie hatte ich so dumm sein und Gene Paley anlügen können? Es ergab keinen Sinn. Gene Paley mochte sich kurz gefreut haben, aber nun war ich auf ewig verdammt. Ich hatte gelogen, völlig grundlos, aus Dummheit. Und jetzt hatte ich auch Suzy angelogen, beziehungsweise etwas noch Schlimmeres getan: Ich hatte ihr die Wahrheit verschwiegen. Um die Lüge zu vertuschen, würde ich mir bald noch weitere Lügen ausdenken müssen, und fortan würde sich Lüge auf Lüge schichten, die Lügen würden ein Eigenleben führen und verkrusten wie Salzkristalle. Allein bei der Vorstellung wurde mir schlecht.

Gleichzeitig fühlte ich das Gegenteil – ich war geradezu euphorisiert, denn was ich tun würde, war ebenso mutig wie befreiend. Und je länger ich zwischen den zusammenrückenden Wänden meiner Kammer saß, desto euphorisierender wirkte die Mischung aus Angst und Vorfreude; ungeahnte Freiheiten schienen sich aufzutun, als könnte ich plötzlich ein anderes Leben führen. Vielleicht hatte für Heidl darin der große Reiz des Lügens bestanden.

Der Anblick des Manuskriptstapels bedrückte mich. Ich war zu deprimiert zum Arbeiten. Um mich abzulenken, schlug ich Heidls Abschiedsgeschenk auf, das Buch über Geldwäsche. Rechts oben auf der Titelseite stand in einer kindlichen, rundlichen Handschrift sein Name. Ich blätterte in dem Buch herum, aber nichts erregte mein Interesse. Ich klappte es zu und befasste mich wieder mit dem Manuskript.

Einige Minuten später schlug ich noch einmal die Titelseite auf. Ich sah wieder nur einen Namen, aber diesmal waren die Buchstaben wie göttlich erleuchtet. Ich griff zum Stift. Unter Caravaggios glotzendem Goliath ahmte ich die rundliche Schrift nach, so gut ich konnte.

Siegfried Heidl

Der erste Versuch ging daneben.

Siegfried Heidl

Der zweite war schon besser. Ich meinte zu spüren, wie etwas in mich eindrang. Ich dachte an seine Stimme, hatte plötzlich Vergnügen daran, mit einem fremden Namen zu unterzeichnen …

Siegfried Heidl

… als wäre es meiner. Ich zupfte mir ein paar verfilzte Katzenhaare vom Ärmel, ließ sie fallen, hielt das Blatt ins Licht. Die Unterschrift sah passabel aus.

Siegfried Heidl

Siegfried Heidl

Siegfried Heidl

Ich legte die Einwilligungserklärung vor mich hin, datierte sie zwei Tage zurück und schrieb auf die gestrichelte Linie:

Siegfried Heidl

3

Ich schob das Manuskript zusammen, stopfte es in meinen Rucksack und nahm es mit zum Salamanca Place. Die Welt war still und strahlend. Ich lief durch die Straßen, bewunderte die Schönheit von Gossen und Müll. Alle Leute, denen ich begegnete, wirkten ausnehmend freundlich, der ganze Tag schien von unerwarteter Heiterkeit.

Ich ging in Knopwoods Taverne, die wie immer um elf Uhr vormittags ziemlich leer war, und bestellte ein Bier. Ich trank es aus, war dankbar, spürte, wie etwas verschwand und etwas Neues seinen Platz einnahm. Ich bestellte ein zweites Bier, setzte mich in eine Ecke neben den klebrigen Schachtisch, holte das Manuskript heraus und schob es vorsichtig an die Seite.

Ich schlug meinen Notizblock auf und rechnete noch einmal nach. Ich hatte hundertfünfundzwanzig annehmbare Seiten und würde weitere hundertneunzig brauchen, um auf die Mindestanzahl zu kommen. Wenn ich zwei Tage für die Korrekturen abzog, blieben mir noch neun Tage Zeit, was bedeutete, dass ich mindestens zwanzig Seiten täglich schreiben müsste. Ich begriff, zu wem ich geworden war und worin meine Aufgabe bestand, und ich machte mich unverzüglich an die Arbeit.

Ich überflog, was ich hatte, und schrieb ein paar Kommentare dazu. Wo der Text nicht gerade durchschaubar oder schlichtweg affektiert war, klang er sterbenslangweilig. Ich begann, aufs Neue zu verzweifeln. Heidl war weg, und ich wusste nicht, woher ich den Stoff nehmen sollte. Ich sah nur offene Fragen, die nicht bloß kleine Details betrafen, sondern den großen Spannungsbogen, den Heidl mir hätte liefern sollen. Er würde mir gar nichts mehr liefern. Ich hatte keinen Zugang zu den Fakten, die ich brauchte, und keine Zeit, mit Heidls Frau oder seinen Freunden zu sprechen. Ohnehin hätten die mir wohl nichts erzählen können als weitere Lügen.

Heidl war kein Erfinder gewesen, aber er hatte sich selbst unentwegt neu erfunden. Er konnte auf mehrere Geburten und viele Elternhäuser zurückblicken, und seine Herkunft war so mythisch und proteisch wie die eines antiken Gottes. Heidl setzte Heidl in die Welt, und der wiederum einen neuen Heidl, und jeder Heidl war noch undurchschaubarer als sein Vorgänger.

Oder war er – wie eine Fernsehdokumentation nahelegte, die ich viele Jahre später sah und die mir glaubhaft erschien – immer derselbe Mensch, der sich nur neue Namen und Legenden zulegte? Die Doku zeichnete die Geschichte eines Hochstaplers nach. Sie begann mit dem bayrischen Betrüger Heinrich Froederlin, der in den 1960er-Jahren in München als Transportkaufmann gearbeitet und das Straßenbauamt um Hunderte Millionen Mark geprellt hatte. Er verschwand und tauchte später als der Wiener Hausierer Friedrich Tomek wieder auf, der sich seinerseits in Tilman Frodek verwandelte. Aus dem ging Karl Friedlson hervor, und aus dem schließlich Siegfried Heidl. Es war wie in *Alien*, nur schlimmer; wer konnte wissen, aus wessen Brustkorb – Ihrem?

Meinem? – die nächste Inkarnation des parasitären Monsters herausbrechen, welche Gestalt es diesmal annehmen würde?

Dass Siegfried Heidl – der erst in dem Moment zu Siegfried Heidl wurde, als er sich bei der Australian Safety Organisation bewarb, einem altmodischen Verein für Betriebssicherheit, der seit den 1930ern mit einer Reihe von Plakaten und (kurzzeitig) auch Aufklärungsfilmchen dafür warb, dass alle Arbeiter an der Drehbank ein Haarnetz tragen sollten –, dass dieser Mensch eines Tages eine neue Identität annehmen und sich abermals verwandeln könnte, erschien mir seinerzeit unvorstellbar.

Als Siegfried Heidl zum Unternehmen kam, hatte die ASO gerade einmal fünf Angestellte. Arbeitsschutz und Sicherheitsstandards waren damals noch kein Thema; Heidls Job hatte darin bestanden, Fabriken und Werkstätten zu besuchen und den sicheren Gebrauch von Trittleitern und Drehbanken sowie das rückenschonende Heben schwerer Lasten zu demonstrieren. Vor dieser nachweisbaren Existenz Heidls hatte Heidl keine Geschichte, nur die Anekdoten, die er selbst erzählte, interpretierte und abwandelte – Tag für Tag, Woche für Woche und Monat für Monat.

Einige Details erschienen wahr, zumindest waren sie nicht nachweislich falsch. Dass er beispielsweise als Buchhalter in einem Aborigine-Reservat in Kimberley gearbeitet hatte, schien ein Foto aus den *Northern Territory News* zu beweisen (dessen Bildunterschrift, die einen Namen verraten hätte, allerdings abgerissen war), außerdem ein paar unscharfe Polaroids, in denen er auf roten, von verdorrtem Gestrüpp gesäumten Lehmstraßen, neben einsamen Affenbrotbäumen und zwischen üppigen Urwaldpflanzen posierte, immer an seinen rotweißen 55er LandCruiser gelehnt.

Jedenfalls schien jede neue Geschichte die vorangegangene ebenso zu bestätigen wie zu widerlegen, bevor sie durch eine dritte ganz verdrängt wurde. Übrig blieben nur die Geste des Erzählens und die sportliche Frage, wie lange er mit dem Spiel diesmal durchkommen würde. In dem Zusammenhang hatte Heidl instinktiv erfasst, dass der Hang der Menschen zu Selbstbetrug und Wunschdenken noch viel größer war als sein eigener Hang zur Lüge.

Manchmal bin ich mir gar nicht mehr sicher, dass er so viel gelogen hat. Denn im Grunde hat er den Leuten keine Geschichten erzählt, sondern sie vielmehr in seine Wahnvorstellungen eingeladen – ASO, Spaceportal, Nugan Hand. Heidl, der große Erzähler, war wie Gott in seiner Schöpfung allgegenwärtig und gleichzeitig unsichtbar.

Und trotzdem war er immer für eine Überraschung gut. Meistens gab er sich ungebildet, aber gelegentlich schimmerte ein Hinweis darauf durch, dass er es nicht war. Einmal hatte er mehr über Suzy und die bevorstehende Zwillingsgeburt wissen wollen, und ich hatte ihm gesagt, das sei mir zu persönlich.

Heidl hatte mir daraufhin erklärt, das Wort persönlich habe seinen Ursprung im Lateinischen *persona*, was so viel wie Maske bedeute.

Ist es das, was wir unter Persönlichkeit verstehen, Kif? Eine Maske?

Seine eigene Maske – wenn er sich die Mühe machte, sie in meinem Beisein zu tragen – war unfassbar langweilig. Er beharrte darauf, ein *Durchschnittsmann* zu sein, der seine Familie liebte und sich für andere einsetzte; ein *guter Mensch*, der sich in einer Welt des Wahnwitzes durch Selbstlosigkeit, Fleiß und gesunden Menschenverstand ein Imperium aufgebaut hatte. Anderen zuliebe hatte er sich spektakuläre Lügen ausgedacht, doch seine kühnste Leistung bestand darin, erfolgreich den größten aller Langweiler zu spielen.

4

Ich kaufte ein Bier, trank den Schaum ab, leckte mir über die Lippen und machte mich, weil mir nichts Besseres einfiel, an die Arbeit. Ich nahm mir die erste Seite vor und fing an, am Rand das neue Buch zu entwerfen. Ich arbeitete vor mich hin wie damals als Aushilfe auf dem Bau, ohne Freude und ohne Murren, ohne Hoffnung und ohne Verzweiflung, ohne jeden Ehrgeiz. Ich hatte zwar nichts zu sagen, aber genug australische Bücher gelesen, um zu wissen, dass das kein Hinderungsgrund war. Ich fügte Wort an Wort, und so ergaben sich Schichten und Wände und Winkel; etwas Unbekanntes entstand vor meinen Augen, und es war mehr als nur ein Haufen sinnloser Sätze. Hier mussten Wörter herausgenommen oder angeglichen, dort verschoben oder ersetzt werden, und wieder andere, die meisten eigentlich, musste ich neu erfinden, was weiteren Bedarf und weitere Wörter erzeugte. Durch reines Handwerk kam ich voran, und nach einer Weile zeigte sich die ungekannte, köstliche Inspiration simpler Arbeit.

Als ich an den Tresen ging, um mir ein weiteres Bier zu holen, fragte der Barmann, was ich da mache. Ich sagte es ihm.

Ach, ein Schriftsteller, sagte der Barmann. Habe nie einen kennengelernt. Aber ich liebe Jez Dempster! Den kann man lesen. Den können *alle* lesen.

Ich saß in der Taverne und arbeitete fieberhaft. Hin und wieder legte ich eine Pause ein, um am Tresen zu essen oder noch mehr Bier zu bestellen. Ich machte erst am späten Nachmittag Schluss, als der Laden sich mit Büroangestellten füllte. Ich ging nach Hause und kochte Suzy etwas zu essen, aber ihr war übel, und sie bekam nichts hinunter. Ich wickelte die Zwillinge, räumte auf und wusch eine Ladung Windeln, hängte derweil die gewaschenen auf und las Bo ihr Lieblingsmärchen vom Wolf und dem Holzfäller vor.

Am Abend schob ich mir knallorange Ohrstöpsel aus der Apotheke in die Ohren, um die streitenden Junkies von nebenan nicht hören zu müssen. Ich nahm etwas von Rays Speed. Zurückgezogen und aufgekratzt blieb ich bis spät in die Nacht auf, überarbeitete meine handschriftlichen Notizen, die jetzt den kompletten Manuskriptausdruck bedeckten, und legte ein neues Textdokument auf dem Mac Plus an. Ich sah, dass sich plötzlich Verbindungen und Muster ergaben, die da vorher nicht gewesen waren, und wurde ganz aufgeregt.

Ich fühlte mich nicht mehr an die Wahrheit gebunden, auch nicht an Heidl und wie er seine Geschichte hatte erzählen wollen. Seine grotesken Vorstellungen wären ohnehin nicht umsetzbar gewesen. Niemand konnte die Wahrheit über Heidl wissen, aber ich beschloss, in seinem Geiste zu handeln und ihn jeden Tag aufs Neue zu erfinden, nach bestem Wissen.

Zum ersten Mal fühlte ich mich beim Schreiben unbelastet. Obwohl die Sätze sich zunächst nur langsam zeigten, stellten sie sich doch ein. Irgendwann ging es leichter, und ich begegnete einem Mann ohne Moral, der sich eine Maske nach der anderen überstülpte und die anderen täuschte. Wie Heidl legte ich ein Gefühl an, trug es so lange wie notwendig mit mir herum und tauschte es dann durch ein frisches aus. Ich meinte, eine göttliche Offenbarung zu erfahren: *Um über Heidl zu schreiben, brauchte ich keinen Heidl.* Nun, da ich ihn endlich los war, konnte ich in aller Aufrichtigkeit seine Geschichte erzählen, wenn auch in erfundenen Worten. Als ich nicht mehr konnte, zählte ich nach. Ich hatte siebenundzwanzig Seiten geschrieben.

Ich verstand, was Gene Paley mit der glücklichen Fügung gemeint hatte. Heidls Tod war eine Befreiung. Er versetzte mich in die Lage, Heidl einzigartig und wiedererkennbar zu gestalten, obwohl er keines von beidem je gewesen war.

5

Die nächsten Tage waren wie ein Rausch mit viel Kaffee, Sodbrennen und einem ungeahnten Wortschwall, der eines Tages sicherlich versiegen würde, mir in dem Moment aber unerschöpflich schien. Ich fügte einfach Wort an Wort. Das Buch geriet dort ins Schwingen, wo es nicht um das große Ganze ging, sondern um die Kleinigkeiten. Nicht mein hoher Anspruch, sondern die einfache Bestrebung, gute und belastbare Sätze zu formen, ergab einen Ton.

Mit jedem Tag kam ein Stück Text hinzu. Ich fand ihn nicht großartig, nicht einmal gut. Aber das kümmerte mich nicht, für derlei Sorgen hatte ich keine Zeit. Dass ich meinen Ehrgeiz verloren hatte, machte mir nichts aus. *Ich hatte ein Buch*, und das war mehr als je zuvor. Mich trieb nur noch ein Wunsch an: dass der Text funktionierte und ich ihn dort, wo er nicht funktionierte, entsprechend verbessern konnte. Mehr wollte ich nicht. Das bedeutete mir, wie ich überrascht feststellte, alles.

Ich möchte nicht übertreiben. Ich war kein Borges oder Kafka. Ich war kein Joyce, der hinter dem Restaurant Polidor im Müll stocherte, und kein Tebbe, der Tebbismen ersann, oder was immer Tebbe auch tat. Ich ging einfach nur meinem Leben zu jener Zeit nach, in seinem ganzen katastrophalen Ausmaß. Ich arbeitete in halsbrecherischem Tempo, und nebenbei reparierte ich Kinderbettchen, stöberte in Gebrauchtwarenläden nach Zwillingsbuggys und Stubenwagen, antwortete auf Inserate für Sitzschalen und entlastete Suzy, indem ich das Kochen und Putzen übernahm.

Ich schlief, wann und wo ich konnte – nachts ein paar Stunden neben Suzy, bis die Zwillinge aufwachten, sich mit Weinen abwechselten wie beim Staffellauf und das Ehebett kaperten; danach auf einer Luftmatratze am Boden; tagsüber – wenn ich zu müde war, ein weiteres Wort zu schreiben – mit dem Kopf auf dem Schreibtisch oder auf dem Teppich darunter. Suzy versuchte, sich in diesen Stunden allein um die Zwillinge zu kümmern, was praktisch unmöglich war. Ich half ihr, obwohl ich währenddessen nur an die entgangenen Schreibminuten dachte und immer gereizter und panischer wurde. Alle wunderten sich, wie wir das überhaupt hinbekamen. Die Antwort war: kaum. Aber wir hatten keine Wahl, also bekamen wir es hin.

Was mir den höchsten Genuss hätte bereiten sollen, konnte ich nicht genießen. Wenn Suzy über die Babys sprach, ärgerte es mich, danach schämte ich mich dafür. Suzys Wangen waren eingefallen, sie schlief kaum noch und nahm durch das Stillen immer weiter ab. Sie war jenseits von abgekämpft, aber ich hatte anderes im Kopf; so gesehen war ich besessen. Ich sah krabbelnde Ameisen, kreisende Vögel, roch Baumrinde und feuchte Erde. Je freundlicher Suzy zu mir war, je mehr sie mich aufheitern oder Interesse an meinem Buch zeigen wollte und je mehr Hausarbeit an ihr hängen blieb, desto mürrischer und gehässiger wurde ich, weil ich ihr nichts von meinen Gedanken mitteilen konnte. Ich hatte keine Worte für das, was geschah.

Wir stritten wieder. Wie hätte es unter den Umständen anders sein können? Wir mussten trotzdem weitermachen, waschen, putzen, füttern, und ich musste schreiben, den ganzen Tag und bis tief in die Nacht, wenn möglich sogar bis in den frühen Morgen, angetrieben vom Speed und von der Verzweiflung und unserer bitteren Geldnot.

Eines späten Abends rief Ray von einem Münztelefon in Port Douglas an und erzählte, er habe auf einem Krabbenkutter angeheuert und werde sich eine Weile nicht melden können. Die Verbindung war schlecht, ich meinte, jeden der gut dreitausend Kilometer zu hören, die uns trennten. Er erzählte, die Polizei habe ihn zweimal befragt, aber er habe nichts von der Glock oder Heidls Selbstmordplänen verraten. Die Polizisten hätten sich anscheinend damit zufriedengegeben, hoffentlich werde er nie wieder von ihnen hören.

Die ganze Zeit wartete ich auf einen Anruf, der nie kam. Ich vermutete Schlamperei aufseiten der Behörden und war entsetzt. Meine Nervosität war quälend. Manchmal brauchte es eine übermenschliche Anstrengung, meine Angst zu überwinden und den nächsten Satz zu schreiben. Aber niemand rief an, niemand befragte mich, und niemand wunderte sich über meinen Besuch bei Heidl an jenem Tag, weil – ich musste es mir immer wieder sagen – niemand davon wusste.

Dennoch verging keine Stunde, in der ich nicht an den drohenden Anruf dachte. Um dem Schicksal zuvorzukommen und mich in eine bessere Ausgangslage zu versetzen, griff ich mehr als einmal zum Hörer, um die Polizei selbst anzurufen und irgendetwas zu erzählen. Um zu gestehen, dass ich dort gewesen war, aber … aber *was*? Um zu versichern, ich sei nie dort gewesen … *wozu*? Ich legte den Hörer wieder auf. Ich habe das wahrscheinlich ein Dutzend Mal getan. Ich bildete mir ein, meinen Teil zur Wahrheit beitragen zu können. Aber zu welcher Wahrheit? Es war eine Erleichterung, mich hinter der Arbeit verstecken zu können.

Irgendwann sagte ein Polizeisprecher, es gebe keine Verdächtigen, alles weise auf Selbstmord hin. Im Laufe der folgenden Tage nahm das Interesse an Heidl stetig ab, andere Neuigkeiten verdrängten ihn aus den Schlagzeilen. Eine mathematische Formel schien den Abstieg von der Prominenz in die Anonymität zu regeln; Heidls Geschichte rutschte von Seite eins auf Seite zwei und von dort auf Seite vier, und jeder Artikel war halb so lang wie der davor. Eines Tages entdeckte ich eine Randnotiz irgendwo im Mittelteil der Zeitung, ganz unten auf der Seite. Jemand spekulierte über den Inhalt der kommenden Memoiren. Über dem Text sah ich eine Werbung für Waschmaschinen, daneben einen größeren Artikel über einen Melbourner Auftragskiller. Mein Blick blieb an dem Foto hängen: Berties Pizza- und Pasta-Lieferservice in Glen Huntly. Der Besitzer Alberto Ricci war wegen vierfachen Mordes festgenommen worden. Der Imbiss war eine Tarnung gewesen, die Auftraggeber hatten ihre Bestellung auf dem Anrufbeantworter hinterlassen. Ich las den ersten Absatz, und dann las ich nicht weiter.

6

Alles zerfloss. Ich hatte immer geglaubt, der Zweck des Schreibens bestünde darin, Wörter auf ihre Bedeutung festzunageln, aber nun merkte ich, wie viel Spaß es machte, sie zu befreien und Kapriolen schlagen und Wunder vollbringen zu lassen, sie bei ihrem ungebührlichen Verhalten zu beobachten und ihre überraschende Anmut und Weisheit zu bestaunen. Man hatte mir gesagt, die Worte seien ein Spiegel, aber mir erschienen sie wie der Mond, in dessen silbrigem Licht sich zeigte, was sonst in rätselhafter Dunkelheit lag. Nichts schien mehr fest gefügt, ich ließ mich davontragen.

Ich hatte geglaubt, alles über das Schreiben zu wissen. Inzwischen hatte ich das Gefühl, mich der Wahrheit nur annähern zu können, indem ich mir eingestand, wie wenig ich wusste. Ich hasste Heidl, trotzdem verfasste ich ein ganzes Buch in seiner Stimme, und ich hoffte, die Leser zu der Erkenntnis zu führen, die ich schon jetzt gewonnen hatte: dass dieser Mann – Heidl und doch nicht Heidl, ich und doch nicht ich – böse war. Ich musste nur dafür sorgen, dass sie das Buch bis zur letzten Seite lasen.

Er starb täglich neu vor meinen Augen, jeden Tag, und jeden Tag auf jeder Seite ließ ich ihn auf eine perverse Weise auferstehen, rachedurstig, triumphierend, voller Schrecken. Nein, der Sohn hatte den Vater nicht verlassen, genauso wenig hatte der Vater den Sohn verflucht; aber wen interessierte noch, wer hier wer war? Wir bildeten eine heilige Dreifaltigkeit aus Subjekt, Buch und Autor, unergründlich und unzertrennlich.

Heidl hörte nicht auf zu fantasieren, nicht einmal jetzt, da er tot war, im Gegenteil, denn seit seinem Tod war ich nicht mehr verpflichtet, seine Unwahrheiten und grotesken Übertreibungen mit ihm abzugleichen oder meine neuen und seine alten Lügen in Übereinstimmung zu bringen. Seit er tot war, lebte er intensiver denn je, durch mich. Meine Geschichten waren durchzogen von seinem eigenartigen Sprechrhythmus und seiner verkitschten, pompösen Ausdrucksweise. Jenes wundersame Wesen, das er einst erschaffen hatte und gewesen war, wurde jetzt zu meiner Schöpfung und meiner Erfindung.

Ich war Paulus auf dem Weg nach Damaskus.

Meine Verunsicherung und mein Ärger waren verschwunden. Was uns getrennt hatte, war dahin, und auch die Barrieren, die zwischen mir und der Wahrheit über mich selbst gestanden hatten. Mein Sehen, Hören und Denken war verändert. Ich hatte mein Leben in einem nebligen Tal zugebracht, aber nun hatte der Nebel sich aufgelöst, und ich konnte die wirkliche Welt in aller Klarheit sehen. Sie war völlig anders als gedacht. Das Buch, das ich schrieb, war meine Geschichte. Seit ich nicht mehr ich selbst war, konnte ich endlich ich sein.

So vergingen elf Tage und zwölf Nächte.

Und dann war es vollbracht.

Ich zog mir die knallorangenen Stöpsel aus den Ohren. Regen prasselte aufs Dach. Ich hätte jubeln sollen, aber ehrlich gesagt fühlte ich nichts, und das war genug.

Ich gab die Disketten in die Post. Zwei Tage später erschauderte das gebraucht gekaufte Faxgerät in meiner Schreibkammer und spuckte eine lange Klopapierrolle aus. Das glänzende Spezialpapier roch unangenehm nach verbrannter Kreide. Ich hielt die ersten von Pia Carnevales lektorierten Seiten in der Hand. Eine Woche später, im vereinbarten Zeitrahmen, war das Lektorat geschafft, und vier Tage darauf flog ich nach Melbourne, um die letzten Fragen zu klären. Ich würde die Fahnen durchsehen müssen, außerdem galt es, den Buchumschlag und ein paar Fotos für die Bebilderung auszuwählen.

TEIL 18

1

Pia und ich liefen durch den Flur und an meinem alten Büro vorbei. Ich hatte das Gefühl, eine Ewigkeit eingesperrt gewesen zu sein, dabei hatte ich nur ein paar Wochen in diesem Gebäude verbracht. Das Ganze schien sich in einer anderen Welt und einem anderen Leben abgespielt zu haben, mittlerweile lag ein Todesfall dazwischen. Die Tür zum Büro stand offen, ich erhaschte einen Blick auf einen hünenhaften und vermutlich übergewichtigen Mann. Er stand vor dem Schreibtisch, an dem Heidl bis zuletzt an seinem Imperium der Illusionen gearbeitet hatte, säbelte an einem Schinken herum und ließ sich dabei fotografieren.

Jez Dempster, sagte Pia. Fototermin für sein neues Kochbuch.

Ich dachte, er schreibt Prosa?

Er schreibt Schecks, die wir in seinem Namen einlösen. Wenn es Abdrücke von seinem Anus gäbe, würden wir versuchen, sie in Gips zu gießen und als Buch zu verkaufen.

Ein Buch! Am Ende hatte Heidl nicht einmal das geschafft. Jetzt, da ich mich nicht mehr mit ihm herumärgern musste, schwankte ich zwischen Erleichterung und Triumph; noch war ich auf das Buch, das ich geschrieben hatte, stolz wie ein Jez Dempster. Als ich vor dem Büro stand und den Schreibtisch sah, die kreischenden Francis-Bacon-Sessel und die unendliche Tristesse hinter den Fenstern, verblassten die Furcht und die Beklemmung zu einer fernen Erinnerung. Ich verspürte das Gegenteil von Trauer, ich fühlte mich glücklich und wie neugeboren. Ich hatte eine Autobiografie geschrieben, deren Autor tot war; für die innere Logik des Buches würde ich mich verantworten müssen, nicht aber für den Wahnsinn seines vermeintlichen Urhebers.

Pia klemmte sich das Rundmagazin unters Kinn und schob mit dem Diaprojektor, den sie auf beiden Armen hielt, die Tür zu einem fensterlosen Konferenzraum auf.

Schöne Schuhe, sagte sie mit einem Blick auf meine Füße.

Ich bedankte mich. Während sie am hinteren Ende des langen Konferenztischs den Projektor aufbaute, fand ich den Schalter, mit dem sich die Leinwand von der Decke herunterfahren ließ. Pia setzte das Rundmagazin in den Diaprojektor ein und erklärte, Heidl habe ihr an seinem letzten Tag im Verlag diese Dias und ein paar alte Fotos vorbeigebracht. Sie öffnete einen großen braunen Umschlag und schüttete den Inhalt auf den Tisch.

Langweiliges Zeug, sagte sie.

Es war tatsächlich langweilig, eine Ansammlung von biederen Schnappschüssen, die Heidl und seine Familie vor Holden-Kombis aus den 1970er-Jahren und beim Camping zeigten, in Hotpants, mit Frottee-Caps und von Sonnenbrand pellender Haut, neben alten Geländewagen im Busch.

Wir wählten jene aus, die sich am einfachsten reproduzieren lassen würden. Pia öffnete einen zweiten Umschlag. Er enthielt Bildmaterial aus Heidls Zeit bei der ASO – Werbeaufnahmen, professionelle Schwarz-Weiß-Fotos der Einheiten beim Fallschirmspringen, beim Marschieren und beim Training; Heidl in Uniform, wie er Befehle gab oder einfach nur in die Kamera lächelte. Da waren auch ein paar Hochglanzporträts der Vorstandsvorsitzenden, außerdem jede Menge Bilder von Heidl neben verschiedenen Amtsträgern – Polizeichefs, mehr oder weniger bekannten Politikern, Botschaftern, Wirtschaftsführern. Wir wählten ein paar unverfängliche Bilder aus. Dafür, dass wir mehrere Buchseiten mit Fotos zu bestücken hatten, war die Auswahl dürftig. Ich kroch unter einen Beistelltisch, fand eine Steckdose und stöpselte den Diaprojektor ein. Pia schaltete das Deckenlicht aus.

Eine Weile nestelte sie im Dunkeln an dem Gerät herum. Als sie es endlich geschafft hatte, das Magazin in Bewegung zu setzen, entpuppten sich die Dia-Aufnahmen als ebenso banal wie die Abzüge aus den Umschlägen, derselbe enttäuschende Mix aus verwackelten Familienfotos und scharfen, aber nicht minder langweiligen Profi-Porträts. Die ASO-Einheiten sprangen aus Flugzeugen, kletterten auf Bohrinseln, löschten Brände.

Ich glaube, sagte Pia, Ihr Buch lässt ihn interessanter erscheinen, als er war.

Das kann gut sein, dachte ich, während Pia immer wieder die Fernbedienung betätigte, das Magazin sich klackend weiterschob und der Projektor ein unspektakuläres Bild nach dem anderen auf die Leinwand warf. Heidl hatte eine Bank um siebenhundert Millionen Dollar erleichtert, abgesehen davon war er vielleicht so harmlos gewesen wie diese Fotos.

Immerhin hat er sich die Mühe gemacht, sie in eine Reihenfolge zu bringen, sagte ich. Anscheinend erzählen sie eine Geschichte.

So war es tatsächlich. Die Bilder waren banal, aber sie folgten einem roten Faden, den Heidl in seinen Gesprächen mit mir nie gefunden hatte. Zunächst zeigten sie den fürsorglichen Familienmenschen Heidl, dann den kleinen ASO-Angestellten, zuletzt den Innovator, den Mann an der Spitze, den Impulsgeber der ASO.

Ich weiß, wie gern er über das Böse philosophiert hat, sagte Pia, aber am Ende war das vielleicht nur Tarnung. Möglicherweise war er nur ein kleiner Betrüger.

Sie drückte auf die Fernbedienung, die Leinwand strahlte weiß. Kein Dia. Staub tanzte im Lichtkegel des Projektors.

Das war's, sagte Pia. Das war wohl alles.

Ich stand auf, um das Rundmagazin aus dem Gerät zu nehmen und die Dias herauszusuchen, die wir für das Buch ausgewählt hatten.

Ich glaube, da ist noch eins, sagte ich und zeigte auf das Magazin. Hinter dem leeren Fach steckte noch ein Dia.

Pia drückte abermals auf die Fernbedienung. Etwas in meinem Kopf löste sich und geriet mit dem Magazin in Bewegung. Ich hatte das Gefühl, Heidl endlich durchschaut zu haben; Heidl, der mich so lange verstört und verunsichert hatte, den ich immer noch jeden Abend unter der Dusche abspülen wollte und der, wie ich jetzt erkannte, in Wahrheit so viel kleiner war als gedacht. Er war kein bisschen böse. Das Konzept war viel zu groß für ihn, sein Leben und seine Wahrheiten hatten sich aus Banalitäten zusammengesetzt. Er war eine lächerliche Gestalt.

Ich hob den Kopf. Auf der Leinwand erschien eine verschwommene Landschaft mit dunklen Bäumen. Pia stellte die Linse scharf, die Bäume rückten kurz in den Vordergrund und wieder zurück und erstarrten schließlich zu einer weichen Regenwaldkulisse. In der Bildmitte ragte ein tropischer Baum auf, etwas schien daran zu baumeln. Ich drehte mich zu Pia um.

Sie haben recht, sagte ich. Heidl, der kleine Betrüger.

Kif, sagte Pia, verstummte wieder.

Sie starrte auf die Leinwand, drehte hoch konzentriert an der Linse, als könnte sie das, was sie da sah, in etwas anderes verwandeln oder ganz verschwinden lassen.

Ich drehte mich um.

Es nützte nichts, Pia konnte an der Linse drehen, so viel sie wollte. Ich stand auf und trat ungläubig ans Ende des Konferenztischs.

O mein Gott, flüsterte Pia.

Wohl bin ich ein Wald.

Ich stand vor der Leinwand und konnte den Blick nicht abwenden.

Und eine Nacht dunkler Bäume.

Der Leichnam war ungewöhnlich blutig. Nach einer Weile erkannte ich, warum.

Er hat keine Haut, sagte ich.

Entgeistert betrachteten wir die gehäutete Leiche. Wir waren abgestoßen, fasziniert, angeekelt, stumm. Es gab keinen Zweifel, jemand hatte dem Toten die Haut vom Körper gezogen. Am linken Bildrand meinte ich, große, exotische Blüten zu sehen, die sich bei näherem Hinsehen in die rotweiße Motorhaube eines 55er Toyota LandCruiser verwandelten.

Wir hätten unsere Schlüsse ziehen können. Taten wir aber nicht.

Warum nicht? Ich frage mich das bis heute. Wahrscheinlich wollten wir einfach nur unseren Job machen, und die Leiche gehörte nicht dazu. Wir bildeten uns ein, im Kreativgeschäft zu sein, solche Wahrheiten waren uns einfach zu krass. Außerdem war nicht auszuschließen, dass er uns einen letzten Streich spielen wollte, vom Grab aus. Vielleicht war dieses Foto nichts als ein weiterer leerer Schiffscontainer. Wir versuchten, ein Leben auf die Größe eines Buchs zu verkleinern und hatten nicht vor, uns der Größe des Lebens zu öffnen. Jedenfalls erklärte ich es mir damals so. Wir wollten abschließen, nicht anfangen, wir wollten unsere Vorurteile nicht entlarven, sondern bestätigt sehen.

2

In stillem Einvernehmen drückte Pia auf die Fernbedienung. Die Blende schloss sich, das Magazin rutschte schwerfällig weiter und rastete ein. Die Leinwand leuchtete abermals weiß. Der Konferenzraum lag da wie in Mondlicht getaucht und wirkte nüchtern und streng auf eine Weise, die damals noch neu war, aber bald allgegenwärtig sein würde.

Seine funktionalen Oberflächen, die in die Tische eingelassenen Kabel und die cremeweißen Möbel kündeten von einer atemberaubend leeren Zukunft. Im quecksilbrigen Licht dieses Konferenzraums – übersichtliche Aufteilung, mattschwarzer Stahl, Melamin und Linoleum, Brandschutzteppich mit abstraktem Muster – verlor die Gegenwart an Gewicht, wogegen man die Zukunft jetzt schon als Last spüren konnte.

Ich hatte einen langen Weg hinter mir, von meiner elenden Schreibkammer über das Eckbüro mit den Furnierholzregalen bis in diesen abgehobenen Raum, einen vertikalen Aufstieg in eine Sphäre, die hier und nirgendwo, ein bestimmter Vormittag und zugleich die Zukunft war. Wir saßen im fensterlosen Vakuum und starrten auf eine Leinwand, die scheinbar nur zur Vorführung des Nichts hier installiert worden war. Sie war wie ein Portal in eine unendliche Leere, in der wir unser restliches, einsames Dasein fristen würden.

Einsam, so einsam.

Wir spürten all das und ignorierten es. Stattdessen unterhielten wir uns in einem geschäftsmäßigen Flüsterton über die endgültige Fotoauswahl. Die gehäutete Leiche erwähnten wir nie wieder.

Das letzte Dia widersprach allem, was ich geschrieben und gedacht hatte, es passte nicht zum Rest. Es war nur einer von vielen Blindgängern. Ich wollte es als merkwürdiges Versehen abhaken, alles andere hätte zu viel Vorstellungskraft erfordert und wäre zu schmerzhaft gewesen. Das Buch, das ich so sorgsam aus seinen Unwahrheiten und meinen Erfindungen zusammengestückelt hatte, war nur eine weitere Ausflucht, eine Lüge.

Auf einmal schien Heidl wieder dort bei uns in dem Konferenzraum zu sein. Er verspottete uns, mindestens. Meine gute Laune war dahin, mir wurde kalt. Hatte er das Foto geschossen oder jemand anderer? Falls nicht er es gewesen war: Wo hatte er die Aufnahme her? Wir schrieben das Jahr 1992, das Internet für alle gab es noch nicht, und an das Bild einer gehängten, gehäuteten Leiche zu kommen, war praktisch unmöglich. Eine Maschinerie, die den Horror der Welt wie Abwasser in die Wohnzimmer pumpt, hätte seinerzeit niemand als Fortschritt betrachtet. Warum hatte Heidl sich am Ende seines Lebens entschieden, ausgerechnet dieses Dia ins Magazin zu stecken? Wollte er uns beweisen, dass er eben doch gemordet hatte? Dass er die ganze Zeit Jago gewesen war?

Der aufgeknüpfte Leichnam verfolgte mich noch lange in meinen Träumen, er hatte wahlweise das Gesicht von Pia, Heidl oder mir, manchmal auch von Heidl *und* mir. Was ich sah, war typisch für einen Traum, Heidl war da und doch nicht da. Ich hielt meine Verwirrung für einen vorübergehenden Zustand und ahnte nicht, dass er von Dauer sein würde, für uns alle.

Pia überlebte den Kahlschlag in der Verlagswelt, der in den kommenden Jahrzehnten immer schneller um sich griff, indem sie jedes Mal am Rand der Lichtung einen neuen, noch höheren Baum fand, auf den sie sich retten konnte. Zum Schluss landete sie bei Penguin Random House in New York, dem letzten großen Verlagshaus in der letzten großen europäischen Metropole, letzte Bastion aller Werte, die uns früher so viel bedeutet hatten.

Sie sollte es unvergleichlich viel weiter bringen als Gene Paley. Sie veröffentlichte berühmte Autoren und weniger berühmte, sammelte Ehrungen, Verlagssparten und Verleumdungsklagen, unverdiente Vorschüsse, Bestseller, Tabellen und Erinnerungsstücke, und am Ende starb sie nicht wie befürchtet an Demenz, sondern an Magenkrebs, im Alter von sechsundfünfzig Jahren. Sie war ein wenig enttäuscht darüber, dass das Leben für sie am Ende nicht mehr bereitgehalten hatte als Manuskriptseiten auf dem Schreibtisch, später auf dem Bildschirm, wo E-Mails und Benachrichtigungen und Chartfenster metastasierten, ihre Seele und ihre Eingeweide infizierten und sie zuletzt umbrachten. Die Manuskripte, früher ihre große Liebe, hielten keinen Trost bereit und wurden ihr schließlich zur Qual.

Und ich?

Ich bin noch am Leben.

Ich flog zurück nach Hobart und wartete auf den großen Durchbruch, vergeblich.

3

Auf dem Rückweg vom Konferenzraum liefen wir Jez Dempster in die Arme. Pia machte mich mit der Legende bekannt. Zum ersten Mal wurde ich einem Schriftsteller als Kollege vorgestellt. Ich war geschmeichelt und im nächsten Moment angewidert von mir selbst, weil ich so geschmeichelt war.

Sie müssen meinen Schinken kosten, sagte Jez Dempster und lud uns in mein altes Büro ein. Als ich das letzte Mal in dem Raum gewesen war, hatte Ziggy Heidl mit einer Waffe herumgefuchtelt. Ich habe eine Farm im Great-Otway-Nationalpark, sagte Jez Dempster, und seine angenehm unkomplizierte Art war mir nach Heidl eine Wohltat. Ich züchte

Wessex-Schweine, sagte er, sie werden ausschließlich auf die spanische Art gefüttert, mit Eicheln, und heraus kommt dieser Schinken, einzigartig in Australien.

Jez Dempster war ebenso füllig wie seiner Zeit voraus, zumindest in Sachen landwirtschaftliche Produkte aus eigener Herstellung. Der kurz getrimmte Bart auf seinen feisten Wangen erinnerte an groben Pfeffer auf einer ungegrillten Schweineschwarte. Obwohl er das Kochbuch angeblich selbst verfasst hatte, stammten die Rezepte, wie er uns anvertraute, von einem magersüchtigen andalusischen Koch, den er für seine anonymen Dienste fürstlich entlohnt habe.

Das beste Buch, das ich nie gelesen habe, sagte er.

Er wollte über seine Schweinezucht sprechen und forderte mich abermals auf, von dem Schinken zu kosten. Mit einem langen, breiten Messer – die Klinge war so dünn, dass sie sich unter Druck verbog – schnitt er eine hauchfeine Scheibe für mich ab und reichte sie mir auf der Messerspitze. Ich schaute auf das Fleisch hinunter, es war so dünn und rosig wie Haut.

Wenn Sie das einmal probiert haben, wollen Sie nie wieder was anderes, sagte er. Die Tiere leben glücklich in einem idyllischen, dunklen Wald, und ihr Tod ist schnell und schmerzlos.

Es klang wie ein Sakrament.

Es hat nicht gelitten?, fragte ich, weil mir das auf einmal wichtig erschien. Vor meinem geistigen Auge schob sich die gehäutete Leiche über Bilder von Schweinehälften in einem Schlachthaus.

Jez Dempster lächelte nachsichtig. Das gute Leben ist zu schön, um sich derlei Gedanken zu machen.

Ich wurde nervös. Das Schwein, sagte ich, denn auf einmal wollte ich mich mit dem Schwein gegen Jez Dempster verbünden. Hat es gelitten?, fragte ich.

Anstatt die Frage zu beantworten, erklärte er mir, wie

die Schinkenscheibe zu genießen sei, wie ich sie mir in den Mund schieben, wie ich kauen und saugen sollte.

Die meisten Leute glauben, aus Wessex-Schweinen ließe sich kein Schinken machen. Das ist unmöglich!, sagen sie. Aber das liegt nur daran, dass die Spanier es nie versucht haben. Nie! Es ist wie mit unserer Literatur. Die Europäer und Amerikaner erwarten, dass wir uns an ihre Regeln halten, aber ich habe mir nie reinreden lassen. Wir brauchen eine eigenständige australische Literatur, finden Sie nicht, Keith?

Ich antwortete nicht, denn ich spürte ein unaussprechliches Entsetzen. Ich wollte mich mit den Schweinen verbünden, wenn nötig auch gegen die Literatur, die vielleicht Großes bewirkt, den Schweinen allerdings nie geholfen hatte. So viele tote Schweine; ich stand auf der Seite der toten Schweine und war gegen die australische Literatur, gegen jede Literatur eigentlich, gegen die Verkaufszahlen, gegen alles, was genauso schlimm war oder schlimmer, gegen meinen eigenen lachhaften Ehrgeiz, der mich beschämenderweise in die Komplizenschaft getrieben hatte; ich hatte mich zu einer Sache verpflichten lassen, die zu groß und kaputt und falsch war.

Ich wollte es unbedingt erfahren. Hatte das Schwein gelitten? Wozu mussten Schweine – und Menschen – leiden? Warum taten wir einander so etwas an?

Aber ich sagte natürlich nichts.

Ich gebe Ihnen einen Tipp fürs kommende Jahrhundert, sagte Jez Dempster mit glänzendem, begeistertem Gesicht. Er hielt mir immer noch das rosa Fleisch auf dem Messer entgegen. *Charcuterie.*

4

Als ich nach meiner Rückkehr neben Suzy im Bett lag – das Buch war geschrieben und die erste Hälfte der zehntausend Dollar kassiert, die zweite würden wir in nur drei Monaten bekommen, meine unmittelbare Zukunft als Schriftsteller war gesichert und ein eigener Roman zum Greifen nah –, nahm ich ihren warmen Duft wahr und fragte mich, warum ich fühlte, was ich plötzlich fühlte. Suzy atmete ruhig, ihr Rücken war weich … aber was war das? Alles war perfekt, trotzdem fühlte ich diese Sehnsucht, und ich wusste nicht, wonach. Es gab eine Welt da draußen, eine Welt jenseits unseres Alltags, und wie immer diese Welt aussah, ich wollte ein Teil davon sein. Ich hatte schon angefangen, mich aus der Zweisamkeit zu lösen und von oben auf uns herabzuschauen.

Ich denke immer noch an uns, obwohl ich Tasmanien verlassen habe und längst woanders lebe, weit weg von der elenden Insel, die uns alle zerstören wollte. Ich denke an uns zwei, und an das, was uns zusammenhielt und was wir nie verstanden haben – unsere Liebe, die auch Verbitterung war, unsere Familien, die uns ebenso unterstützt wie bestraft haben, eine beengende Freiheit, eine deformierte, verzerrte Schönheit. Die Insel war zu mächtig, oder vielleicht waren wir zu schwach, weil wir glaubten, Tasmanien zu verlassen käme einem Verrat gleich. Was vielleicht stimmte und immer noch stimmt.

Womöglich war es Neid oder Eifersucht, Gier oder Sehnsucht, Ehrgeiz oder Unzufriedenheit; vielleicht lag es daran, dass ich mich für nichts interessierte als Bücher. Man könnte fast sagen, dass ich für die Realität nicht genug übrig hatte, auch nicht für die wirklich wichtigen Dinge, die Menschen wie Suzy ständig im Herzen haben. Ich hätte diese Dinge andeuten können, aber nie benennen.

Als sie mir an dem Abend sagte, sie liebe mich, kam mir keine Antwort über die Lippen. Ihr Gesicht war pures Leid, aber in diesem Moment bedeutete mir die Liebe nicht viel. Ich war mir nicht einmal sicher, ob sie mir je etwas bedeutet hatte. Ich lebte noch in Suzys Welt, war aber schon auf dem Absprung in eine neue, andere, in die Welt von Heidl. Möglicherweise spürte sie damals schon, dass ich sie verlassen würde. Die andere Welt war ein Keil, eine Axt, eine Bombe, die alles auseinanderriss, die alles zerstörte und Menschen wie uns brach.

Anfangs dachte sie noch, es ginge mir nur um die Bücher, und ich glaubte das auch. Die Verlagswelt? *Scheiß drauf*, sagte ich, mir doch egal, sagte ich, als hätte man mich vor die Wahl gestellt. Als hätten wir eine schwierige Phase überstanden, als wäre es geschafft. Aber es ging gar nicht um die Bücher, es ging um Heidls Tod. Es ging um jene andere Welt.

Ich würde alles für dich tun, sagte Suzy. Bis zu meinem Tod. Das weiß ich.

Ich bezweifelte es kein bisschen, und ich ahnte, dass mir kein zweiter Mensch dieses Angebot machen würde. Gleichzeitig wusste ich, es war mir nicht genug, denn von nun an würde mir nichts mehr genug sein. Ich wollte etwas sagen, biss mir auf die Zunge. Wir alle reden zu viel. Wir sprechen über unechte Gefühle und erworbene Meinungen, und wir suchen nach Gründen und Zeichen, wo keine sind. Wir bauen uns eine Welt aus Ursache und Wirkung, in der wir endlich alles erklären und begreifen können, denn wir haben eine höllische Angst vor dem Zufall und dem Chaos. Wir wollen andere überreden und uns selbst überzeugen, dabei sollte es doch, wie ich finde, genau andersherum sein. Wir denken pausenlos nach, als wäre das der Weg zur Weisheit. Im Wissen finden wir niemals unseren Frieden. Und wenn wir keine Weisheit und keinen Frieden finden, sollten wir das Leben einfach akzeptieren und gelassener werden.

Aber was, wenn es am Ende keine Weisheit, keine Gelassenheit, keine Akzeptanz gibt?

Der Gedanke quälte mich.

Ein paar Tage später sagte sie, was ich aus ihrem Mund nie hatte hören wollen.

Geh, sagte sie. Das Leben ist zu kurz.

Es war mir kein Trost. Bis zur Trennung verging noch eine ganze Weile, aber im Grunde war es seit dem Moment vorbei. Dann wiederum hatten wir von Anfang an keine Chance gehabt.

5

Als die Belegexemplare endlich geliefert wurden, fühlte ich nur noch Abneigung. Damit hatte ich nicht gerechnet. Ich stellte den Karton mit den zwölf Büchern auf den Küchentisch und schlich für mindestens eine Stunde durchs Haus. Ich verließ die Küche, kam zurück, betrachtete den Karton zunehmend ängstlich. Es war beschämend. Ich zerschnitt das Packband. Die Bücher lagen auf geschreddertem Zeitungspapier. Ich nahm eins in die Hand, mir wurde ein bisschen übel. Die Übelkeit kam mir vertraut vor – sie erinnerte mich an den Nachgeschmack von verdorbenem Hühnchenfleisch, den man noch auf der Zunge hat, während der Magen schon revoltiert –, und auf einmal fühlte ich mich an meine Zeit mit Heidl erinnert. Wie ich jeden Abend bei Sully unter der Dusche gestanden und versucht hatte, Heidl von mir abzuwaschen und mich irgendwie zu beruhigen.

Das Cover war scheußlich, es zeigte ein in der Mitte durchgerissenes Zeitungsfoto von Heidl. Ich hasste das unschlüssige Design, das halb auf einen Thriller, halb auf Memoiren hindeutete, überhaupt erschien mir das gesamte

Buch seltsam halbherzig und so schwammig wie Heidl selbst. Die eine – einzige – Sache, die mir gefiel, war ein Detail, gegen das ich bis zuletzt gekämpft hatte: die Verbannung meines Namens vom Cover auf den Buchrücken, bis zur Unleserlichkeit verkleinert: SIEGFRIED HEIDL mit Kif Kehlmann.

Meine Erleichterung hielt nicht lange an, denn auf einmal wurde mir klar, dass man meinen Namen von nun an und für immer mit diesem Buch – auf das ich doch noch vor Kurzem solche Ansprüche erhoben hatte – in Verbindung bringen würde. Ich befürchtete, mich für dieses billige, mittelmäßige Machwerk ewig schämen zu müssen, denn alles daran war billig und mittelmäßig: das weiche, glänzende Cover in Thrilleroptik, das billige, grobe Papier, das an Küchentuch erinnerte, die breiten Ränder und Durchschüsse, die eine dünne, unglaubwürdige Behauptung wie ein großes, überzeugendes Drama erscheinen lassen sollten. Das Buch sah aus wie alles, was es in Kürze sein würde – wertlos, beiläufig, verzichtbar, *vergessen*. Und tatsächlich wurde die Veröffentlichung nur von einem Verein namens *Kauft keine Bücher von Verbrechern* wirklich wahrgenommen. Unter anderen Umständen wäre ich gekränkt gewesen. Der Verein hätte sich die Mühe sparen können, dieses Buch würde ohnehin niemand kaufen.

Wo verkauft wurde, wurde eben doch nicht nur gelogen, oder vielleicht war unsere Lüge besonders unverkäuflich. Ich blätterte in den Seiten, in die ich so viel Arbeit investiert hatte, und sah nichts als einen Brei aus Heigls Unwahrheiten und meinen Erfindungen, die an keiner Stelle eine plausible Geschichte ergaben. Mein Stil – damals war ich noch eitel genug, mir über so etwas Gedanken zu machen – war wechselweise dröge, vage, langweilig nüchtern oder affektiert gefühlig, und mein Versuch, den Leser bis zur letzten Seite zu fesseln, jämmerlich fehlgeschlagen. Kurz gesagt, das Buch war ein Reinfall.

Ich legte es in den Karton zurück. Bo schaute Zeichentrickfilme. Die Zwillinge weinten. Suzy hatte sie gerade gestillt und war hundemüde. Ich wickelte die Babys und schnallte sie in die Sitzschalen, stellte sie zusammen mit dem Bücherkarton auf die Rückbank des Kombi, fuhr zur McRobies-Müllkippe und warf den Karton auf den großen Haufen. Die Möwen stoben in die Höhe und ließen sich wieder nieder wie Asche auf ein Lagerfeuer.

Als ich zu Hause ankam, waren die Zwillinge eingeschlafen. Ich trug sie in den Sitzschalen ins Haus und stellte sie vor den kalten Holzofen. Suzy war mit Bo in den Park gegangen. Der Frühling nahte. Ich hatte keine Ahnung, dass ich niemals ein Schriftsteller sein würde. Dieser Abschnitt meines Lebens war vorbei, aber was stattdessen begonnen hatte, konnte ich noch nicht wissen.

Die Zwillinge würden in spätestens einer Stunde aufwachen. Ich holte Holz, um ein Feuer zu machen, aber die Scheite waren feucht und wollten nicht brennen. Ich räumte die Küche auf, setzte mich ins Wohnzimmer, betrachtete die Zwillinge vor dem kalten Ofen. Ich schaute ihnen beim Schlafen zu und hatte eine höllische Angst vor dem Leid, das auf uns zukam.

6

Mit dem Geld von dem Heidl-Buch konnten wir uns, weil wir sparsam lebten, sechs Monate über Wasser halten. Ich hatte Zeit zu schreiben. Ich sagte mir, dass von nun an wieder ich das Sagen hätte, nicht er. Doch ich hatte mich geirrt. Es war, als redete er mir vom Grab aus in meine Geschichte hinein, als wäre mein Schicksal jetzt schon beschlossen, als könnten die Leute in einem Buch von meinem Leben lesen, von einem Moment zum anderen springen und mich am Ende entsorgen.

Während die Junkies von nebenan sich einem neuen Gelage hingaben, schob ich mir die Stöpsel in die Ohren und arbeitete mit genau der Disziplin, die ich mir während der sechs Wochen Arbeit an Heidls Buch antrainiert hatte. Worte und Sätze fügten sich zu Seiten zusammen, und nach einer Weile nahm mein Roman Gestalt an. Aber die Worte sagten nichts, hatten nichts zu bedeuten. Ich fühlte mich geschlagen. Alles, was ich mir ersehnt hatte, war vollbracht, und nichts davon befriedigte mich.

Ich druckte den Roman sechsmal aus und verschnürte jeden einzelnen Ausdruck mit grünem Paketband, das ich in der Küche gefunden hatte. Ich schlug keine Schleife, sondern einen Blutknoten hinein – einen eher unbekannten, komplizierten Knoten, den nur wenige Menschen beherrschen und den mein Vater mir beim Angeln gezeigt hatte. Mit einem Ausdruck bewarb ich mich um einen landesweiten Preis für unveröffentlichte Romane, die anderen verschickte ich an Verlage. Gene Paley stand ganz oben auf meiner Liste.

Drei Monate später wurde die Shortlist für den nationalen Buchpreis bekannt gegeben. Mein Roman wurde nicht erwähnt. Ich gab den Glauben aber noch nicht auf, obwohl ich immer weniger wusste, woran ich eigentlich glaubte. Weitere Monate später – kein Verlag hatte sich bei mir gemeldet, nicht einmal Gene Paley rief zurück – erhielt ich eine Nachricht von der Lektoratsassistentin bei TransPac. Sie bedankte sich für das Manuskript. Mein Roman passe leider nicht ins Verlagsprofil, aber sie wünsche mir viel Glück auf meinem weiteren Weg.

Ich schrieb Gene Paley einen Brief, und zu meiner Überraschung antwortete er. An eine besonders umständliche Variante der seinerzeit gängigen Absageformel (»Ihr Text hat uns überzeugt, allerdings sehen wir derzeit keine Möglichkeit, ihn in einer Form zu präsentieren, die Ihnen als Autor gerecht würde und gleichzeitig unsere kommerziellen Ansprüche erfüllt«) hatte Paley einen vielsagenden Satz angefügt: »Dieser Roman lässt sich keiner Richtung der australischen Literatur zuordnen.« Er hatte versucht, nett zu sein, was mich nur noch unglücklicher machte.

Einige Wochen später bekam ich eine Sendung, die in meiner eigenen Handschrift an mich adressiert war. Ich merkte erst nach dem Öffnen, worum es sich handelte – meine vergebliche Bewerbung um den Preis für den besten unveröffentlichten Roman. Damals war es üblich, jeder Anfrage einen frankierten, adressierten Rückumschlag beizulegen. Ich holte das Manuskript heraus, legte es auf den Küchentisch und sah, dass es immer noch mit dem grünen Paketband verschnürt war.

Ich nahm es vorsichtig in die Hand wie eine nicht gezündete Bombe und wendete es langsam hin und her. Ich untersuchte es von allen Seiten und aus allen Winkeln und legte es wieder hin. Ich traute meinen Augen nicht.

Ich strich mit dem Finger über die Paketschnur, stieß an einen Blutknoten. Der Knoten stammte von mir, ich hatte dieses Manuskript selbst verschnürt.

Ich brauchte eine Weile, um in seinem ganzen Ausmaß zu begreifen, was vorgefallen war.

Und dann ging die Bombe hoch und legte meine Welt in Schutt und Asche. Niemand hatte den Knoten gelöst, niemand hatte meinen Roman gelesen. Niemand würde meinen Roman je lesen.

Ein Schriftsteller ist jemand, der gelesen wird.

Ich war kein Schriftsteller.

Das Manuskript liegt hier noch irgendwo. Ich müsste es suchen. Es ist bis heute mit dem grünen Paketband verschnürt; der Blutknoten hat länger gehalten als meine Träume. Vielleicht wird nach meinem Tod eines meiner Kinder im Nachlass stöbern und ein paar Seiten lesen und dann aufgeben. Oder auch nicht. Inzwischen sehe ich ein, dass die Geschichte – ein Mann ertrinkt und sein Leben zieht noch einmal an ihm vorüber – weder originell noch spannend ist. Es ist der Roman eines jungen Menschen, und der Tod – Heidls Tod, oder der einer Hauptfigur in einem unveröffentlichten Roman – ist, nun ja, bloß der Tod und noch lange kein Roman. Der Tod ist ein Punkt, und die leere Seite darunter wird von einem Fremden gefüllt.

Ich ging in die nächste Bar und versuchte, mich drunter durch, drüber weg und dran vorbei zu trinken. Aber egal wie viel Bier ich trank, es nützte nichts. Ich war am Ende, und ich wusste es.

7

Ray rief an. Oder auch nicht? Wenn ich so darüber nachdenke, erscheint es mir, als hätte Ray sich fast ein Jahr nicht gemeldet. Niemand wusste, wo er war, und dann eines Tages tauchte er plötzlich wieder auf. An einem frühen Abend stand er vor der Tür, in der Hand eine Flasche Penfolds Port und eine Tüte mit Schokoladenkeksen. Bo hopste wieder auf dem Trampolin herum, Ray und ich saßen wieder daneben und tranken und schauten zu. Wir waren wie ein altes Ehepaar, wo der eine sich nicht an den Namen des anderen erinnern kann, oder wie zwei Nachbarn, die einander ein Leben lang gegrüßt haben, ohne das Geringste voneinander zu wissen.

Ray hatte sich in den Norden abgesetzt und sechs Monate lang in der Timorsee auf einem Krabbenkutter gearbeitet, der einem Paar mit Nasenkakadu gehörte. Der Kakadu hieß Sandy, Ray hatte sich mit ihm angefreundet. Die Flügel des

Vogels waren gestutzt, bei starkem Wind versuchte er zu fliegen und stürzte sich dazu von Schultern und Geländern, aber leider, sagte Ray, ist er am Ende immer nur auf dem Arsch über das Stahldeck geschlittert. Ray hatte die verletzte Kloake regelmäßig mit Vaseline behandelt. Außer dieser einen Anekdote hatte er wenig zu erzählen, das meiste handelte vom Krabbenfischen. Er war verschlossen und immer noch ein Einzelgänger. Er litt an Albträumen. Er träumte immer wieder von Heidl, wobei es nicht wirklich Heidl war, sondern ein grüner Schleim, der Ray von oben bis unten bedeckte und den er nicht herunterbekam, egal was er versuchte. In Margaret River hatte er eine junge Frau kennengelernt, sie war wirklich süß, mehr als das, sie war nett. Zu der Zeit träumte Ray oft, er würde über hohe Berggipfel fliegen und auf einer grünen Wiese landen. Aber am Ende wollte sie mit ihm reden, sie stellte ihm dauernd irgendwelche Fragen, also wäre das, sagte er, nicht lange gut gegangen. Er hatte Schluss gemacht. Warum wollen die Leute immerzu reden?, fragte er.

Sie klang doch ganz nett, sagte ich.

Sie wäre okay gewesen, sagte Ray, wenn sie nicht so viel geredet hätte.

Es gibt Schlimmeres, sagte ich.

Wer weiß?, sagte Ray. Endlich habe ich mich gefühlt wie ein verdammter Seeadler, aber dann kommt sie und will reden, und ich bin wieder der Nasenkakadu mit den gestutzten Flügeln und dem aufgerissenen Arsch.

Klingt nach einer netten Frau, sagte ich.

Hätte sie sein können, fuhr Ray fort, wenn sie einfach mal die Klappe gehalten hätte. Aber so habe ich Schluss gemacht.

Warum bleibst du nicht einfach mal bei einer Frau?, fragte ich, als der Port schon fast leer war.

Sie konnte einfach nicht die Klappe halten, ständig diese

Fragen. Ich habe ihr immer gesagt: Dein Problem ist, dass du an Antworten glaubst.

Und dann erzählte er, wie sein Vater sich früher betrunken und seine Mutter verprügelt hatte. Wie er als Junge an einen Stuhl gebunden und ebenfalls geschlagen worden war. Als er sechzehn war, kam sein Vater eines Abends nach Hause und wollte die Mutter verprügeln, aber Ray stellte sich ihm in den Weg.

Ich habe dem Schwein eine Abreibung verpasst. Ich dachte, ich bringe ihn um. Ich hätte ihn fast umgebracht. Er hat sie nie wieder angerührt.

Und jetzt?, fragte ich.

Ich will nicht so enden wie mein Alter. Damit wäre ich schon zufrieden. Wenn ich zu tief in einer Beziehung drinstecke, mache ich mich los und ziehe weiter, bevor ich wie mein Alter werde. Bevor ich mich so benehme wie er.

Das hast du mir nie erzählt, sagte ich.

Vielleicht ist es auch falsch, was ich mache. Aber so ist das Leben nun mal.

Das wusste ich ja gar nicht, sagte ich.

Ray sah mich an, als wäre ich der größte Idiot auf Erden.

Was hättest du wissen wollen?

Sein Blick war irre, anscheinend glühte wieder die Stabelektrode in seinem Kopf.

Scheiße, Mann, was gibt es schon groß zu erzählen?

Und da konnte ich sie riechen.

TEIL 19

1

Was dann geschah, ließe sich auf mehrere Arten erzählen. Eine Version würde mit dem Hund beginnen, der in unseren Garten lief, sich Suzys Papagei schnappte und ihn totbiss.

Suzy liebte den Papagei nicht weniger, als ich ihn hasste; ein leuchtend grünes Halsbandsittichmännchen, das mir bei jeder Gelegenheit die Finger blutig hackte. In Suzys Nähe gab der Vogel sich lammfromm. Sie drehte seine langen Schwanzfedern spiralförmig um ihre Finger, er knabberte zärtlich an ihren Lippen. Auf ihre Bitte hin rollte er einen Tischtennisball durch die Küche. Wenn sie abends vor dem Fernseher saß, zog er seinen Schnabel vorsichtig durch ihr Haar, wie um es zu kämmen.

Nachdem ich den seltsam schlaffen Vogelkadaver aus der nassen Hundeschnauze befreit hatte, fing Suzy an zu weinen und konnte nicht mehr aufhören. In der Nacht hielt ich sie fest umarmt, aber sie war untröstlich, was ich ziemlich unangemessen fand. Sie hatte dem Vogel die Flügel gestutzt, damit er sich im Garten aufhalten konnte, und nun stellte sie sich immer wieder vor, wie der flugunfähige Papagei versucht hatte zu entkommen, ungeschickt über den Boden gehüpft war und sich zuletzt in den Krallen des Hundes wiedergefunden hatte. Sie machte sich schwere Vorwürfe. Während ich einzuschlafen versuchte, spürte ich ihre Schluchzer als Beben an meiner Brust. Der Tod des Vogels schien die Sorgen der ganzen Welt freigesetzt zu haben, und ich konnte Suzy nicht beruhigen.

Wir holen uns einen neuen Vogel, sagte ich in die Dunkelheit hinein.

Es ist nur … Ich weiß auch nicht.

Wir könnten ihn zähmen, sagte ich.

Wir, sagte sie.

Sie wurde von neuen Schluchzern geschüttelt.

Um Gottes willen, Kif. *Wir!*

In mir geriet alles in wilde Unordnung, ich spürte einen Tumult, ein Stechen im Unterleib, einen Druck auf den Gedärmen, der nicht mehr weichen wollte. Manchmal war der Schmerz so stark, dass ich kaum noch atmen konnte. Ich wusste nicht, woher er kam. Ich hielt inne und musste mich konzentrieren, um nicht zusammenzubrechen. Eine fremde Kraft drückte von allen Seiten gegen meinen Brustkorb, als wollte sie mich zerquetschen; als wäre die Welt zu schwer, als könnte ich ihrem Druck nicht mehr standhalten. Plötzlich blickte ich nicht mehr auf die Sterbenden hinunter, sondern lag gebrochen und schlaff am Boden und schaute zu den Lebenden auf. Meine Gedanken, Hoffnungen und Träume lagen mir wie Steine im Magen, am liebsten hätte ich sie ausgewürgt, doch ich fürchtete, daran zu ersticken, also hielt ich es aus. Manchmal hustete ich etwas Schleim ins Waschbecken oder in die Toilette und schleppte mich dann zu meinem Platz zurück.

Was war passiert? Ein paar Abende später ergriff Suzy meinen Arm, um mich zu stützen. Sie wollte, dass ich mich hinlegte. Kif, mein Gott! Kif, warum hast du nichts gesagt?

Was ist denn passiert?, dachte ich. Was hatte ich ihr verschwiegen? Was war so unaussprechlich? Meine Zunge lag mir zitternd im Mund und fischte nach den Worten, die alles erklärt hätten. Das kopfstehende Fragezeichen, die rosa Masse, Ameisen, raschelnde Rinde, zuckende Lippen …

Du musst es mir sagen, Kif.

Aber ich fand keine Worte für die über uns kreisende

Würgerkrähe. Je deutlicher ich sie vor mir sah, desto schwindliger wurde mir.

Es wird dich noch umbringen, Kif, das sehe ich doch. Es wird dich umbringen!

Ich wollte es aussitzen, ihr und mir zuliebe, uns zuliebe, aber ich hatte immer weniger Kraft und Heidl immer mehr. Manchmal sah ich sie an, und Heidl schaute zurück.

Später an dem Abend wachte ich in einem leeren Bett auf. Ich machte mich auf die Suche nach Suzy, sie lag in einem Schlafsack im Garten auf dem Rasen. Ich weckte sie, sie lächelte mich an.

Sieh mal, sagte sie und zeigte in den Himmel. Die Sterne sind unglaublich.

Sie glaubte an die Sterne. Suzy glaubte an so vieles, sie nannte es die Schönheit der Dinge und verteidigte sich damit gegen eine Welt, die Menschen wie ihr wenig zu bieten hatte – wenig Bildung, keine Perspektiven, sinkende Hoffnung. Ich war nicht in der Lage, mich auf ihre Weise zu trösten. Manchmal zeigt sich in den Dingen eine Anmut, die für unglückliche Menschen kaum zu ertragen ist. Wer ignorant genug ist, verwirft diese Schönheit als zu leicht, als nicht gewichtig genug. Ich spreche von mir. Suzys Seele hingegen war durchlässig; vielleicht war es das, was ich nicht aushalten konnte.

Die Sterne, Kif. Kannst du es glauben?

Nein, konnte ich nicht, nie. Suzy trug den Sommer im Herzen, und jetzt ist der Sommer weg.

2

Man könnte die Geschichte auch so erzählen, dass ich mich in einen Lügner verwandelt und Suzy vernachlässigt und im Stich gelassen hatte. Auch das wäre wahr. Möglicherweise sollte es einfach nicht sein.

Diese Version könnte damit beginnen, dass ich mich eine Zeit lang gegen andere Realitäten gewehrt hatte, sie mich am Ende aber doch einholten, vor allem die Notwendigkeit des Geldverdienens. Ich war wieder einmal auf der Suche nach einem Aushilfsjob, als mich ein Drehbuchautor vom Fernsehen anrief. Pia Carnevale hatte ihm meine Nummer gegeben. Er recherchierte gerade für eine neue Serie, die in Tasmanien spielen sollte. Wir trafen uns auf einen Drink, er mochte meine Ideen und schlug mir vor, übers Wochenende ein Treatment zu schreiben. Ich hatte keine Ahnung, was ein Treatment ist. Stattdessen schrieb ich eine Kurzgeschichte, die zwar nie verfilmt wurde, dafür aber einen gewissen Eindruck hinterließ.

Eines kam zum anderen. Er empfahl mich weiter, und hin und wieder wurden mir Drehbuchaufträge angeboten. Ich sagte immer zu. Die Drehbücher waren besser bezahlt als meine Aushilfsjobs und machten sogar Spaß. Ich hatte mich noch nicht ganz von der Idee verabschiedet, ein Schriftsteller zu sein, der sich bei der nächsten Gelegenheit wieder der Romanform zuwenden würde, doch meine Überzeugung schwand.

Vielleicht ist ein Schriftsteller ohne Überzeugungen am Ende genau das: ein Autor für TV-Skripte. Schriftsteller behaupten, das Gewissen der Nation zu sein, obwohl sie viel öfter Kurtisanen des Geldes sind, und ich bildete da wohl keine Ausnahme. Außerdem, dachte ich manchmal, was ist ein Buch schon im Vergleich zu einem Toten? Der Tote erschien mir wie eine Leistung, eine andere hatte ich nie erbracht. Als ich das Leben noch nicht kannte, schrieb ich, um mehr darüber zu erfahren, inzwischen war ich klüger. Oder zumindest klug genug, um es nicht noch einmal zu versuchen.

So oder so waren einem Tasmanier, der als Autor ernst genommen werden wollte, natürliche Grenzen gesetzt. Das machte mir die Chefautorin gleich am ersten Tag im Sender klar.

Ein tasmanischer Schriftsteller, schnaubte sie. Ist das ein Oxymoron oder einfach nur ein Witz?

Ich hatte verstanden. Wenn ich nicht auffallen oder als Poser und Schwindler bloßgestellt werden wollte, würde ich eine geeignete Verkleidung brauchen. Wie sich herausstellte, bot mir das Fernsehen genau das.

Ich arbeitete mich vom Gagschreiber für eine Late-Night-Show zum Aushilfs-Drehbuchautor für Seifenopern hoch, die seinerzeit Australiens ganzer Stolz waren. Wieder kam eines zum anderen, schon bald fand ich mich in Sydney als Chefautor einer langfristig angelegten Soap wieder. Von dort stieg ich zum Autor für Miniserien auf.

Eines Morgens wachte ich in meiner überteuerten, gerade erst gekauften, lächerlich luxuriösen Wohnung am Bondi Beach auf und begriff, dass mein größtes Talent meine Mittelmäßigkeit war; sie vertrug sich perfekt mit dem australischen Fernsehen jener Zeit. Ich hatte endlich mein Metier gefunden. Das Fernsehen war Tyrannei, der Tyrann hieß Geld, und ich ließ mich gern ins mit Samt ausgekleidete Verlies sperren. Der Job war anstrengend, bot aber alles, was ein junger Mann oder eine junge Frau sich wünschen konnten – jede Menge Geld, genug Sex, einen gewissen Ruhm und eine die Sinne betäubende Arbeit.

Damals drehte sich im Fernsehen noch alles um Werbung, die sich als Kunstform verstand, während das Fernsehen nichts als Werbung war. In der australischen Fernsehbranche der 1990er-Jahre herrschte eine Prinzipienlosigkeit, die sogar meine eigene noch übertraf. Wir redeten pausenlos – was haben wir geredet! – und schmiedeten Pläne für großartige, bahnbrechende Formate. Unser wahres Talent bestand allerdings darin, unsere Ideen brav den Erwartungen der Werbeindustrie anzupassen, die sich durch Agenturen vertreten ließ. Am Ende hatten Produzenten und externe Redakteure immer das letzte Wort. Wir produzierten Müll, das aber auf eine spezifisch australische Weise, und wir heimsten umso mehr Lob und Auszeichnungen ein, je mittelmäßiger unser Produkt ausfiel. Unsere Geltungssucht kannte kein Maß.

Obwohl die Arbeit ebenso lächerlich wie zermürbend war, lernte ich täglich dazu. Nach zwei Jahren stieg ich in die Produktion auf, wo ich seitdem mehr oder weniger – eher mehr – geblieben bin. Wahrscheinlich haben Sie einige meiner Sendungen gesehen und wieder vergessen. Das ist in Ordnung, ich vergesse sie selbst. Nach meinem denkwürdigen Roman, der sich keiner erkennbaren Richtung der australischen Literatur zuordnen ließ, setzte ich alles daran, meine Shows erkennbar australisch und absolut flach zu gestalten.

Das ist gar nicht so traurig, wie es klingt. Im Gegenteil, ich fühlte mich vom Anspruch befreit, ein Genie zu sein und Unsterblichkeit zu erringen – Eigenschaften, die ich immer mit Büchern in Verbindung gebracht hatte. Fernsehen war die Kunst, Geld in Licht und das Licht in Geld zu verwandeln. Es war der magische Kreislauf, von dem Heidl immer geträumt hatte. Beim Fernsehen konnte ich endlich das Wissen anwenden, das ich von Heidl übernommen hatte. Ich will damit nicht sagen, ich hätte irgendjemanden betrogen. Ich stelle eine andere Frage: Was auf dieser Welt ist kein Betrug? Wo liegt die Grenze, an der eines jeden Arbeit, eines jeden Geschäft in Ödland übergeht? Wo? Ich würde es zu gern erfahren. Heidl war im Bilde, zumindest glaubte er das. Manchmal denke ich in meiner Eitelkeit, ich wüsste es ebenfalls. Aber das passiert nicht zu oft. Denn es wäre ein gewaltiger Irrtum.

Als ich noch keinen Erfolg hatte, glaubte ich, im Leben ginge es nur um Erfolg. Später sah ich das anders. Zu leben heißt, wie Ray einmal gesagt hat, Fehler zu machen und irgendwie damit durchzukommen. Zu leben heißt, von Dingen bezwungen zu werden, die größer sind als man selbst; manchmal kann man aus Niederlagen lernen, aber meistens besiegt einen das Gelernte doch. Irgendwann dachte ich, dass der einzige Sinn des Lebens vielleicht darin besteht, das Ausmaß des eigenen Scheiterns zu begreifen.

3

Die Kinder blieben bei Suzy in Hobart. Sie wissen wie ich, dass ich mich von ihrer Schwerkraft befreit habe, jener Schwerkraft, die vor vielen Jahren vielleicht nur eine andere Bezeichnung für Liebe war. Was übrig bleibt: Zuneigung, ein paar Erinnerungen – größtenteils erfunden – und wahrscheinlich Freundschaft. Oder Hoffnung. Die dunklen, tiefen Empfindungen aber, die schwerfällig im Herzen pochen, ihren Todesmarsch auf die Trommelfelle schlagen und einen nachts wachhalten, weil sie nicht aufhören zu kreischen wie zerfetztes Fleisch und zerdrücktes Metall – diese Empfindungen muss jeder für sich allein ertragen. Sie haben nichts mit uns als Gemeinschaft zu tun. Das einzusehen hat meine Kinder verbittert und mich traurig gemacht. Wir können keine Familie mehr sein. Ich will nicht sagen, es könnte nicht noch schlimmer kommen – ich bin kein christlicher Student im Norden von Kenia, kein Orang-Utan in einem Wald auf

Sumatra, der kurz vor der Rodung steht, kein muslimischer Flüchtling irgendwo auf der Welt –, aber manchmal sehe ich einen jungen Mann mit seinen Kindern spielen, und beim Anblick dieser Freude – *dieser Freude* – empfinde ich einen heftigen, stechenden Verlust und habe wieder dieses Gefühl, durch ein Vakuum zu fallen.

Was Suzy betrifft, so erfuhr ich von dem einen oder anderen Flirt, aber sie hat sich nie wieder auf jemanden eingelassen, im Gegensatz zu mir, der nicht anders konnte, als von einer Partnerin zur nächsten zu eilen. Nur der Invalide ist sesshaft, hat Tebbe dazu gesagt. Ich spürte das kindliche Verlangen – reizvoll zunächst, dann brechreizerregend –, mich trösten zu lassen und nicht allein zu sein, die Reise durch den Tag und die Nacht und die lauernden Schrecken mit einer Gefährtin zu bestreiten.

Im Arm gehalten zu werden und …

Ich weiß immer weniger, worum es eigentlich geht.

Ich bewunderte Suzy für ihre Stärke, ihren Mut, ihre klaren Konturen und die herzliche Offenheit ihres geregelten Lebens, das mir sehr viel belastbarer und weiser erschien als meines. Dass die Leute sie nach unserer Trennung bemitleidet und mich beneidet haben, war ein Witz. Dass sie mit Suzy mitfühlten, weil sie glaubten, ich würde mir ein schönes Leben machen und sie nicht, war rührend. In Wahrheit wechselten meine gefeierten Apartments, Strandhäuser, Bäder, Küchen, Freundinnen, mein *Stil* – bekannt aus Architekturzeitschriften und Klatschmagazinen – nur deswegen ständig, weil ich dem Gefühl der Leere etwas entgegensetzen wollte.

Aber die Leere blieb. Sie wurde größer, dunkler, beängstigender. Ich war wie Rays Schildkröte, man hatte mir alle Glieder abgehackt, ich hatte jede Hoffnung verloren, und doch konnte ich nicht aufhören zu leben.

4

Die Jahrtausendwende kam und ging, die Zwillingstürme fielen einer Lüge zum Opfer, die zur mörderischen Realität wurde, und ich produzierte Fiktionen fürs Reality-TV. Die Programmzeitschrift *TV Week* nannte mich ein »einzigartiges Genie des Genres«. Ich graste die tragischen Themen ab, von der Mitbewohnersuche über die neueste Diät bis hin zur Renovierung des Eigenheims, während die Welt kleine Unwahrheiten in große Kriege umsetzte und die furchtbare Wahrheit des Krieges immer mehr Menschen betraf. Im Laufe der Jahre stieg ich vom Drehbuchschreiber zum Formatentwickler auf und von dort in die Produktion, wo ich zunächst leitender Produzent wurde, dann Teilhaber einer Produktionsfirma und zuletzt Gründer meines eigenen Medienunternehmens. Zum Schluss verkaufte ich an die Amerikaner und wurde Geschäftsführer des australischen Ablegers von ZeroBox Entertainment.

Ich wurde älter, während das Alter der Frauen an meiner Seite – manche Beziehungen waren ernst, andere nicht, und zuletzt waren sie fast gar nichts mehr – sich um die fünfunddreißig einpendelte. Was mir so passend und hohl erschien wie alles andere in meinem Leben.

Noch einmal Tebbe: Unsere Leidenschaft ist unerschöpflich; wir lieben einen Menschen, bis dass der Tod uns scheidet, und entdecken als Überlebende unsere Fähigkeit, noch viele andere zu lieben. Wir fürchten, als wankelmütig und oberflächlich zu gelten, und begreifen nicht, dass unsere Leidenschaft unendlich und unser größter Vorzug ist.

Ich rufe mir das in Erinnerung, wenn ich an nichts anderes denken will. Das Gute am Fernsehen ist, dass es die Selbstreflexion nur selten fördert.

Meine letzte Freundin hat mich verlassen, weil ich ihren achtunddreißigsten Geburtstag vergessen hatte.

Wer bist du?, hat sie mich bei unserem letzten Streit angeschrien. Wer?

Ich wusste es nicht. Es war zwei Uhr nachts, ich saß am Laptop, schrieb an diesem Text, stellte mir exakt dieselbe Frage und sagte nichts.

Wer?, fragte sie und versuchte, den Laptop zuzuklappen, aber ich fiel ihr in den Arm.

Ja, wer?

Ich würde dir so gern vertrauen, Kif, sagte sie. Aber ich kann deinen Worten keinen Glauben mehr schenken. Ich liebe dich, sagte sie. Mein Süßer. Warum erzählst du mir nicht, was los ist?

Habe ich schon, sagte ich.

Ich habe gelesen, was du geschrieben hast.

Siehst du.

Wie ist es wirklich gewesen?, fragte sie. Die Geschichte klingt jedes Mal anders.

Nein, tut sie nicht, sagte ich.

Du schreibst, Heidl hätte dich gebeten, ihn zu erschießen. Und dass du dich über ihn gebeugt hast, als er im Sterben lag. Das hast du geschrieben. Aber mir hast du immer erzählt, du wärst ihm damals unbemerkt auf den Hügel gefolgt.

Was ich geschrieben habe, ist wahr, sagte ich.

Sie zog den Vorhang auf, das Fenster dahinter reichte vom Boden bis zur hohen, holzvertäfelten Decke.

Ich glaube dir nicht, sagte sie.

Hinter ihr glitzerte das Mondlicht auf dem Meer, auf einem Autodach und den Gartenmöbeln, die unter einem prächtigen Eukalyptus standen. Alles war von einer Seite silbrig erleuchtet und existierte zugleich als schwarze Spiegelung seiner selbst. Die mächtigen Schatten wirkten größer und realer als das Licht.

Ich dachte, ich kenne dich, sagte sie, aber ich kenne dich kein bisschen.

Vor mir auf dem Bildschirm nur ein Wort: *Heidl.*

Ich löschte es langsam, Buchstabe für Buchstabe.

Heid

Hei

Ich will ein Kind, sagte sie.

He

Ein gemeinsames Kind, Kif. Das wollten wir doch von Anfang an.

H

Kif!

|

Ich ließ mich zurücksinken, betrachtete die blinkende Cursormarke und legte die Hände auf die Tastatur.

Wer bist du?, fragte sie mit Panik in der Stimme.

Heidl, tippte ich.

Wer?, fragte sie, wer?

... von diesem unzureichenden Labyrinth aus sechsundzwanzig Symbolen verlange ich nur eines.

Hast du Heidl umgebracht? Ich würde dir das nicht vorwerfen.

Aber ich hörte sie nicht mehr. Ich bin der Erzähler. Ich richtete den Blick auf den Monitor, wo Wörter, Muster, ein Leben entstanden.

Ein Baby, Kif, sagte sie.

Ich war zu beschäftigt damit, die Erinnerungen zu morden und selbst wieder lebendig zu werden.

Ich schrieb: *Unser erster Kampf betraf die Geburt.*

TEIL 20

1

Ich genoss die fetten Jahre und das goldene Zeitalter bis zum letzten Moment, ich hatte Spaß, verdiente Geld und verlor fast alles andere. Es war nicht unangenehm, ich werde mich nicht beschweren. Ich erlaube mir kein Urteil über mich, wohlweislich, denn es wäre wenig schmeichelhaft. Dieser Tage spüre ich manchmal einen furchtbaren Schmerz – wenn mich wieder einmal eine Frau verlässt, wobei das immer weniger wehtut; eher bei den seltenen Gelegenheiten, wenn ich einen oder beide Zwillinge treffe. Sie sind so gut. Verzeihen Sie, dass ich das so sage, aber ihre Gutherzigkeit erstaunt und bewegt mich. Ich sage mir, dass sie diese selbstlose Freundlichkeit nur von ihrer Mutter haben können, und der Gedanke beruhigt mich.

Wenn sie wieder gegangen sind, spüre ich eine quälende Enge in der Brust. Ich fühle mich kraftlos, sitze da und ringe die Panik nieder. Ich weiß nicht, was es ist, aber wieder höre ich mein Blut rauschen, anscheinend versucht es, sich zu befreien und meinen Körper zu verlassen, gerade so, als wäre es eingesperrt im Gefängnis meiner selbst. Am meisten fürchte ich, dass die Kinder auch von mir etwas Gutes geerbt haben könnten; dass ich früher so etwas wie Güte besaß und sie dann aufgegeben oder verkauft und damit das Wichtigste verloren haben könnte. Es ist durchaus möglich, einen elementaren Teil seiner selbst zu verlieren. Man bekommt ihn nicht wieder, nie. Zurück bleibt ein Loch, man lebt weiter wie die Krebskranken, denen ein Glied oder eine Brust fehlen, nur dass das Loch keinen Namen hat. Oder doch, aber man wagt diesen Namen nicht einmal zu flüstern. Da war etwas Gutes, aber es ist einem abhandengekommen wie die Sterne, wie ein Vogel in einer Hundeschnauze, wie ein Kind, das im Märchen vom Wolf gefressen wird.

2

Als ich Heidl kennenlernte, war alles Menschliche in ihm längst verkümmert, so wie jetzt in mir. Wenn ich heute mein Spiegelbild anlächele, lächelt er zurück. Manchmal bilde ich mir erschreckt ein, meine Wange könnte zucken. So wie das Fernsehen hat das Schicksal einen Hang zur Wiederholung; Geschichten verlangen nach Ähnlichkeiten, Mustern, dem Zusammenspiel von Symmetrien und Gegensätzen, und langsam erkenne ich, dass ich in meinem Leben kaum mehr getan habe, als die Existenz dieses Mannes zu wiederholen. Ich verkaufe Lügen als Realität und bin auf meine eigene, bescheidene Weise zum Hochstapler geworden.

Während der Redaktionskonferenzen und ausgiebigen Mittagessen hörte ich manchmal bewusst weg und sah mich aufmerksam um. Wenn ich dann die Profitmacher und Preistreiber, gierigen Banker und aufdringlichen Produzenten sah, die wieder einmal eine abgestandene Idee an den Mann bringen wollten, musste ich an Ziggy Heidl denken.

Sicherlich ist seine monströse Persönlichkeit grotesk deformiert gewesen. Ich glaube trotzdem, dass sich hinter seinem endlosen Geschwafel ein großes Schweigen verbarg; es gab Dinge, über die er niemals sprechen wollte. Ich spürte seine verzweifelte Angst und seine erschreckende Einsamkeit, die so absolut und tief greifend war, dass er sie wohl als das Böse empfand. Er konnte ihr nicht entkommen, sondern nahm sie in atemberaubender Klarsicht und Demut hin.

Wo es nötig war, sprach er über das Gute, die Ethik und die Moral, das aber auf eine kühle, verstockte Weise. Manchmal schwang in seinen Worten eine unendliche Müdigkeit und Ergebenheit mit, als atmete er vor der nächsten Orgie noch einmal durch. Später begegnete ich Männern und auch Frauen, die mich an ihn erinnerten, aber allen fehlte das Entscheidende – Überzeugung? Melancholie? Verlangen? Wahnsinn?

Manchmal frage ich mich, ob Heidl in meinem Leben das einzig Wirkliche war.

Vor Jahrzehnten habe ich versucht, mich von ihm zu befreien, aber jetzt, im Alter, erkenne ich ihn in den Videos und digitalen Kopien meiner Sendungen zunehmend wieder – in allem, was er mir erzählt und gezeigt hat, und besonders in seinen Verbrechen, die zu meinen geworden sind. Womöglich sind seine Verbrechen und meine Sendungen ein und dasselbe. Ich habe seine Memoiren hinter mir gelassen und Neues ausprobiert, einige meiner Unterhaltungsformate waren so erfolgreich, dass ich sie in die ganze Welt verkaufen konnte, Bulimie-Wettbewerbe und Shows mit echten Krebspatienten und so weiter, aber im Grunde geht das alles auf ihn zurück. Ich muss einsehen, dass er mich stärker geprägt hat als jeder andere.

Schauen Sie sich zum Beispiel meinen letzten großen Erfolgsskandal an: *Nur über meine Leiche*. Wir drehen in China, wo weder normale Verhaltensregeln noch erkennbare Gesetze gelten, die Show ist mein bisher größter Quotenhit. Die Idee ist simpel: Wer sterben will, tritt zusammen mit seinem potenziellen Sterbehelfer dem *Club der schwarzen Asse* bei. Jede Folge beginnt im pompös eingerichteten, dämmrigen Spielzimmer eines jener heruntergekommenen Casinos, wie sie vor dem Krieg an Shanghais Uferpromenade so beliebt waren. Sechs Teilnehmer spielen um die Erlösung. Wer ein schwarzes Ass zieht – Pik oder Kreuz –, muss sterben beziehungsweise Sterbehilfe leisten. Das Spiel ist eigentlich ein wenig komplizierter, aber am Ende läuft es auf diese einfache Regel hinaus. Ich muss zugeben, dass ich vom großen Zuschauerinteresse und den Werbeeinnahmen angenehm überrascht war. Sieht man von diesem Text ab, kommt die Show meiner Autobiografie am nächsten.

3

Vor zwei Jahren habe ich mich mit Pia Carnevale getroffen. Ich war aus beruflichen Gründen in den USA und sah sie zum ersten und, wie sich herausstellen sollte, letzten Mal seit jenem Vormittag in dem fensterlosen Konferenzraum wieder.

Also, sagte Pia, ich habe da einen Friseur. Ein wunderbarer Mann, er ist schwul und heißt Cherry. Ich gehe einmal pro Woche zu ihm, nicht, weil es sein müsste, sondern um mich … o Gott, das ist peinlich.

Sprich weiter, sagte ich.

Pia hatte mich in ein kaltes, für New Yorker Verhältnisse ungewöhnlich leeres Restaurant am Hudson mitgenommen, das in der Nähe des Village lag oder neben oder hinter dem Village, ich weiß es nicht mehr. Oder vielleicht waren wir auch in Brooklyn. Die Geografie von New York City habe ich nie durchschaut, genauso wenig wie die unendlich veränderlichen sozialen Abgrenzungsmechanismen, in denen die Stadt sich verfängt. Pia beugte sich über den Tisch.

Um mich berühren zu lassen, sagte sie.

Sie lachte auf, lehnte sich zurück, schaute woandershin und dann wieder in mein Gesicht.

Peinlich, oder?

Findest du?

Pia hatte ihre jugendliche Fülle verloren und war im mittleren Alter sehr schlank geworden, ganz nach dem Klischee der New Yorker Karrierefrau; sie war eine Bohnenstange mit schwarz gefärbtem Haar und auffällig weißen Zähnen. Ihre bunte, irgendwie kaleidoskopische Kleidung hatte sie gegen eine dunklere, kostspieligere Garderobe eingetauscht, die mehr Geschmack bewies und weniger Charakter. Nur wenn sie erzählte, war sie wieder die alte Pia.

Beim Haarewaschen nimmt er meinen Kopf ganz sanft in die Hände, als wollte er mir alle Last abnehmen. Es funktioniert, und er weiß es genau. Ich weiß nicht, wieso, aber er weiß Bescheid.

Ich dachte mir meinen Teil und sagte: Das ist doch schön.

Wahrscheinlich liegt es an seiner sanften Art. Für ein paar Minuten bin ich alles los.

Dieser Cherry ist wohl sehr beliebt?

Ich bin natürlich nicht die Einzige. In dieser Stadt wimmelt es vor einsamen Frauen. Das Leben zieht dahin, und irgendwann wacht man mitten in der Nacht auf und denkt, das war es jetzt. Man ist allein und wird es immer bleiben.

Dieser Drink schmeckt scheußlich, sagte ich.

Ich glaube, ich hatte zu viel, sagte Pia.

Wirklich scheußlich.

Hast du dich auch schon mal so gefühlt?, fragte Pia.

Hatte ich. Oft.

Nein, sagte ich lächelnd und bedeutete dem Kellner mit einer Geste, er solle noch zwei bringen. Pia legte eine Hand über ihr Glas.

Warst du schon mal so einsam, dass du jemanden dafür bezahlt hast, dich zu berühren?

Nun war es an mir beiseite zu schauen. Ich musterte die Bar, die inzwischen wieder aus der Mode gekommenen U-Bahn-Fliesen an der Wand, die Gesichter der anderen Gäste.

Kif?

Ich hatte mich kurz im Gemurmel fremder Stimmen verloren, aber nun drang Pias Stimme zu mir durch.

An manchen Tagen wäre ich am liebsten tot, sagte Pia. Dann hätte ich meine Ruhe. Es wäre wirklich schön, tot zu sein. Mausetot, aber so richtig.

Eine junge Frau rettete mich. Sie trat an unseren Tisch und sagte hallo, und wie sich herausstellte, war sie eine von Pias Autorinnen. Sie hieß Emily Coppin. Nach einer Weile ging sie an die Bar, wo sie einen Bekannten entdeckt hatte. Pia raunte mir zu, sie sei in Brooklyn *gut vernetzt*.

Wir preisen sie als die *Stimme ihrer Generation* an, sagte Pia. Haha.

Ich sagte Pia, sie könne sich glücklich schätzen, hier zu wohnen und so viele außergewöhnliche Menschen zu treffen, auch wenn ich etwas ganz anderes dachte. Sie sagte, sie lerne zwar ständig Leute kennen und halte manchmal auch den Kontakt, doch seien ehrlich gesagt nur die wenigsten außergewöhnlich, und niemand sei ein echter Freund. Die haben hier einen Begriff dafür, sagte sie. *Transaktionale Freundschaft*.

Pia gackerte kehlig.

Man pflegt *transaktionale Freundschaften*, wiederholte sie. Diesmal mussten wir beide lachen.

Was heißt das?, fragte ich.

Sie erklärte, es bedeute, dass man andere benutze und selbst benutzt werde. Eigentlich ist es keine Freundschaft, sagte sie, sondern ein grausames Konzept. Es ist so grausam, dass die meisten es nicht mal merken. Die Leute haben nicht den Mut, es bei seinem eigentlichen Namen zu nennen.

Diebstahl?, fragte ich.

Einvernehmliche Vergewaltigung, sagte sie.

Sie hielt inne und sah sich um, als müsste sie nachdenken. Nach einer Weile wandte sie sich wieder mir zu. Es lag kein Trost in ihrem Blick.

4

Pia wollte über die Vergangenheit sprechen, ich wusste allerdings immer weniger, was eigentlich geschehen war. Glücklicherweise kehrte Emily Coppin mit einem Freund an unseren Tisch zurück, einem bärtigen jungen Mann, dessen Aufgabe es anscheinend war, Emily Coppin in allem beizupflichten, und in Emily Coppins Fall war dieses alles Emily Coppin.

Ich fragte, was sie schreibe.

Autofiktion. Das machen heutzutage alle. Knausgård, Lerner, Cusk, Carrère. Die besten Schriftsteller entwickeln die Literatur weiter.

Pia unterbrach sie und warf bescheiden ein, der dritte Teil von Emilys Lebensbeichte führe in dieser Woche die Bestsellerliste der *New York Times* an.

Glückwunsch, sagte ich. Das ist ja wunderbar.

Warum haben mich meine Versuche, einen Roman zu schreiben, in eine Sackgasse geführt?, fragte Emily.

Sie sprach, als hielte sie einen TED-Vortrag. Ständiger Blickkontakt, energische Gesten und Fragen, die nur ein Vorwand für die Ausführung scheintiefer Gedanken waren.

Weil sich der Roman, sagte sie, als erzählerische Form totgelaufen hat. Im Ernst, das wissen doch alle.

Emily Coppin war vielleicht Ende zwanzig und hatte das eigenartige Gesicht der New Yorker Streberin – wie unterhöhlt, unnatürlich alt und gleichzeitig in der Adoleszenz erstarrt. Über ihren linken Unterarm zog sich eine geschmackvolle Spirale aus Stacheldraht, in der rote Rosen hingen. Die Tätowierung war Ausdruck eines unausgesprochenen Privilegs, das sich als seine Antithese inszenierte. Anscheinend waren sie und die Welt übereingekommen, sie attraktiv zu finden, obwohl sich ihr Glamour bei näherem Hinsehen auf die gepflegte Niedlichkeit und den Augenaufschlag eines Palastäffchens beschränkte. Ich schreibe das so; möglicherweise war sie schön, und ich konnte sie einfach nur nicht leiden. In jedem Fall hielt sie ihren eigenen kleinen Erfahrungshorizont für die Grenze des Universums. Möglicherweise hatte sie noch keine Vorstellung von der Zerbrechlichkeit des Lebens. Schwer zu beurteilen.

Es ist doch total fake, Geschichten zu erfinden, um irgendwas zu vermitteln, sagte Emily. Plot, Figuren, es war einmal. Allein beim Gedanken an fiktionale Charaktere, die in einer fiktionalen Geschichte fiktional handeln, muss ich kotzen. Hoffentlich muss ich nie wieder einen Roman lesen.

Romane entmachten die Wirklichkeit, sagte der junge Mann mit dem Vollbart.

Emily steckte sich zwei Finger in den Mund und tat so, als müsste sie würgen. Der junge Mann lachte herzlich. Emily sah ihn schweigend an. Eine Fruchtfliege kreiste um ihren Kopf.

Wenn du meinst, Luke, sagte sie und verscheuchte die Fliege.

Der junge Mann verstummte. Emily setzte ihren Vortrag fort. Zum ersten Mal achtete ich auf ihre Augen, sie hatten die Farbe von alten Schneckenhäusern.

Jeder will ein Erzähler sein. Wir haben nichts als unsere Autobiografie. Machen Sie beim Fernsehen nicht genau dasselbe?

Ich weiß nicht, was ich mache, sagte ich. Ich gehe jeden Morgen zur Arbeit und denke mir irgendetwas aus.

Da unterscheiden wir uns, sagte Emily. Ich denke mir gar nichts aus. Ich hasse Geschichten. Wir alle hassen sie! Wir haben alles schon mal gehört. Wir sollten den Fokus auf uns selbst richten.

Klingt nach einem literarischen Selfie, sagte ich.

Was ist dagegen einzuwenden?, fragte Emily.

Wieder lachte der bärtige junge Mann. Emily Coppin sah ihn an, als wäre er ein Ausstellungsstück im Naturkundemuseum.

Luke ist erfolgreicher Narzisst, sagte sie. Unter großartigem Sex versteht er, sich vor meinen Augen einen runterzuholen. Er hat jede Menge Follower. Er erzählt alles von sich. Je mehr er preisgibt, desto mehr Likes bekommt er. Und je mehr Likes, desto mehr gibt er preis.

Pia legte den Kopf schief und sah mich an.

Lukes Leben verhält sich zu Mark Zuckerberg wie die Prärie und die Bisons zu den Eisenbahnbaronen.

Die Miene des jungen Mannes hellte sich auf. Posten, teilen, sterben, sagte er lächelnd.

Ich habe viel von Luke gelernt, sagte Emily Coppin und wedelte die Fliege weg.

Wir tranken weiter den scheußlich bitteren Mojito, der hier nicht Mojito hieß, sondern *Spezialität des Hauses* – Mojitos waren out –, und irgendwie kam das Gespräch auf die beiden vermissten Kinder. Vor Kurzem waren zwei Schwestern verschwunden, eine vier, eine sechs Jahre alt. Jemand, ich weiß nicht mehr wer, verwendete das Wort *böse*.

Böse?, fragte Emily. Jetzt sagen Sie nicht, Sie glauben an das Böse.

Sie schüttelte lächelnd den Kopf. Emily hatte eine klare Meinung zu fast allen Themen. Ich wusste praktisch gar nichts mehr.

Das hat mit Glaube nichts zu tun, sagte ich.

Ich kann Sie total verstehen, sagte Emily … *nicht*. Aber das Böse existiert nicht, oder? Es ist nur eine Vorstellung. Was sollte das Böse sein? Man kann es nicht sehen, man kann es nicht anfassen.

Der junge Mann stimmte ihr zu. Emily Coppin nickte eifrig.

Und das ist es ja, sagte sie, ich nehme meine Umgebung wahr, Gründe für ein bestimmtes Verhalten, einen totalen Mangel an Respekt. Oder? Also, das hat doch was mit Biologie zu tun? Mit neuraler Elastizität? Aber die ist nicht böse. Schlimm, wenn man damit konfrontiert wird, aber wissen Sie, ein Serienmörder? Verrückt. Das ist es doch, es ist nur ein chemisches Ungleichgewicht, eine Verirrung neuronaler Botenstoffe, eine Fehlfunktion in der Hirnsuppe. Darf man eine schlechte Minestrone böse nennen?

Nein, sagte Pia, dazu sagt man Ketchup mit Gemüseeinlage.

Genau das meine ich. Danke, Pia.

Ich wollte Emily Coppin erzählen, dass ich eine gehäutete Leiche gesehen hatte. Ich wollte erzählen, wie ein Mensch sich verändern kann, wie ich Bo früher Geschichten vorgelesen hatte.

Aber das alles war nicht zu vermitteln. Es war unverständlich und gehörte in keine Autobiografie. Ich sagte ihr lediglich, ich sei anderer Meinung.

Das Böse ist relativ, Kif, sagte Emily und sah mich eindringlich an. Ihre Schneckenhausaugen waren trüb und fern, zwei Strudel in schmutzigem Hellgrau.

Meinen Sie?

Die Wissenschaft hat das geklärt. Das Böse ist ein Konstrukt innerhalb der jüdisch-christlichen Weltordnung. Wer an einen weißen Gott glauben will, braucht einen schwarzen Teufel.

Der bärtige junge Mann lächelte. Emily lächelte ebenfalls. Sie war schließlich eine amerikanische Autorin, sie wollte Mut machen und hielt Antworten, Gewissheit, Weisheiten und Figuren parat, deren Herkunft und Charakter sich sauber erklären und abschließend beurteilen ließen. Im Grunde war sie nur ein Moralapostel.

Was sollte ich ihr sagen? Dass die Angst mich bis heute

verfolgte, dass etwas Schreckliches passiert war, dass alles sich verändert hatte? Dass etwas in mir zerbrochen war, und ich gleich mit?

Was weiß ich schon?, sagte ich und öffnete die Hände. Ich bin nur ein australischer Fernsehproduzent.

Das war nicht die *rührende Erleuchtung*, über die Emily so gern schrieb; nein, es war noch viel besser. Sie hatte aus der Unterhaltung ein Streitgespräch gemacht und war aus dem Streitgespräch als Siegerin hervorgegangen, und damit war die natürliche Ordnung wiederhergestellt. Der bärtige junge Mann hob die Hand, griff in die Luft und zeigte auf seiner Handfläche die zerquetschte Fruchtfliege vor. Emily lachte. Die beiden verließen uns und kehrten zu einer Gruppe am hinteren Ende des Tresens zurück, die sich um einen bekannten Schauspieler geschart hatte. Er erzählte eine Anekdote nach der anderen.

5

1992 erscheint mir so nah, sagte ich und schaute ans Ende des Tresens. Inzwischen geben anscheinend Leute den Ton an, die damals noch nicht mal geboren waren.

Soweit ich mich erinnern kann, sagte Pia, ist die Zeit in einem irren Tempo verflogen. Auf einmal veränderte sich alles. Die Leute waren geradezu krankhaft optimistisch, jeder war der Ansicht, die Zeit würde auf einen bestimmten Punkt zurasen. Wie der aussah, wusste keiner, aber alle glaubten, es müsste etwas Entscheidendes passieren. Wenn man nachgehakt hat, haben sie was von *Demokratie* gesagt.

Freiheit, sagte ich.

Pia lächelte. Ja, so was in der Richtung. Die Grundidee war wohl, dass alles sich beschleunigt hatte und die Zeit selbst an einen Schlusspunkt gekommen war. Das Ende der Geschichte.

Historisch gesehen einer der besseren Witze, sagte ich.

Sicher, sagte Pia. Wir waren der Ansicht, die Welt läge uns zu Füßen, dabei waren wir dabei, das Wichtigste zu verlieren. Erinnerst du dich an das Diamagazin? Manchmal glaube ich, Heidls Leben noch einmal zu sehen, nur rückwärts.

Die verblassten Kodachrome-Dias fielen mir wieder ein, und plötzlich hatte auch ich die flimmernden Fallschirmspringer vor Augen, abgelöst von Bildern einer immer jünger werdenden Familie. Ich sah Haare auf Heidls Kopf, die Motorhaube des rotweißen LandCruisers, vor dem Eltern und Kinder posierten.

Vielleicht ist es so gewesen, sagte Pia. Niemand hat erkannt, dass es kein Fortschritt war, sondern ein Rückschritt. Niemand ahnte den Zusammenbruch voraus, den Rückfall, den universellen Zusammenbruch der Werte und die Renaissance von Gewalt und Ungerechtigkeit.

Du solltest zweimal pro Woche zu Cherry gehen, sagte ich.

Pia betrachtete mich aus ihren Lektorinnenaugen. Sie hatte noch nicht ausgeredet, ich sollte sie nicht unterbrechen, sondern zuhören.

Das Schockierendste war nicht die Gewalt oder das Unrecht, sondern die Tatsache, dass alle sie als normal akzeptierten. Und auch die dazugehörige Kultur des Solipsismus, die seuchenhaft um sich greifende Einsamkeit, die Politik der Ressentiments. Es war geradezu eine Einladung, sich mörderische Geschichten auszudenken.

Pias Gedanken zu Vergangenheit und Gegenwart gefielen mir kein bisschen.

Ich lag wohl im Koma, sagte Pia. Jahrzehntelang.

Ich verstand nicht, warum wir uns nicht einfach irgendetwas erzählten, lachten und einen schönen Abend hatten.

Sie war völlig überspannt. Ich versuchte, das Gespräch wieder auf Cherry zu lenken.

Scheiß auf Cherry. Ich möchte über das reden, was mich bewegt, Kif. Wenn die Welt ihre Zukunft in einem einzigen Menschen bündeln könnte … glaubst du, es wäre Ziggy Heidl?

Ich wollte ihr nicht recht geben. Es ging einfach nicht. Ich klammerte mich an meine Überzeugung, dass er nur ein Mann gewesen war. Wie sollte man die Verbrechen eines gewöhnlichen Kriminellen mit dem furchtbaren Weltkollaps in Verbindung bringen, den wir bis heute noch nicht ganz verstanden hatten? Eine schreckliche Welle der Gewalt rollte auf uns zu. Möglicherweise versuchte ich immer noch, den Zusammenbruch ganz zu leugnen. Ich widersprach ihr und sagte, ich fände ihre Vorstellungen recht amerikanisch, wohingegen Heidl ein australisches Phänomen gewesen sei.

Ein australisches?, lachte sie. Oder ein deutsches? Oder doch ein amerikanisches?

Nein, sagte ich, nein, auf keinen Fall, und dann sagte ich nichts mehr zu diesem Thema, denn vielleicht hatte sie recht, oder auch nicht. Ich riss einen Witz und bestellte eine neue Runde.

In dem Moment fragte Pia, ob ich mich an das letzte Dia erinnern könne.

6

Das Bild stürzte auf mich ein. Das kalte Licht, das die Muskeln so unangenehm rosa hervortreten ließ, das Netz aus grauenhaft blauen, subkutanen Adern.

Ich weiß noch, dass wir den baumelnden Leichnam lange Zeit betrachtet hatten. Nicht, dass wir es gewollt hätten; wir waren einfach zu schockiert, um wegzusehen. Der Leichnam baumelte selbstverständlich nicht, wie auch, wir sahen uns ein Dia an.

Pia erinnerte sich an das Gefühl, etwas im Konferenzraum habe sich bewegt. Oder der ganze Raum, die Welt, die ihn umgab.

Ich konnte nachvollziehen, wie sie darauf kam, die Bewegung könnte von etwas Großem ausgegangen sein, von der Geschichte selbst vielleicht, der Zukunft, unseren Seelen. Für den Bruchteil einer Sekunde erkannte ich die Wahrheit, und mir wurde übel davon, aber die Vision verschwand so schnell, wie sie gekommen war.

Wir haben es uns ganz genau angesehen, sagte Pia. Ich weiß noch, wie du vor der Leinwand gestanden hast.

Um abzulenken, bestellte ich zwei Aperol Spritz, aber Pia wollte reden, womöglich seit Langem schon; was wir nicht aussprechen können, schleppen wir mit uns herum, gleichzeitig bleibt es in einem anderen Land zurück und setzt Schwielen an, bis wir eines Tages einem Menschen aus jenem Land – aus jener fernen Zeit – wiederbegegnen und fälschlicherweise glauben, wir könnten nun endlich über das Unaussprechliche sprechen. Was natürlich unmöglich ist.

Sie redete trotzdem weiter, mit leicht geneigtem Kopf. So hartnäckig hatte ich sie nie erlebt, es war geradezu befremdlich.

Ich hoffte, sagte Pia, es wäre so eine Art Trick.

Der Kellner kam zurück und sagte, das Restaurant serviere keinen Aperol, er könne uns aber einen Cocktail auf Basis des hausgemachten Negroni anbieten.

Pia sagte, zunächst habe sie es für einen technischen Defekt gehalten oder für eine optische Täuschung. Sie habe gehofft, es könnte sich in etwas Harmloses, Unverfängliches zurückverwandeln.

Dann also zwei Nicht-Negronis, sagte ich zum Kellner.

Ich dachte, ich träume mit offenen Augen, sagte Pia.

Ich dachte bei mir, dass wir vielleicht genau das getan hatten. Wir hatten gesehen, dass die Welt an einem Endpunkt angelangt war und etwas Neues, Unvorstellbares beginnen würde, gegen das wir machtlos waren. Wir konnten nur zuschauen und hoffen, dass wir bald aufwachen würden. Wir hatten ja keine Ahnung, dass wir zu einem unendlichen Albtraum verdammt waren, zu einem Dasein in einer Welt, in der kein Herz mehr das andere berührte.

Pia sah mich fast zärtlich an, es war die Sorte Blick, mit der man sich von einem Menschen verabschiedet, ein Blick, der oft mit Liebe verwechselt wird. Sie beugte sich vor und legte ihre Hand auf meine.

Ich konnte sehen, dass sie noch etwas sagen wollte. Es war ihr wichtig, und sie würde sich nicht davon abhalten lassen.

Darf ich dir was verraten, Kif?

Natürlich.

Eigentlich ist es mir egal, wirklich. Ich an deiner Stelle hätte vielleicht dasselbe getan.

Pia lehnte sich noch weiter vor, ihr Blick war eigenartig und eindringlich. Erst nach einer Sekunde begriff ich, was sie fühlte, eine Mischung aus Bewunderung und Neugier. In ihren Augenwinkeln standen Tränen. Sie legte den Kopf in den Nacken und blinzelte.

Ich glaube, dass du ihn umgebracht hast, Kif. Aber du kannst *es* nicht töten.

Ich konnte sehen, dass Pia absolut überzeugt war, dass sie mit aller Macht daran glauben wollte.

Nein, sagte ich. Ich kann es nicht töten.

TEIL 21

1

Am Abend begegnete ich lauter fremden Leuten. Sie behaupteten, mich zu kennen, und begrüßten mich wie einen guten alten Freund. Ich hatte Probleme, mich an sie zu erinnern. Ihre grotesken Körper schwankten zwischen Blähung und Kollaps, ihre Gesichter wirkten seltsam erschlafft. Anfangs hatte ich den Eindruck, alle würden Masken tragen, merkwürdig verrutschte Dinger mit nur einem Ausdruck, zumeist Erstaunen. Alles Überflüssige war abgeflossen. Etwas war passiert, ohne dass sie es bemerkt hatten, und jetzt war es zu spät. Wie beim jüngsten Gericht waren alle auf ihre Tugenden und Sünden reduziert, die sich nun in hängenden Wangen, trüben, tränenden Augen und verschorfter Haut zeigten. Von den Armen, die sich um mich legten, baumelte schlaffes Fleisch, die Wangen waren eingesunken und vertrocknet, und die vorherrschende Stimmung – oder Haltung – erschöpfte sich in müder Schicksalsergebenheit. Als ich mein Gesicht als Spiegelung im Fenster sah, stellte ich entsetzt fest, dass die Zeit auch an mir nicht spurlos vorübergegangen war. Ich war ebenso verdammt wie jeder andere hier. Zu viele Jahre waren vergangen, auch ich hatte mich verändert.

Es gibt nie ein Zurück.

Ich ließ den Blick über den Tresen schweifen und sah eine Albinogestalt, die mit einem strahlenden Lächeln und hoch erhobenen Armen auf mich zugehumpelt kam. Selbst wenn ich mir der vergangenen Jahrzehnte bewusst gewesen wäre, hätte ich ihn nicht erkannt. Er war geschrumpft und halb unter Schal und Strickmütze verschwunden. Er hatte keine Haare mehr und kaum noch Wimpern oder Brauen, weil er sechs Chemotherapien hinter sich hatte. Ray blieb ein Mann der Extreme, im Leben wie im Sterben.

2

Ich war extra für diesen Abend nach Hobart geflogen. Ins alte, beschissene Hobart. Rays Abschiedsparty fand in einer hell ausgeleuchteten Hotelbar statt, deren einzige Rettung ein paar Billardtische waren. Der Schneeregen klatschte von außen an die Fensterscheiben und zerlegte den Verkehr in regenbogenfarbene Schlieren.

Ray sah aus wie eine sterbende Schildkröte. Seine Augen traten hervor, der Krebs hatte sein Gesicht ausgehöhlt und seinen Brustkorb auf Mandolinengröße zusammengedrückt. Allerdings war es nicht das, was mich überraschte; ich war schockiert über seine gute Laune.

Ich bin ein viel netterer Kerl als früher, sagte er. Das ist schön, besonders für Meg.

Meg war seine neue Freundin, und alle seine Sorgen galten Meg. Mit ihr schien er sich selbst gefunden zu haben.

Meg passt auf mein Gewicht auf, sagte er. Sobald ich abnehme, flößt sie mir einen widerlichen Proteinshake ein. Ich bin ein paar Kilo leichter als früher, an den entscheidenden Stellen aber immer noch zu fett.

Er lachte, und da begegneten sich unsere Blicke zum ersten Mal. Er mochte ausgelassen und gelöst sein, aber seine Wahrnehmung war messerscharf. Der Onkologe hatte ihn an einen Psychologen verwiesen, mit dem er über seine Probleme sprechen sollte.

Ich habe keine Probleme, hatte Ray gesagt. In sechs Monaten bin ich sowieso tot.

Den Krebs nannte er Tassie. Tasmanien.

Mein Krebs ist stinkfaul, sagte er. Angeblich hochaggressiv, aber nichts da. Der Onkologe sagt, er hätte noch nie einen vergleichbaren Fall gesehen. Tassie-Tumor, sage ich. Rührt sich nur einmal pro Woche, wenn überhaupt.

Die sechste Chemo, erzählte Ray, sei rein palliativ gewesen. Er wolle so lange leben wie möglich; sterben müsse er trotzdem. Die Ärzte gaben ihm bis Dezember.

Ich glaube, ich werde länger durchhalten, sagte Ray. Vielleicht noch vier Monate, oder mehr. Dann bin ich weg.

Das Lebende ist nur eine Art des Toten, und eine sehr seltene Art.

Ray lachte. An dem Abend lachte er viel – über die Kliniken, die Ärzte, sich selbst. Er erzählte auch viel, hauptsächlich von Meg, mit der er ein Jahr vor der Diagnose zusammengezogen war.

Weißt du, was mich besonders fertigmacht?, fragte er und redete weiter, ohne meine Antwort abzuwarten. Dass manche Menschen so nett sind. Mit Niedertracht kenne ich mich aus. Aber *Meg*?

Er konnte gar nicht aufhören, über sein großes Glück zu lachen; er hatte Meg kennengelernt, und das Leben war wundervoll, wenn auch trügerisch. So viel war ihm geschenkt worden, so viel würde ihm bald für immer genommen. Er hatte den Tod vor Augen, aber irgendwie schien es, als hätte er ihn zugleich überwunden.

Wenn Ray lachte, konnte ich seinen stinkenden Atem riechen, Chemie mit einem Hauch von übersättigter Fäulnis. Wann immer er *Meg* sagte, blies er schale, metallisch riechende Dunstschwaden aus.

Er roch irgendwie falsch, oder vielleicht lag es nur an meiner gealterten Nase. Wenn man jung ist, riecht alles anders, auch die Menschen, besonders die jungen. Dieser Tage sitze ich manchmal abends da und lade mir die Musik meiner Jugend aus dem Netz. Ich höre sie an in der Hoffnung, noch einmal ganz kurz die Menschen und Orte von damals zu erschnuppern. Ich möchte die Liebe, Freude, Eifersucht, Angst und Verwirrung aus jener Zeit riechen, auf einmal erscheint mir das sehr wichtig, vielleicht weil sie irgendwie immer noch mein Leben ausmachen.

Worin die Verwandtschaft zwischen Klang und Duft begründet liegt, kann ich nicht sagen. Doch sie besteht. Wenn ich die Düfte jener Zeit heraufbeschwören und beschreiben könnte, ergäben sie ein ungleich genaueres und kompletteres Abbild meiner Vergangenheit als dieser Text. Suzys Duft wäre intensiv, ein Baum nach einem Gewitter vielleicht. Unsere Kinder rochen wie nasse wilde Tiere. Alles hatte ein Aroma, und in jedem Aroma steckte ein ganzes Universum. Selbst die Straße vor unserem Haus war berauschend, morgens roch sie nach Asphalt und vergossenem Öl.

Meg mag sogar den Gestank, den ich seit der Chemo verströme, sagte Ray. Denn wenn sie ihn nicht mehr riechen kann, bedeutet es …

Er sprach nicht weiter. Er drehte den Kopf zur Seite, und als er mich wieder ansah, war das Lächeln zurück.

Weißt du, was mich durchhalten lässt?

Nein.

Wenn ich so richtig im Arsch bin?

Nein.

Dann denke ich an ein Paar Titten direkt vor meinem Gesicht, sagte Ray.

Er lachte los, es war die Wahrheit und zugleich eine lächerliche Lüge, eine Vision von Schönheit und ein vulgärer Witz; abgesehen davon hatte er der Welt keine anderen Waffen mehr entgegenzusetzen als sein Lachen.

Und Meg? Denkt sie an Schwänze?, fragte ich.

Hoffentlich, sagte Ray. Vor allem an meinen.

Er zwinkerte mir zu, seine weißen Lider waren so faltig wie Echsenhaut.

Jetzt weißt du, was ich vor Augen habe, wenn es so weit ist, Kif.

Und auf einmal meinte ich, Ray zu riechen, den jungen Mann.

3

Eine halbe Stunde später verabschiedete ich mich. Ich erfand eine Ausrede und sagte, ich müsste mit ein paar Kabelfernsehproduzenten in L. A. telefonieren. Ray reagierte ungewöhnlich emotional.

Du warst hier! Ich kann dir gar nicht sagen, wie viel mir das bedeutet, Mann.

Er war aufrichtig gerührt. Warum, weiß ich nicht. Nach Heidl waren wir getrennte Wege gegangen, beziehungsweise hatte er sein Leben weitergelebt, wohingegen meines zerschlagen und zerbrochen war. In den vergangenen zehn Jahren hatte ich ihn ein einziges Mal gesehen, er war mir auf der Hauptpromenade von Bondi Beach zufällig in die Arme gelaufen. Als er mir jetzt so arglos in die Augen blickte, musste ich wegsehen. Anscheinend hatte er sich die Offenheit eines alten Mannes zugelegt, schlimmer noch, er war absolut vertrauensselig. Seine Nähe war mir unangenehm.

Ich muss manchmal an die Zeit mit Heidl zurückdenken, sagte Ray. Wir haben viel zusammen erlebt, das war eine echte Erfahrung.

Ja, sagte ich. Wirklich.

Wir standen im Eingangsbereich des Hotels. Die Luft war

stickig und trotzdem kühl, und sobald jemand die Tür öffnete, schoss ein eisiger Wind herein.

Ziggy hatte eine Vision, sagte Ray. Nur die wenigsten Menschen können das von sich sagen. Dabei wären Visionen so wichtig. Diese ganzen blöden Idioten heutzutage – was wissen die schon?

Keine Ahnung, sagte ich.

Genau. Aber Ziggy, Mann, der hatte Ahnung!

Noch einmal sah ich Ray an Heidls Seite, wie er die Augen aufreißt und nach dem Mörder Ausschau hält und nicht weiß, dass ich längst da bin.

Wir haben ihn geliebt, sagte Ray.

Ja, sagte ich. Die Leute haben ihn geliebt.

Du hast ihn gekannt.

Ich habe ihn erfunden, sagte ich, das ist nicht dasselbe.

Er hat sich was aus dir gemacht, das konnte ich sehen. Andernfalls hätte er nicht so lange an dir festgehalten.

Hatte er eine Wahl?, fragte ich.

Weiß ich doch nicht, Mann. Du kanntest ihn, vielleicht kanntest du ihn sogar besser als wir anderen. Oder?

Ein beängstigender Gedanke, der allerdings nicht von der Hand zu weisen war. Ich versuchte, ihn schnell zu verdrängen. Ich wollte den Kopf schütteln, aber Rays Blick – immer noch wie in Hypnose, wer hatte ihm das angetan? Und wann? – hing an meinen Lippen und zwang sie zu Bewegungen, die seinem Wunsch entsprachen, seinem großäugigen Vertrauen.

Ich konnte nicht anders, ich musste ihn, sagte ich und suchte nach schmerzstillenden Worten, während Rays Blick mich durchbohrte, ich *musste* ihn einfach …

Bewundern, sagte Ray.

Bewundern?

War es so schlimm?, fragte Ray. Das sage ich immer, wenn mich einer fragt. Was ist so schlimm daran, Arbeitsplätze zu schaffen und Leute einzustellen und Leben zu retten? Dagegen ist doch nichts einzuwenden.

Nein, sagte ich.

Ich fürchtete mich vor der Panik. Der schmale Durchgang, das fluoreszierende Licht, die Kälte, die Wärme, die anderen Gäste, die einander beim Billard beschimpften. Was wussten sie schon?

Nein, dagegen ist überhaupt nichts einzuwenden.

Uns fehlen seine Visionen, uns fehlen Leute von seinem Format.

Rays Wimpern machten mich nervös. Sie glänzten feucht, alles rutschte davon ab, die Hoffnung, der Sinn, der Grund zu leben oder wenigstens gelebt zu haben.

Ja, sagte er, du kannst das verstehen, ich weiß, schließlich bist du beim Fernsehen und so. Aber sieh dir mal die Politiker an! Ist doch eine Schande.

In der Tat, sagte ich, ohne es zu meinen. Je älter ich wurde, desto mehr wunderte ich mich darüber, dass man einfach den Hahn aufdrehen konnte und sauberes Wasser bekam; dass man einen Schalter umlegte, und schon wurde es hell. In Anbetracht der menschlichen Natur waren das keine geringen Leistungen; wir alle sollten, wie ich fand, viel dankbarer sein.

Wir brauchen einen Mann wie Ziggy, fuhr Ray fort. Einen Macher, der die Dinge regelt. Nicht sich selbst zuliebe, sondern für andere. Für uns. Dann hat er die Banken eben betrogen – na und? Die Banken betrügen uns die ganze Zeit. Vielleicht ist es dringend nötig, dass sie selbst mal betrogen werden. Weißt du, die Leute haben zu ihm aufgeschaut. Man konnte die Augen vor seinen Leistungen nicht verschließen. Und nichts davon hat er für sich getan. Du hättest mal sein Haus sehen sollen, das war keine protzige Villa.

Ich sagte, ich hätte einmal ein Foto gesehen und sei schockiert gewesen.

Da hast du's! Deswegen haben die Leute ihn so gemocht. Man konnte sich mit ihm identifizieren.

Glaubst du?

Absolut, sagte Ray. Du nicht?

Ob ich an ihn geglaubt habe?

Er war der Beste, sagte Ray.

Ja, sagte ich.

Siehst du, sagte Ray, du weißt es doch auch. Er war ein großer Mann.

Während er über Heidl sprach, verwandelte sich seine leicht schleppende Stimme in den Flügelschlag einer Würgerkrähe, die hoch oben am Himmel ...

Ein Beispiel für andere, sagte Ray. Er war – Ray suchte nach Worten – wie eine *Idee*.

Wie um meine Aufmerksamkeit zu halten, fügte er an: eine Idee, wie ihr Schriftsteller sie habt.

Aber welchem Schriftsteller wäre Derartiges eingefallen? Im Vergleich zu Ziggy Heidls Fantasiewelt waren selbst die größten Bücher das Werk von Amateuren. Es war ihm gelungen, Geldgeber zu hypnotisieren, Privatbanken abzufackeln, Gerichte zu narren und eine ganze Nation in Atem zu halten. Seltsamerweise leben die Namen der Schriftsteller weiter, während seiner in Vergessenheit geraten ist; selbst aus den Annalen der Schande wurde Heidls Geschichte verdrängt, von brutalen und banalen Schlägern und Mördern und monströsen Eitelkeiten, die niemandem eine Lehre mehr sind.

Eine Idee, ja, sagte ich, Kann sein.

Manchmal kommt es mir vor, als würde er direkt neben mir stehen, sagte Ray, hob die Hand und ließ sie wieder sinken. Ich habe ihn klar und deutlich vor Augen. Pedro Morgan meint, er hätte ihn gesehen, letztes Jahr, angeblich war er quicklebendig und kam gerade aus einem Baumarkt in Gold Coast.

Ich wollte nur noch weg.

Pedro meinte, er hätte abgenommen, sagte Ray.

Klar, sagte ich. Möchtest du noch was trinken?

Ich darf nicht.

Ich hole dir eine Cola, sagte ich.

Wenn ich so weitermache, pinkle ich mir gleich in die Hose, sagte Ray und stemmte seinen halb vollen Humpen Limonade in die Höhe. Er stellte das Glas ab, warf mir einen schiefen Blick zu und sagte: Sein Tod ist mir bis heute ein Rätsel.

Ray richtete seine milchigen Glupschaugen auf mich. Sie tränten im kalten Luftzug. Er schien es nicht zu bemerken, oder es war ihm egal.

Wie er gestorben ist.

4

Ich glaube, er ist so gestorben, wie er es wollte, sagte ich.

Als freier Mann, sagte Ray mit nass glänzenden Wangen. Als wäre ihm das besonders wichtig.

Kann sein.

Du warst doch dabei, sagte Ray, du hast ihn gesehen.

Wahrscheinlich.

Kannst du dich erinnern? Der letzte Tag im Büro?

Ich werde ihn nie vergessen.

Dann kennst du die Wahrheit.

Die Wahrheit?

Er hätte es weit bringen können, er war ein echter Anführer. Wir haben an ihn geglaubt.

Er konnte Menschen zu den unglaublichsten Dingen anstiften, das stimmt.

Ja, sagte Ray, das ist eine besondere Gabe.

Ray, ich muss dir etwas sagen. Ich glaube, Heidl …

Ich überlegte. Es gab keinen anderen Weg, es zu sagen, als es einfach zu sagen.

… also, ich glaube, er hat diesen Wirtschaftsprüfer umgebracht. Garrett. Brett Garrett.

Den Buchhalter?

Ja, den Buchhalter. Ich glaube, Heidl hat ihn ermordet.

Das stimmt nicht.

Woher willst du das wissen, Ray?

Ich weiß es eben.

Unsere Blicke trafen sich.

Ich habe ihn selbst erschossen.

Zu sagen, ich hätte auf einmal viele Fragen gehabt, wäre gelogen. Ich hatte eher das Gefühl, mich vor der Antwort immer gefürchtet zu haben. Ray sah mir mitten ins Gesicht, er war voller Vertrauen. Es war furchtbar.

So ist das nun mal, Mann, sagte er sanft.

Warum?, fragte ich.

Es gab keinen Grund. Heidl wollte auf die Wildschweinjagd gehen. Er hat gesagt, Garrett sei ein Klotz am Bein. Angeblich hat Garrett ihn erpresst. Keine Ahnung, er hat alles Mögliche erzählt. Ich war noch nie auf einer Wildschweinjagd gewesen.

Und dann?

Was meinst du? Und dann hat Heidl gesagt, er würde sich um die Leiche kümmern. Ich habe ihn gelassen. Keine Ahnung, wie es passieren konnte. Du weißt doch, wie er war, er hat einen schrittweise zu irgendwelchen Taten hingeführt, bis man selbst nicht mehr wusste, was man tat.

Ich erschauderte.

Als hätte er nur wissen wollen, wie weit er gehen kann und was man alles für ihn tun würde.

Ich schüttelte den Kopf.

So war das. Ich war zum ersten Mal im Gulf Country. Einen irren Dschungel haben die da, und dazu immer dieser beschissene Regen. Scheiß Schlamm! Ich habe mich gefühlt wie der letzte Dreck, genau so, wie er immer gesagt hat.

Wer hat das gesagt? Heidl?

Nein, sagte Ray und sah mich ungläubig an, mein Vater. Er hat immer gesagt, ich wäre ein Verlierer. Aber bei Ziggy ging es mir … besser. Verstehst du? Für ihn war ich jemand. Er hat mir trotzdem Angst gemacht. Er hat gesagt, ich müsste das für ihn tun. Du kannst das sicher verstehen, Kif, du weißt doch, wie hartnäckig er sein konnte.

Ich sagte, wenn wir noch länger an der zugigen Tür stünden, würde Ray nicht an Krebs sterben, sondern an der Kälte. Er hörte mich gar nicht.

Er war so hartnäckig. Immer dieses Gerede von Freundschaft. Ich müsse es einfach tun, ich müsse ihm helfen. Die Einzelheiten? Kann ich dir gern erzählen, aber glaub mir, die willst du gar nicht wissen. Einzelheiten sind was für Cops und neugierige alte Frauen. Außerdem, was ändern die schon? Ich habe auf ihn geschossen, er ist in den Matsch gefallen, er ist aufgestanden und war von oben bis unten von grünem Schlamm bedeckt, ich habe noch mal geschossen. Das war's. Ich bin noch am selben Tag nach Hause zurückgeflogen. Es ist allerdings so, als ich auf den Abzug gedrückt habe …

Rays Lippen fingen zu zittern an, und sein Gesicht, tränenüberströmte Schnauze und fast wimpernlose Augen, sah aus, als hätte er einen Geist gesehen, und der Geist war er selbst.

Es hat sich *gut* angefühlt, stammelte er schließlich.

Er schüttelte entsetzt oder ungläubig den Kopf, und die tiefen Falten in seinem Gesicht füllten sich mit silbriger Flüssigkeit. Er redete weiter.

Wirklich, Kif, es hat sich gut angefühlt. Ich wollte dir das immer sagen. Es war so, als hätte ich eine Bürde abgeschüttelt, etwas war anders, ich war plötzlich frei, als hätte ich mich endlich mal gewehrt. Von wegen, Mann, so eine Scheiße! Aber das habe ich erst hinterher gemerkt. Und ich wusste auch, dass er mich umbringen würde, sollte ich irgendwem davon erzählen. Es ging mir immer schlechter. Ich dachte wirklich daran, Heidl umzubringen, aber letztendlich war es ja genau das, was er wollte. Also kam es nicht infrage. Nicht nach der Sache mit Garrett. Kannst du das verstehen?

Ich wusste nicht, was ich sagen sollte.

Wenn ich ihm geholfen hätte, sich umzubringen, wäre ich ihn nie wieder losgeworden.

Ray klang, als beschriebe er mein Leben.

Ich verstehe das nicht, Kif. Ich denke da eigentlich nie drüber nach, bloß jetzt. Man kommt sich toll vor, aber dann kriegt man ein schlechtes Gewissen, und nach einer Weile fühlt man gar nichts mehr. Rein gar nichts. Garrett war schon tot, als ich auf ihn geschossen habe.

Ich wollte Ray entkommen, die verdammte Hotelbar verlassen, durch den Schneeregen laufen und nach Hause fliegen.

Ich war nur sein Werkzeug, sagte Ray. Wie eine Waffe oder eine Patrone.

Ich fühlte mich schuldig und wusste nicht, warum.

Ich kann mich an die vielen guten Sachen erinnern, die Heidl gemacht hat, sagte Ray. Vielleicht ist nur das wirklich wichtig.

Ich konnte Ray nicht sagen, was ich getan hatte.

Du bist doch so ein cleveres Kerlchen, Kif. Sag du es mir. Im Grunde kommt es doch nur auf das Gute an, was einer gemacht hat, oder?

Ich ging kurz darauf. Gehörte mein Schweigen zu Heidls Fluch? So viele Jahre sind vergangen, und ich weiß nicht mehr, was ich eigentlich getan habe. Es ist zu schmerzhaft, ich kann es mir nicht merken, kriege kein Bild mehr zusammen. Es ist vielleicht auch besser so.

In der Nacht schlief ich kaum. Es lag am stickigen Hotelzimmer oder am Kissen. Ich wachte auf, oder ich träumte nur, dass ich erwacht wäre, ich hatte Todesangst, und die Laken waren durchgeschwitzt, es stank nach Moschus. Um mich herum lagen übel zugerichtete Vögel und andere sterbende Tiere, ich sah Leichen an Bäumen und unter Autos, Leichen auf Laub und Rinde. Sie waren gnadenlos umnachtet, und sie wollten Rache, sie kamen näher, beugten sich über mich, zerrten mich in die Dunkelheit, drückten mich in die Tiefe, erstickten mich und schauten währenddessen stumpfsinnig woandershin.

TEIL 22

1

Zum Schluss lag ich hellwach in der charakteristischen Hotelzimmerfinsternis und konnte an nichts anderes denken als an Heidl. Er war auf seine Weise ein Anführer gewesen, ein Visionär und Vorbote einer wahnwitzigen Zukunft. Wie alle großen Anführer konnte er sehr unscheinbar wirken, wenn er sich auf die vor ihm liegende Aufgabe konzentrierte – überleben, eine Bank ausrauben, betrügen, manipulieren, dominieren.

Einiges davon war wohl strafbar – die Gerichte hatten seinerzeit Wagenladungen mit Ordnern voller Beweise angekarrt –, aber ich fand, das war ein fadenscheiniger und unzulänglicher Versuch, ihm gerecht zu werden. Falls man ihm überhaupt gerecht werden konnte.

In den dunkleren Momenten fragte ich mich, ob ich womöglich seine größte Herausforderung gewesen war, sein letzter und vielleicht außergewöhnlichster Coup. Mich zum Handeln zu zwingen und es dann so aussehen zu lassen, als wäre er für seinen Tod allein verantwortlich – das warf einige Fragen auf. Wer sind wir, wozu wären wir noch in der Lage? Es war sein ultimativer Sieg.

Wenn ich je in meinem Leben ein Genie getroffen habe, dann ihn.

Andererseits war ich immer schon sehr eitel, und vielleicht beweisen auch diese Gedanken nur meine Eitelkeit. Vielleicht hat er gewusst, dass das Spiel vorbei war. Vielleicht war er ein Feigling. Es ist schwierig, in seinem Leben, wie es war, und meinem Leben, wie es samt aller Wiederholungen,

Tricks und Täuschungen wurde, keine Parallelen zu erkennen. Man kann zu Recht behaupten, dass ich mich durch und durch verändert habe und früher ein anderer war, und dass das Leben, das früher einem anderen gehörte, jetzt meines ist. Heidl bleibt mir so oder so erhalten, vielleicht wurde er irgendwann zu mir und, schlimmer noch, wir zu ihm. Wer will es wissen?

Ein Genie ist vielleicht ein Mensch mit der Gabe, er selbst zu sein.

Er hatte die Bank um siebenhundert Millionen Dollar geprellt, doch schon kurz darauf wurde die Welt um viel mehr betrogen. Die Abzocke folgte mehr oder weniger dem Muster der leeren Schiffscontainer, bloß dass sie diesmal nicht einmal mehr physisch vorhanden sein mussten – Junkbonds, ungesicherte Kredite, Derivate. Die Schiffscontainer hießen Enron, Lehman Brothers, Northern Rock und Bear Sterns. Den Frachtbrief ließen sie sich auf die Außenmauern malen, damit alle sehen konnten, woran drinnen gearbeitet wurde: der Trickle-Down-Effekt, ein ansteigender Wasserstand, der alle Boote in die Höhe heben würde, fesselnde Gelegenheiten und eine entfesselte Wirtschaft, Demokratie für alle. Und so weiter und so fort, und jedes einzelne Versprechen wirkte aus der Ferne beeindruckend und wie die Verheißung des Guten.

Nur aus der Nähe betrachtet erwies das Versprechen sich als löchrig.

Heidls Philosophie basierte auf Wahrheiten, die in den kommenden Dekaden niemand auszusprechen wagte. Der unbedingte Wille der Menschen zu glauben irritierte ihn. Er war fest entschlossen, ihn maximal auszunutzen, und sei es aus einer wissenschaftlichen Neugier heraus. Vielleicht wollte er erfahren, was einen Glauben bricht und wann, aber am Ende lernte er nur eines: *Der Glaube bricht nie*. Denn jede noch so aberwitzige Glaubensprüfung stärkt den Glauben nur, egal wie tödlich oder selbstmörderisch sie ist; am Ende haben das auch die Dschihadisten entdeckt.

Wir waren von einem Flächenbrand umgeben. Die Zeit wurde aller Dinge müde, sogar ihrer selbst, und zog die infame Zukunft kurzerhand vor. Haushalte, Städte, Länder versanken im Elend; wer Pech hatte, wurde gefoltert, wer unschuldig war, erschlagen, die Kinder ertranken, die Fassungslosen trauerten, und alle Ängste vermischten sich. Vielleicht lag Heidls Fehler – der Fehler, den wir alle machen – genau da. Wir halten das Leben für einen Sprint, dabei ist es ein Marathon. Hätte er ein kleines bisschen länger durchgehalten, wäre es ihm im neuen Jahrtausend womöglich gelungen, nicht bloß seine Firma und ein paar Banken zu ruinieren, sondern ganze Staaten.

Oh, ich weiß, dass er nicht der erste und bei Weitem nicht der größte Wirtschaftskriminelle war. Anscheinend bin ich nicht der Einzige, der findet, er hätte Besseres verdient – mehr, wenn man so will. Die Menschheit ist unfähig, im Kollektiv zu träumen; wenn sie es könnte, würde sie sich dann, wie Pia glaubte, einen Ziggy Heidl erträumen? Wer könnte das wissen? Aber eines muss ich sagen: Was immer auch nach Ziggy Heidl kam, es hat mich nicht mehr überrascht.

2

Ich sah Ziggy Heidls matte, gen Himmel verdrehte Augen, aber als ich in die Höhe schaute, war da nichts. Als mein Blick wieder auf Hobart, auf Tasmanien, auf mein Leben und die Menschen darin sank, waren das Lachen und die Freundschaft, die Güte und die Liebe verschwunden. Übrig blieben nur dienstbare Dummheit, Hass und eine Idiotie, die Tasmanien, Insel der Einfalt, als ihren Herrschaftsbereich erkoren hatte. Hier war nichts, hier war nie etwas gewesen.

Am Tag nach Rays Abschiedsparty setzte ich mich in meinen Mietwagen und wollte losfahren, aber leider haben alle Gefängnisinseln etwas gemein: Man kann sich von der Stelle bewegen, aber entkommen kann man nicht. Ich hatte ein Sportwagen-Cabrio in einer fröhlichen Farbe geliehen und sah aus wie jemand, über den ich mich früher lustig gemacht hätte. Dann wiederum habe ich nie nach Beständigkeit gestrebt. Ich hatte Huw angerufen, einen der Zwillinge, aber er hatte zu tun und keine Zeit für mich, während Henry behauptete, nicht in der Stadt zu sein. Wir pflegen ein freundliches, wenn auch distanziertes Verhältnis. Bo …

Bo ist gestorben.

Hatte ich das schon erwähnt? Ich glaube nicht. Ich rede nie darüber. Ich kann an nichts anderes denken. Sie hatte mit zwanzig einen Autounfall. Ich hätte nichts daran ändern können. Wir hatten seit Jahren nicht mehr miteinander geredet.

Ich bewahre ihre Haarbürste bis heute auf. Ich gebe mir die Schuld. Sie ist vor acht Jahren gestorben. Ihr Haar war so schwarz und glänzend wie Vogelgefieder.

Als ich da in dem Mietwagen saß, fühlte ich wieder die unerträgliche Last der Toten, die mich von allen Seiten bedrängten. Mein Flug war verschoben worden, und ich musste irgendwie den Vormittag totschlagen. Ich sehnte mich nach einer offenen Fläche, auf der ich vielleicht wieder durchatmen könnte. Ich beschloss, auf den Berggipfel zu fahren, von dem aus man Hobart und den Süden der Insel überblicken kann. Oder vielleicht fuhr ich auch nur hinauf, weil alle Straßen unweigerlich dorthin führen und ich den Straßen folgte. Eigentlich nahm ich die Straßen gar nicht wahr und auch nicht das beschissene Hobart, das noch beschissener war als früher, weil eine Schwemme kleiner, hässlicher

Häuser für noch mehr Schandflecken gesorgt hatte. Ich versuchte, nichts zu sehen.

Als Ray und ich jünger waren, sind wir auf einsamen Wanderpfaden zum Gipfel hinaufgestiegen. Manchmal sind wir die komplette Strecke gerannt. Gerannt! Heute wäre das undenkbar. Die Freude, das permanente Staunen. Die Schönheit, die in unseren Augen lag. Alles, was wir zu sehen bekamen, funkelte in herrlicher Pracht. Wie wunderhübsch, wie wohltuend. Wir konnten nicht fassen, dass uns so viel Schönheit geschenkt wurde. Wir hatten nichts, und dann das. Es war unerklärlich. Wir wussten nicht, dass *wir* das Schöne waren.

Aus der Welt, wie wir sie erlebten, leiteten wir eine eigene Philosophie ab. Aus den Stränden, dem Meer, den Regenwäldern, den wilden Flüssen und den Bergen, die uns dem Himmel näher brachten. Der Himmel entlockte dem Fels ein monumentales Desinteresse, und die Findlinge holten vom gleichgültigen Himmel ein zärtlich strahlendes Licht herunter. Obwohl man uns das Gegenteil erzählen wollte, waren wir in dieser wilden Welt keine hilflosen Sklaven des Schicksals, das uns eine ewige Verlustgeschichte aufzwang. Nein. Wir entdeckten, dass wir bei jedem Schritt die Wahl hatten, die Hoffnung gehörte uns, wir trugen sie in uns, solange wir es nicht vergaßen.

Warum hatten wir es vergessen? Was war geschehen? Wogegen hatten wir unsere Freiheit eingetauscht? Hatten wir uns zu sehr daran berauscht, uns darin verloren, wurden wir ihr nicht gerecht, hatten wir Angst? Ich weiß es nicht. Mit zwanzig wollten wir leben. Und später? Später wollten wir etwas anderes.

Wir rannten und lachten, rannten schneller und lachten lauter, wir kletterten über die Felsen und Findlinge auf dem Zickzackpfad, der immer steiler, wilder und gefährlicher wurde, bei Hitze und bei Schnee; wir rannten und keuchten und husteten, unsere Muskeln brannten, wir stiegen auf und rannten und blieben niemals stehen. Um uns die mächtige, überwältigende Wildnis. Jenseits des Gipfels erstreckte sich eine ungezähmte Landschaft bis in den Westen und Südwesten der Insel, ganz ohne störende Straßen oder Siedlungen. Man konnte zehn Tage am Stück wandern und keinem Menschen begegnen. Da war nichts als die Welt und an ihrem Ende die ungestüme See. Wir rannten und rannten, wir waren nichts und ein Teil von alldem. Es war rätselhaft. Es war nicht zu erklären, aber man konnte noch rennen und lachen. Worte waren und sind zu schwach für unsere Gedanken und Gefühle und für alles, was ich verloren habe. Die Worte waren ein Teil davon, aber sie waren auch der Käfig auf der Suche nach einem Vogel.

Und wir waren die Vögel, wir flogen höher und schneller.

3

Ich fuhr auf den Berg, aber es war nicht dasselbe. Die Wildheit war verschwunden. Unscheinbare, hohe Bäume wichen unscheinbaren, kleinen Bäumen, dann kam Gebüsch, zuletzt nur noch Felsen.

Nicht weit entfernt vom Parkplatz auf dem Gipfel befand sich eine halb verfallene Aussichtsplattform, von der aus man Hobart und seine Umgebung sehen konnte. Auf der anderen Seite, zur vormals wilden Landschaft hin, stand keine Plattform. Die Wildnis war teilweise von Holzfällern gerodet und ausgelöscht worden, der Rest verbrannte unter der neuen Sonne und vertrocknete qualvoll. Der eingeäscherte Regenwald bot der Zukunft jede Menge Platz: eine feuchte Wüste, Moos und Tundra und nasser, verkohlter Schotter.

In der bitteren Kälte lief ich auf einem Steinpfad bis zur

Plattform und rieb mir im Gehen die Hände. Außer mir waren dort nur drei chinesische Touristen mit Selfie-Stick und ein kleiner Mann mit einem dreibeinigen Windhund unterwegs. Die viel gepriesene Aussicht erwies sich als geschmacklos und gewöhnlich. Ich studierte die langweiligen Hinweistafeln, auf denen bestimmte Punkte benannt waren, um über die zu offensichtliche Leere hinwegzutäuschen.

Bo und ich hatten seit ihrem siebzehnten Geburtstag nicht mehr miteinander gesprochen. Ich weiß nicht mehr, wie das kam. Wahrscheinlich hatten wir Streit, aber ich weiß nicht mehr, weswegen. Du musst das verstehen, sagte Suzy hinterher zu mir, nimm es nicht persönlich, so sind sie eben.

Manche Menschen sind frei. Ich war frei gewesen und hatte es nicht gewusst. Ich hatte meine Freiheit eingetauscht. Wieso konnten Ray und ich nicht einfach weiterrennen? Warum konnte ich nicht mehr mit Suzy, Bo und den Zwillingen in unserer kleinen Küche sitzen? Warum war Bo tot und ich am Leben? Warum war das alles nicht mehr da? Nach ihrem Tod versuchte ich, mich an irgendeinen Sinn zu klammern. Ich betete um einen Zweck, einen Grund, eine Erklärung, eine Idee. Es gab keine, ich lebte trotzdem weiter. Das ist die furchtbare Wahrheit. Ich lebte immer weiter.

Tief da unten sah ich die Stadt, die Vergangenheit, die Zukunft, einen Flughafen. Irgendwo da unten waren meine Söhne, die nichts mit mir zu tun haben wollten. Irgendwo da unten starb Ray. Irgendwo da unten war meine Tochter tot. Ich sehnte mich nach der wilden, zerstörten Welt in meinem Rücken, ich wünschte, sie könnte an mir vorbeirauschen, sich den Hang hinunterwälzen und alles überrollen. Ich wollte von der schrecklichen, gleichgültigen Welt überrollt werden, die mich und alle anderen in einem letzten, schrecklichen Akt der Gewalt zermalmen sollte. Nur so würden wir Demut lernen. Noch lieber wollte ich zurück, ich wollte dankbar sein und meine Dankbarkeit zeigen und mich trösten lassen.

Ich hatte so lange gewartet.

Dunkle Wolken krochen über die Berggipfel und sammelten sich unterhalb der Plattform. Ich suchte den dämmernden Himmel nach Hoffnung ab. Ich lauschte auf die vergessenen Klänge in mir.

Ich war Adam, der auf Einlass in Seine Stadt wartete.

Ich wusste, er würde mir nie gewährt werden.

Eine Würgerkrähe auf Futtersuche hüpfte über die vereiste Moräne und blickte plötzlich auf. Sie drehte ruckartig den Kopf, als gehorche sie dem Schwungrad eines gigantischen, göttlichen Uhrwerks. In ihren Bernsteinaugen spiegelte sich ein Jahrhundert, das noch vor seinem Beginn zerbrochen war, und dazu kreischte das Ende der Zeit.

Niemand hatte mir gesagt, dass ich längst gestorben war.

4

Warum?

Es gibt keinen Grund.

Ich erinnere mich ja nicht einmal mehr an das Wie. Die Einzelheiten – nun ja, vielleicht habe ich sie erfunden. Ich weiß es nicht mehr. Ich erinnere mich nur an eines, an seine seltsamen letzten Worte.

Im Nachhinein kann ich mich nur fragen, wie ich mich auf die Exekution einlassen konnte. Warum habe ich die Pistole, die er mir in die Hand drückte, nicht einfach zurückgegeben oder weggelegt? Es gibt keinen Grund. Ich tat es. Ich tat es, eins nach dem anderen, und je weiter ich auf Heidls Weg kam, desto größer war die Wahrscheinlichkeit, dass ich auch den nächsten Schritt gehen würde. Ein Vertrauensverhältnis, ein Einverständnis oder Einvernehmen, etwas zutiefst Menschliches hatte sich zwischen uns entwickelt, und damit zu brechen wäre mir falsch vorgekommen – wie ein Verrat, könnte man sagen. Vielleicht wollte ich Heidl nicht verärgern. Nein zu sagen schien irgendwie unhöflich, ich wusste genau, wie Ray das gemeint hatte, es wäre rücksichtslos gewesen, seine Schritte zum Tod zu stören, vielleicht umgekehrt tödlich für mich. Es war ja so viel einfacher, ihm beizupflichten und Ja zu sagen. Das ist es immer.

Jedenfalls war seither alles anders, nicht mehr ich gab den Ton an, sondern er; wir waren auf dem steinigen Pfad der Auslöschung unterwegs, er ging voran und ich hinterher, ich, der sich verzweifelt befreien wollte und nicht wusste, wie.

Ich wollte ein Buch schreiben, das redete ich mir ein. Mehr nicht. An jenem Buch zu arbeiten bedeutete mir alles. Möglicherweise dachte ich an jenem Tag, es könnte mir dabei helfen. Es würde eine weitere *Erfahrung* sein, die größte aller künstlerischen Illusionen. Aber das Gerede, wir müssten über uns selbst hinauswachsen und die Welt entdecken, ist unsinnig, weil wir die Wahrheit nur in uns selbst finden können.

Tebbe: Das Streben nach Erfahrung ist die Lüge, unser Leben könnte gering sein.

Scheiß auf Tebbe.

Was kommt? Das frage ich mich manchmal. Es gibt wohl keine Antwort darauf. Oder nur *die* Antwort.

Aber meistens denke ich nicht darüber nach. Ehrlich gesagt, fast nie. Ich sollte jetzt wohl sagen, dass ich bereue.

Ich erinnere mich nur an seine letzten Worte.

Es kommt! Es kommt!

Ich bereue nichts.